邬国平 著

明清文学论薮续编

　　邬国平,1954年生于上海,祖籍浙江奉化。复旦大学本科、研究生毕业,留校任教。主要研究方向为中国文学批评史、魏晋南北朝文学、明清文学。任复旦大学中国语言文学研究所教授、博士生导师。发表论文一百二十余篇,以论述刘勰《文心雕龙》、钟嵘《诗品》和明清诗文批评为主。著有《清代文学批评史》(合著)、《中国文学批评自由释义传统研究》、《中国古代接受文学与理论》、《竟陵派与明代文学批评》、《明清文学论薮》、《汉魏六朝诗选》等。

目　录

复古与抒情双重协奏
　　——论徐祯卿《谈艺录》 …………………………………… 1
归有光的精神世界 ………………………………………………… 22
选择放弃好难
　　——李流芳"怀两端"的科举考试心态 …………………… 28

方苞及其散文 ……………………………………………………… 47
对顾炎武、方苞文论的一个考察 ………………………………… 77
从香奁诗到神韵说
　　——王士祯诗学的变化 ……………………………………… 86
赵执信《谈龙录》与康雍乾诗风转移 …………………………… 104
赵执信诗歌声调说的两个问题 …………………………………… 128
《国朝诗别裁集》修订与沈德潜诗学意识 ……………………… 139
李调元诗歌风格以及文学史意义 ………………………………… 167
絜漪园与崝庐
　　——陈三立诗歌中的现实与理想 …………………………… 185
诙谐诗话与《庄谐诗话》
　　——兼论《南亭四话》非李伯元作品 ……………………… 209

上海图书馆未著录书徐振芳《徐太拙诗稿》清抄本 …… 225

朱彝尊《静志居诗话》存世三种 …… 233

王昶与《湖海诗传》《湖海文传》 …… 257

辨五种假托之清词话 …… 262

岂无别岭高嵯峨
　　——郑板桥 …… 270

其人与笔两风流
　　——袁　枚 …… 285

腐草为萤焰亦存
　　——蒋士铨 …… 301

所悲微末质,志欲烛昏晓
　　——洪亮吉 …… 317

作家史实研究的硬功夫
　　——评陆林《金圣叹史实研究》 …… 334

后记 …… 349

复古与抒情双重协奏
——论徐祯卿《谈艺录》

徐祯卿《谈艺录》仅三千余字,薄薄一册,然而历来备受士林瞩目,它先经李梦阳刊刻而名闻中晚明诗坛,再经王士禛推崇而随"神韵说"扩大其在清朝影响。徐祯卿与李梦阳等北方文人结成文学盟友,《谈艺录》崇尚汉魏以前诗歌和重情的创作主张与李梦阳文学思想基本一致,于是在明代中晚期南北方文人交流颇多又差异显然的情形下,引起了人们很大关注,普遍认为吴地的徐祯卿被北方化了。徐祯卿自己说,他著《谈艺录》是为诗歌"标准的"[①],具体说一是倡复古,二是重抒情,肯定两者都为诗歌创作所需要,而且互相关系不悖。这说明他开展诗歌批评是有一以贯之的立场,而这些都在他结识李梦阳以前就已经形成。

一、名书之意

徐祯卿《谈艺录》按其内容而言是一部诗话,作者不以"诗话"命书,而取名《谈艺录》,这并非没有寓意。《说文解字》:"録,金色也。"又曰:"录,刻木录录也。"段玉裁注:"小徐曰:'录录,犹历历也,一一可数之皃。'按'剥'下曰:'录,刻、割也。'"[②]録与录通,谓刻字,引申为记录、抄录。后来"录"成为一种文体。刘勰《文心雕

---

① 徐祯卿《谈艺录》,何文焕辑《历代诗话》,中华书局,1981年,第770—771页。按:本文所引《谈艺录》皆据此本。
② 段玉裁《说文解字注》,上海古籍出版社,1981年据经韵楼刻本影印,第703、320页。

龙·书记》:"是以总领黎庶,则有谱、籍、簿、录。""录者,领也。古史《世本》,编以简策,领其名数,故曰录也。"①作为文体,"录"可以指记载帝王公侯卿大夫世系、谥法、名号之类的史书文体,如《世本》,也可以指目录著作,如梁朝阮孝绪《七录》。此外,散记之著或述一人经历的著述也可称录,贺复徵曰:"录,收籍也。事有散逸而无统者,则收籍之,使有可据也。而撰述一人所历,亦谓之录。"②他所编《文章辨体汇选》从卷六二五至卷六二七共三卷所收之文为"录"体。"诗话"一名后起,最早是欧阳修《六一诗话》,后来以诗话为此类著作的通行名称。徐祯卿撰谈诗之著却不用宋以后流行的"诗话"名书,而以更早的"录"为书名,这是有意与宋人相抗,借此以显示他的复古思想。可注意者,明代复古一派人士著诗话以广其主张,多不好以"诗话"名书,徐祯卿《谈艺录》之外,又如王世贞《艺苑卮言》、胡应麟《诗薮》皆是其例,谢榛所撰诗话原名《诗家直说》,也不以诗话命名,该书一名《四溟诗话》则是他人改易所致。这是探求徐祯卿《谈艺录》名书之意所当注意的第一点。

徐祯卿这部诗话的取名还突出了"谈艺"是全书的中心。明朝中期以后文人使用"谈艺"一词,隐含与谈理说经、讨论济世学问相对的意思。王世贞写给张九一的信说:"仆所谈艺,足下亦时一游目否? 今世不识丁人,开口高谈性命……恐足下或乐闻其说,聊以相谓。"③胡应麟《报顾叔时吏部》说:"谈理者上不复知有六经,而谈艺者下不复知有六代。"④孙继皋《祭苕翁王年伯文》说:

---

① 范文澜《文心雕龙注》,人民文学出版社,1978年,第457、458页。本文以下引用此书,仅注书名、页码。
② 贺复徵《文章辨体汇选》卷六二五,台湾商务印书馆,1986年影印文渊阁《四库全书》,第1409册,第557页。本文以下引用此书,仅注书名、册数、页码。
③ 王世贞《张助甫》,《弇州山人四部稿》卷一二一,万历五年王氏世经堂刻本。
④ 胡应麟《少室山房集》卷一一八,《四库全书》,第1290册,第864页。

"少亦谈艺,老犹授经。"①顾宪成《邹龙桥先生传》说:"太史(指唐顺之)始进而与之谈艺,豁如也;已进而与之谈心性之学,椎如也;已又进而与之商天下之故,陈家国之理,往复质问不自休,缁缁如也。"②论道抑或论艺,往往表现文人不同的志向和兴趣,或反映其不同生活阶段精神的变化。将谈艺与论道说理相区别在古代早已出现,然而明代中期以后尤为突出。时人并称王守仁、李梦阳,将他们分别视为理学和文学的代表,二人并称实际上就是理和文(或艺)并称,如李贽《与管登之书》曰:"如空同先生与阳明先生同世同生,一为道德,一为文章,千万世后,两先生精光具在,何必更兼谈道德耶?人之敬服空同先生者,岂减于阳明先生哉?"③徐祯卿以"谈艺"名书,在两者的相对关系中,表现出对文学艺术的崇拜,对诗歌创作中情感活动的重视,放在明朝文学思潮中来看他的著述之心甚有意义。当然作者在《谈艺录》中也肯定儒家教化观念,关注诗歌艺术性与思想性互相协调,但是作者充分尊重诗歌艺术和情感作用,倾注大力加以探讨,与鄙薄文学艺术的道学极端一派以及受其濡染而形成的世俗之见,态度相左。徐祯卿后来转向心学,志趣发生大改变,这得到王守仁赞赏,他说足以代表徐祯卿一生成就的并不是他的诗歌和诗论,而是他晚年"有志于道"④。对此,王世贞持截然相反的看法,他维护徐祯卿的文学艺术成就和地位,批评王阳明不知徐祯卿,其结论荒谬而不合情理⑤。这一争论恰好说明了明朝重理、重艺者立场的重大区别,也说明徐祯卿早年将自己所撰诗话取名为《谈艺录》具有向理学表示异趣的寓意,惟其如此,才有王守仁所谓晚年"谢弃"诗学(实谓

---

① 孙继皋《孙宗伯集》卷七,明刻本。
② 顾宪成《泾皋藏稿》卷一九,明万历刻本。
③ 李贽《焚书 续焚书》之《焚书增补一》,中华书局,1975年,第267页。
④ 王守仁《徐昌国墓志》,《王阳明全集》,上海古籍出版社,1992年,第932—933页。
⑤ 王世贞《像赞》,《弇州山人续稿》卷一四八,明万历刻本。

诗艺)之说。

此外,徐祯卿早年即喜爱艺术,也能书画,与祝允明、唐寅、文徵明并称"吴中四才子",他从三位友人处获益良多。他将诗歌也看成是一种艺术,具有与书画一般的巧妙和魅力,故用《谈艺录》名书,也与这一层因缘有关。

自从徐祯卿《谈艺录》问世后,将"谈艺"用作书名篇名,或作为作品的内容标题越来越多。如郑善夫《少谷集》卷二十三附录载有张炜《谈艺集》一文,宗臣《总约八篇》之六为《谈艺》,胡应麟《杂柬汪公谈艺五通》收谈诗文戏曲艺术的一组书信,吴安国《累瓦三编》有谈艺二卷,王世贞在《吴明卿》信中自述著有《谈艺》四卷,当指《艺苑卮言》初稿,《千顷堂书目》载朱安泒《续谈艺录》。王士禛著《池北偶谈》,分谈故、谈献、谈艺、谈异四类,其中谈艺九卷,"皆论诗文","全书精粹,尽在于斯"①。从中可以看到徐祯卿对后来诗论家产生的直接影响。这是探求徐祯卿《谈艺录》名书之意所当注意的第二点。

二、诗歌史观与"标极界"

谭献用"直凑单微,洞见本末"②形容《谈艺录》。徐祯卿撰写此著,意在确立诗歌史上的归趣,探究诗歌创作必有之理,为诗歌的写作和批评提供准则,书里颇有中肯精微的意见,所以,用这八个字形容徐祯卿的著述《谈艺录》之心也颇为恰当。

先说徐祯卿的诗歌史观,以及他为诗歌创作确立的复古目标。

《谈艺录》第一条论述"诗理",承秦汉人诗乐之说,以为诗的

---

① 永瑢等撰《四库全书总目》,中华书局,1981年,第1056页。
② 谭献《复堂日记》(同治二年癸亥,1863),河北教育出版社,2001年,第6页。

性质与歌和音乐的性质相同。这不仅着眼于诗歌的起源,更是肯定诗歌的本质。徐祯卿判别诗歌优劣,乃至区分诗歌史上各阶段成就高低,都将诗歌合乐与否,或诗歌语言与古代的音乐文学和谐程度作为根据。他说,古歌谣、《诗经》、汉乐府一脉相承,都可以歌唱,是纯粹的诗歌,体现了音乐文学本色。至东汉发生变化,"大演五言,而歌诗之声微矣",然而仍可以与西汉乐府并列,"譬之伯仲埙篪,所以相成其音调也",因为诗人"含气布词,质而不采,七情杂遝,并自悠圆"。说明东汉五言诗虽然与音乐文学的传统逐渐移离,然而诗歌语言依然保持着音乐文学"质而不采"、音声"悠圆"的特点,与音乐文学依然接近。可见诗歌合乐虽极为徐祯卿所强调,但是他又认为诗歌不一定必须具备合乐的形式,不歌而兼有音乐文学古朴优美的语言风格,同样属于一流诗歌。"魏氏文学,独专其盛。然国运风移,古朴易解。曹、王数子,才气慷慨,不诡风人,而特立之功,卒亦未至,故时与之闇化矣。"[①]所谓"古朴易解",一方面是指合乐的诗歌传统至建安进一步分化,另一方面又指其中不合乐的作品渐渐与东汉古朴风格相异。尽管如此,徐祯卿认为建安诗歌依然与"风人"传统(主要指诗歌合乐的传统)保持基本一致,语言风格总体上也还具有东汉诗歌的特色(详下面分析),所以魏诗也是优秀的。晋以后诗歌趋入"绮靡"一端,文胜其质,诗歌语言与"古朴"的音乐文学风格之间出现严重脱节,导致诗歌创作水平全面下滑。于是徐祯卿在魏晋之间立一划然之次序,将一部诗歌史解析为魏以前与晋以降两个不同阶段,并视之为古代诗歌发生盛衰大变化的一道重要分水岭。这是

[①] 按:徐祯卿说的"魏氏文学",主要指建安诗歌。建安是汉献帝年号,由于其时实际政权渐为曹氏掌控,故文学史上的建安诗歌通常也被称为魏诗。又按:曹魏诗歌可分前后两期,前期以曹操父子和七子为代表,即通常所称建安文学,后期以嵇康、阮籍为代表。徐祯卿《谈艺录》所说的"魏氏文学",主要是指建安诗歌,与陆机为代表的晋诗相对而言。

他的诗歌史观。从徐祯卿的分析可以看出,他认为理想的诗歌应该是合乐的,或者虽然诗歌移离了音乐文学的体制,却依然能够保持合乐文学古朴的语言风格;合乐诗的典范是古歌谣、《诗经》、汉乐府,音乐体制外的诗歌典范是东汉五言古诗;如果诗歌脱离合乐的传统,而语言风格又不再与古代合乐文学保持一致,诗歌创作将会弊端丛生,晋以降诗歌即是教训。其实晋以降音乐文学(如乐府诗)仍在发展,但是更能代表文学创作趋向的是音乐体制外诗歌的繁荣,这正是徐祯卿开展诗歌批评所关注的主要对象。在这种诗歌史观念影响下,徐祯卿提出《诗》三百是"轨度",两汉诗歌是"堂奥",皆代表诗苑最高成就(程度有差别);魏诗能"绳汉之武",然"特立之功,卒亦未至",说明其有所不足却仍然是第一流作品。这是他撰写《谈艺录》指示人们学习和效仿的诗歌史上的目标,即"极界",用他自己的话说,"特标极界,以俟君子取焉",《谈艺录》对此再三致意。

在徐祯卿的诗歌史观中,以魏诗为"门户",经由它上而可以通坦途,下也可以入仄径,归宿可能完全不同。这一意见尤其值得注意。他说:

> 魏诗,门户也,汉诗,堂奥也,入户升堂,固其机也。而晋氏之风,本之魏焉,然而判迹于魏者何也?故知门户非定程也。

他作这样的判断,是着眼于对诗歌"文质"关系的历史考察:

> (陆机)又曰:"诗缘情而绮靡。"则陆生之所知,固魏诗之渣秽耳。嗟夫,文胜质衰,本同末异,此圣哲所以感叹,翟、朱所以兴哀者也。夫欲拯质,必务削文;欲反本,必资去末,是固曰然,然非通论也。玉韫于石,岂曰无文?渊珠露采,亦匪无质。由质开文,古诗所以擅巧;由文求质,晋格所以为衰。若乃文质杂兴,本末并用,此魏之失也。故绳汉之武,其流也

犹至于魏；宗晋之体，其敝也不可以悉矣。

认为诗歌的"文、质"不可或缺，犹如"玉韫于石""渊珠露采"，自然交融一起，如果将两者对立起来，"欲拯质，必务削文；欲反本，必资去末"，这在某些特殊情况下（比如过文），确实也可以施行，然而绝非"通论"。不过诗歌须"文、质"兼备是一回事，究竟是以"文"为主还是以"质"为主则是另一回事，因为在实际诗歌创作中，"文、质"一绝有一绝无的情况并不普遍，而经常发生的却是因为文、质有所偏胜而引起诗风改变。适当的文、质关系对于合乐诗固然有意义，对于不合乐诗来说关系尤大。诗为歌时，因有音乐的配合缘饰，质朴的文字也可能具备丰富的美感，而当它移离音乐成为徒诗时，为了满足审美需要，追求辞藻的倾向就会突出，从而引起文、质关系改变，而文、质比例也就显得更加重要。徐祯卿很重视文、质在诗歌中的主次比例，这是他考虑诗歌史上各个阶段创作成就优劣高低的重要依据。他指出，"古诗"（主要指东汉五言古诗）"由质开文"，以质朴为主而又能润之以文丽，文、质比例合理，因而"擅巧"；晋诗"由文求质"，繁缛过甚但稍求质朴而已，文、质比例不合理，所以衰落。这一盛一衰，正说明保持适当的"文、质"比例关系对于诗歌（尤其是移离了音乐体制后的徒诗）创作具有极其重要的意义。徐祯卿说，介于"古诗"和晋诗之间的魏诗，其特点是"文质杂兴，本末并用"，也就是"文、质"兼具而不分主次，这相对于晋诗显然有其优点，相对于"古诗"却又显出了不足。所以魏诗是一道"门户"，经由它诗歌可以趋向上乘，也可以陷落下乘，好比是十字路口，这就是"门户非定程"的道理。所以学魏诗，要在学习魏诗与汉诗相通的以质为主、以文为辅的经验，所谓"故绳汉之武，其流也犹至于魏"，而不能像陆机那样去突出"绮靡"，文多质少，所谓"陆生之所知，固魏诗之渣秽耳"。曹丕《典论·论文》："诗赋欲丽。"丽、绮靡意思相近。《谈艺录》："（曹丕)《燕歌》开其靡。"这些都是徐祯卿将陆机的绮靡论与魏诗中的部分绮靡特点放在一起加以批评的缘故①。所以他很不满意陆机"非知之难,能之难也"的说法,反驳说:"夫既知行之难,又安得云知之非难哉?"强调只有正确清楚地了解诗歌史上盛衰优劣实际,明白应当取法什么,以什么为教训,才能写好诗歌。陆机原意是说知道写作的道理并不难,难的是写作本身。徐祯卿的反驳与陆机原意不甚一致。

关于魏、晋诗歌的区别,前人已有许多分析,刘勰、钟嵘两种不甚相同的意见颇具有代表性。刘勰《文心雕龙·明诗》称建安诗人的共同特点是"慷慨以任气,磊落以使才,造怀指事,不求纤密之巧;驱辞逐貌,惟取昭晰之能",晋世群才大略风格是"采缛于正始,力柔于建安,或析文以为妙,或流靡以自妍"。《时序》所作的概括相似,说建安诗歌"志深而笔长","梗概而多气",以风骨胜,晋世文学"结藻清英,流韵绮靡"②,以缛采胜,高低有别。钟嵘也高度推崇建安诗歌,"彬彬之盛,大备于时",同时又盛称"(晋)太康中,三张、二陆、两潘、一左,勃尔复兴,踵武前王,风流未沫,亦文章之中兴也"③,维持对两个时期的诗歌大致平衡的看法,比诸刘勰提高了对晋诗的评价,减少了魏、晋诗歌之间的落差。徐祯卿对魏、晋诗的评价总体上与刘勰更接近,但是他将晋诗视为诗歌史上开始趋向衰落,乃至是亟需扭转的对象,这种态度又与

---

① 徐祯卿批评陆机《文赋》,然而写《谈艺录》又在有些地方借鉴和模仿《文赋》。他主张以情为核心的诗源论,与陆机"缘情"说相近。"夫任用无方"至"此诗之所以未易言也"一段,与《文赋》"体有万殊"以下论文体特点,内容和见解都相似。篇中多用"或"字领起的排比句,文字清雅,都略如《文赋》。有些句子如"玉韫于石,岂曰无文;渊珠露采,亦非无质"与《文赋》"石韫玉而山晖,水怀珠而川媚";"文如铸冶,逐手而迁"与《文赋》"随手之变,良难以辞逐"等等,如出一辙。说明徐祯卿虽然在主观态度上有摆脱陆机及六朝文学影响的强烈愿望,实际并未完全实现。
② 范文澜《文心雕龙注》,第66—67,674页。
③ 钟嵘《诗品序》,吕德坤《钟嵘诗品校释》,北京大学出版社,2000年,第3页。

刘勰较然有别,而他认为魏诗本身含有将晋诗导向重文轻质的因素,从而对魏诗的"文、质"关系也寓有一定不满,这与刘勰也明显不同。徐祯卿的意见是唐朝尤其是中唐以后形成的非议南朝文学的进一步延伸,反映了明代中期涌动的文学复古思潮。

徐祯卿撰写《谈艺录》带有明确批判"时人近世"文学风气、提倡复古的用意,他在《与李献吉论文书》中说:

> 仆少喜声诗,粗通于六艺之学。观时人近世之辞,悉诡于是。惟汉氏不远逾古,遗风流韵,犹未有艾(引者按:意谓断绝),而郊庙间巷之歌,多可诵者。仆以为如是犹可不叛于古,乃摅其性情之愚,窃比于作者之义。今时人喜趋下,率不信古,与之言不尽解,故久不输其说,恐为伯牙所笑。乃一日遇足下而独有取焉,何也?①

这是他对自己为何撰写《谈艺录》的说明。根据这段自述,徐祯卿撰《谈艺录》是以信古的态度反对时人"率不信古",有人认为徐祯卿的不满是指向"吴声"②,这大致是可以成立的。这段话又告诉我们,徐祯卿虽然肯定先秦诗歌、两汉诗歌、魏诗都要学习,而他真正向往的其实是两汉五言诗和乐府诗。

尽管文学批评史上对晋诗以降尤其是南朝诗歌的评价从来都有争论,然而像徐祯卿这样断然否定晋世以下诗歌,并且以《谈艺录》只评论魏以前、不屑议论晋以降的方式表示对后者明确排斥,这还不常见,显示徐祯卿不从群的个性,以及他非温和主义的文学批评立场。对于徐祯卿的这一批评主张和立场,吴中地区及周围一带文人也有赞赏者,如袁袠《徐祯卿传》说:"弱冠作《谈艺

---

① 范志新《徐祯卿全集编年校注》卷五,人民文学出版社,2009年,第696—697页。本文以下引用此书,仅注书名、页码。
② 郑善夫《迪功集跋语》:"(徐祯卿)十岁学古文章,遂成章,二十外稍厌吴声,一变遂与汉魏盛唐大作者驰骋上下。"(范志新《徐祯卿全集编年校注》附录四,第847页)

录》,以究诗体之变,断自汉魏而止,晋以下弗论也。……观徐生《谈艺录》,一何辨而裁也。"①然而徐祯卿这种大刀阔斧的做法毕竟不容易被该地区文人广泛接受,所以不少批评家纷纷对此提出质疑。王世贞《艺苑卮言叙》:"余读徐昌谷《谈艺录》,尝高其持论矣,独怪不及近体,伏习者之无门也。"②许学夷也说:"徐昌谷《谈艺录》,总论诗之大体与作诗大意,中间略涉《三百篇》、汉魏而已,六朝以下弗论也。然矫枉太过,鲜有得中之论。"③总之,后人在评价徐祯卿诗歌史观问题上存在很大分歧。

三、以情为核心的诗源论

以情为核心的诗源论是《谈艺录》又一主要内容。相比于徐祯卿的诗歌史观以及"极界"说,其诗源论是为读者广泛接受和高度认可的部分,甚至可以说《谈艺录》一书所以一直受到人们关注和好评,主要正是基于大家对书中这方面论述的肯定。

唐顺之《封梧州知府朱公墓志铭》载:

> 昌榖尝数过(朱)公论诗,公曰:"诗贵成家,格卑弱固不可,若规规摹拟前人逼真,亦词家大忌也。且夫古之为诗者,以寓性情也,得之于体裁而失之于性情,亦安用诗?"昌榖深服其言。④

徐祯卿论诗突出情感在诗歌创作和诗歌欣赏中的重要意义和作

---

① 范志新《徐祯卿全集编年校注》附录五,第874—875页。
② 王世贞《艺苑卮言》卷首,丁福保编《历代诗话续编》,中华书局,1983年,第949页。本文以下引用此书,仅注书名、卷数、页码。
③ 许学夷《诗源辩体》卷三五,人民文学出版社,1987年,第343—344页。
④ 唐顺之《唐荆川先生文集》卷九,明末刻本。按:朱公,吴县(今江苏苏州)人,朱鸿渐父。鸿渐,明正德十六年(1520)进士,历官兵部武选主事、梧州知府,朱公因此先后被朝廷封为武选主事、知府。

用,这与他直接受到朱某等吴中文人的影响分不开。又吴中诗风具有悠久的"缘情"传统,诗人对陆机"诗缘情而绮靡"说天然有一种普遍认同倾向,从而形成该地域特有的诗歌风貌。前述徐祯卿抨击陆机这句论诗名言,准确地说他其实是指向"绮靡"而非指向"缘情",他与吴中诗歌的"缘情"传统是亲和无间的。

关于诗歌与情,徐祯卿《谈艺录》主要提出以下意见。

(一)决定诗歌创作成败优劣的诸多因素有主辅之分,互相形成源流关系,它们是有机的系统,其中最重要的因素是诗人的情感和构思,情感尤为根本。他说:

> 情者,心之精也。情无定位,触感而兴,既动于中,必形于声。故喜则为笑哑,忧则为吁戏,怒则为叱咤。然引而成音,气实为佐,引音成词,文实与功。盖因情以发气,因气以成声,因声而绘词,因词而定韵,此诗之源也。然情实眇眇,必因思以穷其奥,气有粗弱,必因力以夺其偏,词难妥帖,必因才以致其极,才易飘扬,必因质以御其侈。此诗之流也。由是而观,则知诗者,乃精神之浮英,造化之秘思也。

诗人之情感物而动,又通过诗人之气斡萦而显化为音节、文辞、韵,于是产生诗歌。所以从一首诗歌的形成来说,情、气、音、词、韵是"诗之源",其中"情"更是源中之源,有了这些因素才会有诗歌。然而,有诗不一定就意味有好诗。虽然冲口而谈,任情吐词,诗歌史上也不乏佳作,然而这毕竟不是常态的诗歌创作,所谓"《垓下》之歌出自流离,'煮豆'之诗成于草率,命词慷慨,并自奇工,此则深情素气,激而成言,诗之权例也"(《谈艺录》)。所以能否写出好诗还与其他因素有关。徐祯卿认为这些其他因素包括思、力、才、质,即诗人丰富的想象和周详的思考、刚健持中的气力、驾驭文字的高超才能、厚重朴实的素质,这些是"诗之流",其中"思"最为重要,它们可以使诗歌创作之"源"诸因素更积极地产生效用,而且避免其可能的偏颇。在徐祯卿看来,没有"源"的主导就不会有诗歌,而没有"流"的辅助则难有好诗,所以理想的诗歌创作应当是"源""流"结合,交互作用,形成良性的创作互动使各因素和谐地融为一体。"朦胧萌坼,情之来也;汪洋漫衍,情之沛也;连翩络属,情之一也;驰轶步骤,气之达也;简练揣摩,思之约也;颉颃累贯,韵之齐也;混沌贞粹,质之检也;明隽清圆,词之藻也。高才闲拟,濡笔求工,发旨立意,虽旁出多门,未有不由斯户者也。"这是徐祯卿告诉读者的"源、流"诸因素良性、有效互动呈现出的诗歌创作过程和共同步骤。在这段话里,用以描述诗歌创作中诗人情感活动状态的句子明显比描述其他因素的多,这正说明"情"在诗歌创作中的作用最为重要。徐祯卿根据以上认识得出结论,"诗者,乃精神之浮英,造化之秘思也"。"造化之秘思"就是指诗人契入自然的想象和思考。说明在具备诗歌诸因素的前提下,诗人情感活动,辅以想象和构思,是产生优秀诗歌最重要的条件。

(二) 诗人表情的需要决定诗歌体格,也即"因情立格",而不是相反。他说:

> 诗家名号,区别种种,原其大义,固自同归。歌声杂而无方,行体疏而不滞,吟以呻其郁,曲以导其微,引以抽其臆,诗以言其情,故名因象昭。合是而观,则情之体备矣。夫情既异其形,故辞当因其势,譬如写物绘色,倩盼各以其状,随规逐矩,圆方巧获其则。此乃因情立格,持守圜环之大略也。

这意思是说,诗歌的体裁形式虽有种种区别,它们应该满足诗人表情的需要则相同,由于诗人的情感意绪会有不同色彩,也会有刚柔强弱差异,而诗人对于如何才能恰当地表达自己的情感往往会有不同的考虑,所以诗人会根据自己具体表情需要分别选择吟、曲、引、诗等不同体裁。"情既异其形,故辞当因其势",这里的"辞"包括诗歌语言和体格,而对语言的要求也是诗歌体格内在规范的一部分,所以它主要指诗歌体格。徐祯卿肯定,在诗人情感与诗歌体格构成的创作关系中,"格"自有定式,"情"妙变无方,诗人情感始终是主导的、决定的因素。他还说各体诗歌由于具体作用不同,作品的"情、文"也会随之变化。"夫任用无方,故情文异尚。譬如钱体为圆,钩形为曲,箸则尚直,屏则成方。大匠之家,器饰杂出,要其格度,不过总心机之妙应,假刀锯以成功耳。"可是无论怎么变化,"情"与"文"的关系总是需要互相保持协调,须视情定文,驭文于情,"行旅迢遥,苦辛各异;遨游晤赏,哀乐难常;孤孽怨思,达人齐物;忠臣幽愤,贫士郁伊。此诗家之错变,而规格之纵横也"。"错变"指情,"纵横"指文,两者犹如影之随形,响之应声,尽管创作过程中的某些具体阶段"文"对"情"会产生拉牵作用,然而就整个创作过程来说,"情"总是"文"的盼咐者,用"亦步亦趋"形容两者的关系庶几符合实际。

(三)诗歌所以可感可观,原因是诗歌表现了真情。他说:

> 夫情能动物,故诗足以感人。荆轲变徵,壮士瞑目;延年婉歌,汉武慕叹。凡厥含生,情本一贯,所以同忧相瘁,同乐相倾者也。故诗者风也,风之所至,草必偃焉……若乃歔欷无涕,行路必不为之兴哀;怼难不肤,闻者必不为之变色。

"风之所至,草必偃焉"被用来说明诗歌特点时,"风"除了指诗体之外,还指诗歌感化读者的艺术方式。徐祯卿认为,诗歌能够感动读者,是因为它具有情感力量,而这种情感力量首先来自诗人赋予,假如作品中没有真切的欢爱和怨恨,读者也就会漠然以对,无动于衷。当然他又指出,诗歌感动读者还与诗人运用语言艺术有关,质木无文或彩丽竞繁都难以感动读者,惟使诗歌语言美如"繁露,贯而不杂",以此传递诗人深情深意,才会丝丝入扣,亹亹动人。他认为从诗人方面说,诗歌的作用是宣泄郁积,感化天下,所谓"宣玄郁之思,光神妙之化者也"①;从读者方面说,则是借助诗歌观事察情,所谓"览其事迹,兴废如存;占彼民情,困舒在目"。而读者所以能够从诗歌获得认识价值,也是源于诗人咏唱诗歌时充满真情,"贤人逸士,呻吟于下里;弃妻思妇,歌咏于中闺",诗人将这些真情写出来,就等于是对社会生活环境和人的精神世界真实地绘述。故诗歌源于诗人真情,也就是源于社会,而读者借此觇情观志,其实也就收到了阅世观风的效果,诗歌表现论与再现论互相之间并非不可贯通。

当然,影响诗歌创作的因素很多,当词语结合、兴象连缀之际,逐手而变,猝然出现神奇组合,这在实际写作中常常发生,且因人而异,这类"超悟"现象为文学创作增添了奇妙色彩,然而文学创作大致的恒度无疑是存在的,并且是可以认识和把握的。徐祯卿尊重创作中的"权例",更重视"通论",他以情为核心的诗源论即是重要的一项创作通则。这与他以《诗经》为"轨度"、两汉诗歌为"堂奥"、魏诗为"门户"的诗歌"极界"说相辅相成:标榜"极界"是为了"削浮华之风,敦古朴之习",强调以情为诗源则是赋予诗歌活泼充沛的生机,使诗歌成为人们永远不减魅力的精神伴侣。他特别重视学习汉代古诗和乐府,以此为最主要的复古目标,因为他认为这些作品抒情性强,后来的诗歌也抒情,可是诗人过于用心铸词,追求丽风,导致诗歌创作中抒情集中度的下降。所以,徐祯卿倡复古与重抒情是一致的。后人好用"矛盾"二字解释徐祯卿重情和向往古诗之说的关系,且以为复古与抒情犹如熊掌与鱼不可兼得。徐祯卿不如此看,李梦阳也不如此看,李梦阳曾经责问道,用古人的圆规方矩怎么不可以建造自己的楼台亭阁?用古代的诗文法则写我之情、述今之事怎么就成了古人的影

---

① 按:"玄"因避康熙讳在《历代诗话》本《谈艺录》原文中被改为"元"。又按:"光神妙之化者","光"字通"广"。

子①？徐祯卿与李梦阳后来成为一派，这是他们共同的诗学思想基础。文学批评史家通常用拟古与反拟古总结明代文学批评两派思潮的起伏和交锋，其实用"拟古"二字概括七子一派并没有反映出其全部的重要主张，他们更多是主张复古与抒情双重协奏。强调抒情是着重说明诗歌应当写什么，强调复古则主要涉及应当如何写。在如何写诗的问题上，复古者主张学习古风，使诗歌具有古朴高雅的面貌，拒绝与近世风格同流，而其内涵通常仍然是要求抒情，是追求真诚而不是鼓励虚假。写什么与如何写有密切关系，又不是一回事，具体到复古问题上，它们之间有矛盾又并非全然矛盾。一般来说，写什么确定以后，作者总会因为考虑如何写的问题而向各种合适的对象学习，撷取经验，或者取法于历史上的经典作家作品，或者向当代作家和民间文学借鉴，或者兼而有之，为什么通过其他借鉴途径不会特别形成写什么与如何写的矛盾，唯独借鉴古人的一派就会出现真我消亡、影响创作质量的问题呢？所以，复古与抒情必然分离的推断还有商榷的余地。当然，复古与新变的趋向相反，故复古文学的新气象或会逊色，在这方面前后七子（包括徐祯卿）自有其程度不同的缺失，他们的作品多有模拟痕迹。然而，这是否可以完全归于其理论指导错讹？如果真是其文论指导思想不妥，究竟是因为其学说根本不能成立还是局部主张不适切？陈子昂倡"汉魏风骨"与"兴寄"（其实也是复古与抒情合一）怎么又成功了呢？看来对这些问题不必遽然做唯一的结论。

四、与李梦阳、吴中诗风的关系

在徐祯卿研究中从来存在一种偏向，就是过度强调了李梦阳

---

① 李梦阳《驳何氏论文书》，《空同子集》卷六三，明万历三十年邓云霄刻本。本文以下引用此书，仅注书名、卷数。

对徐祯卿的影响。如人们普遍以弘治十八年徐祯卿考中进士为界限,把他的文学经历划成前后两个阶段,认为他第一阶段笼罩于吴中文学氛围、好尚之中,受江南六朝文学传统及中唐白居易等诗歌熏陶,后一阶段他才幡然觉悟,转变立场,推崇汉魏,崇尚复古,而发生转变的契机就是他在这一年结识了李梦阳并接受了他的文学主张。如《明史·徐祯卿传》说:"既登第,与李梦阳、何景明游,悔其少作,改而趋汉魏、盛唐。"①这又导致人们认为徐祯卿《谈艺录》写于接受李梦阳影响之后,是他诗学思想发生转变以后的产物,如王士禛先引《谈艺录》的话,接着说:"当是既见空同之后,深悔其吴歈耳。"②此说广为流传,影响到今人治文学批评史,其实这是错误的。徐同林先生根据徐祯卿《题〈谈艺录〉后三首》《月下携儿子小闰教诵新句》,以及李梦阳《徐迪功别稿序》、徐缙《徐迪功集序》等,有力证明《谈艺录》是徐祯卿进士及第之前的早年之作③。徐祯卿、李梦阳有很多相近或一致的文学主张,比如徐祯卿《谈艺录》提倡经由魏诗门户进入汉诗堂奥,李梦阳则认为"三代以下,汉魏最近古"④,二人对诗歌史的基本看法和祈向没有区别。又比如徐祯卿强调诗歌的合乐性,李梦阳论诗也是"主调"不"主理",肯定"其气柔厚,其声悠扬,其言切而不迫"⑤,他们都不好宋诗与此大有关系。根据《谈艺录》的撰写时间可知,这种一致性在徐祯卿结识李梦阳以前就已经存在,而不是等到二人认识以

---

① 张廷玉等撰《明史》,中华书局,1974 年,第 7351 页。以下引用此书,仅注书名、页码。按:《明史》作者将李、何并视为对徐祯卿产生重大影响的人物,然而更多的批评家一般没有考虑何景明影响的因素,因为徐、何之间实际的交往很少。
② 《居易录》卷三二,王士禛著、袁世硕主编《王士禛全集》,齐鲁书社,2007 年,第 4337—4338 页。以下引用《王士禛全集》,仅注书名、页码。又按:王士禛,原名王士禛,避讳改禛为正,又改为禛,本书除了《王士禛全集》用"禛"之外,其他一律称王士禛。
③ 徐同林《徐祯卿〈谈艺录〉作年新探》,《苏州大学学报》1993 年第 4 期。
④ 李梦阳《与徐氏论文书》,《空同子集》卷六一。
⑤ 李梦阳《缶音序》,《空同子集》卷五二。

后才有。既然如此,自然应当认为徐祯卿与李梦阳合为一派,乃是属于两人同气相求,同声相应,而不是像有些吴中人士所挖苦的那样,认为徐祯卿是明妃远嫁、邯郸学步①,当然也不是像有些人所想象的,以为这是李梦阳对徐祯卿文学思想的征服,意味着北方文学对南方文学的胜利。其实徐祯卿即使不发生与李梦阳结交这一段因缘,凭借《谈艺录》在文学批评史上为自己确立复古者形象及其地位的事实也不会改变,虽然影响会有所降低。

另一种看法也比较普遍,认为徐祯卿早年的诗歌与他《谈艺录》的见解互相矛盾。这看法最早由李梦阳在《徐迪功别稿叙》中提出,他说,徐祯卿《谈艺录》与他自己早年诗作"殊不类"。黄鲁曾也说:"(徐祯卿)作《谈艺录》,诗有《叹叹集》,此二者诚抵牾也。"②有人认为徐祯卿诗歌创作与诗论所以有这种矛盾,是他"才不逮识"③"有六朝之才而无其学"所致④,因为徐氏贫困,"家不蓄一书"⑤。人们几乎一致地把徐祯卿"文章江左家家玉,烟月扬州树树花"作为他早期诗风的代表,也作为他早年心仪六朝诗歌的证据,作为对其诗歌创作与《谈艺录》主张矛盾说的支持。然而大家对徐祯卿这首诗歌的寓意实有很大误会。这两句诗出自七律《文章烟月》,开始当是收入《叹叹集》⑥,它其实表达了徐祯卿欲从六朝诗文风气影响下摆脱出来的心情。诗云:"风霜独卧闲中病,时节偏催蛰口蛇。篱下落英秋半掬,灯前新梦鬓双华。文章江左

---

① 见王士禛《居易录》卷一九引语,王士禛著、袁世硕主编《王士禛全集》,第4056页。又见钱谦益《列朝诗集小传》丙集《徐博士祯卿》引语,上海古籍出版社,1983年,第301页。
② 黄鲁曾《续吴中往哲记补遗·徐祯卿传》,转引自《徐祯卿全集编年校注》第880页。
③ 项笃寿《今献备遗》卷四二《徐祯卿传论》,明刻本。
④ 王世贞《艺苑卮言》卷六,第1045页。
⑤ 阎秀卿《徐祯卿传》,转引自《徐祯卿全集编年校注》,第873页。
⑥ 见范志新《徐祯卿全集编年校注》,第4页。

家家玉,烟月扬州树树花。会待此心销灭尽,好持斋钵礼毗耶。"①前四句叙说时节流逝("鳌口蛇"用苏轼《守岁》"欲知垂尽岁,有似赴鳌蛇"的典故,比喻一年中残剩的日子),秋花渐次陨落,诗人体弱卧病,意念消沉。后四句状江南、扬州的景色风情、诗文风气,而重点又落在形容诗风文风上,认为它们应该被更有意义的东西替代才好。"家家"是复数词,意义主要指向"江左"诗人群体(现实的和历史的),当然也可以包括诗人在内,但是显然不能将此复数词理解为是专指诗人自己。末两句直接道出诗人态度,就是要摆脱这种诗文风气的影响和羁縻,到佛教信仰中去寻求安然的生活和心境。徐祯卿所要"销灭尽"的"此心",应该就是他前面说的沉溺于"文章江左家家玉"的态度。所以,仅仅确认"文章江左"两句是诗人早年受六朝及江南美文影响的证据,这还远远不够,更重要在于,它们同时流露出徐祯卿在当时产生了排抵六朝及江南文学的心理。所以,诗中"文章""烟月"两句所代表的那种美好,恰是徐祯卿不想多加欣赏甚至是想加以反抗和抵御的对象。对此诗做这样解读,可以有两个旁证。(一)阎秀卿《徐祯卿传》说:"因感屈子《离骚》,作《叹叹集》。论者以'文章江左家家玉,烟月扬州树树花'为集中警句,虽沈、宋无以加。"②这说明阎秀卿所理解的包括《文章烟月》诗在内的《叹叹集》是像屈原《离骚》一样抒写忧愤的诗歌,所以,若孤立地引"文章""烟月"两句,用其表面的美好语意去概括全诗主旨,那将是对徐祯卿的误读。(二)徐祯卿《寄杨仪曹君谦》诗云:"从来贫贱遭人唾,敢以文章乞世怜。""清才江左今无数,试一题评孰后先?"③一方面表示自己不屈和傲岸的处世态度,一方面对"江左"无数"清才"表示不屑,借助"清才江

---

① 范志新《徐祯卿全集编年校注》,第4页。
② 阎秀卿《徐祯卿传》,转引自《徐祯卿全集编年校注》,第873页。
③ 范志新《徐祯卿全集编年校注》,第7页。

左"句解读"文章江左家家玉",不难明了它主要不是对江左众多文章家表示推崇,而是含有对他们的婉讽。《寄杨仪曹君谦》也是徐祯卿早期作品,因此有很大的可比性。总之,人们引这两句诗形容徐祯卿本人当时的诗歌风格,而掩盖了他用以批判诗文风气的真实意图,这种误读好比是将元好问《论诗绝句三十首》"奇外无奇更出奇,一波才动万波随"当作元氏对他自己所向往的诗风的一种描述,而不是借此表达不满一样,难免断章取义之诮。《文章烟月》一诗流露出徐祯卿对六朝江南诗风的抵御心理与他在《谈艺录》中主张宗尚汉魏诗,强调"由质开文",呼吁对"由文求质"的诗风保持警惕,互相形成呼应,也与本文前面谈到徐祯卿撰《谈艺录》带有明确批判"时人近世"文学风气的目的相一致。这些都说明,徐祯卿之所以在《谈艺录》中表达藐视晋以降诗歌的主张,绝非偶然兴起之所为,而文徵明论徐祯卿早年写诗,"为汉魏五言,莫不合作"[①],也可以旁证他心仪的好诗是什么。那么,又如何解释徐祯卿当时的诗歌烙有江南美文痕迹?我以为,一个人的写作主张有时候需要"等候"他自己的实际写作。作者实际写作的节拍慢于自己的文学主张,是常有的事,所以主张对写作的"等候"有时是必要的,难免的,可是这并不意味两者构成趋向相反的矛盾运动。当然,也不能将徐祯卿与汉魏、六朝诗歌的关系简约为一吐一纳、一有一无,其实,他一生创作与汉魏、六朝诗歌的关系虽有明显变化,又始终缠结在一起。他早期学汉诗体现为多用汉朝典故,比较表面,后期则变而气调温裕,契入了汉诗肌理;早期他虽然抵御六朝诗风,然未尽脱丽妍,后期绝去词靡,而犹存六朝清绮。

从徐祯卿早期作品不难感知他精神孤独失恃的苦闷,尽管有来自祝允明、唐寅、文徵明等挚友的相益之乐,也无法使他将这种

---

① 文徵明《焦桐集序》,《文徵明集》补辑卷一九,上海古籍出版社,1987年,第1258页。

孤独和苦闷排遣。其中当然有因为科举考试压力而引起的功名焦灼,或者因天生孤傲而引发的离群忧戚,然而更主要原因则是他的文学志尚、兴趣和主张与吴中文学氛围不和谐所导致的被边缘的痛苦。如他在《再用前韵》诗里说自己"文技本违时","白首少相知","白首"意思是少年已生白发。《有感》诗"齐人未学空咻楚,众口无端又铄金",借咏古抒发自己对生活的感受。他尤其无法释怀自己精心结撰的《谈艺录》一书的遭遇。《题〈谈艺录〉后》之三自诩该书是连城之璧,却不为周围人赏识,"阿卿掩抱千金稿,藏向名山自一家",自嘲只好像司马相如怀揣价值昂贵的《长门赋》一般,将它埋藏名山,等待将来的知音来肯定。《醉时歌》"长门独抱黄金愁,赋就不逢杨意喜",反用蜀人杨得意荐举司马相如典故,也是指《谈艺录》在吴中文人中遇到的冷淡。徐祯卿深感孤独无援,内心充满对被认可、被肯定的渴望,故他脱群高翔。弘治十八年考中进士,使他有了与北方文人,特别是与名声高隆的李梦阳主动交往的自信。李梦阳读了他《谈艺录》和古赋歌颂给予充分肯定(见李梦阳《徐迪功别稿序》《迪功集序》等文所述),这与吴中人士的态度形成强烈反差,徐祯卿在吴中地区得不到的,李梦阳慷慨地给了他,这让他倍感温暖和惊喜,也令他十分难忘,他从此对李梦阳一直怀有感激、牵念之情。当然,这主要是两人相同或相近的诗学思想一次会合,友情则是建立在这基础之上的。在两个人交往过程中,虽然是徐祯卿从李梦阳身上获得的益处多,可这并不是说李梦阳把徐祯卿原本所没有的文学思想灌输给了他,而是指李梦阳进一步加固了徐祯卿原本所有、与李氏相一致的文学思想,徐祯卿由此更增加了自信,也摆脱了缺少知音的苦闷。另外也要看到,徐祯卿尽管与李梦阳结成了文学盟友,然而两人的差异并未完全消失,北方文学踔厉振迅的风格毕竟不为徐祯卿所擅,南方文学先天的婉约清绮胎记又非他所能驱尽,何况他也未必产生过要把乡土风格驱之欲尽的想法。李梦阳当然可以对此表示不满,在《迪功集序》批评徐祯卿"守而未化,故蹊径存焉",然而徐祯卿似乎还是愿意与李梦阳多少保持一些和而不同的关系,他并不想褪去自己个人的色彩。

(《文艺研究》2012年第2期)

归有光的精神世界

归有光为一代文宗,研究而关注他古文成就,为理所当然。文学之外,归有光的精神世界也绚丽丰富,而他杰出的古文成就恰是其全部精神之浮英。

一、现 实 情 怀

归有光明达世务,怀治世安俗大志,虽久经颠沛、压抑,此心不移,一旦进入仕途,一念为民。这特别重要的表现在三个方面。(一)批判社会。凡社会之不公,世上之恶习,官场之腐败,人心之浊溷,归有光都予以谴责、抨击。亲情散文之外,批判性散文构成他古文创作又一笔重彩浓墨。如他对科举制度弊端的认识和批判相当深刻,开明清之际思想家反思这一制度的风气。(二)重视水利。归有光家乡一带濒临河海,川渠纵横,水患是大害之一,因此水利便成为了当地民生和经济的命脉,而且也是当时关系抗倭的一项大业。归有光并非水利专家,但是,他认识到水利攸关重大,因此留意收集前人相关图籍,并且长期考察、研究河道,了解附近的河渠水文情况,从实际出发,在借鉴前人治河措施的基础上,提出他自己兴修水利的见解,编成《三吴水利录》。《四库全书总目》称该书"所论形势脉络,最为明晰",提出的治理办法,"亦确中要害"。归有光还多次上书执政,条陈治水策略,贡献智慧。(三)坚定的抗倭论者。明中叶,我国东南沿海深受倭寇之祸。归有光亲身经历抗倭斗争,撰写多篇文章探讨倭寇所以猖獗、明朝军队屡屡失败的原因,他向官府上书,或代人上书,提出有效抗倭的计策,思虑相当周密。他像战地记者一样,记录当时的抗倭经历,具有史料价值。

纵观归有光一生,他对现实始终怀着热情,希望社会日臻于完美,为此而兢兢业业。他在《上万侍郎书》中曾提到,有人出于官场倾轧的计谋,放风声说他不通吏治,不知世用,只是个书呆子。这种小人伎俩使他深感侮辱,也异常悲愤,而这种侮辱感和悲愤多转化为他笔下的华章。

二、妇 女 观

归有光写过一篇《贞女论》,反对女子订婚尚未嫁,夫死而终身守寡,甚至为其夫而死,认为这种行为"乖阴阳之气","伤天地之和",不符合"天地之大义",也不符合先秦儒家思想和先王之礼。他反对用这种道德观念鼓励世俗。在宋明理学盛行的时代,社会上下不遗余力地宣扬女子节烈之重要,培养违反人性的荣辱观。归有光的文章对此明确反对,并做了有力论证。

由于归有光这篇文章态度鲜明,锋芒毕露,与世俗主流观念大异其趣,故引起后人持续关注,并引发争议。陈维崧称赞此文:"反反覆覆,一层深一层,一步紧一步,古今有数文字。"(陈维崧选《归震川文集》卷五)汪琬推崇归有光,喜爱他的文章,甚至模仿他写作,然而对归有光《贞女论》一文的观点并不同意。他在《宋烈女传》中说:女子"有未嫁而殉其夫者,或疑之以为过",其实是站不住的。他用士庶没有禄位,可以不为君主死却选择捐躯,得到孔子称赞的例子,责问道:"其又何疑乎女子之殉夫也?"他认为烈女的行为与士庶选择忠君而死,道理是一样的(见《钝翁文稿》卷二三)。他这番话明显是对归有光的质疑,说明二人思想不同。钱大昕《记汤烈女事》也讨论女子许配而未嫁,从其夫而死是否符合礼制的问题。他说:"先王制礼,初不以从一而终之义责之未嫁之女,而后世乃有终其身不嫁者,有就婿之室而事其父母者,甚至有以身殉者,此礼之所无有也,然而士君子未尝不原其志而取之焉。"一方面,钱大昕通过解释束缚相对较少的古礼,寄托其松懈严重压迫妇女的伦理理想;另一方面,他又认为如果女子本人有真实的不嫁或殉夫意愿,他人也可以肯定,不必反对,因为她们这么做,"未悖乎礼之意"。他称女子从一而终甚至殉夫"非礼之中",意思是说,这种行为虽然不符合最标准的礼,可是也没有违反礼。钱大昕没有说他写这篇文章是指向归有光《贞女论》,可是很显然,他确实也是在与归有光进行"对话"。他同意归有光基本的观点,又不同意归有光全部的观点。相对于归有光,钱大昕对宋明理学及其形成的世俗表示出某种迁就。姚鼐以"古今情事殊"为由,提出不能以古代女子许嫁,仍可以别嫁,来证明后来这么做也是合理的,因此他认为归有光《贞女论》所言显然是错的(《张贞女传》)。然而令人不解的是,为什么对女子的束缚在古代不合理,在后代却变成合理了?清朝另一经学家焦循,也明确反对归有光《贞女论》,他先后写了《贞女辨上》《贞女辨下》《钞依归草序》等文,对归有光进行驳斥。《贞女辨》上下二文都没有说其文是针对归有光,只是说:"或谓古无贞女之名,非也。"《钞依归草序》则将他批评的对象说得甚清楚:"熙甫(归有光)泥女子从父之说,而禁室女之守贞。余深恶是说之似是而非,尝撰《贞女辨》二篇,以祛其妄,世固已共见之。"焦循反驳归有光的理由,一是古代并非没有女子许配后,夫死而不改嫁事例;二是古代贞女少,后代贞女多,原因是古代男女议婚晚,聘与娶之间相隔短,发生这种意外的机会少,后世则年幼议婚,而到举行婚礼,相隔了很长岁月,故容易发生这类意外。可是,古代生活中有这一类事例,并不表示女子许配后,从一而终甚至殉夫,形成了制度,或当时社会确立了这类普遍的、难以拗违的伦理观念。男女议婚年龄大小,虽会在一定程度上影响社会贞女数量多少,可是宋明以后贞女大量增加,这显然是受社会流行的理学严重影响所致。因此,焦循为世俗所作的辩护是无力的,他对归有光的驳斥同样是无力的。在这个问题上,归有光比汪琬、焦循、姚鼐乃至钱大昕都高明,从中国思想史和女性史的进程看,归有光的观念是符合历史进步和发展的。

归有光女性散文写得非常优秀,其成功的经验有些可以结合他的女性观来认识。

比如他写过一组文章,记叙张贞女被害事件,为她鸣冤,伸张正义。张贞女嫁到安亭,发现其婆婆品行恶劣,希望她收敛,婆婆则欲拉她下水,遭拒绝,又串通恶少将她杀害。案发之后,婆家又到处行贿,掩盖真相,致使案件审理是非颠倒,让惨死的张贞女又蒙受不白之冤。归有光同情这位女子,对龌龊的世俗深表愤慨,他参与调查真相,联络乡绅主持公道,最终使案情大白。为此事,归有光先后写了《书张贞女死事》《张贞女狱事》等十余篇文章。为一人一事反复撰文,这在他的写作生涯里并不多见,正表明他对此事高度重视。当时坊间对她有一些苛议和无端猜测,归有光对此作出解释,或据理加以驳斥。他称赞此女子面对"淫姑之悍虐,群凶之窥闯",勇敢反抗,"守礼不犯,皭然于泥滓之中",认为称她为"贞妇"恰如其分(见《贞妇辨》)。这与当时一般的贞烈观有不同的含义。

在女子题材的古文写作中,归有光提出写"常"的主张,即写她们日常生活,记她们"平常之行",以朴实显其内心的美,反对文人的写作"喜异而忽其常"。他说写女子题材的作品,自古以来存在着两种不同传统,一种是《诗经》传统,取"妇人女子之常,而事之至微者",加以歌咏。另一种是以后来史书为代表的传统,必取其"感慨激发,非平常之行",才予以记载,以为非此不足以垂芳烈、著美名(《沈母丘氏七十寿序》)。这又导致了后来形成古文家争相以恪守妇道的贞烈女子为记述对象的写作风气。归有光肯定《诗经》写"常"事、"微"事,这对于女性题材的写作自有其突出的意义,对于写作其他记人记事的题材也具有普遍的意义。他批评以史书为代表的女性写作喜异忽常,不满其狭窄、偏至,是中肯的意见。归有光散文善于从习见的事情显出不平凡,所以,写"常"而不是一味求"奇",也是他对自己写作经验的总结。

三、与佛学思想的关系

归有光博览佛典,写过不少与佛教有关的作品。钱谦益高度肯定归有光的佛学修养:"先生儒者,曾尽读五千四十八卷之经藏(引者按:指《大藏经》),精求第一义谛,至欲尽废其书。而悼亡礼忏,笃信因果,恍然悟珠宫贝阙生天之处,则其识见盖韩、欧所未逮者。余固非敢援儒而入墨也。"(《牧斋有学集》卷十六《新刻震川先生文集序》)钱谦益深于佛学,对归有光在精神上受到佛学影响并流露作品,别有认识,且产生共鸣。今天我们看到的《震川先生集》是经过归庄整理,被做了不少修改,其改动之一,是将归有光作品有些含佛教因素的内容隐去了,以维护归有光纯儒的形象。比如归有光名文《西王母图序》分别刻入归有光文集常熟本和昆山本,可是内容有所不同。昆山本此文末引《法华经》"妙光法师岂异人哉?我身是也",并且说:"我见灯明佛本光瑞如此,岂必求佛与西王母于昆仑之山、生天之处哉?"归庄认为"儒者之文,忌用佛书"。所以他整理归有光文集,这篇《西王母图序》"从常熟本"(见归有光《西王母图序》文末归庄识语)。钱谦益提到的归有光"悼亡礼忏,笃信因果"一类文章,多见于《归震川先生未刻稿》,未为归庄整理的通行本《震川先生集》所载。缘此之故,后人对归有光与佛学的关系很少留意,研究更少。归有光写过一篇《书郭义官事》,记郭和饲虎,虎与郭和安然相处。作者写此文真正向慕的是人与人、人与动物及自然亲善和睦、融洽共处的状态,文章因此获得深刻的寓意。这一题材与佛教有关,归有光在文章中指出:"予尝论之:以为物之鸷者莫如虎,而变化莫如龙。古之人尝有以豢之。而佛老之书所称异物多奇怪,学者以为诞妄不道。然予以为人与人同类,其相戾有不胜其异者。至其理之极,虽夷狄禽兽,无所不同。"归有光借鉴佛学思考社会,思考人生,思考生活,思考人的精神追求,这与他借鉴道家思想有相同之处。以儒为主,吸收佛道,这是归有光思想精神实际。归有光的佛学思想与儒学思想是什么关系,他的经历与佛学又有什么联系,佛学对他的古文写作有何影响等等,这些都是值得深入研究的。

(《文汇报》2019年3月8日,稍有修改)

选择放弃好难
——李流芳"怀两端"的科举考试心态

科举时代,坎坷的考试经历让当事人铭心刻骨,成为其心头最浓郁的阴影,结果或化生为诗文华章如怨如诉。各人遭遇不同,态度也不一般,唱于唱喁,其笔下音调千差万别。倾听这一曲曲心歌,仿佛徜徉在古代文人的精神世界中,令人感怅无限。

李流芳的进士考试充满曲折,在他最终选择放弃以前,长期犹豫难决,备受煎熬,"愧予怀两端"[①],一语道尽他内心复杂的感受。

一、三次放弃进士考试

李流芳万历三十四年中举,获进士考试资格,次年起至天启二年,也就是从他三十三岁到四十八岁,期间一共六次考试,他每次都离家北上,实际却只参加了三次考试,另三次缺考。具体情况如下。

万历四十一年,第三次入京,不考而返(详下)。

万历四十七年,第五次赴考,至安徽凤阳境内濠梁,因病而归。此见李流芳《跋盆兰卷》所述"己未春,余北上,至濠梁,病还"[②]。

天启二年,第六次赴考,抵京城近郊,闻警而归。《明史·李

---

① 李流芳《吴门舟中邂逅闲孟自白下归出予画卷索题诗予方北上走笔见意》,《嘉定李流芳全集》,上海古籍出版社,2013年,第19页。本文以下引用此书,仅注书名、页码。
② 李流芳《嘉定李流芳全集》,第300页。

流芳传》载其事:"天启初,会试北上,抵近郊闻警,赋诗而返。遂绝意进取。"①"赋诗"是指李流芳所撰《南归诗》,这组诗共十九首,其中《闻警》和《出都》两首对此次弃考有明确记叙。

在三次缺考中,一次是由于他身体有病,另两次则是他主动选择弃考,情况略有不同。关于第二、第三次缺考事实,记载明确。然而关于他第一次弃考情况,目前已有的研究对此还不甚了然,或有将第一次弃考与天启二年的弃考混为一谈者,故宜先为之证明。

钱谦益《闻子将墓志铭》:

> 为诸生祭酒二十年,始举于南京,偕李长蘅上公车,及国门,兴尽而返。余遣人要止之,两人掉头弗顾也。②

闻启祥,字子将,钱塘人,李流芳友。他是万历四十年壬子科举人③,钱谦益说他"始举"偕李流芳上公车,显然是指万历四十一年会试。两人至京城,不试而归,这正是指李流芳第一次弃考。钱谦益与李流芳、闻启祥二人互相熟稔,且亲自派人劝止他们弃考,其记载当可信。

在李流芳研究中,关于他放弃进士考试之事,人们较多注意天启二年那一次。缘此故,有人将钱谦益这段话提到的弃考与李

---

① 张廷玉等撰《明史》,中华书局,1974年,第7392页。按:钱谦益先有此说,《历朝诗集》丁集《李先辈流芳》曰:"天启壬戌,抵近郊闻警,赋诗而返,遂绝意进取。"(中华书局,2007年,第5463页。本文以下引用此书,仅注卷数、页码。)又按:钱谦益《李长蘅墓志铭》说:"岁壬戌,广宁陷,都城震惊。遂喟然束装南归。其意以为母老,身未仕,犹可以无死也。以可以无死而归,则其不可以无死而死焉必也。假令世不幸而有唐天宝之事,苟受一命如王维、郑虔之为,我知其必不忍也。"(钱谦益《牧斋初学集》,上海古籍出版社,1985年,第1350页。以下引用此书,仅注书名、页码)按:广宁,明崇祯刻本李流芳《檀园集》附此文作"辽阳"。"其意"云云,表明其下面说的意思只是钱谦益本人对李流芳此次弃考原因的揣度。

② 钱谦益《牧斋初学集》卷五四,第1365页。

③ 见雍正年间修纂《浙江通志·选举·举人》卷一四〇,台北商务印书馆,1986年影印文渊阁《四库全书》,第522册,第642页。

流芳天启二年弃考两件事情混为一谈,如"天启元年(1621)冬,李流芳与刚中了举人的好友闻启祥一同赴京师参加会试,但均未参加考试就南归了。关于此事,钱谦益在《闻子将墓志铭》中有一段记载"云云①,是乃没有联系闻启祥中举的年份而误读了钱谦益文章,弄错了事实②。

《李流芳年谱》作者将李流芳与闻启祥抵京未参加会试旋南归事系于万历四十一年,并引钱谦益《闻子将墓志铭》的话,接着说:"按:先生与闻启祥一同赴京会试,抵达京师却又放弃考试,打道回府,有明确记载的是在天启二年壬戌……至于上文所谓'兴尽而返'……于先生诗文集中则不见佐证。然闻启祥上年中举,本年理应赴京会试,与先生同行亦在情理之中。姑且将二人初次同行赴京而又弃考南归系于是年,俟考。"③年谱作者对此事的系年不误,以闻启祥中举年份推断李流芳该年发生弃考事也很有道理,然而作者对此又未能确信。这一是受了目前李流芳研究中普遍的二次弃考说影响,二是年谱作者以为李流芳万历四十一年弃考一事"于先生诗文集中则不见佐证"。按:此说与事实不合。检李流芳《南归诗》第五、六首,即《途中示子将三首》的后面两首,对此事有明确的回顾和说明。之五曰:"畴昔偕兹役,维子暨汪子。我从中道归,子亦废然止。汪子行茕茕,念之心欲死。重来复同归,依然吾与汝。"之六曰:"我年未四十,已怀退隐图。俯仰又十年,何为尚踌躇?"④李流芳《南归诗》写他天启二年赴京会试,则诗

---

① 石婵娟《明末文人李流芳研究》,上海大学硕士学位论文,2008年,第54页。
② 石婵娟《明末文人李流芳研究》附录《李流芳文学活动年表》"万历四十年"正确地记载了闻启祥于是年中举(第74页),可是作者依然认为他偕李流芳一起赴京会试是在天启元年,是没有注意到钱谦益"始举"二字的确切含义。
③ 见陶继明、王光乾校注《嘉定李流芳全集》,第453页。按:此《李流芳年谱》未署作者名,据《嘉定李流芳全集·后记》的说明,它原是石婵娟《李流芳年表》,编者又"作了大量增订"。
④ 李流芳《嘉定李流芳全集》,第40页。

选择放弃好难

中回忆十年前那一次赴考当是指参加万历四十一年进士考无疑。诗写给闻启祥(子将),"子"谓闻氏。万历四十一年、天启二年两次考试,李流芳皆偕闻启祥同行,两人又一起弃考,"重来复同归,依然吾与汝",正是两人这一经历实录。李流芳在诗里明确提到"我从中道归,子亦废然止",这正好是对钱谦益"兴尽而返"的"佐证",故不可谓李流芳作品没有记述此事。

由此,李流芳万历四十一年曾经放弃过一次进士考试机会,应该确凿无疑。

顺便说一下关于李流芳天启二年缺考原因的不同说法。李流芳除了在《跋盆兰卷》中提到自己因病弃考外,还在《祭沈无回文》中说:"未、戌弟皆以病归。"①据此说,他不仅万历四十七年己未弃考是因为生病,而且天启二年壬戌弃考也是出于同样原因,并不是由于"闻警"。然而李流芳天启二年赴考是与闻启祥一起折回,如果是因为生病,两人不会这么凑巧同时生病。况且,这与他此次弃考途中撰《南归诗》所做的解释,由于闻警而"促装招吾友,归耕烟水乡"(组诗之《闻警》)存在明显矛盾。两相比较,《闻警》是李流芳当年叙即时之事,其可信度较诸《祭沈无回文》事后追述显然要高。或许他在《祭沈无回文》中说自己天启二年也是因病弃考,只是连词所及,故而不必视之为对事实的客观记述。

二、赴 考 压 力

六次赴考,三回放弃,说明考不考进士于李流芳是艰难的抉择,表示他对考试抱着很深的抵触情绪,然而又很难选择完全放弃参加考试。他大概除了第一次赴京赶考,或许还包括第二次,

---

① 李流芳《嘉定李流芳全集》,第259页。沈守正,生于隆庆六年(1572),卒于天启三年(1623),字无回,钱塘人。李流芳这篇祭文撰于沈氏卒后不久。

是主动或比较主动外,其他几次赴考无不同时是一个抵御考试的过程。在这种不断重演的个人考情背后,必然有无形之手在调动他不得按自己意愿行事,从痛苦的考试中解脱出来。那么,压迫他一次次赴京赶考的力量又来自何处呢?

回答这个问题前,先应该取得一个认识,科举时代文人的考试压力往往是由综合因素共同形成的,不会只是出于某一单纯的原因。不过,这并不影响我们去讨寻其主要的原因,以求对解决问题有所帮助。

如同当时很多江南绅士之家一样,李流芳家庭、家族也将进入仕途视为兴旺发达的标志,鼓励子孙勤奋念书,博取功名。长辈中,李流芳大伯父李汝节(1525—1576)嘉靖四十四年中进士,平辈中,李流芳堂兄李先芳(?—1595,李汝节子)、仲兄李名芳(1565—1593)于万历十七年、二十年先后中进士,他们都为家族带来过荣耀,提升了家庭在宗族中的地位。这些对李流芳产生了激发作用。然而真正让他感受到追求功名的急迫性,是在李名芳、李先芳相继病逝后,此时,李门三进士已经无一在世。李名芳骤贵而夭,给李流芳留下努力争取功名的遗言,对他的触动尤大,他说:"尝奉中秘之遗言,思一自奋于时,以补中秘未竟之业。"①对李流芳来说,承担支撑家族的重任,延续家族曾经有过的仕途光荣,特别是让父母满足功名期望,改善生活境遇,减轻其失子之痛,为此而去奋搏科举变得义不容辞。钱谦益《李长蘅墓志铭》说:李流芳"自其兄翰林君蚤世,始抚心下气,求工应举之业,以慰其父母"②。这道出了其中实情。正是这份振兴家族和护爱家庭的责任,成为李流芳后来不断参加考试、追求功名的力量源泉,同时这

---

① 李流芳《仲嫂沈夫人寿序》,《嘉定李流芳全集》,第 187 页。中秘,指李名芳,曾任翰林院庶吉士,为中秘官。
② 钱谦益《牧斋初学集》,第 1349 页。

也是造成他生活压力之重和心理精神之累的重要原因。

如他在考试途中,收到家人来信说秋涝歉收,这使他犹如受到鞭策,猛思奋进:"天涯一回首,不敢畏风波。""为贫无不可,患得敢争先。"①过去,文人一般不会直接写家庭压力给自己造成痛苦,因为他们秉承"讳"笔的传统,不过也并非绝对如此。李流芳在《自题小像》说:"此何人斯?或以为山泽之仪、烟霞之侣。胡栖栖于此世?其胸怀浩浩落落,乃若远而若迩兮。其友或知之,而不免见嗤于妻子。嗟咨兮,既不能为冥冥之飞兮,夫奚怪乎薮泽之视矣。"②文中明明白白将他因为不愿过忙碌不安的生活而"不免见嗤于妻子"著之于笔。从这不一般的诉说中,可以想象李流芳在家人有形无形压力下心理负担之沉重。

他在《祭郑母吴须两孺人文》中曾讲过友人郑胤骥对待功名的态度,与他的情况很相似。郑胤骥字闲孟,嘉定人,比李流芳大四岁③,当年两人名气相当,并称李郑。郑胤骥丧母二十余年,未为她落葬,因为他心里怀着强烈的期待,要考上功名,"大显荣其亲",以此作为对母亲最好的报恩。可是,郑氏长期"浮沉未与时会",直到继母去世,他依然摧颓失意于考场,于是只好接受现实,忍痛安葬两位母亲,他为此而惆惘不能自持。李流芳说:"察闲孟之用心,岂犹夫世之情炎斗进者而已哉,其有隐痛而不能自已也。昔人有言:'孝子之心,有待五鼎驷马而不至者。'悲夫,闲孟之不能释然固也。若是,则两夫人将亦有不能释然于冥冥之中者乎?夫君子之事其亲也,修其身,明其道,尽其所可为者,以无忝所生尔矣,其所不可知者,天也。今吾与闲孟所为相勉励者,亦尽其所

---

① 李流芳《任城舟中得家报述怀》之一、之二,《嘉定李流芳全集》,第91页。
② 李流芳《嘉定李流芳全集》,第243页。
③ 郑胤骥《送长蘅偕计北上二首》之一:"每羡女妙年,今亦三十二。寒予惭潦倒,视子又加四。"钱谦益《历朝诗集》丁集第十三之下《郑秀才胤骥》,第5485页。

可为,以期不负太夫人之教,而不敢为世俗之孝而已也,其可乎?"①五鼎,"五鼎食"之略,意谓列五鼎而食,喻高官厚禄。驷马,指显贵者乘坐的四匹马拉的车,形容地位显赫。"有待五鼎驷马"云云,说孝子所以奋力不懈地博取功名,追求成功,是出于一片纯然粹然之孝心,以博得父母慰快,既不同于世俗一般的颐养之孝,又不同于俗子庸琐的竞名争誉。所以孝子尽其努力去争取功名前程,是符合道的行为,他们不能如愿,是天下堪为悲哀的大不幸事。李流芳以这种功名观和孝道观劝勉、安慰友人,其实这也是在表白他自己对科举考试的感受。"尽其所可为",不辜负亲人期望,在这种动力驱使下,郑胤骥、李流芳都不敢轻言放弃科举。

李流芳中举后久考进士不第,并不是说他完全失去了入仕机会。那时,举人降格以求,也是可以通过别的途径求得一官半职,领取一份俸禄,所谓"乙榜入仕"(乙榜谓举人)。可是,非进士出身的人在官场上往往会受轻视,被人心里嘀咕,迁升机会也少,很伤自尊心,心理承受能力弱的人会不堪其辱。有人劝李流芳不妨走这条路,改善一下家庭处境。李流芳对此很不甘愿,他"天与傲骨一具,既不肯苟富贵,又不肯徒贫贱"②,不是能忍受歧视的人。在这个问题上,李流芳仲嫂极体谅他,不赞同迫使他丧失尊严地去这么选择人生。钱谦益《旌表节妇李母沈孺人墓志铭》对此作了记载:"长蘅久困公车,或劝其就禄仕,孺人曰:'叔性有皂白,傲世而不喜俗人,此非可以乙榜入仕者也。买山而居,奉母偕隐,不独可以全素尚,亦所以藏拙也。'长蘅感其言,遂终身不出。"③文中这位沈孺人就是李流芳仲嫂,她的话减轻了李流芳一部分压力,很让他感动。

---

① 见《嘉定李流芳全集》,第251—252页。
② 沈守正《萧斋杂什小引》,沈守正《雪堂集》卷五,《四库禁毁书丛刊》第70册,北京出版社,1998年,第631页。按:《雪堂集》目录,此篇题曰《萧斋杂什序》。
③ 钱谦益《牧斋初学集》卷六一,第1460页。

总之,李流芳一次次地北往南来,入京赶考,尽管有他个人对功名的眷念,主要则是来自家庭、家族的功名压力对他的影响,而这种功名压力同时也是一种实际的生活压力。这耗去了他数十个年头。

三、弃考原因

对李流芳而言,科举考试的痛苦突出地表现在,当他已经感到自己不适应考试,对考试心生厌倦之后,犹勉强地为考事奔波,难以决断放弃。

他在《仲嫂沈夫人寿序》谈到,"余钝惰不才,复以病,屡罢公车"①。此文写于天启七年②,李流芳五十三岁。这是他晚年对自己何以多次放弃进士考试所作的最全面说明。结合本文第一部分疏证得出的结论,他这句话可以理解为,除一次因病弃考外,另外两次是他感到自己没有考中的可能性才做出弃考的决定,这大概就是"钝惰不才"一语实际的含义。

李流芳开始考进士并不缺乏自信,他在诗中回忆道:"当其少壮时,筋力尚可试。"(《南归诗》之四)这一叙述是真实的。只是经过头两次,特别是第二次进士考试失利后,信心失落,态度发生显著变化。这由他两篇文章所叙不同心情可知。第一篇《徐思旷制艺序》写于万历三十七年,作者时年三十五岁,离第一次考进士失利两年。他在文中谈到对八股文的看法:"予尝语吾党兄弟曰:吾之所好者未必世之所知也,而世之所知者又非吾之所好,吾将奚

---

① 李流芳《嘉定李流芳全集》,第187页。
② 据钱谦益《旌表节妇李母沈孺人墓志铭》载,沈氏卒于崇祯十三年(1640),享年七十三(《牧斋初学集》,第1459页)。据此推知她生于隆庆二年(1568),李流芳的文章是为她六十岁祝寿,当写于天启七年(1627)。

从?如不可求,从吾所好而已。"①流露出他不满世人评论时文的眼光,隐约包含对第一次考进士落第不服之意,同时也表明他对未来的试情尚怀有期待。

第二篇《从子缁仲庚辛草序》是他为侄子李宜之时文集而作,写于万历三十九年冬日,李流芳三十七岁,此前一年他刚刚又经历过一次考场失利。文章起头就露出衰飒之气,说:"年来多病习懒,旧业荒废。每见新贵人行卷,甲乙纷纭,目眵心眩,几不可了。自叹于此道渐远,绝口不敢复谈。"又说:"每自愧颓惰不能为率。"文章最后引南朝王骞的话:"吾家门户,所谓素族,自可随流平进,不须苟求。"②以此劝告侄子,似乎也是借此流露他自己对功名所抱的退抑心迹。这些文字没有朝气,对自己的时文缺乏信心,科场上的竞争心消失了,这意味着李流芳对自己的科举考试能力产生了很大怀疑,考试心态发生根本转折,滋生了某种厌考情绪。这部分地导致了他第三次入京应考而半途放弃的后果,因为即使是因病弃考,也可能与反抗考试有关,有时考生临考之前突发疾病很可能正是因厌考或畏考而致。以后他继续流露自己不适应科举考试的心迹,《濠梁道中别子将无际南归六首》:"我觉途穷应退步"(之四),"功名端合让才贤"(之六)③。《送无际北上》之二:"及乎赴功名,子前我辄霆。心知不能同,岂复敢为异。"④都反映他这种精神状态。

第二次进士考试失利为何会对他产生这么大的心理影响,使他产生很大的挫折感?他第一次入京应考,结伴同行的人有钱谦益、陆化熙,那次三人皆落榜。考试失利固然令人难过,不过此次痛苦因友人一起落榜而匀化了,至少他还可以找到一点自我辩护

---

① 李流芳《嘉定李流芳全集》,第189页。
② 李流芳《嘉定李流芳全集》,第190—191页。
③ 李流芳《嘉定李流芳全集》,第117页。
④ 李流芳《嘉定李流芳全集》,第55页。

的理由,所以李流芳心理上的不适感并不突出,依然能保持一定自信。第二次考试,程嘉燧作《送李长蘅北上三首》相赠,之二曰:"悠悠百年间,徒为俗所误。"①已表示对他的选择有异议,然而他还是赴京去奔自己的目标。这次考试结果,钱谦益一甲三名及第,李流芳好友王志坚也中了进士,而李流芳依然落榜。友人在考试路上落差悬殊,犹青云泥途,这使他似乎受到了双倍打击,致使心理防线一再溃蹙,从而对入京考试产生心理障碍。而就在他第一次弃考那年,陆化熙也考中了进士。这些叠加在一起的强烈反差使李流芳倍感失落。

以后李流芳或考或弃,始终难以拾回信心。上京赴考对他来说是一次次磨难,使他犹豫彷徨,愁肠百结。他在诗中说:"怕向江南渡江北,还从江北望江南。"②又咏道:"出门日日向东头,才过濠州又宋州。心似磨盘山下路,千回万折几时休?"这是他一首口占七绝,应该也是作于赴考途中,没有收进李流芳自己整理的诗文集,被记载在钱谦益《题李长蘅画扇册》③。这些诗歌诉说他赴考路上步履蹒跚而沉重,欲避之而不可得,十分苦恼。他又在《题画册》写到最后一次"北行"赴考,"意思萧索"④,情绪十分低落。那一次他果然弃考而返,终于结束了痛苦的经历。

弃考往往是考生反抗考试的一种心理反应和表现。古人参加进士考试,由于种种原因而放弃考试机会时有发生,本不足奇,然而李流芳六考三弃,弃考比例如此高,还不多见。弃考一般很难得到人们认可,李流芳也知道这一点,《南归诗》之五写道,他与闻启祥共同选择弃考必遭他人非议,而他们已经为此做好了心理

---

① 程嘉燧《松圆浪淘集》卷十一,明天启元年刻本。
② 李流芳《同子将渡江题扇头小景》,《嘉定李流芳全集》,第160页。
③ 见钱谦益《牧斋有学集》,上海古籍出版社,1996年,第1540页。本文以下引用此书,仅注书名、页码。此诗被辑入《嘉定李流芳全集》(见第332页),曰《无题》。
④ 李流芳《嘉定李流芳全集》,第311页。

准备。诗曰:"举世急功名,吾尔众所訾。曰此无远图,区区效儿女。两人相视笑,吾乃狗誉毁。古来耕钓徒,亦各有其侣。得子已不孤,悠悠何足齿。"①他宁愿承受众人诟病而决然放弃考试,足以说明考试于他确是十分痛苦。

他选择退出科举考试,除了对自己应试能力不乐观,还与以下认识有关。

一是受到庄子思想影响。他说:"庄生《逍遥》《齐物》之旨,大都不以有待者撄其无待。夫富贵福泽,悬之于天,此有待者也。名节道义,修之于人,此无待者也。立其人而置其天,在豪杰之士犹或难之,况于为女子从人者乎?"②他将"无待"与"有待"看作两种对立的生活观、处世观,认为"无待"的生活远比"有待"的生活舒适,这主要是指精神、心理上自在愉快。他指出,要像庄子学说所肯定的那样超脱地生活,从"有待"中解脱出来,跨入"无待"之境,尽管困难,也并非绝对达不到。他对能够以如此态度处世的人很赞赏,也将过上一种"无待"的生活作为自己精神的向往。这必然会影响他对进士考试的态度,在心理上与这种考试产生隔阂,无法与追求功名的人一路同行。

二是受到他仲兄李名芳考中进士却早逝的影响。功名与生命,李流芳更倾向于肯定生命至高无上。他仲兄科名早得,这在某一段时期固然对他有激励作用,然而随着阅历的增加,思索生活的深入,他认识到只有人的生命才最为珍贵,相比于生命,功名不过是瞬间光荣,不值得用生命去换取。此时他仲兄的例子适变成了一个教训。他说,当自己在争取功名的路上打退堂鼓,"有劝驾者,辄援先仲秘以自解,以谓功名富贵如石火电光,不堪把玩,

---

① 见《嘉定李流芳全集》,第40页。
② 李流芳《仲嫂沈夫人寿序》,《嘉定李流芳全集》,第187页。

不若樗散之得逃斧斤而终天年"①。这里依然留下了李流芳接受庄子思想学说的深刻痕迹。这与上面引述的话皆出自李流芳为他仲嫂沈夫人祝寿之文。仲嫂在科举、功名、入仕问题上极为体谅和尊重李流芳的选择,用温暖的、智慧的话为他解难排忧,李流芳祝仲嫂寿而道自己真实的生活志趣,表示与世俗的功名取向分道扬镳,这也是极其自然的。李流芳诗文有些是关于生命的思考,如一首诗写道:"少壮轻抛岁月赊,老来那复恋空华。逢场已觉童心尽,揽辔其如急景斜。不向竿头思进步,何时浪子得归家。赵州底事勤行脚,我欲扳他吃碗茶。"②诗人是说,一个人年轻时总觉得时间充裕,岁月无穷,所以不知道珍惜,好将时光轻易地抛掉。一旦到了老年,留下的生命已经不多,就不会再把时间花在虚名上,去追求进步,不愿意再过形色匆遽的生活,而只想从行旅路上赶回家,喝一碗清清淡淡茶水。这是李流芳对生活真谛的重要感悟,从而影响到他的处世态度,包括对科举考试。

三是他对书画的热爱。他说:"余性不喜举业之文,而时时代以书画。"③一个真正的画家,对山水的爱好胜于对俗务的关心,对审美的需求胜于对功利的沉溺,对自由随性的向往胜于对拘谨刻板的适应。李流芳自道,能与友人"商略艺文,旁及歌咏、书画,朝暾夕岚,山水气变,辄命觞相对,酣畅而后罢,有时载花月港,拜石紫阳,采莼湖心,结荷池上"④,这样的生活是惬意的。他喜欢生活在美好的自然,生活在充满文艺化的气氛下,这种艺术家的情怀无疑也极大地影响了他对科举考试的态度。他一生对北方、京城基本没有好感,而对江南尤其是西湖充满了感情。他第一次入京赴会试落第归来,作诗道:"我行江北路,转爱江南趣。虽有远近

---

① 李流芳《仲嫂沈夫人寿序》,《嘉定李流芳全集》,第187—188页。
② 李流芳《用前韵呈诸友》,《嘉定李流芳全集》,第142页。
③ **李流芳《邹方回清晖阁草序》,《嘉定李流芳全集》,第192页。**
④ **李流芳《邹方回清晖阁草序》,《嘉定李流芳全集》,第192页。**

山,而无高低树。山枯石欲死,泉涸礧亦癏。平生山水欢,所遇顿非故。"接着写回到长江岸边,望见江南,兴奋之情油然而生,"春山一何青,春江一何素"。"恍如逢故人,此意不能喻。"再写回到嘉定老家,"春流正环门,夏木将莽互"。通过对北方、江南反差极殊的景色作比较,觉得家乡左近真是好地方,没有必要更远慕他方,外出游走,所谓"游好在所生,毋为勤远慕"①。他还写道:"黄河冰连山,燕台尘蔽空。"②"京师尘埃蔽天,笔冻欲死,画意益不得发",这些都让他感到郁闷压抑,与生活在南方清丽山水间快悦的心绪相比,俨然有"菀枯冰炭之感"③。李流芳渡江赴京只是为了赶考,考试失利使他心情不舒,眼前风景也为之失色,何况他常常是冬季出行,初春回归,犹如反向的候鸟,没有遇到北方好景季节,所以在他笔下,北方、京城的风景总是萧瑟的,晦暝无光,这是他的审美局限,是他的遗憾。他不仅鲜明地抑扬南北方风景,还议论京城不适合画家生存,故作诗劝止画友莫作京城游:"嗟乎汪生何太迂,少年不肯守床帏。""君不闻京师画工如布粟,闽中吴彬推老宿。前年供御不称旨,褫衣受挞直隶畜。此事下贱不可为,君但自娱勿干禄。"④在京城,画家凭着画技有时也有进入朝廷的机会,然而官府的饭不好吃,不但人格是下贱的,弄不好还会遭受飞来横祸,他在这首诗中对此流露出恐惧感。惧怕京城是科举时代不少文人较为普遍的一种心理,唯恐试事不顺,而李流芳在这类痛苦中,除了考试失利的阴影,还流露出对威权的恐惧、警惕和厌嫌。他劝告友人,入京干禄并不值得,唯有守着自己家庭,守着自己一片小小天地生活,才惬意而实在。肯还是不肯"守床帏",显示李流芳与热衷竞争者对生活的不同理解,显示两者不同的价值观念。

---

① 李流芳《燕中归为闲孟画烟林小景有感而作》,《嘉定李流芳全集》,第5页。
② 李流芳《送张子石北上》,《嘉定李流芳全集》,第47页。
③ 李流芳《题画册》,《嘉定李流芳全集》,第299页。
④ 李流芳《送汪君彦同项不损燕游兼呈不损》,《嘉定李流芳全集》,第79页。

四、对科举制度的认识

　　李流芳以为,士人处世应有认命的意愿,"夫士,固唯所自命耳。古人学书学剑不成,辄弃去,其杰然之意有必不可羁勒者"①。人一旦发觉某种选择不适合自己,要勇于舍弃,不可硬撑。然而人世间这个"弃"字重如千斤,付诸行为又谈何容易!无论古代还是现代社会都对须眉男子寄予很高期望,施以极沉重之压力,世俗理所当然地认为男子须有进取心,不当退缩,一个放弃争取前程的男子被认为缺乏责任心,而得不到信赖,遭到谴责,无论他有无理由,也无论其理由是否有正当的因素,在对待仕途问题上尤其如此,这也就是李流芳为何慨叹"人生免俗固难尔"②的原因。李流芳经过第二次进士考试失利后,内心已经不甚情愿再求科举,他清楚科举并不适合自己,自己也不适合在科举场上与人竞争,想到要退避,却迫于家庭、家族追求成功的期望,迫于实际生活的压力,还迫于男子的责任心、自尊心,以及周围的舆论,想放弃而又倍感犯难,于是在选择彻底弃考以前,在痛苦的路上又跟跟跄跄地来回奔波了几遭。这些表明人生选择放弃是一件多么困难的事,恰似"行不得也哥哥"声声啼唤,总还是留不住"哥哥"出行的脚步。

　　尽管如此,李流芳毕竟选择了放弃,"宁教人笑不教怜"③,显示了不寻常的勇气。

　　这表示李流芳对科举制度怎样的认识和态度呢?作为最终摆脱了科举羁縻的文人,李流芳对这一制度抱着厌嫌之情是显然的,

---

① 李流芳《寿汪母谢太夫人七十序》,《嘉定李流芳全集》,第 180 页。
② 李流芳《严太夫人生日歌》,《嘉定李流芳全集》,第 70 页。
③ 李流芳《濠梁道中别子将无际南归》之六,《嘉定李流芳全集》,第 117 页。

不过他对科举制度致以不满的原因,主要是认为这条道路太狭窄,文人成功的几率太低,希望渺茫。他第二次赴考,坐船北上,途中写下《闸河舟中戏效长庆体》,以船队在狭窄的运河缓慢行驶,比喻文人入京应试,到达目的地遥遥无期,以此形象地写出文人盼望成功的心情与科举制度所提供的可能性之间突出的矛盾:

> 济河五十闸,闸水不濡轨。十里一置闸,蓄水如蓄髓。一闸走一日,守闸如守鬼。下水顾其前,上水还顾尾。帆樯委若弃,篙橹静如死。京路三千余,日行十余里。迢迢春明门,何时得到彼？长安远于日,斯言亦有以。①

春明门在长安城东郭墙正东偏北,从东方远道而来的人通过此门进入长安城。李流芳在诗中以此借指京城北京,其实寓指考取进士、进入仕途的人生之门。诗歌接着写他闪现出的电火般念头,天地宏广,人贵适志,"胡为动羁栖,缩缩如行蚁,舍彼广莫乡,守此涓滴水"。他似乎想到要离开河道中拥挤的船队,去寻找自己愿意过的自如生活。然而当时他还没有抛弃功名的勇气,且又不想投机取巧,别寻捷径,他还是宁愿随在众船之后,按部就班,缓缓行进,去碰一碰自己的运气,所以诗歌最后表示,"岂无捷径路,车驰与马驶。吾行宁倭迟,君子进以礼。"李流芳后来清醒认识到,这条狭窄的科举之路确实不适合自己,才改变了姑且的态度。他以诗送友人严武顺赴考,也表达过类似的看法,说:"功名路窄子心宽。"②意谓在科举道路上,成功固然值得庆幸,失败也不必懊恼,因为功名实在不容易取得。一个"窄"字,道出他对科举取士制度百般无奈,胜似千言万语。这是李流芳所认识的科举制度主要的不足,他对科举的不满、厌嫌主要也在这里,他最终放弃

---

① 李流芳《嘉定李流芳全集》,第 19—20 页。
② 李流芳《送忍公都试白下》,《嘉定李流芳全集》,第 126 页。按:严武顺,字韧公,一作忍公,浙江余杭人,与李流芳最契。

选择放弃好难

走这条道路的理由是相当朴素的。

李流芳与归有光在考场屡屡失利有相似之处,缘此两人所承受的精神痛苦也略相仿佛,可是,具体导致两人痛苦的原因并不相同,他们对于科举制度的认识和态度也不一样。归有光哪怕经历再多的失败也绝不退却,直到成功,否则不肯罢休。他认为自己考不取进士,原因不在自己身上,不是自己没有本事,而是科举制度的问题,是时文风气和考官取舍标准的问题,自己被不合理的东西压住才不得出头,这些酿成他的痛苦。所以他批判科举制度,批判时文,这构成了他批判性散文的一个重要组成部分。李流芳经历进士考试失利,不久便意识到科举道路很窄,只能让极少数人通过,被拒于门外是相当正常的。他慢慢觉得自己可能在这方面不行,需要退却,以此保护自己。他基本不认为这是制度问题,而觉得这只是一个机会问题,机会太少,难以得到。李流芳对科举制度的这种认识应当说是当时多数文人普遍的看法。他没有对这一制度本身展开批判,甚至批评也很少,他常常还会这么说,考不取是自己的好尚不合,用功不够,如第四次赴京会试失利后,他说:"自念生平好尚迂阔,于公车之业不肯细意。"①以此作为对自己考试失利原因的解释。科举制度给他带来很大痛苦,不过,这种痛苦主要来自于他想放弃而无法遂愿,因此心里长期作水火之斗,不得安宁,他许多诗歌都是为此而叹息。可以说,归有光的批判固然深刻,令人深省,李流芳的叹息也意味悠长,让人感兴绵绵。

他写过一首雨中看梅诗,说本来想去赏梅,却因为下了一夜大雨,梅花被打落了,结果赏到的却是山泉的声响。他又说,山泉声音其实也很美,故依然不枉此行②。生活中像这类失之于朝得

---

① 李流芳《徐廷葵燕中草序》,《嘉定李流芳全集》,第 194 页。
② 李流芳《雨中看梅西碛即事十首》之六,《嘉定李流芳全集》,第 157 页。诗曰:"溪头一夜雨喧豗,添得泉声万壑哀。花事摧残君莫问,只如元为听泉来。"

之于野的例子正不少,只要能够调节心态,就不必轻言失望,或嗟叹虚度此生。李流芳在科举考试场上前后的经历,也几乎是如此。

告别科举考试以前,李流芳主要凭书画(尤其是绘画)为生,这以后,他更是一心一意沉浸于书画创作。从他屡屡自述中,可以看到他晚年生活的景象。如他说:"今年在西湖六七月,日以书画为役,手腕几脱。"①那是天启四年甲子,李流芳五十岁。钱谦益《题李长蘅画扇册》也谈到:"长蘅晚年游迹多在西湖,邹孟阳、闻子将每设长案,列缣素,摊卷拭扇,以须其至。长蘅笑曰:'此设三覆以诱我矣。'挥毫泼墨,欣然乐为之尽。"②可能是钱谦益对李流芳生前辛勤书画的生活知之甚详且切,存有同情之心,故在李流芳去世后数年,依然梦见他坐在摆着"笔床砚屏"的船上,问他:"兄今笔墨之债,约略尚如生前乎?"李流芳答:"甚苦。今早正受人刺促,纸燥笔枯,心痒痒不耐,故出游耳。"③李流芳的书画生活由此见其一斑。他的书画被爱好者收藏,生活无忧,与进入仕途可能得到的物质相比,或许不会很明显减少,然而用传统的以进入仕途为文人价值标志的观念作衡量,他只够得上匠师的地位,身份轻微。尽管如此,他拒绝了自己不想要的生活,不用再为科举考试所困,心地清明,谁能说他没有找到幸福?然而漫长的考试经历又是令他难忘的。他临终前,嘱侄子李宜之为自己选编的《檀园集》作序,说他诗歌的一部分是写"往来燕、齐"的经历和心情,也就是他赴进士考途中的"风尘车马之迹,人世菀枯之感",希望李宜之将这层意思写进文集的序,向读者明示他的写作心迹④。可见在李流芳本人心目中,他撰写的与科举考试有关的诗歌为他

---

① 李流芳《题画册与从子》,《嘉定李流芳全集》,第 324 页。
② 钱谦益《牧斋有学集》,第 1539 页。
③ 钱谦益《题李长蘅书刘宾客诗册》,钱谦益《牧斋初学集》,第 1797 页。
④ 见李宜之《檀园集后序》,引自《嘉定李流芳全集》,第 379 页。

所自珍，或许因为，这些诗歌记录了他与一种制度长期的纠结，表现了他痛苦的缠绵和解脱的快适，保留着他从矛盾、犹豫到找回安恬这一心灵"蝉蜕"的过程。其中的组诗《南归诗》引起读者共鸣，广受赞赏，是李流芳诗歌佳作的代表。

五、结　　语

《四库全书总目·檀园集提要》说：李流芳"三上公车不第，因魏忠贤乱政，遂绝意进取"[①]。称"三上公车"，只是就李流芳实际参加进士考试的情况而言，并没有包括他三次缺考，这样的表述与事实还是相符合的。至于说李流芳最后绝意试进士是因为不满魏忠贤乱政，却不确实。李流芳虽然愤慨晚明奄党作乱以及政治黑暗，这在他的作品中有所流露，但是他绝意进取并不是出于这个原因。这种说法来自康熙《嘉定县志》卷十六《人物》，所谓"天启壬戌，抵近郊，时珰焰方张，赋诗而返，遂绝意进取"[②]。明清之际以降，人们普遍视李流芳为清流，而他恰在魏忠贤专擅朝政时退出了进士考试行列，这给人们提供了联想的空间。康熙《嘉定县志》作者将这两者当作有因果联系的事情加之于李流芳身上，以增重他政治道德上"正直"的色彩。方志称誉乡贤往往有不合实际者，此亦是一例。即如《四库全书总目》作者也不加以辨证，简单地引以为结论。受县志、提要作者影响，后人称赞李流芳也从这方面的品质去发掘和凸显李流芳的形象含义，如有诗曰："吾曒四君子，先生居其一。偶来檀园游，遗石犹崒嵂。忆当晚明时，宦途亦多术。高士心鄙之，坚卧独不出。"[③]这种揳拔一个人道

---

① 永瑢等撰《四库全书总目》，中华书局，1981年，第1515页。
② 转引自《嘉定李流芳全集》，第424页。
③ 李大林诗，载光绪《嘉定县志》卷三二"第苑宅亭"，光绪八年刻本，转引自《嘉定李流芳全集》，第418页。

德品格的做法,在历史上的人物评传和文学批评中是常见的现象,反映出古人重道德的评价倾向和传统。本文则强调,李流芳作出弃退进士考试的选择,完全是出于个人的原因,是为了他自己内心安恬,属于个人对生活道路的一种选择,与政治基本无涉。其实,像这种普通、朴实的精神祈向,本身也是相当值得咀嚼回味的。

(黄霖、郑利华主编《嘉定文派与明代诗文研究论集》,
上海古籍出版社,2015)

方苞及其散文

一

方苞(1668—1749),字凤九、灵皋,号望溪。祖籍安徽桐城,曾祖父方象乾避明末兵乱,举家徙移到江宁府上元县(今江苏南京)。方苞生在六合(古称棠邑,今属南京),六岁随父母到金陵,长期生活于此。后来他将父母的坟墓也做在上元台拱冈,还将祖父棺柩从桐城迁来,与父母埋在一起。从这些看,与其说方苞是桐城人,毋宁说他更是一个南京人,桐城是他的籍贯。固然籍贯与一个人的实际联系于古人而言要比现代的人密切得多,也要紧得多,比如方苞早年需要回到桐城去参加考试,纵然如此,实际生长和生活的地方对于一个人来说,其重要性显然也相当突出,不可忽略。"金陵为四方冠盖往来之冲"(方苞《杜茶村先生墓碣》)①,明清易代,文人(包括桐城文人)经常往来或长期生活于金陵,如杜濬、杜岕、钱澄之等,方苞父亲方仲舒在金陵与他们交往多,常常有意识地让方苞兄弟与他们接触,接受熏沐。从方苞后来的回忆,知道小时候这类见面活动对他的成长产生了很大影响,让他一直十分珍惜,铭记难忘。他父亲的良苦用心取得了预期效果,如果他们不是生活在金陵,这种机会就很少,甚至会没有,方苞的志趣和人生道路可能就会不同。

---

① 方苞《杜茶村先生墓碣》,《方苞集》,上海古籍出版社,2008年,第400页。本文以下引用此书,仅注书名、页码。

方仲舒在原配夫人姚孺人卒后,入赘吴勉家。这门婚事由吴勉决定,他在方文处读到方仲舒诗歌很欣赏,就决意招他入赘。吴勉有两个儿子,他招方仲舒入赘而不是出嫁女儿,应当不会是出于承门户以衍续后嗣的考虑,而更可能是出于溺爱女儿或其他原因。方仲舒与吴氏婚后生育方舟、方苞、方林三子都姓方,没有一人从母姓,与一般入赘生子从母姓的习俗不同,这种情况是否也可以由此得到合理解释呢?

方家到仲舒一代已经衰落得没了光彩,他两次婚姻,前妻生二女,吴氏又生三子三女,带女拖儿一大群,生计艰辛。方苞说:"寒宗虽巨族,而迁江宁者多清门。先君子中岁窭艰,糊口四方。"①又说:"方冬时,仅敝絮一衾,有覆而无荐。旬月中,不再食者屡焉。"②这些接近于实录。方苞说他父亲"好言诗"③,性格"严毅""豪旷",喜欢结交,"不可一日无友朋"④。这种爱好、性格和习气,是最容易穷困潦倒,且最难翻身的。他结交的多是志节之士,尤其是遗民,他们也大都是穷朋友,此外也偶尔与曹寅这样的达官贵人唱诗和韵,互相赠送一点礼物。曹寅《闻杜渔村述方逸巢近况即和滕斋诗奉柬》:"自题方丈小,不隘百千偕。"⑤"方丈小"指方仲舒(字逸巢)居室逼仄,家境差,"百千偕"指他好交游,朋友多。穷朋友们来来往往,不免招待饭菜,这对方苞母亲来说每次都是为难的事,可是她总是尽力为之,不让丈夫难堪。她的想法很简单,就是招待好客人,让丈夫和客人都感到自在、高兴。对于

---

① 方苞《与德济斋书》,《方望溪遗集》,黄山书社,1990年,第49页。本文以下引用此书,仅注书名、页码。
② 方苞《先母行略》,《方苞集》,第494页。
③ 方苞《跋先君子遗诗》,《方苞集》,第627页。
④ 方苞《先母行略》《纪梦》,《方苞集》,第494、522页。
⑤ 曹寅《楝亭诗钞》卷三,《续修四库全书》第1419册,上海古籍出版社,2001年,第561页。按:方仲舒与曹寅诗歌唱酬情况,参见朱洪《方苞父亲方逸巢与曹寅交往考》,《学术界》2012年第2期。

方苞来说,这种事的影响就大了,他父亲交接的志士,他们在一起高谈阔论,流露的衷心祈向,都在积极地铸塑他的心气。每一次这样的聚会,对他无疑都是一堂堂受教育和鼓舞的课,而这也正是他父亲所希望的。

方仲舒不事生产,先前还有功名心,后来对时文也失去了兴趣,只剩下对诗歌和朋友的爱好了。明亡前后,不少文人不再热衷于科举仕途,这样的时代氛围似乎使方仲舒对自己的处世态度感到心安理得。可是,他对自己孩子显然是有期望的。他劝年幼的方苞不要学习作诗,因为写诗"非尽志以终世,不能企其成","而耗少壮有用之心力"在诗歌上是"自薄"行为,不值得①。古有诗能穷人之说,方仲舒对此感受深切,他的叮嘱大概包含不希望孩子过穷日子,不希望方苞跨不进仕途门坎的考虑,方苞也确实有效抵制了诗歌的诱惑。方苞的启蒙老师是自己的父亲和兄长方川,方仲舒在方苞五岁时,亲自课章句,十九岁时,又带着他到安庆应试。可见,像当时许多人一样,方苞父亲虽然自己拒绝仕途,却并不希望孩子步自己后尘。

方苞似乎被家里穷怕了,不愿意再穷下去,于是早早地就期盼着改善家境,而首先想到的是以教书摆脱贫寒,于是他学习时文,以备收徒授课之用。他回忆"及年十四五,家累渐迫,衣食不足以相通,欲收召生徒,赖其资用,以给朝夕,然后学为时文"②。果然方苞在取得功名前,主要以四处做塾师为职业,在家里待的日子少,而他更大的人生目标也是从这种经历中逐渐磨砺出来的。他后来写的文章多有对人世况味的描写,比如写道:"惟盎无斗储,笥无完衣,然后为士者始伏案吟诵,以望科名,行贾者冒险

---

① 方苞《鬳青山人诗序》,《方苞集》,第102—103页。
② 方苞《与韩慕庐学士书》,《方苞集》,第671页。

艰,忍饥劳,以冀赢余,坐列负贩者纤啬筋力,以累锱铢。"①说明一个人的出息是被境遇逼迫出来,总是穷而图变,陷于绝境而后思进取。这些话其实是说他自己的生活经验。

二十来岁,方苞的文章、学问在圈子里已经有了名气。一次,他在桐城的河边候船摆渡,另一个青年也在等船。为排遣无聊两人聊了起来,那人获知他是桐城人,问:"桐城有个人叫方苞,你认识么?"方苞一听心里暗暗高兴,从此他们成了好朋友,孟子"一乡之善士斯友一乡之善士",大约说的就是这种情形。在好朋友中,来自戴名世的称赞无疑给予方苞很大鼓舞。他说:"始灵皋少时,才思横逸,其奇杰卓荦之气,发扬蹈厉,纵横驰骋,莫可涯涘。"②在方苞二十四五岁认识戴名世后,这种话常常挂在戴名世嘴上。方苞对戴名世也很钦敬,两人是惺惺相惜。随着"江东第一能文之士"③名声鹊起,方苞期待成功之心日益迫切,刻苦勤厉以求遂志。他三十二岁江南乡试第一,三十九岁成进士第四名,后因母亲患病回家,放弃了殿试。他考功名在当时不能算最顺利,成绩有起伏,不甚稳定,但是一旦临考状态达到极佳,就能考出高名次,可见很有潜力。

四十四岁,卷入戴名世《南山集》案被刑部论死,这对方苞犹如一场天降大祸,所幸因李光地等大臣力救,康熙帝也觉得他涉案并不严重,且"学问天下莫不闻",是难得人才,就将他召入南书房,以白衣委用。因文字狱而转祸为福,这在清朝可能是独一无二的例子。惊心动魄的变故终于化险为夷,然而这带给方苞的影响十分深刻。从此,他不仅以这种非常特殊的方式进入了仕途,官运亨通,在康、雍、乾三朝历任武英殿修书总裁、詹事府左春坊左中允、翰林院侍讲学士、内阁学士兼礼部侍郎、皇清文颖馆副总

---

① 方苞《龙溪蔡氏宗谱序》,《方望溪遗集》,第18页。
② 戴名世《方灵皋稿序》,《戴名世集》,中华书局,1986年,第53—54页。
③ 方苞《记时文稿兴于诗三句后》,《方苞集》,第809页。

裁、礼部右侍郎,而且对清帝充满感恩之情,他说:"此乃三圣如天之德,世世子孙毁家忘身而未足以报者也。"①为了感恩,他恪守职业,兢兢业业,以高度的责任心复兴道业和文事。他不能自晦,以国是自任,对官场种种弊端提出革除主张,为此即使得罪于人也在所不惜。方苞受帝皇宠信在雍正朝达到顶峰,然而乾隆执政数年以后,就再也无法容忍他絮叨和出位之谋,一些政坛宿敌乘机对他大加诋评,使他承受很大压力。乾隆帝偏听偏信,斥责他:"假公济私,党同伐异,其不安静之痼疾,到老不改。"②有时甚至还将他当成一个坏形象,警告其他奏事大臣不要沾染"方苞恶习"。据《清史稿·高宗本纪》记载:"(乾隆四年)八月丙子,御史张湄劾诸大臣阻塞言路。上斥为渐染方苞恶习,召见满、汉奏事大臣谕之。"③所谓"方苞恶习"实际上是指他喜欢言事管事,好挑刺闹矛盾,也就是乾隆帝所斥责的"不安静"。乾隆帝说这些也是有其根据,举一个例子。《方望溪遗集》有一篇《与闽抚赵仁圃书》,方苞在这封信里鼓励福建巡抚要抓住时机奏章言事,揭发弊端,不要掩盖,以此树立直节特操。他说:"夫时位之迁移,君心之向背,不可常也。遇此而不言,异日者或欲言而不能,或有言而不信,又或他人言之,则下无以自解于民,上无以自白于君。"④这一番话将他爱管事、"不安静"的特性表现得淋漓尽致。《方苞集》收这篇书信,题目为《与某公书》,以上引用的话被删了,可能是编者担心这些话对方苞不太有利,其实它们是方苞精神的真实写照。由于引起了乾隆帝不满,方苞就此遭疏远,努力也没有用,便以七十五岁高龄离开官场到金陵度晚年,直至去世。他曾经说过,君子"难进

---

① 方苞《教忠祠祭田条目序》,《方苞集》,第92页。
② 朱克敬《儒林琐记》卷二引《满汉名臣传》,岳麓书社,1983年,第24页。本文以下引用此书,仅注书名、卷数、页码。
③ 赵尔巽等撰《清史稿》,中华书局,1977年,第362页。
④ 方苞《方望溪遗集》,第39页。

而易退",意思是一个人对于进入仕途要慎重,而对于退出仕途则要适应,要愉快。还说,在官场"常觉其志之难称",一旦退下来,"如释重负然"①。他对自己有可能被挤出仕途应该是有心理准备的。然他又在还乡后写的一篇文章中记及两位直臣因毁谮被斥之事,说:这记载是为了让当路而操威柄者知道,"凡于己有拒违及左右亲信所非毁者,贤人君子多出于其间",认为这是一条"听言观人之准则"②。据此,方苞晚年的心境又并不平静。

二

方苞喜欢批评朝臣和地方官员,与人争执不相让,这除了出于对帝王感恩、想以多负责任的表现报答帝王的信任外,还与他倔强、严厉、不苟的性格有关。他再三说自己"少好气"③,"性资迫隘,语言轻肆"④。"与世人交,不能承意观色,往往以忠信生疵衅。"⑤"倔强尘埃中,是以言拙而众疑,身屯而道塞。"⑥"于事不敢诡随,于言不敢附会,为三数要人所恶,常欲挤之死地。"⑦这种脾性与他父亲很相似。方仲舒也是性格傲慢的人,喜欢讥议,容易得罪人。方苞在《自讼》中说:"吾父刚直寡谐,常面诘人过。大吏有索交而不能拒者,与之言,时多傲慢,余每切谏。先君子甚鄙余,而竟为曲止,然不怡者久之。"⑧他明明知道父亲这么使性气招

---

① 方苞《徐蝶园诗集序》,《方望溪遗集》,第11页。
② 方苞《都察院副都御史巡抚贵州刘公墓表》,《方苞集》,第724页。
③ 方苞《刘古塘墓志铭》,《方苞集》,第251页。
④ 方苞《与李刚主书》,《方苞集》,第140页。
⑤ 方苞《与谢云墅书》,《方苞集》,第652页。
⑥ 方苞《与万季野先生书》,《方苞集》,第173页。
⑦ 方苞《答尹元孚书》,《方望溪遗集》,第59页。
⑧ 方苞《方苞集》,第774页。按:方苞在《庚戌年立秋后二日示道希兄弟》信里对此也有回忆,见《方望溪遗集》,第76页。

徕别人嫉恨,对自己不利,可是临到他本人头上,表现依然如出一辙,这种争胜好强、较真不屈的脾气伴随了他一辈子的生活,这就是一个人与天俱随的性格,谁也奈何不得。方苞出狱后,他的好朋友王澍(字若霖)曾经相劝:"凡人气苦易馁,而子患不能馁。曩在难无不可,今幸脱,苟弗悛,吾惧祸殃有再。"①然而要让气盛忼直的方苞学习做坦夷和易的人,比脱胎换骨还难。他外曾孙十一岁时,方苞赠给他两件礼物:一面方镜,一块端石。他说"心不正则色与貌随之",赠他镜子是希望他能经常地自我镜照,以貌观心,时时提醒自己做一个正心诚意的君子。又叮嘱他"行必端,当介于石也"②。"介于石"是引用《易·豫》成语,谓操守要像石头一样坚贞。此时方苞已经垂垂老矣,心地依然傲挺,没有为自己如此不世故地度过一生而产生丝毫悔意。从这方面说,乾隆帝"不安静"三字可谓是对方苞性格的定评。对于方苞的做法,最高的统治层有时可能愿意他如此,靠他帮着镇一镇下属的邪气,有时则未必喜欢,不喜欢的时候,就用别的臣僚的怨言压一压方苞,让他识时务,这时候便认为方苞好管事是"痼疾"了。方苞也清楚自己的做法是在被认可与不认可之间,所以没想到要改,何况也难改。清朝大臣像他这样的人很少。方苞认为一个正直的官僚就需要这种底蕴,不能以容悦者自处,然而很多文学之士缺少的正是这种素质,所以他对文人评价不高,他给掌握铨选之权的大臣写信,提醒其审察人才"万不可属意文学辞华之士,仆阅世久,见此中绝少有本心人"③。一般文人在方苞心目中的形象很糟糕,这是他真实的看法。

他认为"正人"多出在"言语朴直,不善承迎上司者"中④。他

---

① 方苞《吏部员外王君墓志铭》,《方望溪遗集》,第102页。
② 方苞《示外曾孙宋启锡》,《方望溪遗集》,第77页。
③ 方苞《与陈秉之书》,《方望溪遗集》,第60页。
④ 方苞《与顾用方尺牍》,《方苞集》,第832页。

自己不掩饰,也不婉转含蓄,在他看来,那些都是世故者的做法、弱者的表现,强者不需要这样,也不屑于这么做。他大谈自己倒霉的事情:"余数奇,独幸不为海内士大夫所弃,而有友朋之乐。然每怪平生故旧,其道同志相得者,所遇之穷,必与余类,交浅者其困亦浅,交深者其困亦深。或始相得,中道而弃余,与余迹渐远,而其遇亦渐通。或当世名贵人,无故与余相慕用,而屯塞辄随之。吾不识其何以然。既而悟曰:'凡物之腐臭者,有或近之,则臭必移焉,是何怪其然。'或曰:'非此之谓也。物无知,人强合之,故其臭移焉。人有知,其臭味之不同者,孰能强之合也,盖必其气之本衰,或时之已去,而后乃与子相得焉。子恶用自引咎哉?'"① 方苞以这种笔墨替自己画像不畏丑化自己,没有常人的忌讳。当然方苞真正想说的是:世上立志高远、追求道义的人,难容于社会,他们的人生道路一定会是坎坷崎岖的,充满艰险,而因为对这些都无畏,最终成了英杰,造就了宏业。这与孟子"天将降大任于斯人,必先苦其心志,劳其筋骨"的说法相似,在自我贬贱中包含对自己极大的自信。方苞对于他人也直言不讳。如一个有恩于他的人庆祝生日,大家都讲恭维话,方苞却说:"先生所表见于世,尚未有赫然如古人者,苞大惧先生之无成也。"大家都为之侧目,还好主人宽宏大量,将方苞的批评笑纳了②。另有一件事情也充分说明方苞说话常无遮拦。李光地器重方苞,也深受方苞敬重,他出任文渊阁大学士,这在清朝地位很高,自然令当事人喜气洋洋。方苞却问他:入清朝以来通过分科选举官吏而登上这个职位的有多少人?李光地说五十余人,方苞听后说,短短六十年里就已经有五十余人,这个职位"不足重"已是明摆的事实,希望您"更求其可重者"。这种有违世情的事在方苞不时地会发生,是出了

---

① 方苞《赠潘幼石序》,《方苞集》,第188页。
② 见方苞《书高素侯先生手札后二则》之二,《方苞集》,第629—630页。

名的,所以"见者皆不乐闻其言"①。方苞自视极高,眼光锐利,看问题深而且透,他发表意见,无论是用口谈还是笔写,都能拨开纷披的蔓草,对盘根错节的东西一下子就能抓住关键,将被掩蔽的真相揭发出来,而且能以三言两语把事情和道理讲清楚,不绕圈子,不必辞费。他批评的时候不留情面,笔下嗖嗖有寒风,缘此有人说方苞文章刻薄,甚至说"有杀机"②。即使对方苞古文评价很高的人,也有不甚满意他的文章过于厉害,如程晋芳《学福斋文集序》说:"望溪自许其文为北宋以来第一,而余第取以配食震川(归有光),盖震川情文兼美,间失之平,望溪熟于周人之书,特风骨太露耳,衡而量之,分适均焉。"③"风骨太露"正是形容方苞文章讥刺深,不够含蓄。这些对方苞文章的指责,正说明他的文章语言有力,带有锋芒,疾恶如仇,克弊除恶惟务其尽。方苞以这种性格与人相处自不会让人感到愉快,这本来也没有什么,如果方苞只是一个普通的文人,人家最多对你敬而远之,老死不相往来,也就罢了。可是在官场上就不一样,除非你受到帝王绝对宠信,别人只好装聋作哑,否则,谁不踹你?方苞晚年失志,以蜚语罢归,可以说也是吃了自己秉性的亏。

他这种忼直坚毅的性格,超常的洞见力,加之在理学上执着的追求,很容易使自己成为一个具有理想主义色彩的批评家。他引朱熹的话:"恃法以禁私者,非良法也;可以为私而不私,然后民受其利。"④朱熹这种说法带有很大的理想主义成分,朱熹本人确实也是一个理想主义者,其实许多理学家都是道德理想主义者。

---

① 方苞《与陈占咸(大受)》,《方苞集》,第798页。
② 鲍倚云《退余丛话》卷二,引自钱锺书《谈艺录》"随园述方望溪事"条,中华书局,1984年,第241页。
③ 程晋芳《勉行堂诗文集》,黄山社,2012年,第726页。本文以下引用此书,仅注书名、页码。
④ 方苞《吴宥函文稿序》,《方苞集》,第94页。

方苞相信朱熹的话,他接着朱熹的话说:"余尝谓乡举里选之制复,则众议不得不出于公,而或恐士皆饰情以乱俗,呜呼,是不达于先王所以牗民之道也。凡物矫之久,则性可移,而况人性所固有之善乎?"方苞崇信古代"乡举里选"制度及其行施的效果,因为他相信人性善良,相信众议会出于公心,相信坚持矫正可以使物情得到改造,不必担忧人们会利用这种制度伪饰乱俗。正因为如此,他无法接受古礼不可复的自暴自弃言论,"呜呼,人性皆善,用此知谓古礼必不能行于今,皆自暴弃之诬言也"①。他也相信,"古之为交也,粗者责善,而精者辅仁"②,并以此为准则处理人际关系,对人对事都提出很高要求。这些都说明方苞思想的理想主义色彩确实很浓郁。李慈铭说:方苞"惟务以至高之行,绳切常人……立朝议论亦多如此,泥古而不切,强人以难行,当时皆厌苦之"③。指出他这种理想主义与客观现实之间的距离不可以道里计,必然要碰壁。然而方苞不为动摇,他坚毅的性格成为他去努力实现理想的生命动力,而将重重阻力漠然置之,这使他的文章勃发出一种执着追求、不休不罢的精神。

三

方苞善于思考,常有新颖、深刻的见解。如《蜀汉后主论》对历来认为扶不起的刘阿斗做了重新评价,认为在他身上有一个绝大的优点,就是"任贤勿贰",这一点比古代不少帝王都强,甚至比他父亲刘备还胜一筹。方苞费了许多心血写就的读经读子读史诸文以及书后题跋,多表达他的思考和学术见解,常常与别人的

---

① 方苞《赫氏祭田记》,《方苞集》,第 419 页。
② 方苞《送锺励暇宁亲宿迁序》,《方苞集》,第 193 页。
③ 李慈铭《越缦堂读书记》,上海书店出版社,2000 年,第 1000—1001 页。

说法相左,虽然有些看法引起了争议,未必能够成立,有些则很耐读,被认为是可传之作。即使爱好讥弹文章的李慈铭也说:"如《读大诰》《读王风》《读周官》《读仪礼》《读经解》五首,简括宏深,必传之文,非望溪不能作也。"他又肯定方苞"书后之文,语无苟作"①。这些都是公允之论。下面列举两篇文章,以见方苞善于思考的特性。

第一篇文章就是李慈铭提到的《读大诰》。《尚书·大诰》是周公东征,讨伐武庚之乱而发布的一篇国家文告。这种文章照理都会大量罗列敌人的罪状,竭尽其辞,形容敌人十恶不赦,以此伸张征伐的正义性。在后世改朝换代所谓"革命"之际,讨伐的一方或新君主往往都会宣布仇寇十大罪状,就是这类文章的模子,只要随意翻一翻历朝正史便可见到。方苞在这篇文章中说,《大诰》却不是这样写,对于武庚,周公除了说他"鄙我周邦"(看不起我们周国)之外,没有再另外"文致其罪"。而周公解释所以挥师征讨的原因,只是说"先王基业之不可弃,与吉卜既得,可征天命之有归而已"。方苞认为这两件事"乃周人之实情,可与天下共白之者也",所以写得很恰当,说明"圣人之心所以与天地相似,而无一言之过乎物也",而这也正是"感人以诚不以伪"和"修辞必立其诚"的体现。不仅如此,方苞在文章中还谈到,"武王数纣之罪,惟用妇言、弃祀事,而剖心、断胫、焚炙、剔剕诸大恶弗及焉,至于'暴虐'、'奸宄',则归狱于'多罪逋逃'之臣"。指出圣人"虽致天之罚,誓师声罪,而辞有所不敢尽也"②。总之,方苞认为《大诰》是一篇平实的文告,他欣赏《大诰》的原因在此。清朝入关,打的旗号是为明复仇,所以,顺治皇帝即位诏书称清之代明为"改革",而不用"革命"二字,明清之间所存在的大致的一体性关系由此可见。

---

① 李慈铭《越缦堂读书记》,第1002、1001页。
② 方苞《方苞集》,第2—3页。

方苞欣赏非过甚其辞的《大诰》或与这种情形有关系。然而这又不是全部的原因,若联系方苞对明朝和崇祯帝的看法,对《读大诰》一文的这种趣味就更容易理解了。方苞写过不少总结明朝灭亡教训、表彰明末志士仁人的文章,如《书孙文正传后》《书卢象晋传后》《书杨维斗先生传后》《孙征君传》《左忠毅公逸事》《高阳孙文正公逸事》《石斋黄公遗事》等。方苞总体上认为明朝之所以灭亡,是奸邪柄权,正直之臣、能练之臣遭排挤迫害,而崇祯帝虽然刚毅廉洁,勤政有为,有时却会失去正确的判断,被坏人利用,导致国家溃坏,无可挽救。比如他说:"呜呼,方庄烈愍帝嗣位之初,首诛逆奄,非不欲广求忠良,破奸憸之结习,而所委心者,则周延儒、温体仁,每摧抑忠良以曲庇之。逮延儒诛,体仁罢,国势已不可为矣。而继起者复祖其故智,嫉贤庇党,以覆邦家。鄙夫之辙迹,自古皆然,无足深怪。所可惜者,以聪明刚毅之君,独蔽惑于媢嫉之臣,身死国亡而不寤,岂非天哉。"①"可惜"二字,道尽方苞对崇祯帝和明朝既痛责又回护的复杂心情。他又说,连"忧勤恭俭明察之君(崇祯帝)"也会被当国执政"所蔽壅",可见"畏憸人"是治国者一条十分重要的教训②。这些表述与他在《读大诰》一文中肯定以平实的文字客观地检讨胜国之罪过是相一致的。因此,这篇《读大诰》对于我们理解方苞撰写的明代人物传记以及相关的论述很有帮助,是作者对朝代更迭以后如何客观、公允地评价胜国历史问题整体思考的结晶。

  第二篇文章是《方正学论》,文中评论了方孝孺、刘琨之死。明初靖难之役后,方孝孺遭明成祖杀害,诛十族,受牵连数百人。刘琨抵御北方异族,最终失败被杀,父母因此遇害。方苞认为方孝孺、刘琨的死关涉一个共同的问题,人当兴亡鼎革、死生患难之

---

① 方苞《书卢象晋传后》,《方苞集》,第119—120页。
② 方苞《书孙文正传后》,《方苞集》,第118—119页。

际,不能总是以为可以不惜一切地牺牲掉生命,结局越惨烈越好,相反,应当尽量设法让别人活下去,使受祸害的人越少才越好。也就是说,英雄在这种时际选择慷慨就义,是为了让更多人能够生存。研究者认为方苞写这篇文章与清朝前期汉人思考如何与统治者相处有关。姚翠慧《方望溪文学研究》说:"望溪之时,清朝势力已经巩固,君主英明,行儒家之学,而此时抗清,手无缚鸡之力,无异以卵击石,徒害亲人族人。《方正学论》,写在《南山集》案前,可见望溪对大局已定后,赴死起义,无谓牺牲的不以为然看法,早已在入狱前定型。"①这个问题确实值得探讨。方苞所以产生这样的认识,一个具体的原因或许是,他的五世祖方法是方孝孺门生,受到牵连而投江自尽,失去亲人的痛苦促使方苞对这个问题进行反思。他当然不会认为株连法好,但是这不属于他思考的重点,他所思考的问题是,既然有株连法存在,一个人在采取某种行动之前是否应该为将要受到牵连的他人考虑一下呢?《方正学论》一文的主旨在此。方苞这种思考在明遗民中已经可以看到萌芽。嘉定侯汸病死于康熙十六年(1677),他父亲侯岐曾、伯父侯峒曾皆在抗清中先后就义,堂兄弟有的从死,有的被追捕,他自己也经历落发、返俗种种磨难曲折,可谓与清朝不共戴天,然而他晚年的处世态度发生了变化。汪琬《侯记原墓志铭》载:"君既丁祸患,故为学益进。尝论《易·乾》、《坤》二卦曰:'世之衰也,所向无可用刚直者。《乾》主于刚,然继之以健中正,又继之以纯粹精,盖必如是而后可以刚也。《坤》六二之动,直内以敬,然继之以方外以义,一本乎柔顺中正,盖必如是而后可以直也。不然,恃吾血气而不挠不摧,吾能免于悔吝乎?'盖晚岁所得如此。"②由刚而转向健中正、纯粹精,由直而转向方外以义、柔顺中正,不再坚持不

---

① 见姚翠慧《方望溪文学研究》,台湾文史哲出版社,1988年,第69—72页。
② 汪琬著、李圣华笺校《汪琬全集笺校》,人民文学出版社,2010年,第1609页。

挠不摧,以生命的存在为前提确保内心精神的刚和直。这实际上就是意味着接受清朝入主中原的现状,取消以武抗武,不再提倡牺牲。这是从反抗清人过渡到与清人合作的一个重要思想阶段,再往前走一步,就是合作了。侯汸的这一转变和表述从儒家经典《易》找到了理论根据,因此显得无可置疑。方苞思想则是在此基础上又往前走了一步。他这种思想从直接的来源说,与李光地甚有关系。方苞《辛酉送锺励暇南归序》回忆他与李光地结交之始,劝李光地治古文,李光地回答说,自己《周易》《洪范》还没有研究好,无暇及此,也不屑及此,顺便说:"子不闻市人之语乎?所出之财与物相当则曰值。禹八年于外,三过其门而不入,诸葛亮鞠躬尽瘁,死而后已,值也。嵇绍仕非其义,而以身殉;刘琨不度德,不量力,动乎险中,以陷其亲,则不值矣。而况其每下者乎?"①李光地以为刘琨的死是"不值",这直接影响了《方正学论》对刘琨的批评。此文反映了方苞的生命观,也反映了他对应该以什么态度与清朝相处这一问题的思考。他坚持认为,人很高贵,对生命应该倍加珍重,任何粗鲁对待生命的做法都极其错误,人没有"自戕贼"的权利,也万万不可"自殽于物"②。这种贵生哲学是经过明清易代大变动,清朝政权渐趋巩固,社会转向稳定,文人不断调整认识的产物,是由对抗思维逐渐变成合作思维,遗民意识逐渐转化为"清人"意识的一个重要标志。这不仅是方苞一个人的认识,而且也是当时社会较普遍的精神状况,从一个重要的方面说明遗民意识在趋归清朝的过程中是如何消融的,从而构成明清之际汉人精神变化史的一个重要环节。从这样的社会背景之下来解读方苞这篇文章,才能把握其内在思致的真脉。从清朝康熙中期以后汉族文人与朝廷合作已经非常普遍,继续坚持遗民立场的文人少

---

① 方苞《方望溪遗集》,第84页。
② 方苞《孙征君年谱序》,《方苞集》,第88页。

之又少,而且人数仍在不断减少。之所以如此,一是时间已久,人坚持的耐力逐渐被消磨,二是清朝的成功有目共睹,复明者回天乏术已成现实。而贵生说重视生命的观念则从思想的角度对此给出了回答,使汉族文人融入清朝主流的行为变得名正言顺,因而可以堂而皇之,再不必怀着羞愧之心,以为在伦理道德上低人一等。人们对方苞《方正学论》的观点难免会有争议,比如可以有相当理由认为方苞对方孝孺、刘珙两人的评价本身近于苛求,可是也应当承认,对于研究清朝汉族文人的精神走向,这确实是一篇重要文章,具有相当的代表性。

四

后人评价方苞,常说他"学行继程朱之后,文章介韩欧之间"。这两句话首先见于王兆符《方望溪文集序》①,以为是对方苞学术道德、古文特色及成就的经典性概括。桐城钱澄之已经说过:"以韩欧苏曾之笔,铨程周朱张之理。"②可见方苞的说法也不新鲜。方苞用此自评祈向,大体似乎也能够成立,可是对此又不宜过于拘泥,否则多少会误解了方苞。

先说"学行继程朱之后"。

方苞十分推崇程朱学说,对批评程朱思想的人往往还以犀利的反批评,即使对好朋友(如李塨)也不例外。他对于程朱主张有所不同之处,有时采用折中的态度。比如程朱都十分重视祭礼,程颐主张不仅要祭父亲、祖父,还宜推及高曾,甚至远祖始祖。朱熹则认为一般人哀敬思慕之诚意达于高曾已经不能保证其完全,

---

① 王兆符《方望溪文集序》,据《方苞集》附录,第906—907页。
② 钱澄之《鲍野集序》,《田间文集》卷一三,《清代诗文集汇编》第40册,上海古籍出版社,2010年,第131页。

祭祀而推及远祖始祖,就更令人担忧其诚心能否有确实的保证,是否会变成为祭祀而祭祀,徒存虚礼,所以他对此取保留的态度。方苞觉得两人考虑问题的角度不同,"盖程子以己之心量人,觉高曾始祖之祭阙一,而情不能安;朱子则以礼之实自绳,觉始祖远祖之祭备举,而诚不能贯"。他认为这两种看法"义各有当,并行而不相悖也"。所以他酌定家庭祭礼,主张取两者之长,既要满足心之所安,还要考虑众人所能实行①。这确实说明方苞是程朱思想的信徒。

不过也要看到,方苞推崇程朱学说并非十分古板,而且并非一概地否定程朱之外其他宋明人的思想,比如他对王阳明学说的态度就表现出一定的灵活性,有所肯定,《重建阳明祠堂记》《鹿忠节公祠堂记》《广文陈君墓志铭》等文都对此有所说明。如《广文陈君墓志铭》说:

> 余闻古之学术道者,将以得身也。阳明氏为世诟病久矣,然北方之学者如忠节(鹿继善)、征君(孙奇逢),皆以阳明氏为宗。其立身既各有本末,而一时从之游者,多重质行,立名义,当官则守节不阿……用此观之,学者苟能以阳明氏之说治其身,虽程朱复起,必引而进之以为吾徒。若嚯嚯焉按饰程朱之言而不反诸身,程朱其与之乎?②

在方苞心目中,程朱代表纯洁的贤哲,崇尚程朱学说是他思想的主流,然而,倘若程朱追随者只是将其道理当作一种好听的话说说而已,不去实行,那么再好的学说也是枉然,进入不到境界,人反而变得虚伪了,令人厌恶,他拒绝这样的人为自己同道。对于王阳明固守良知之学说,默识而躬行,他认为确实有其劝世

---

① 方苞《教忠祠规序》,《方苞集》,第93页。
② 方苞《方苞集》,第305页。

之良效,培养了一些重名义、守节不阿的正直之士,应当予以肯定,不应当"漫诋"之(《重建阳明祠堂记》)。方苞表彰的人物中,如鹿善继、孙奇逢、汤斌、陈鹤龄等,都宗尚王阳明学说,这正说明他对该派思想某种程度上兼容并蓄。以往研究对方苞与王阳明学说的关系关注比较少,而且往往有一些误会,以为他是绝对地坚持理学,反对心学,"学行继程朱之后"一语更进一步地强化了人们对方苞的这种认识,其实我们还要看到他思想关系复杂的一面,留意他与王阳明学说有关的文章,以求能够更加完整地认识他的思想。

再说"文章介韩欧之间"。

方苞文章论的核心是"义法说","义即《易》之所谓言有物也,法即《易》之所谓言有序也",一篇作品是"义"与"法"的统一体。他认为,"义法"是古代最重要的作文原则,形成于《春秋》,贯穿于造诣高深的古文作者所写的著作中,而最足以代表古文"义法"成就的是《左传》《史记》和韩愈文章[1]。《左传》《史记》被方苞视为古文"义法"的典范,有关论述很多,毋庸赘言。对于韩愈,方苞肯定他撰文能得古文"义法"[2],指出韩愈的读书经验"首在辨古书之正伪",这也是指韩愈能了然于文章义法,因为义法明,能够帮助辨书籍之正伪[3]。他称赞韩愈的思想和文章"掩迹秦汉而继武于周人"[4],"其辞熔冶于周人之书,而秦汉间取者仅十一焉"[5]。也就是认为,韩愈主要是继承了周朝思想和文章传统才取得大成就,是后人学古文应当向往的标志。《左传》、《史记》、韩文三家外,方苞对其他一些古文大家的作品,一般都有不满和批评。比如他不认

---

[1] 方苞《又书货殖传后》,《方苞集》,第58页。
[2] 方苞《书韩退之平淮西碑后》,《方苞集》,第111页。
[3] 方苞《书李习之卢坦传后》,《方苞集》,第114—115页。
[4] 方苞《赠淳安方文辀序》,《方苞集》,第191页。
[5] 方苞《书祭裴太常文后》,《方苞集》,第112页。

同柳宗元自评文章取源于六经,说:"甚哉,其自知之不能审也。"他评点柳文,多加以批评,比较集中的是批评柳宗元"根源杂出周秦汉魏六朝诸家文,而于诸经,特用为采色声音之助尔","辞繁而芜,句佻且稚"。认为柳宗元晚年贬到南方以后写的山水游记,"乃能变旧体以近于古",才可与韩愈比肩而"崛然于北宋诸家之上",可惜这样的作品在柳集中"不多见"①。又比如对于宋代古文大家,方苞说用韩愈文章之善于经纬结撰、擅长义法相衡量,例如传记的正文与论赞、墓志与其铭文互相不重复,则"欧阳公号为入韩子之奥窔,……颇有不尽合者。介甫近之矣,而气象则过隘"②。对欧阳修、王安石有所不满是很显然的。方苞批评归有光文章"于所谓有序者,盖庶几矣,而有物者,则寡矣"③。由上可知,方苞以"义法"说为标准,优劣和是非古文家及其作品,在韩愈与柳宗元、欧阳修等唐宋古文家之间划出了一道界限,韩愈与《左传》《史记》相并列,归入最高一档古文序列,而欧阳修等归入另一档古文序列,成就低于《左传》《史记》和韩愈文章。再从古文的思想根基方面比较,方苞也认为韩愈非欧阳修、苏氏父子等"所可并比"④。我们谈论义法说,应当与方苞这种品评态度结合起来,才能了解他提倡义法实际上是引导古文写作越唐宋而续秦汉,改变一般意义上的唐宋文章流向。宋代古文革新后形成的文章主流,习惯上称之为唐宋古文,其实主要是以欧阳修为代表的、以平美为特色的文风,韩文风格在其中只能算是一种辅助因素。所谓的"唐宋八大家"中有六家是宋人,也颇能够说明问题。方苞对此显然不满意,他主要向往韩愈而不是欧阳修文风,而向往韩文又是因为

---

① 见方苞《书柳文后》(《方苞集》,第112—113页)和《评点柳文》(《方望溪遗集》附录,第129—160页)。
② 方苞《书韩退之平淮西碑后》,《方苞集》,第111页。
③ 方苞《书归震川文集后》,《方苞集》,第117页。
④ 方苞《答申谦居书》,《方苞集》,第164页。

它与《左传》《史记》有更多内在的一致。所以他认为古人的文章境界可复,而后人过度运用技巧宜戒,"文章之传,代降而卑,以为古必不可复者惑也。百物技巧,至后世而益精,竭心焉以求善耳,然则道德文术之所以衰者,其故可知矣"①。在这一点上方苞与归有光的认识比较接近,归有光也强调学习古人运文的经验,学习《史记》,不过归有光主要通过圈点《史记》启发对其文章妙处的感悟,对如何学习《史记》则没有提出多少具体意见,而且他自己的古文风格依然以平美为特色,近于欧阳修而远于韩愈。当然,方苞不是要走明代前后七子"文必秦汉"的老路,七子过于重视对秦汉文章字拟句摹,方苞则着眼于与先秦、唐宋古文整体传统相贯通,使之延续。或者也可以说,方苞在归有光之后,再次力图另辟一条超乎于唐宋派、秦汉派争论之上的古文写作道路,以义法为核心,以《左传》《史记》和韩愈文章为典范,以雅洁为语言特色,以此整合文学批评史上的秦汉派和唐宋派,使文章不再被简约为某些断代文学史上的古文,而是古往今来互相贯穿交通的古文。所以无论是将方苞纳入秦汉派还是唐宋派,都是不合适的。然而他还是不幸地被人们当成了唐宋文章的重要传承人,"文章介韩欧之间"说法就颇能说明这一点。若完全接受这种观点,方苞对古文提出的建设性主张很大部分意义就会被遮蔽,他对欲淡化旷日持久的秦汉古文与唐宋古文之争所起的作用也会被忽略。

据王兆符《方望溪文集序》记载,"学行继程朱之后,文章介韩欧之间"是方苞自己说的,表示对此"仰而企"之。我们固然不可对这两句话轻易表示怀疑,不过,王兆符文章也清楚地说明,这是方苞"辛未"岁,也即他二十四岁时说的话。方苞像其他大文章家一样,一生对思想和古文传统的认识不断深入,不断明确,义法说也是他后来在师友启发下逐渐形成的,在这个过程中,一些认识

---

① 方苞《赠淳安方文辀序》,《方苞集》,第190页。

转变,一些新的思想产生,都很正常。因此用一个人年轻时的祈向去完全地涵盖他一生的思想和写作追求,这样做不免有削足适履之憾。

五

方苞为纪念外祖父写了一篇《同知绍兴府事吴公墓表》,文中谈到,他外祖父早年家穷,已经挨饿两天,中贵人此时恰好找他写文章,送十金作为谢礼,却被拒绝了。方苞小时候从他母亲那里受到的这种教育,帮助他明白应该怎样做人,应该怎样写文章的道理。

他十分重视以文记人,也擅长记述人物。他在《工科给事中畅公墓表》中说:"昔李翱、曾巩尝叹魏、晋以后,文字暧昧,虽有殊功伟德非常之迹,亦闇郁而不章。而余考韩、欧诸志铭,其亲知故旧或以小善见录,而众载其言。用此知没世之称,亦有幸有不幸焉。"[①]在《吴宥函墓表》中又说:"余为羁终世,而诸君子各凋丧于旧乡,虽丧纪亦不能通。每念诸君子质行文学,虽未能并迹古贤,而已行著于乡国,声闻于四方,徒以居下处幽,泯焉将与草木同腐。故凡数而次列之,俾海内笃古而达于辞者,略知其名字,或经过州部,叩其行迹于子孙乡人而论述焉。"[②]无论是文章史的知识,还是来自生活的经验,都告诉他写作的重要性、记人之文的重要性。他不想让自己知道的有善言美行的修饬君子如草木云烟一般地朽腐消散,他想让人们多多少少记住一些他们值得被记忆的东西。他抱着这样的写作念头,要写值得写的人,让他们成为能够把名字流传下去的幸运者。他认为,古文家的责任就在于帮助人们(包括作者本人)记住好人。这是对文章很好的一种认识,因

---

① 方苞《方苞集》,第343页。
② 方苞《方苞集》,第357页。

为能够记住好人的社会,才是一个健康的社会。

墓志、行状、传记,小者关系一个人的名声,大者关系一时一地的历史真况,以及社会、国家的风节和气脉,所以,古人把这些当作大文体,异常重视。写好人物传记一要保证其真实性,二要讲究写作法度。不真实的传记在根本上就出了问题,不会有价值,这也是"谀墓"之作遭唾弃的原因,而文章法度不高明,一个人的精彩就传递不出来,不可能广泛、久远地流传,故真实且动人的传记作品是古文家在写作中很高的追求。

方苞非常重视史书记载人物的真实性。他见当时所修《明史》列传目录中多为吴、会间(吴郡、会稽,今江苏苏州、浙江绍兴一带)人物,他省远方之人寥寥无几,以为这会失去历史是"宇宙公器"的意义,就此向万斯同提出疑问。万斯同回答所以造成这种情况的原委是,吴、会间人多有状志家传送到史馆,他省远方的人这类资料很少,只能从历朝《实录》、地方志书中去寻觅,难以撷拾成章,所以就残缺不全了,这实在是一件无可奈何的事情①。这很好地说明了书写的历史必然会受到资料限制,难以完全真实地重现历史的道理。更何况状志家传这些资料又会因为其书写者复杂的人为因素而掺杂虚假成分,真实记载就更加难以确保,其中"谀墓"之作就起着催生"假史"的作用。

方苞批评"谀墓"是一种很不好的写作风气,对此非常反感,他要求文人顾惜羽毛,不乱写墓志铭。《方苞集》墓志铭一类文章虽然也不少,然而他写这类文章有自己的坚持,"慎于文而难以情假"②,这是说要拒绝人情文章;"信以传信而不敢有溢美之言","不敢传疑以溢美于所尊礼也"③,这是强调知道多少写多少,分寸

---

① 方苞《明史无任丘李少师传》,《方苞集》,第520—521页。
② 方苞《潮州知府张君墓表》,《方苞集》,第353页。
③ 方苞《吏部侍郎姜公墓表》《同知绍兴府事吴公墓表》,《方苞集》,第342、339页。

要准,即使对自己的亲人友朋、所崇敬的人也应该如此。否则谁会写,谁就可以想怎么写就怎么写,还成什么文章? 所以,说撰写墓志铭是对文人写作操守的一次大考验,一点都不过分。方苞曾经多次表白自己不轻易应承别人写墓志铭:

> 吾平生非久故相亲者,未尝假以文,惧吾言之不实也。(《送官庶常觐省序》)

> 余生平非所识,不见于文。(《沈孝子墓志铭》)

> 余平生非亲懿久故,未尝为铭幽之文。盖铭者,谥诔之遗也。古者必贵而贤始有诔,而谥则虽君父不敢有私焉。若于素不相识之人而与之铭,设实悖于所称,是蘁言也,于吾为赘行矣,故常以为戒,而于生徒朋好不可以终却者,则必多方以求其征。(《胡右邻墓志铭》)

> 用此谢不为铭而生怨嫌者,盖累累焉。(《葛君墓志铭》)[①]

这些话概括起来大约说了四条对待写墓志铭的原则:(一)只给熟悉的人写;(二)不为不熟悉的人写;(三)实在无法推托则在多方求征得实后再动笔;(四)不能写的坚决不写,宁愿得罪人。四点都是为了保证传记作品的真实性。当然,写熟悉的人只表示有可能写得真实,不等于一定能写得真实,但是若连真实的可能性都没有,问题就大了。至于求征事实的必要性,是因为过去写墓志铭往往由家属向作者提供传主生平材料,以供采用,于是有些作者就偷懒做起了文抄公,选些材料组织一番以换取润笔,这是"谀墓"之作泛滥的重要原因。方苞说他写墓志铭"不能多述状中语"[②],提出对材料要调查、考验,很有针对性,是提高传记作品真实性的切实保证。他自己往往这么做,如《武强县令官君墓志》由

---

① 以上引文见《方苞集》第 201、304、298、312 页。
② 方苞《又与沈畹叔》,《方苞集》,第 833 页。

传主曾孙提供材料,经方苞从其"所治武强之士民"中得到核实后才撰成①,他写《张旺川墓表》也是先求征事迹再落笔。

不能说方苞撰写的传记文章没有例外,可贵在于他意识到要尽量排除这些例外。他对有些文章的处理饶有意思。比如他在《葛君墓志铭》中承认该文是应两位友人坚请而撰,不过他又说这两位友人与自己交谊很深,应当不会欺骗他写不实的墓志铭。又比如他与刘笃甫(德培)没有关系,对他也不了解,早年却写了一篇《刘笃甫墓志铭》,因为介绍他写这篇文章的是上元县令,是他的父母官,多少带有一点从命的意思。令人奇怪的是,方苞将这些写作缘起也写入文中,这是否在暗示读者如果真的想要采用这些作品,希望能够一并考虑上述这些因素从而留有一点余地?若然,他则是以一种别致的方式流露了自己诚实的写作态度。

传记文的写作法度与"义法说"的关系最直接,也最密切,所以方苞讲文章"义法"许多都是以人物传记类的文体作为讨论对象,而他自己写的传记作品也最能够反映"义法"的要求和特点。他说,写文章应当"略者略之,详者详之"②,而在详略艺术中尤要善用简略手法,"夫文未有繁而能工者,如煎金锡,粗矿去,然后黑浊之气竭而光润生"③。良史记事,"直而辨,简而不污,虽帝王将相、豪杰贤人,所著多者不过数事"④。虽然所记只有数事,这数件事却是凭作者全部的识力精挑出来,识见浅了很难发现,很难找准,所以简略不仅仅是指裁割文字的技巧,背后其实是作者的识见功夫。方苞又指出,记叙人物事迹切忌平行排列,这样会湮没人物的生气,损伤文章,"不知叙事之文,《左》《史》称最,以能运精

---

① 见方苞《武强县令官君墓志》和《送官庶常觐省序》,《方苞集》,第 724—726、201 页。
② 方苞《答尹元孚书》,《方望溪遗集》,第 58 页。
③ 方苞《与程若韩书》,《方苞集》,第 181 页。
④ 方苞《张母吴孺人七十寿序》,《方苞集》,第 206 页。

神于事迹之中。若按部平列，则后代史家之陋也，其源实开于班史"①。总之，无须每事必求其详，不以多记事实为贵，而是能够就确定的一端叙述引申，以取得比义连类的效果，让人物通过事迹透出精神，让文章充满感发力量，这是方苞写作传记文的经验之谈，也是他取得成功的诀窍。如《汤司空逸事》一文，记叙汤斌刚直守正，冒犯纳兰明珠，而为明珠一党排挤倾轧迫害，并致使康熙帝对他逐渐失去某种信任的经过。文章涉事并不多，只写了汤斌沮抑明珠宠隶、对指斥明珠之臣主持公道数事，焦点集中，矛盾展开充分而自然，而各个人物的表现以及正受邪欺的官场生态，都写得清澈洞明，令人扼腕。其他如《左忠毅公逸事》《高阳孙文正公逸事》《石斋黄公逸事》《陈驭虚墓志铭》《万季野墓表》《礼部尚书韩公墓表》等文，皆是出色之作，从中可以体会到方苞对古文"义法"娴熟的运用。

方苞笔下两类人物写得很醒目，一类是英雄人物或有英雄式经历的人物，这使方苞散文具有某种英雄主义内涵。这类人物主要是明末反抗阉党权臣的正义之士，如左光斗（《左忠毅公逸事》）、孙承宗（《高阳孙文正公逸事》）、黄道周（《石斋黄公逸事》）等，他借此以护持士类中义勇忠诚之气。这一弘扬英雄主义气概的写作倾向一直保持到方苞晚年，《田间先生墓表》作于七十岁，仍贯穿着这一主题，就是对此的一个证明。该文重要一段写道：某御史曾是逆阉余党，巡视到皖，在驺从护拥下盛有威仪地去拜谒孔庙，观者如堵，诸生们正出来候迎，"先生忽前，扳车而揽其帷，众莫知所为，御史大骇，命停车，而溲溺已溅其衣矣"②。田间先生（钱澄之）这次的尿撒得很野，不雅观，做得好像没有文化，是粗鲁人的举止，然而他正是借着这种行为淋漓酣畅地表达出对魏

---

① 方苞《与吕宗华书》，《方望溪遗集》，第31页。
② 方苞《田间先生墓表》，《方苞集》，第337页。

忠贤余孽的极端愤怒和蔑视,充满凛然正气,将众人被压抑的愤怒情绪肆无忌惮地发泄出来,令逆阉余党丢尽风光。方苞抓住这一极佳的画面刻摹人物,文字干净,写得极爽快,表现了正气对卑污的鄙夷,毫无疑问,这是中国古代散文中最著名的细节描写之一,简直可以与17世纪著名雕塑作品、矗立在比利时首都布鲁塞尔市中心"撒尿小童于连"相媲美。

另一类是遭遇坎坷或在仕途上遭受挫折的人物。前者如王昆绳、刘齐(皆见《四君子传》),二人行修学殖,却憔悴穷厄,赍志以殁。陆诗(《陆以言墓志铭》)、潘蕴洪(《潘函三墓志铭》),二人恃才好强,孤特自遂,而或为人所深嫉,或为人所指笑,皆抑郁而终。方苞借此为社会上被压抑而失志的文人长撼一声叹息。后者如光禄卿吕谦恒因举贤札子不合体式,以原官归休,至家三日死①。查慎行因国忌期间观看《长生殿》被革职回乡,暮年又受弟查嗣庭案牵连被逮,虽然获释,很快去世②。方苞将他们所遭遇到的挫折,被贬斥的原因,或者受牵连的事端,写得比较平淡,比较含蓄婉转,让人觉得他们的死与这些遭遇之间似乎没有什么关系,甚至文中还顺带有颂扬朝廷、皇帝之辞。但是事实又被写着,两人实际上是死于遭受处分以后,要想割断这种联系也做不到。事实既然是如此,文章中又说处分他们的人对他们不错,这样就使作品产生了一种黑色幽默的效果,究竟怎么看待这些事情,由读者自己在心里慢慢地去加以回味。

六

方苞见事明透,擅长议论,善于说理,他撰文立意高,逻辑性

---

① 方苞《光禄卿吕公墓志铭》,《方苞集》,第282—284页。
② 方苞《翰林院编修查君墓志铭》,《方苞集》,第275—276页。

强,读他的作品会感到文字中蕴藏的力量和挑战意味,或者被说服,或者被逼着陷入进退维谷、难以抉择的痛苦煎熬之中。从本文前面介绍的《蜀汉后主论》《读大诰》《方正学论》等一些纯粹的论说文,都可以看到这些特点。程晋芳说:"文有学人之文,有才人之文,而必以学人之文为第一。"他说的"学人"首先是指对道有深刻认识的人,"盖文以明道,指事叙情,必根诸道而言始无弃"。这与方苞"道不足者,其言必有枝叶"①说法相合。程晋芳认为,方苞文章是"学人之文"的代表,"风骨陵峭,言言有物"。他还说,方苞的特点不在于读书多,而在于他对先秦典籍读得熟,"用力坚深",有很深造诣,故而其文章既能"阐发理蕴",又能用"淹博之学以振之",与"使气矜才、修饰字句"之作迥别②。这主要是评论方苞的论说文。沈德潜说:"望溪说经,简而能当。"③其实"简而能当"四字不仅可以概括方苞解说经文的作品,也可以视为方苞一切论说文的重要写作特点。方苞究心《春秋》、三《礼》,这对形成他论说文的洗练风格有积极影响,他总结《周礼》文风之所长,"未尝有一辞之溢焉,常以一字二字尽事物之理,而达其所难显,非学士文人所能措注也"④。我们可以将这几句话当成方苞对他自己所理想的文风的说明,而且也可以当作是他本人的写作自道,这在他的论说文中得到了最集中体现。他有些学术性的论说文主观性很强,有的其实没有太多道理,但是他也能够说得头头是道,显出擅长论说的本色。如认为古文《尚书》可信,不同意相反的意见(见《读古文尚书》),就是一个例子,后来甚至连姚鼐也批评他没有吸收阎若璩的考证成果,是"识滞"的表现(《与管异之》)。然

---

① 方苞《周官析疑序》,《方苞集》,第82页。
② 见程晋芳《望溪集后》,《勉行堂诗文集》,第771页。
③ 沈德潜《清诗别裁集》卷一八鄂尔泰《赠方望溪》评语,上海古籍出版社,2008年,第733页。
④ 方苞《周官析疑序》,《方苞集》,第82页。

而在方苞编辑文集时,此文被列为第一篇,可见作者和为他编辑文集的门生对这篇文章十分重视。

除了纯粹的论说文,方苞其他文体也往往能够以议论生色,似乎可以说,议论是方苞作文的看家本领,其成功在此,而有人批评他的文章不免单调的原因也与此有关。他写的人物传记,在记述一个人事迹的同时,常常伴以议论,借题发挥,点出或提升借着记述的人物以训世或讥俗的用意,而这往往也是文章的意义所在,让读者从中可以看到更多的世相,感悟到更多的道理。如《沈编修墓志铭》叙述沈氏的经历及心性志向,讲他辞官告归,是想在家耕养,陪伴母亲,以及研究一部经典,满足自己的兴趣,这些文字都很简略,其笔下的人物也写得很平凡很朴素。方苞在作了这些叙述之后,插入了以下一段议论:"余自童稚从先君子后,具见百年中魁垒士,其志趋尤上者,诵经书、讲学、治古文而止耳,而察其隐私,犹或以震耀愚俗,而私便其身图,故其所得,终未有若古人之可久者。"[1]"魁垒士"外表掩饰之下的贪求和炫耀心念,经他拆穿,就不值得一谈了。而通过这段对"魁垒士"的议论,沈氏的真诚朴实得到反衬,显得更加难能可贵。从这段议论文字可以看出,方苞不仅观察世态人情深刻入微,而且又能将通过观察而捕捉到的这种印象准确、简洁、有力地写在文章中,读这样的文字,往往会有一种好似医生解剖病人般的透彻淋漓的感觉。这篇文章之所以出色,与这段议论显然无法分开。又如《龚君墓志铭》记一位夭死的晚辈,他"貌悫而辞质",急人所急而无难辞,帮助别人而无德色,早年考得科名而无宽懈之意,在他一生中,这些品格前后无异。方苞看到世风一代代地衰坏,为之忧心忡忡,故他对这位晚辈的所作所为非常感慨,于是在文中又议论道:"余阅世久,见齿与余若者,其设心及容貌、辞气已不若长老之笃,而后于余者

---

[1] 方苞《沈编修墓志铭》,《方苞集》,第269页。

则少异焉,又其后则又异焉,每以为非世教之细忧。"①方苞借此希望在世风日衰的时代,人们能够学习龚君的宝贵品质。这段议论文字表达出方苞淑世的愿望,也提高了此篇记人文章的立意。他写的《郑友白墓志铭》更是一篇以议论代替写人记事的作品,全文议论部分占主要篇幅,将郑友白不求功利、安于本色与其他求学动机不纯者作对比,批评科举制度以及受其驱遣的士人心理,这其实也是方苞通过议论流露自己内心沉郁失志的苦闷。

　　议论使方苞文章精彩迭出,这还表现在他记叙景物之文及游记类的作品中。方苞写记类文章比较少,觉得这种文体很难写好,他批评不少记景物之作徒具殿观楼台位置状貌,雷同铺叙,读不出味道。在这方面他比较重视韩欧等人记景物的经验,韩愈"多缘情事为波澜",欧阳修、王安石则又是"别求义理以寓襟抱",实际是肯定在记文中增加议论性和抒情性②。而关于游记,方苞也对许多作者仅仅状写所经历之地的景色、景物很不满意,强调要写出作者"独得"于山水的认识和感受来,这也是他非常欣赏柳宗元永州诸记的原因③。方苞自己写游记,大概是走王安石《游褒禅山记》一路,注重实地考察,求得真知,然后结合求知过程以及景物和自然景色,展开议论,借景发意,这就形成了他写的游记文议论化的特色。《游丰台记》《游潭柘记》《再至浮山记》《记寻大龙湫瀑布》《题天姥寺壁》《游雁荡记》《封氏园观古松记》诸文,皆将写景与议论熔为一炉,而且议论成分突出。如《游丰台记》记一次游览丰台的经历,对景色只略作点染,主要在花事之外写人事,着重抒发友人之间难聚易散、景易得情难再的感怆情怀。《封氏园观古松记》借景色之变化喻人生不常,借老松茂盛数百年而凋敝

----

① 方苞《龚君墓志铭》,《方苞集》,第315页。
② 方苞《答程夔州书》,《方苞集》,第165—166页。
③ 见方苞《游雁荡山记》,《方苞集》,第428页。

只在一二年间,感叹世事易败,景物中寓含道理促人思考。又如《记寻大龙湫瀑布》一文,与以前才子作者写这一题材多刻画大龙湫瀑布壮美景色不同,方苞不从正面描写瀑布,而是选择从侧面写探寻瀑布的遭遇,以及由此产生的感想,并引发一段议论,全文结穴在一个有多重寓意的"寻"字上面。这种写法,议论要表现出独特见解,又能真从景色中化出,自然切合,写景文字虽然不多,却要求精练传神,不作泛泛语,以三言两语勾勒出最有特征的景观颜貌,有个性色彩,而且与议论结合为一体。这些方苞都达到了。

这里具体谈谈游记。游记以记为主要手法,以写山水景物为主,这被认为是正途,间参以议论文字,则意在起到扩延、深化文章内涵的作用,或者藉以取得点睛的效果。议论手段对记叙文这种辅助性的功能,历来文人在写作时也是能巧妙自如应用的。若方苞游记文,基本不以景物为记述的主要对象,而是以议论为游记文主体,放弃游记写作的正途,依循旁辙,这是对古代游记文的改变。对于已经习惯了一般游记文格式的读者来说,读方苞游记自然会对这种风格觉得不习惯,而方苞这种写法有时也确实未能够充分表现出游记文的审美性和文学语言的艺术魅力。从这方面说方苞游记文不够生动,也自有一定道理。然而,游记写作中有一个问题是必须考虑的:假如它是以写自然物色为主的话,如何回避重复描写?山水总是这样的山水,张三眼里和李四眼里看到的大体相同,虽说"横看成岭侧成峰",差别总是有限的。若两个人都真实地将山川容色描绘出来,又怎能避免雷同?虽然在一个人的文集中,因描写的具体山水对象不同文字也不同,如果将不同文人的集子合在一起读,同题而重复的描写就无可避免。犹如我们的国画,存在着题材雷同而引起审美麻木的现象不可否认,游记作品也是如此。好像现在许多人都有了相机,到风景点拍照回来,大家照的相片很多是一样的。绘画、照相是如此,写作也是如此,今人如此,古人也是如此。这就是作者创作描写性的游记作品需要考虑的问题。方苞试图另辟写作途径,走出纯客观摹写景致的套路,防止游记写作中的雷同现象。为此他主张:一是寓情于景,以为作者在游记中表现感情,将自己的遭遇之感写入景色文章,客观的景融合主观的情,可以促成游记文个性特色的形成和丰富;二是以议论入文,加强在游记文中表达作者的个人见解,对山水的理解,赋予山水个性化、主观化的含蕴。这些是方苞的探索给游记文写作带来的启示,总比漠视问题的存在,满足于陈陈相因的格局,在文学史上有意义吧?方苞写游记的一部分经验(如以简略之笔写景)也可以在姚鼐古文中看到,如他的名篇《登泰山记》,人评其"意在作文,景物则从略"[1],这恰好也是方苞游记文的特点。若从传统游记的写作观念看,不免会对其描写胜景不够详尽充分而感到不够满足,然而就散文史上的新风格而言,恰恰是在此而不在彼。

清代前期古文写作先后受到归有光、汪琬、方苞三人很大影响,后来汪琬的影响力降低,他的古文声望为方苞所掩,正如朱克敬所说:"琬文知名先于方苞……后数十年,皆远不逮。"[2]从此,归、方的作品长期左右了古文的风气。二人有许多相通的古文趣味,所以被大家看成是明清古文传统的共同代表,虽然他们也受到各种批评,但是不足以从根本上改变其崇高地位。

(邬国平、刘文彬注译《新译方苞文选·前言》,三民书局,2016 年)

---

[1] 濮文暹《游岱随笔》,《见在龛集》卷二〇,民国六年刻本。
[2] 朱克敬《儒林琐记》卷一,第 14 页。

对顾炎武、方苞文论的一个考察

一

顾炎武学问渊博,富有思想,对文学批评也有重要建树,历来受到高度评价。早先人们主要重视他有关文学的社会功能和作用方面的主张,这集中反映在大力肯定他"文须有益于天下"著名的观点。后来,又逐渐认识到,他提出"韵律之道,疏密适中为上",是对诗歌形式的一种突破性意见,其中包含某种形式自由、诗体解放的思想,应当在文学批评史上大书一笔(参见邬国平、王镇远《清代文学批评史》)。这表明,顾炎武文学思想不只是体现在对文学外部要素的论述,而且也体现在对文学内部要素的探索。

其实顾炎武对文学内部因素的探索不限于诗歌韵律,还包括他的文章作法。文章作法,属古人通常所称"修辞"之学。然而对这种文章作法、"修辞"之学,不少古人并不重视,甚至还对它带有几分轻视。《周易·乾·文言》"修辞立其诚"这句名言,文人几乎没有不知道的,然而在中国文学批评史上,不少人引用这句话往往只是为了突出和强调"立诚",对"修辞"则轻描淡写,一笔带过,有的还将"修辞"和"立诚"看作对立的关系,习惯于用"立诚"的道理教训"修辞",以修辞为文章家病,以啬乎文而沾沾自喜。受此影响,文章作法、"修辞"之学在古代文学批评整个话语体系中经常是扮演"人微言轻"的角色,而研究文章作法、"修辞"之学也会被认为是文学批评中层次较低的。当然,这是一种偏颇的看法。

顾炎武很重视文章的思想性,他同样也很重视文章的"修辞",认为这二者是一体的,不可分割,不可是此而非彼。《日知录》卷十九"修辞"条对此作了专门论述:

> 典谟、爻象,此二帝三王之言也;《论语》《孝经》,此夫子之言也。文章在是,性与天道亦不外乎是,故曰:"有德者必有言。"善乎,游定夫之言曰:"不能文章而欲闻性与天道,譬犹筑数仞之墙,而浮埃聚沫以为基,无是理矣。"后之君子,于下学之初,即谈性道,乃以文章为小技而不必用力。然则夫子不曰"其旨远,其辞文"乎?不曰"言之无文,行而不远"乎?曾子曰:"出辞气,斯远鄙倍矣。"尝见今讲学先生从语录入门者,多不善于修辞,或乃反子贡之言以讥之曰:"夫子之言性与天道可得而闻,夫子之文章不可得而闻也。"

顾炎武认为,儒家经典既是思想的渊薮,也是文章修辞艺术的宝典,离开思想无所谓文章,离开文章也无所谓思想。用文学批评的概念术语来说,这就是"旨"与"辞"构成的形影相依关系。分而言之,它们是两种东西,合而言之,它们又是一个对象,一损而共损,一荣而俱荣。他要求人们摒弃以"性道"为高尚,以"文章"为雕虫小技的偏见。他写这条思想学术笔记,就是提醒大家应当重视"修辞",讲究行文艺术,写好文章。

在《日知录》"文章繁简"条,顾炎武从语言修辞艺术的角度对写作提出具体要求:作者要追求语言创新,又不能逞奇炫怪;语言要达意,却不能片面地讲求繁缛或简约;文风要自然。顾炎武从古人文章中举出许多正反两方面的例子,来证明自己的写作主张是合理的。其中举史传文的例子特别多,因为史传文章"繁简"的问题尤其突出,而文学批评史上围绕语言"繁简"问题而展开争论也以史传文、人物传记最为集中。他说:文章有"不须重见而意已明",又有"必须重叠而情事乃尽",一切都要根据实际情况。又说:"《史记》之繁处必胜于《汉书》之简处。""《新唐书》叙事好简略其辞,故其事多郁而不明,此作史之病也。"

从"修辞"之学的角度总结史书写作的经验和教训,顾炎武并不仅仅限于语言繁简的范围,他还从叙事与表达作史之意、遵从纪传体一般的格式与不受成格限制等方面,对写作提出要求。

写人物传记,会遇到叙事与评价的问题。史家一般都会流露对人物的评价倾向,然而用什么方式流露态度、进行评价,各人的认识和处理并不一样。顾炎武《日知录》卷二十六"《史记》于序事中寓论断"条说:

> 古人作史,有不待论断,而于序事之中即见其指者,惟太史公能之。《平准书》末载卜式语,《王翦传》末载客语,《荆轲传》末载鲁句践语,《晁错传》末载邓公与景帝语,《武安侯田蚡传》末载武帝语,皆史家于序事中寓论断法也。后人知此法者鲜矣,惟班孟坚间一有之,如《霍光传》载任宣与霍禹语,见光多作威福,《黄霸传》载张敞奏见祥瑞,多不以实,通传皆褒,独此寓贬,可谓得太史公之法者矣。

顾炎武当然肯定纪传体应当以叙事为主,然而这并不是说写人物传记仅仅是客观地记载人物事迹,叙事就是一切,不需要对人物进行评价,不应该流露作者的主观态度,而是说,优秀的传记作者不会通过在行文中生硬插入"论断"流露对人物的态度,去作评价的,而是会努力使评价和作者的态度在叙事中自然地反映出来。这指出了纪传体重要的文体特征。顾炎武非常赞许司马迁写人物传记"不待论断,而于序事之中即见其指者"的特色,称这是"史家于序事中寓论断法"。司马迁能够娴熟地运用这种技巧,这是他远比别的史传作者高明的地方。当然,顾炎武这里说的"不待论断",不是指《史记》各篇之后的"太史公曰",或后来的史书每篇之后的"赞曰"。

对《史记》和《汉书》的写作特点及优劣高低作比较,以总结文章"修辞"艺术,是顾炎武常常采取的批评方法。他将班固《汉书》视为学司马迁《史记》成绩卓然,而其成就又显著逊色于《史记》的一部史著。以上《史记》"于序事中寓论断"条中,他称赞《汉书》的《霍光传》《黄霸传》叙事中寓褒贬是写得成功的,"得太史公之法",这是对《汉书》写作艺术的肯定。然而顾炎武对《史记》《汉书》所作的比较研究,更多是指出《汉书》的写法不如《史记》,对《汉书》人物传记的缺点提出批评。如《日知录》卷二十六"《汉书》不如《史记》"条说:

> 班孟坚为书,束于成格,而不得变化。且如《史记·淮阴侯传》末载蒯通事,令人读之感慨有余味,《淮南王传》中伍被与王答问语,情态横出,文亦工妙。今悉删之,而以蒯、伍合江充、息夫躬为一传,蒯最冤,伍次之,二淮传寥落不堪读矣。

蒯通、伍被的一些事迹和说辞,《史记》分别附载于《淮阴侯列传》和《淮南王列传》中(后者见《淮南衡山列传》)。班固对此作了修改,将他们独立出来,各为之立传(见《蒯伍江息夫传》),事迹有所增加,人物有所丰富。从通史的《史记》到断代史的《汉书》,记载的重点、史著的容量都发生了改变,班固为原本出现在《史记》中的某些人物写专门的传记,这情有可原。然而由此也会带来新的问题,那就是,有关他们的内容从原先传记中删去后,原来的传主形象会因此而削弱,作者借以表达的写作意图会因此受损,传纪作品的艺术性也会随之降低。顾炎武指出,《史记·淮阴侯列传》被删去后面蒯通事以后,读者不再像读《史记》原传时那样"感慨有余味"了;《史记·淮南王列传》被删去伍被与淮南王问答的内容,原传人物"情态横出"的特点不见了,文章也失去了工妙,结果《史记》中的淮阴侯、淮南王两篇优秀传记被改编成为《汉书》中的人物传以后,文章变得枯燥、单调,不好看了,所谓"寥落不堪读矣"。他认为,这是班固拘泥史书纪传体"成格",不知"变化"造成的。顾炎武祖父曾告诉他:"班孟坚之改《史记》,必不如《史记》也。"(顾炎武《钞书自序》)《汉书》韩信、刘安二传对《史记》的修改,在顾炎武看来,无疑印证了他祖父的这一判断。顾炎武这里说的"成格",是指集中写传主本人的事迹,不旁涉笔墨在其他人物的身上。这作为一般的传记写作要求当然有道理,可是文无定法,难以一概而论,若用变例能将传主写得更深刻更传神,就不应该为"成格"所束缚。一个作者具不具备大家气魄,一部作品大不大气,往往由此而区分。

二

顾炎武对文章作法、"修辞"之学的研究,是清初文论向桐城派文论演化过程中重要的一个阶段。清代最重要的文章大家是方苞,最重要的文章学主张之一是方苞反复提倡的义法说。比较顾炎武和方苞的文论,可以看出,二者在文章学的一些重要问题上看法是一致的,或者是相互接近的。

顾炎武要求文人高度重视文章艺术,批评"今讲学先生从语录入门者,多不善于修辞"。方苞《答程夔州书》说:"岂惟佛说,即宋五子讲学口语亦不宜入散体文,司马氏所谓言不雅驯也。"他坚持主张"古文中不可入语录中语"(沈廷芳《书方先生传后》引)。写文章拒绝用语录语,要加强修辞,提高语言的艺术性,二人的观点相同。顾炎武反对以繁简论文,要求辞达,措语和表达要恰如其分。方苞也主张文章的语言应当雅洁,削去枝蔓,却又并非一味尚简,而要做到详略随宜(见《书萧相国世家后》《书淮阴侯列传后》等文)。两人这方面的要求也有相通之处。

如上面所述,顾炎武文章学的一部分重要内容建立在比较《史记》和《汉书》作法的基础上。方苞强调古文义法,而构成他义法论的一个很重要方面也是总结《史记》的写作经验,以及对《史记》和《汉书》作比较批评,两人的研究和批评在这里聚焦于同一个对象,而且两人的观点明显相同。

方苞强调叙事对于写人物传记的重要性,然而具体怎么写,则应当根据传主的实际情况。他在《书五代史安重诲传后》一文中以欧阳修《新五代史·安重诲传》为例,批评欧学《史记》却有"未详其义而漫效"之失。他说,传主有事迹可写,就应当严格按照传记体通常的叙事体例来写,着重于叙事,只有当传主的道德节义彪炳于世,然而一生没有多少事迹可列,在这种情况之下,才适合用"议论与叙事相间"的写法,比如《史记》伯夷、孟子、荀子、屈原等人的传记。他指出,安重诲本有事迹可以叙述,欧阳修却采用所谓"书疏论策体","杂以论断语",以论带事,反而将叙事的文字作了过多简约,该用纪传体正例记叙却用了变例,这是误学了《史记》的经验,属于不知其义的盲目模仿。方苞批评欧阳修《安重诲传》体例不当,其前提显然是承认纪传文体通常以叙事为最主要的特点,应当为作者所遵循。

方苞与顾炎武谈问题的侧重各有不同,顾炎武主要谈纪传体的叙事与论断的关系,方苞主要谈纪传体的正例与变例的区别,而实质是相同的,因为纪传体的正例和变例关涉的也正是其叙事和论断的关系问题。方苞、顾炎武对于如何撰写人物传记的要求也相同,他们都强调必须尊重纪传文体的叙事特点,反对以直接的议论干扰叙事、弱化叙事、虚化叙事、代替叙事,都肯定司马迁《史记》在这方面的典范性。而方苞肯定对一部分事迹少的传主采用叙事与议论相间的写法,这与顾炎武"于序事中寓论断"说,又可以互为补充。

顾炎武称赞《汉书》之《霍光传》《黄霸传》叙事中寓褒贬的写法"得太史公之法"。方苞《书汉书霍光传后》也肯定这个优点:"是传于光事武帝,独著其'出入殿门下,止进不失尺寸',而性资风采可想见矣。其相昭帝,独著增符玺郎秩、抑丁外人二事,而光所以秉国之钧,负天下之重者,具此矣。其不学专汰,则于任宣发之,而证以参乘,则表里具见矣。盖其详略虚实措注,各有义法如此。"这正是总结和肯定《霍光传》用叙事代替议论的"义法"特点,而方苞常常指出《汉书》这种写法是学习《史记》得来的,因此以上也是他对《史记》写作经验的分析,与顾炎武得出的结论相一致。

顾炎武对《史记》《汉书》的写作艺术总体上表现出明显扬抑的态度,批评《汉书》"束于成格",为韩信、刘安立传而修改司马迁原文大为逊色。方苞表示了与顾炎武相同的见解。他在《书淮阴侯列传后》一文中,对司马迁《淮阴侯列传》详载武涉、蒯通劝韩信反刘邦的游说之辞,以及为何用蒯通答刘邦诘问作为全篇列传结束的意图和作用,作了详细分析:

> 其详载武涉、蒯通之言,则微文以志痛也。方(韩)信据全齐,军锋震楚、汉,不忍乡利倍义,乃谋畔于天下既集之后乎?其始被诬,以"行县,陈兵出入"耳,终则见绐被缚,斩于宫禁,未闻谳狱而明征其辞,所据乃告变之诬耳。其与陈豨辟人挈手之语,孰闻之乎?列侯就第,无符玺节篆,而欲"与家臣夜诈诏,发诸官徒奴",孰听之乎?信之过,独在请假王与约分地而后会兵垓下。然秦失其鹿,欲逐而得之者多矣。蒯通教信以反,罪尚可释,况定齐而求自王,灭楚而利得地,乃不可末减乎?故以通之语终焉。

方苞以为司马迁写武涉替项羽策反韩信,作用与写蒯通的所为一样,这里就单说蒯通。《淮阴侯列传》两处载蒯通的说辞,方苞认为,通过蒯通的说辞,可以从反面证明韩信谋反之说不能成立。因为蒯通策反韩信的时候,形势对韩信有利,成功的可能性也大,那时候不反,却等到"天下既集之后"、谋反必败的形势下再发动叛乱,这很难有说服力。而且,蒯通教韩信谋反是确凿的事实,他自己也对刘邦承认了,其罪尚且可以赦免,韩信谋反缺乏证据,只是莫须有事,却得不到宽宥,这不是说明韩信以谋反罪名被杀其实是另有原因么?基于以上分析,方苞认为司马迁在《淮阴侯列传》中附入蒯通说辞是作者"微文以志痛"的寄托文字,因而是非常重要的一笔。这样的分析,尤其是强调司马迁"以(蒯)通之语终焉"的用意,与顾炎武批评班固为韩信立传而删去这段文字,是一种败笔,两者之间的内在联系不言自明。

通过以上对照,顾炎武与方苞关于文章作法、"修辞"之学的内容和观点存在相似和一致之处,是非常清楚的。

顾炎武是不是直接影响了方苞,方苞是不是接受了顾炎武的影响?对这个问题现在还难以遽然下判断。不过有一点是可以肯定的,方苞接触过顾炎武的著作,读过他的书,接受过他的观点。他在《仪礼析疑》卷十六的一处文字中曾经直接引用顾炎武《左传杜解补正》卷上的一个结论①,正面接受了他的学术见解。虽然这样的例子很少,但是至少可以证明,方苞与顾炎武之间的思想学术联系是存在的。因此,从两者的影响关系去解释他们的文章作法论、"修辞"之学存在的一致性,大概也不能算是罔顾事实吧?

人们对顾炎武的思想学术和文学批评理论,对《日知录》的价值,评价很高,这完全是应该的。相反,人们对方苞的文章义法论,对他关于《史记》和《汉书》的评论,认识很不一致,贬斥者不乏其人。如钱大昕《与友人书》说:"盖方(苞)所谓古文义法者,特世

---

① 顾炎武《左传杜解补正》卷上:"'八年。诸侯以字为谥,因以为族。'陆氏按:郑康成驳许叔重五经异义引此传文云:'诸侯以字为氏。'今作谥者,传写误也。"陆氏,指明朝学者陆粲,按语出自他所著《左传附注》。方苞《仪礼析疑》卷十六辨析《仪礼·少牢馈食礼》"荐岁事于皇祖伯某"时,涉及郑玄注"皇,君也。伯某,且字也,大夫或因字为谥",方苞说:"顾炎武云:乃氏字之讹。"他是说,顾炎武的意思是,郑玄注"谥"是"氏"之误。乾隆间学者盛世佐《仪礼集编》卷三十七正作"顾炎武云:谥乃氏之讹",可以为证。

俗选本之古文,未尝博观而求其法也,法且不知,而义于何有?"又说:"予以为方(苞)所得者,古文之糟粕,非古文之神理也。"这代表了相当一部分人的看法。其实在这个问题上,对顾炎武和方苞作明显地扬抑显然是有失公允,对两个人基本一致的文学主张,怎么能使用双重标准去衡量呢?

(《文史知识》2013 年 11 期)

从香奁诗到神韵说
——王士禛诗学的变化

香奁诗在我国古典诗歌中自成一体,源远流长,早期的情诗、闺怨诗、宫体诗、玉台体、宫词等都对香奁体的形成发生了影响,而它定型则是在晚唐,韩偓《香奁集》是最重要代表,"香奁诗"由此得名,李商隐《无题》也被不少后人解读为香奁诗。以后写香奁体著名的诗人还有杨维桢、王彦泓等。清初沿晚明重情余风,写香奁诗的风气犹存。王士禛早年与人唱和为香奁体,此为好事者所道,作品流传一时。然而王士禛对于写作香奁诗并没有持久体验,后来他就搁笔不写此种诗了,对于王士禛来说,香奁诗是他诗歌写作经历中一个比较特殊的阶段。

一、王士禛与人唱和"香奁体"钩考

王士禛曾经先后两次与人唱和为香奁诗,都是在他年轻的时候。

第一次是顺治九年壬辰(1652),王士禛十九岁,一起唱和的是他兄长王士禄。王士禄《香奁诗三十首·序》说:"壬辰岁,贻上曾为《香奁诗》三十章,又为《续香奁》十章。约余同作,以懒故不获竟,仅五篇而止,今集中所存'深闺怨语传愁妾,乐府新词赋恼公'诸篇是也。"①由此而知,这次唱和香奁诗的提议者是王士禛,

---

① 王士禄《十笏草堂诗选》卷五,《清代诗文集汇编》第 98 册,上海古籍出版社,2010 年,第 563 页。本文以下引用此书,仅注书名、册数、页码。

王士禄只是响应者,而且,王士禄对这次写香奁诗的提议,态度似乎不甚积极,仅撰五篇,只是王士祯的八分之一。此年王士禄、王士祯一起赴京参加会试,王士禄中式,王士祯落榜。两人唱和香奁诗应当是在赴考以后,因为在考试之前,考生们心里都会产生应考的紧张,而且也少有余暇,一般不会有写香奁体的闲心情。而对于王士禄这组《香奁诗三十首》还需要作两点说明:(一)据王士禄《香奁诗三十首·序》知道这组诗写于顺治十三年元宵前一二日,序署"丙申上元日",上元即元宵,当时王士禄从莱州府教授任上休沐回家过春节,所以这组诗并不是他与王士祯唱和之作。序又说他写了这组诗以后,"与诸弟快读,竟忘物役之苦"。这一年春节王士祯在家,说明他当时就读到了这组作品。(二)王士禄在序里提到的"深闺怨语传愁妾,乐府新词赋恼公"两句不见于《香奁诗三十首》,也不见于他的《十笏草堂诗选》中其他作品,或许今传《十笏草堂诗选》后来又经过了一些删订。

王士祯第二次与人唱和为香奁诗是顺治十六年己亥(1659),他二十六岁,已经中进士,次年将赴扬州推官任。王士祯说,与此次唱和香奁诗有关的人是彭孙遹、魏学渠,"己亥三月,余复游京师……是冬,与海盐彭孙遹、嘉善魏学渠卜邻宣武门外,有香奁唱和诗"①。顺治十五年至十六年,王士祯在京师与友唱和写诗活动比较频繁,他在《居易录》卷五提到在这两年中一起唱和的有汪琬、程可则、邹祗谟、刘体仁、梁熙、叶方蔼、彭孙遹②,然而他谈到互相唱和为香奁诗的文人,只提到彭孙遹、魏学渠两位。彭孙遹(1631—1700),字骏孙,号羡门、金粟山人,浙江海盐人,顺治十六年进士,比王士祯晚一年,著有《桂松堂集》等。王士祯《古夫于亭

---

① 王士祯《阮亭诗选》卷八《己亥诗》自序,康熙元年刻本。
② 见王士祯著、袁世硕主编《王士禛全集》,齐鲁书社,2007年,第3760页。本文以下引用此书,仅注书名、页码。按:《阮亭诗选》卷五《戊戌诗》自序提到此时期在一起"相切劘为古文诗歌"的人更多,因为其中包括共同商讨古文之友,故此处不引述。

杂录》卷五引录他自己唱和的香奁诗句"洛浦神人工拾翠,魏家公子妙弹棋",出于他《无题诗同骏孙赋》之三,这与王士禛己亥冬与彭孙遹等"有香奁唱和诗"之说正相吻合,而彭孙遹也有《无题诗次阮亭韵》组诗,二者正可互相印证。据这些作品可知,王士禛第二次与彭孙遹等人唱和为香奁诗,题曰《无题诗》,"无题诗""香奁"用在这里意思相同。王士禛、彭孙遹此次唱和的香奁诗,后来集为一卷刊刻行世,名《彭王倡和》,倡一作唱①。魏学渠,字子存,号青城,浙江嘉善人。顺治五年(1648)举人,康熙时举博学鸿词,有诗才,著《青城山人集》《青城词》。现在没有找到他与王士禛、彭孙遹一起唱和写的香奁诗作品,然而他曾撰《彭王倡和序》,载《彭王倡和》卷首。王士禛将魏学渠视为一起唱和为香奁诗的有关友人,可能正是因为他写这篇序的缘故。汪琬在《赠王贻上序》里谈到王士禛这次与友唱和的情况,说:"新城王子居京师,与其友倡和为诗,甚乐也。"②他说的倡和是泛指,包括王士禛与彭孙遹等人唱和为香奁诗以及别的唱和活动,王士禛快乐的心情是一样的。

　　第二次唱和,除王士禛、彭孙遹留下作品外,邹祗谟、孙枝蔚等也有相关的诗作。邹祗谟有《偶阅彭王唱和无题诗次韵》组诗,他的《邹讦士诗选》存有这组诗歌中的三首。从诗题可以知道这是他读到《彭王倡和》以后的追和之作,并非与彭孙遹、王士禛同时相唱和。孙枝蔚《溉堂集》前集卷七有《无题次彭骏孙王贻上韵》十二首。《溉堂集》前集所收诗歌依年编次,这组诗列在庚子

---

① 王士禛、彭孙遹《彭王倡和》一卷,康熙刻本,今藏国家图书馆。该书王士禛诗在前,彭孙遹诗在后,属王唱彭和,两人的诗题也表示了这种关系。王士禛编《渔洋诗集》卷八《己亥稿二》收这组香奁诗,改题为《无题同彭十骏孙作》,诗篇先后序次作了调整,对个别词语也有修改。彭孙遹《松桂堂全集》卷三十一收入他这组香奁诗,改题为《无题同贻上作》,少数语词也作了修改。本文引用根据《彭王倡和》。
② 汪琬著、李圣华笺校《汪琬全集笺校》,人民文学出版社,2010年,第545页。本文以下引用此书,仅注书名、页码。

年(顺治十七年)《杂咏》之后,辛丑年(顺治十八年)诗作之前,当是王士禛任扬州推官后,与孙枝蔚在扬州相见,孙氏根据流传的彭王唱和香奁诗和韵所得,其序称"诗韵借彭、王"[①],也可以作为证明。邹祗谟、孙枝蔚虽然没有直接参加彭孙遹、王士禛的唱和活动,他们事后追和则告诉人们,彭、王唱和香奁诗在当时影响甚大,超过了王士禛第一次与王士禄的唱和活动。康熙年间,有华亭姜遴(万青)与古吴张德纯(能一)、溪上孙鏚(宸九)、鹤浦范超(同叔)、梅源王灏(西园)、青溪潘肇振(文起)、龙江林企佩(鹤招)、云间王毓任(东序),按上下平三十韵以《无题》唱和为诗,每人撰三十首,结集为《无题倡和诗》一百二十四首。稍后,云间孙铉(思九)、由拳孙键(苞九)、武塘周振瑗(辚声)、云间陈鹏章(九万)、圯上陈旭照(晓苍)、青溪袁载锡(心友)等人又继续写和作,孙铉一人写了六十首,依然以《无题倡和诗》为题刊刻。这些都可以看作是《彭王唱和》的流风余绪。不过姜遴、孙铉这类《无题》唱和诗,虽然也是表现情爱思绪,然而又带上了更多雅化色彩,汪琬为孙铉所撰《无题倡和诗》作序,说:"予每见今之作者有《无题》诸篇,芬芳艳冶,使读者心荡,是何异听郑声之靡靡,而使人忘倦乎?识者忧之。"接着他肯定孙铉的《无题》唱和诗"于怨红愁绿之中,见其幽闲贞静之致……诵之使人起敬。嗟乎,若思九者无愧为风人之遗也"[②]。正是表彰孙铉等所作出的雅化努力,而对不合雅化要求、"芬芳艳冶"的香奁诗提出批评。

二、王士禛所撰香奁诗存录

王士禛第一次与王士禄唱和为香奁诗,写了两组共四十首,

---

① 孙枝蔚《溉堂前集》卷七,《续修四库全书》第1407册,上海古籍出版社,2001年,第365页。
② 孙铉辑《无题倡和诗》卷首,扫叶山房民国十三年石印本。

王士禄对此说得非常清楚。今存王士祯早年诗集《落笺堂集》卷三有《香奁体》二十五首，这些应该就是他当年所写香奁诗的一部分。《落笺堂集》是一种诗歌选本，原是王士禄、王士祯诗歌合选本中的一部分，此书称《琅琊二子诗选》或《表余落笺合选》，"表余"为该书王士禄诗歌部分的名称，"落笺"则是王士祯诗歌部分的名称，今人将其中王士祯诗歌单独析出编为《落笺堂集》[①]。或许是选本的关系，或许还包括王士祯对这两组作品的艺术水准有某些不满，《落笺堂集》没有采录全部四十首《香奁体》诗作，其他十五首今未见。

他第二次与彭孙遹唱和为香奁体《无题诗》，究竟写了多少首无明确记载。《彭王倡和》收两人各十二首诗，彭孙遹《松桂堂全集》卷三十一所收也是十二首，然而这是否表示他们唱和香奁体《无题诗》时以十二首为限，还存在一定疑问。王士祯在《古夫于亭杂录》卷五回忆当年的这次唱和香奁诗活动，列举出各人写的一些诗句，说："彭有句云：'仙路无缘逢巨胜，珠胎有泪滴方诸。'西樵有句云：'下杜城边分驿路，上兰门外足长亭。'余亦有句云：'洛浦神人工拾翠，魏家公子妙弹棋。''梅根冶里春逢信，兰叶舟中晚趁潮。'详载《彭王倡和集》。"[②]文中提到彭孙遹"仙路无缘"两句就不见于他的《无题诗次阮亭韵》十二首，这或许可以说明《彭王倡和》所收的这组诗歌经过了彭孙遹自己删选，有所淘汰，并非是其全部。如果真是这样，按照写唱和诗的习惯，王士祯《无题诗同骏孙赋》也应该不止十二首。因此，根据《彭王倡和》推断他们当年唱和香奁诗各人写的就是十二首，似乎还并不是很可靠。王士祯提到王士禄"下杜城边分驿路，上兰门外足长亭"两句诗，出

---

① 王士祯著、袁世硕主编《王士禛全集》诗文集之一《落笺堂集》四卷，即据《琅琊二子诗选》一书中的王士祯诗歌部分编集而成，见书之凡例，《王士禛全集》，第1—2页。

② 王士祯著、袁世硕主编《王士禛全集》，第4921页。

从香奁诗到神韵说

于《香奁诗三十首》第二十四首。前面已经交代,《香奁诗三十首》是王士禄顺治十三年所作,与王士禛前后两次与人唱和香奁诗都没有关系,纯粹是王士禄个人的写作,王士禛将它作为大家互相唱和香奁诗的一部分来加以陈述,是他晚年对事实记忆有误造成的。

由上可知,王士禛第一次所写香奁体四十首,第二次所写《无题》香奁诗十二首以上,二者相加,他与人唱和撰写的香奁诗应该在五十二首以上。然而王士禛编选《落笺堂集》将第一次所写四十首香奁诗黜落十五首,仅保存二十五首。第二次与彭孙遹唱和香奁体《无题诗》十二首以上,而他编《渔洋诗集》卷八《己亥稿二》仅选录其中八首,黜落四首。也就是说,王士禛在他自己编的集子中保存的香奁诗一共只有三十三首,删去了十九首以上。袁世硕先生主编《王士禛全集》收入了三十三首香奁诗,而据《彭王倡和》一书,被王士禛删去的《无题诗同骏孙赋》四首依然可见。现将它们抄录如下:

> 才过禊节罢秋千,过眼流光倍解怜。柳絮横塘三尺水,梨花帘幙午时烟。绿熊簟冷残春后,白鹤香浓绣佛前。爱写名经耽慧业,不知人月共婵娟。(其四)

> 深沉院落景初迟,宿酒犹酣倦起时。为怯夜寒生屈戍,从教花影乱罘罳。如闻长叹眠初觉,乍识余香幔尚垂。解道游仙真梦里,好将惝怳寄红蕤。(其五)

> 千骑东方上洛游,王孙芳草又中洲。龙须作席承欢寝,鹊脑为烟伴妾愁。何处晓云迷楚国,依然明月满秦楼。连波音信年年隔,锦字机中别几秋。(其十一)

> 长干一去路迢迢,忆别秦淮第几桥。子夜有时新曲改,甲煎无复旧香消。梅根冶里春逢信,兰叶舟中晚趁潮。不分

南朝官柳色,风前减尽楚宫腰。(其十二)

张宗柟编《带经堂诗话》,曾根据《亚谷丛书》,从《皇清诗选》中辑录王士禛《无题诗同骏孙赋》其四、其五两首,张宗柟说:"愚案:《阮亭诗选·无题和骏孙作》十二首,《渔洋集》及《带经堂集》录存八首,芟去四首,《亚谷丛书》所载,乃四首中之二首耳。"①说明王士禛香奁体《无题诗》在早期一些清诗选本中还有流传。

三、王士禛香奁诗解读

王士禛自小爱好诗歌,欣赏丽词华章,喜欢与人酬唱,而且每喜以组诗形式赓和叠作,他在这类咏唱活动中始终倾注热情,保持兴奋的创作情绪,乐此不疲,很早就显示出天才诗人的风姿②。他现存早年诗歌,与人唱和的组诗以香奁体为最多,说明香奁体是他早年衷心喜爱的一种诗体。

香奁本是古代女性闺阁用物,后用以指称专门吟咏女子生活,或男女思恋的诗歌,称为香奁诗,其诗体可以是五古、七古、七律、六言诗、绝句等形式。语言华美,情致细腻,风格委婉缠绵,借用"女郎诗"一词相称香奁体庶得其实。严羽《沧浪诗话·诗体》:"香奁体。韩偓之诗,皆裾裙脂粉之语。有《香奁集》。"③这是对通行的香奁体概念明确的说明。李商隐诗歌以丰富藻丽包蕴深思和挚情,尤其是他的《无题》诗,缠绵情长,旨义隐约,兴象无穷,让

---

① 见王士禛著、张宗柟纂集《带经堂诗话》卷二六,人民文学出版社,1982年,第738页。
② 王士禛自述:"予十数岁时,屡梦坐园亭,上有五色异禽,小于鹠鸰,羽毛甚丽,群飞亭中,或集于肩,或投于怀,驯扰不去。又两梦有人赠一匳墨,开之有异香。既觉,为诸兄言之,曰:'此文字之祥也。'"(《香祖笔记》卷八,《王士禛全集》第4629页)《渔洋山人自撰年谱》载此事于顺治六年十六岁。他对自己这种文学天赋颇引以为自豪。
③ 严羽著、张健校笺《沧浪诗话校笺》,上海古籍出版社,2012年,第253页。

读者无限陶醉,虽然有人将这些作品看作是政治比兴的载体,然而还是有不少读者将它们作为优美的情诗来接受,所以李商隐《无题》也往往被人们解读为香奁诗,而香奁体诗人则将它们作为规摹的对象。

王士禛也将李商隐、韩偓当成最杰出的香奁体诗人,如他评论唐人诗,说"李商隐、韩偓儿女语"[①],将二人当作唐代"儿女语"体的代表,"儿女语"体即香奁诗。又如他评王彦泓《满江红·忆》:"次回艳情诗数百篇,刻画声影,有义山、致光所未到者,二词亦香奁之逸藻也。"[②]他自己写作香奁体,主要也是学习李商隐、韩偓的作品。李商隐诗歌被人们普遍当作香奁体接受的是其七律《无题》,而韩偓《香奁集》则包括近体、古体、乐府,既有五言,也有七言,不限于七律。王士禛与人唱和所作的香奁体都是七律,由此看,他写香奁体在诗歌形式上又更多是接受了李商隐的影响,以学习他的七律《无题》诗为主。

王士禛写的香奁诗,华藻绮思,情灵摇荡。第一次唱和所存《香奁体》二十五首,主要咏唱相爱的男女互相思慕,倾诉别愁,表达相伴不分的愿望。诗中写到"锦水西""湘水阔",又提到离居"三年""三秋"。顺治九年及以前,王士禛主要在家居住,有时赶考入京,与诗歌中写到的地点、时间都不合,说明这组诗是诗人想象拟议寄托之词,诗中涉及的地点、时间或是使用典故,或是一种虚笔,不是诗人个人的叙实性内容。在韩偓《香奁集》以及其他人的香奁诗中,假托情人分居两地诉说衷情,绸缪缱绻,是常见的写作手法,王士禛也是对这种写法的借用。当然这不是说,《香奁体》二十五首因此就纯粹是为文造情,是"为赋新词强说愁"的少年无聊。王士禛顺治七年八月与张氏结婚,生活平静美好,与夫

---

① 王士禛《居易录》卷五,王士禛著、袁世硕主编《王士禛全集》,第3763页。
② 邹祗谟、王士禛合选《倚声初集》卷一五,顺治十七年刻本。

人时有短暂离别,自然会体验到思念的滋味,有表达的需求,这无疑会赋予他的香奁诗真实的情感。香奁体着意设色,绮思纷披,以清婉流丽的语言写闺襜情致,绘柔怀媚影,尤其容易被处于青春热渴期的诗人当作表现才情的形式而受到青睐,这也是年轻的王士禛对这种诗体着迷的原因。他写道:"何日飞星传远恨,今年花月满春江。"(之十一)"独拥单衾人不见,小窗仿佛语喁喁。"(之十二)"恨杀侯门深不出,朱栏曲曲护宫花。"(之二十四)[①]它们是说:总是盼望"今年"相聚,然而希望又总是不断落空,生活依然孤单,而思念久了,居然缘此而产生幻觉,仿佛两人在窗下窃窃私语,倾诉衷肠,然而当幻觉失去后,现实仍旧是阻隔重重,无情的侯门、朱栏把有情人曲曲围堵,不得相聚,令人恼恨。诗歌将情人之间的思念写得波澜叠叠而起,很凄苦也很美。组诗之二十三曰:

> 小姬桃叶旧时游,忆得亲迎兰叶舟。帘幕深垂移粲枕,薰笼斜背脱香鞴。炉烟半歇花当户,银烛初残月入楼。屈指今生惆怅事,桃笙冷落已三秋。[②]

这是歌咏女子桃叶与王献之的故事。王献之《桃叶歌》三首,"缘于笃爱,所以歌之"[③],其第一首拟桃叶口吻道:"春风映何限,感郎独采我。"从对面说出专情于一的心意。王士禛对这则故事重新做了改编,前六句渲染两人相爱时的快乐,笔墨香艳,最后写两人分离不遇,情凄声怨。王士禛写这首诗不只是着眼于桃、王故事,更多是借用其事演绎人间不断发生的悲欢离合。诗篇由昔及今,乐起悲结,重心落在尾联"惆怅""冷落"上,这样的结构不仅使前面的欢乐顿时烟消云散,而且结局反而借着昔欢反衬更增重

---

① 王士禛著、袁世硕主编《王士禛全集》,第68、71页。
② 王士禛著、袁世硕主编《王士禛全集》,第70页。
③ 郭茂倩《乐府诗集》引《古今乐录》,中华书局,1979年,第664页。

了萧瑟凄惶,全诗自然融贯,设想颇为新奇。

王士禛写这组《香奁体》诗,时有刻意营构的情语,看似工整、警策,其实不免显露,留下了雕琢、拼凑对子的痕迹,略显呆板。如:"怜卿静好如新月,老我心情似越梅。"(之二)"香到浓时常断续,月当圆处最婵娟。"(之四)"肠当断处心难写,情到钟时骨自柔。"(之七)"惊心无定如风柳,情绪牵春似晚霞。"(之二十四)①说明对于处在学习写诗阶段的王士禛来说,还有一段从画工到化工的路需要去跨越。

当他第二次与人唱和写《无题》香奁诗,在语言运用、意象组织方面,蕴藉微妙,圆融契通,已经更上层楼。且看组诗之三:

> 青琐萧晨碧藓滋,新莺新絮殿春时。似疏更密蘋花雨,已落犹开豆蔻枝。洛浦神人工拾翠,魏家公子妙弹棋。此中便拟长生约,阆苑蓬山那得知?②

"洛浦"句用曹植《洛神赋》典故,曹植写洛神宓妃出游,随从的众灵"或采明珠,或拾翠羽"。魏家公子指曹丕,他以善于弹棋著称,撰有《弹棋赋》。王士禛借用这些人物和典故,咏唱青年男女在春意盎然的自然界邂逅相遇,互相倾慕,订为终生之约。诗歌肯定世俗的情爱生活,对于飘渺玄幻不可知的神仙世界则提出疑问,态度很有保留。此诗颔联对仗工整巧妙,又好似天然妙句,未经斧凿。又比如这组诗的第六首颔联"心似西泠松柏老,愁如东冶暮潮生"③,虽然也是对句的格式,与第一次唱和营构的情语相比,多了几分悠闲从容,不再生硬。这不仅表示王士禛写作香奁诗取得了进步,而且也是表示他经过数年摸索,写诗的整体水平有显著提高。在顺治十四年,王士禛著名的《秋柳诗》四首问

---

① 王士禛著、袁世硕主编《王士禛全集》,第66、67、71页。
② 王士禛著、袁世硕主编《王士禛全集》,第236页。
③ 王士禛著、袁世硕主编《王士禛全集》,第236页。按:泠,《彭王倡和》作"陵"。

世,已经标志他诗歌艺术完全成熟,之后第二次唱和所为的香奁诗进一步印证了他进步的足迹。

钱锺书先生对王士禛香奁诗曾经作过严厉批评。他举前引王士禛"香到浓时""肠当断处"两联,说:"恶俗语几不类渔洋口吻。"这有几分道理,虽然话说得苛刻了一点。又以这几联为例说:王士禛这种诗"奚足与彭羡门作艳体倡和哉"。彭氏"艳体七律,绮合葩流,秀整可喜,异于渔洋之粗俗贫薄"。① 这就难免取舍、判断失适了。钱先生引用的两联乃是王士禛十九岁时写的诗句,而王士禛与彭孙遹唱和为艳体七律是在七年以后,他已经二十六岁,这个阶段的诗歌艺术(包括香奁诗艺术)已经远远超过他自己弱冠时写的作品,已经臻于成熟。若要对王士禛、彭孙遹的香奁诗进行比较,取他们同时互相唱和的两组艳体(即《彭王倡和》中的作品)作对照才是,不顾作品的写作年代,舍此取彼,将一个已经成熟的诗人写的作品与一个尚未成熟的诗人写的作品作比较有失公允,得出的结论也会失于偏颇。只要不带偏见,就难以在彭、王唱和的《无题》香奁诗之间加以抑扬。何况,王士禛第一次与人唱和的香奁诗也自有它们的好处。

四、香奁诗与王士禛的诗学观念

香奁体以丽语述情事,是文学史上重情文学一部分。韩偓《香奁集自序》说:"咀五色之灵芝,香生九窍;咽三危之瑞露,春动七情。如有责其不经,亦望以功掩过。"②即突出了香奁诗与雅正文学的不同。杨维桢说:"余赋韩偓《续奁》,亦作娟丽语,又何损

---

① 钱锺书《谈艺录》二七《王渔洋诗》,中华书局,1984年,第97页。
② 董诰等编《全唐文》卷八二九,上海古籍出版社,1990年,第3874页。

吾铁石心也哉。"①认为写香奁诗并不表示与诗人的"铁石心"相悖,他这么说的前提也是承认香奁诗属于儿女情长的诗语。然而更多的士大夫一般以消极的眼光看待香奁诗,形容这种诗体"丽而无骨"②、"词工格卑"③,这道出了他们对香奁诗基本的价值判断。更甚者,则视香奁体为淫靡之作而对之痛加抨击,这类材料不胜缕述。以上意见虽分为正反两方,对香奁诗"丽语、情事"的认识则相一致。晚明在重情思潮影响下,香奁体盛行,王彦泓《疑雨集》为此风一时之代表,影响及于清初,如当时有人不以"能作景语,不能作情语"为然④,就反映了清初人对文学写作中"情语"的重视。

王士禛早年也受到这种重情观念影响,肯定以诗、词写情语。他说:"仆读《毛诗》,最喜'甘与子同梦'之句,以为古人作情语,非后人刻画可及。"⑤前引他评王彦泓《满江红·忆》,其中谈到对李商隐、韩偓、王彦泓艳情诗的肯定。又如评词人董以宁:"文友善摹闺阁,遂为词家开几许生面。"⑥古人否定香奁诗一派,往往将香奁诗与他们所鄙视的词相提并论,以收一箭双雕的批评效果,如宋人张侃《跋拣词》说:"《香奁集》,唐韩偓用此名所编诗,南唐冯延巳亦用此名所制词,又名《阳春》。偓之诗,淫靡类词家语。"⑦

---

① 杨维桢《续奁集·序》,《杨维桢诗集》,浙江古籍出版社,2010 年,第 362 页。
② 许顗《彦周诗话》引高秀实语,何文焕辑《历代诗话》,中华书局,1981 年,第 389 页。
③ 方回评选、李庆甲集评校点《瀛奎律髓汇评》卷七,韩致尧(韩偓)《幽窗》方回评语,上海古籍出版社,1986 年,第 279 页。
④ 彭孙遹《金粟词话》,唐圭璋编《词话丛编》,中华书局,1986 年,第 724 页。本文以下引用《词话丛编》,仅注书名、页码。
⑤ 龚鼎孳《薄悻·春初寄忆》评语,邹祗谟、王士禛选《倚声初集》卷一八,顺治十七年刻本。"甘与子同梦"是《诗经·齐风·鸡鸣》中句子。
⑥ 见董以宁《醉花阴·语花》评语,邹祗谟、王士禛选《倚声初集》卷八,顺治十七年刻本。
⑦ 张侃《张氏拙轩集》卷五,台北商务印书馆,1986 年影印文渊阁《四库全书》,第 1181 册,第 430 页。

王士禛同样视香奁诗、言情词为内质相同的文学,可是对它们价值的判断与"淫靡说"迥然不同。《倚声初集》是邹祇谟与王士禛在顺康之际合编的一部词选,王士禛评语有关于香奁诗的看法。卷五评沈自炳《更漏子·忆别》:"君晦诗最工香奁,此其零膏余馥,座间犹留三日香也。"卷六评邹祇谟《眼儿媚·答索履》:"似韩致尧金莲绿齿之咏。"卷十评贺裳《南乡子·冬景》:"香奁佳事,未经拈出。"卷十六评邹祇谟《长相思慢·和片玉词》:"不辨为韩(偓)为和(凝),但觉香奁绝调。"卷十七评彭孙遹《和漱玉词》:"骏孙曩与仆唱和香奁诗,自云:'会向瑶台金屋中觅证明师。'此当是悟后之作耶?"皆将言情词与香奁诗互相比况,予以肯定。他自己写香奁诗、填词、写词话《花草蒙拾》为词体作鼓吹,都无不表现出对言情文学的欣赏。别人评他的词,也将它们与其香奁诗并举,如《倚声初集》卷三有王士禛《浣溪沙·春闺》三首,其二:"小院蘼芜欲作丛,秋千池畔画堂东。日斜莺哢谢娘慵。　情思觅人何处去?碧桐阴里下帘栊。玉钗微堕髻鬟松。"其三:"宝马流苏上洛津,玉人相见宋家邻。重重屈戍掩残春。　檀晕乍消星的浅,眉痕初淡月棱新。帘衣如縠映横陈。"无名氏评曰:"'重重屈戍'与'日斜莺哢',仍是阮亭香奁诗佳句,借以重词价耳。"①这种解读符合王士禛当时的文学创作和文学批评实际。后来袁枚在《再与沈大宗伯书》中也说:"次回(王彦泓)才藻艳绝,阮亭集中时时窃之。"②"窃"字虽含有袁枚对王士禛不恭的意思,他指出王士禛也像王彦泓一样好作香奁诗这点没有说错。

当时人们对香奁诗的看法分歧很大,王士禛亲友圈的人也是如此,赞赏者有王士禄、彭孙遹、邹祇谟、魏学渠,非议者则有刘体仁、董以宁、汪琬。王士禄《香奁诗三十首·序》对重情的香奁诗

---

① 邹祇谟、王士禛选《倚声初集》,顺治十七年刻本。
② 袁枚《小仓山房诗文集》,上海古籍出版社,1988年,第1504页。

肯定最为明确,说:

> 虽情至之语,风雅扫地,然一往而深,辄欲令伯舆唤奈何,雅不屑使大雅扶轮,小山承盖也,夫桃叶、桃根,不过于宣尼片席俎豆无分耳。迂哉才伯,何至以"笑拥如花"之好句,自遁于欲尽理还,得勿令义山、致光揶揄地下乎?①

他这段话用了不少典故。东晋人王廞,字伯舆,《世说新语·任诞》载他登茅山大恸而哭,说自己"终当为情死"②。王士禄借此说明自己写香奁诗,重情观念更甚于王廞。"大雅、小山"句,谓对于雅俗诗风不能畸重畸轻,不可偏废,以此对香奁诗进行辩护。桃叶、桃根是王献之两个爱妾,桃、王故事是香奁诗经常歌咏的题材,王士禄说写这类诗歌的人最多被取消享受儒学弟子们祭祀礼遇,言下之意这算不上什么损失。黄佐字才伯,明代理学家,曾任南京国子监祭酒,著有《泰泉集》。他的七律《春夜大醉言志》尾联曰:"倦游却忆少年事,笑拥如花歌落梅。"自注:"欲尽理还之喻。"王士禄认为黄佐将美好的诗句作为名教理学的比喻,实在是迂腐不足为训,会遭到地下李商隐、韩偓嘲弄③。清初人肯定香奁诗及重情文学观念在王士禄这段话中得到了淋漓尽致的表达。王士禄喜爱闺阁诗文,曾编有古今闺阁诗文《然脂集》,这是一部女性作品集,其中也包括写述女性情爱题材的诗歌,可见这也不是他

---

① 王士禄《十笏草堂诗选》卷五,《清代诗文集汇编》第98册,第564页。
② 刘义庆《世说新语》卷下之上,上海古籍出版社,1982年,第399页。
③ 王世贞说,"倦游却忆少年事,笑拥如花歌落梅"是黄佐诗中佳句,可是黄氏自注特别指出,此诗意在说明"欲尽理还"的道理,"笑拥如花"只是诗歌的字面意思,是一种比喻。"盖此公作美官讲学,恐人得而持之也,可发词林一笑。"(王世贞著、罗仲鼎校注《艺苑卮言校注》卷七,齐鲁书社,1992年,第334页)王士禄对黄佐的讥嘲显然受到了王世贞这一说法的影响。《四库全书总目·泰泉集》提要说:黄佐此诗自注"是将以嘲风弄月之词而牵合于理学,殊为无谓",王世贞的分析"当得其情",并认为黄佐此诗是"白璧微瑕"(永瑢等撰《四库全书总目》,中华书局,1981年,第1503页),则又从相反的角度批评黄佐,与王世贞、王士禄重情思想泾渭分明。

偶然所为。王士禄鼓吹香奁诗,肯定重情思想,这些显然对王士禛产生了影响。

  当时围绕王士禛与王士禄、彭孙遹等人唱和香奁诗活动,以及王士禄肯定和称赞香奁诗的话,人们纷纷发表自己意见。刘体仁提醒王士禄不要堕进"韩冬郎(韩偓)云雾",并说:"此虽慧业,然并此不作可也。"①董以宁则对自己的艳情之作产生悔意,"意欲焚之,恐如王考功(王士禄)言于两庑无分耳"②。汪琬在《说铃》中记述了王士禄、刘体仁不同的观点,没有直接说明他自己的看法,然而他为孙铉《无题倡和诗》所作序,将"今之作者"所写的"《无题》诸篇"比喻为靡靡之"郑声"(见前面引述),明显可以看出他对彭孙遹、王士禛唱和所为《无题》香奁诗的不满。与这些人不同,彭孙遹针对刘体仁批评香奁诗,反唇相讥:"不解填词,日诵《楞严》岂足了事?"③邹祗谟则幽默地说:"待欧阳公罢祀时,那时再理会。"④意谓欧阳修也写情词,人们既然还在推崇欧阳修,就不必理会人们对香奁诗的种种批评。钱谦益在顺治十八年撰《王贻上诗序》,其中有"缘情之什,缠绵于义山"⑤之评,这应当是指王士禛与彭孙遹相唱和的《无题》香奁诗一类作品,说明王士禛的香奁诗也得到了钱谦益的首肯。在两种意见互相对立的情况下,王士禛不为各种非议所动,依然写香奁诗,并为香奁诗、言情词作鼓吹,表

---

① 引自汪琬《说铃》,见汪琬著、李圣华笺校《汪琬全集笺校》,第 2233 页。又见王士禛《古夫于亭杂录》卷五(王士禛著、袁世硕主编《王士禛全集》,第 4921 页)。按刘体仁本人也作艳词,《四库全书总目》刘体仁《七颂堂集》提要说:"其《空中语》一卷,皆所作艳词,故取黄庭坚语名之,其于集外别行,则《香奁集》例上。"但这并不影响他批评王士禄、王士禛唱和香奁诗,是很有趣的现象。
② 见沈雄《古今词话》之《词话》下卷,唐圭璋《词话丛编》,第 817 页。
③ 见沈雄《古今词话》之《词话》下卷引彭孙遹《金粟词话》,唐圭璋《词话丛编》,第 818 页。按:沈雄所引,不见于彭孙遹《金粟词话》。
④ 引自惠栋《渔洋山人自撰年谱注补》卷上"顺治十六年谱",王士禛著、袁世硕主编《王士禛全集》,第 5063 页。
⑤ 钱谦益《牧斋有学集》,上海古籍出版社,1996 年,第 765—766 页。

明他当时站在重情文学立场上,并不支持重理抑情的主张。

然而,王士禛没有将这种重情的文学思想坚持下去,他后来不再写香奁诗,且在编诗歌集时,对自己所作的香奁诗逐渐削黜。他编《落笺堂集》汰除一部分香奁诗,或许一部分原因是出于诗歌艺术上的考虑,编《渔洋诗集》剔去与彭孙遹唱和《无题》香奁体三分之一以上,则很可能意味他对香奁体本身的认识发生了某种转变,因为被他剔去的四首作品(仅限于现在还能够见到的)也写得出色,没有一定要剔去它们的理由,或许王士禛想通过减少香奁诗的数量表示他的顾虑。当编选《渔洋山人精华录》时,香奁诗一首不收,他的态度就更加明确了。这部《精华录》虽然具体是由王士禛门人所编,篇目删选则是尊重王士禛本人的意见。他在康熙四年离开扬州任以后,也很少填词。王士禛主要用于言情的两种文学样式都被他自己疏远了,这些都表示他的文学观念发生了改变,重情思想消退,雅化观念增强,从此以后,冲淡、清远、浑成逐渐成为他心目中理想的诗风,予以积极地建设,形成著名的神韵说。用这种诗学标准衡量香奁诗、言情词,以秾丽之辞表现男女情事就显得俗艳不雅,难以入流。王士禛后来虽然有时还会谈及香奁诗,不过态度和想法改变了。如他不满冯班,《古夫于亭杂录》卷五批评他的《钝吟杂录》"多拾钱宗伯牙慧"。又说:"其自为诗,但沿香奁一体耳。"① 这虽然不是全面否定香奁体,但是认为仅沿香奁体写诗很狭窄,诗格不高,这口吻与他早年以兴奋的心情与人唱和香奁诗相比,判若两人。他在《池北偶谈》卷十七"王慧诗"条说:"又《宿田家偶见粘窗破纸乃韩偓香奁诗惜而赋绝句》云:'丽情佳句有谁知,瞥见窗前字半敧。为惜风流埋没甚,自携红烛拂蛛丝。'此等怀抱,亦非寻常闺阁所解。"② 王士禛此处虽然

---

① 王士禛著、袁世硕主编《王士禛全集》,第 4920—4921 页。
② 王士禛著、袁世硕主编《王士禛全集》,第 3260 页。

还肯定香奁诗,然而肯定的侧重点已经转向诗人"非寻常闺阁所解"的"怀抱",亦即将香奁诗看作是寄托诗人惜才怜才仁心的载体,是看重香奁诗的情外之意,这与肯定纯粹言情的香奁诗显然不同。魏学渠《彭王倡和序》说:"盖闻《诗》三百篇,半录闺房之什,《古十九首》,多存嫌婉之言。楚客行吟,援美人以喻君子,陈思作赋,假宓女以写深情。固有惜艳追欢,留连红粉,岂无含忠履孝,讽托青丝。宛转桥头,寄芳怀于琼玖,温柔乡里,结贞义于松筠。词擅罗敷,罔乖大雅,文工宋玉,差拟《离骚》。"①孙枝蔚《无题次彭骏孙王贻上韵·序》说:"佺期《古意》,存《采薇》室家之思,商隐《无题》,托《离骚》美人之喻。后之作者,杂以六朝,渐失其旨矣。余诗韵借彭、王,义窃沈、李,高歌当哭,远望当归,且宁近于妇人,免为闻者所罪耳。"②都已经用寄托说来诠释香奁诗旨义,与彭孙遹、王士禛唱和所为香奁诗表情之旨其实并不一致。王士禛自己后来也转向了寄托说(尽管政治寓意不像魏学渠、孙枝蔚说得那么突出),只在这一点上尚为香奁诗留下一席之地,不再见他昔日与人唱和香奁诗、填词时所表现出来的重情思想。

可见香奁诗、言情词所体现的重情说与体现雅化观念的神韵说,在王士禛诗学思想发展过程中构成了此消彼长的关系,这是他诗学思想发展中一个重要变化。这种变化与明清之际文学思潮的演化相吻合。晚明重情意识至明末虽经削弱而犹浓郁,清初前二三十年立朝建制万事丛凑,朝廷尚无精力全面建设雅风,故世俗依然存有明末风气,文人也不妨依然流湎于重情的文学活动,作品的色彩相对还比较斑斓。到康熙亲政平定藩乱后,清朝自身的文学建设才真正形成声势,雅风逐渐压倒其他而盛行文坛。王士禛顺应时风转移大势,弃俗倡雅,引领诗学潮流涌动。

---

① 王士禛、彭孙遹《彭王倡和》卷首,康熙刻本。
② 孙枝蔚《溉堂前集》卷七,《续修四库全书》第1407册,第365页。

在追求雅风的清代文学长期大趋势中,神韵说是一个重要环节,毫无疑问,这确立了王士禛在清代诗歌史和诗歌批评史上重要地位,对清朝诗坛产生了重大影响,没有神韵说也就没有诗歌史上名字响亮的王士禛,清代早期诗坛的面貌也会因此而显得不同。然而另一方面,王士禛以神韵说挤走了香奁诗、言情词,早年开放的作诗态度变得收敛,原本具有的其他多样发展可能性被逐渐放弃。若一种诗歌主流学说的形成是以放弃与之不相适应的其他多样化诗学为代价,这又不免令人惋惜。当然可以将这解释为是王士禛诗学进入新境,迈向成熟,然而这样的"成熟"却阻止了别的蓓蕾绽放,牺牲了别的潜质发展,得到的同时又意味着失去,显然不是全赢的策略。翁方纲为《渔洋先生精华录》作序,曾经提出这样一个问题:书中所收的作品"其果先生精华所在耶"[1]?翁方纲虽然不是从本文所论香奁诗的角度提问题,不过也可以帮助我们对此加以思考,看到一个诗人在创作发展过程中会经历的复杂变化,以及来自诗人自己或他人对其作品的评价意见会存在众多差异。其实像王士禛这种情况在文学史上并非偶尔个案,而是经常会发生在别的文学大家身上,所以是一种带有普遍性的文学现象,缘此才更具有对此作探讨的必要。

(附记:龙野、钟孙婷协助查寻抄录部分资料,谨致谢忱。)

(《复旦学报》2015年第1期)

---

[1] 翁方纲《渔洋先生精华录序》,王昶辑《湖海文传》卷三一,上海古籍出版社影印本,2013年,第294页。

赵执信《谈龙录》与
康雍乾诗风转移

  赵执信十八岁中进士,二十八岁被革职,原因是在孝懿皇后佟氏丧期内观看《长生殿》演出,这一荣一悴使他的名声震动朝野。之后逐渐淡出人们视野,却又在四十八岁撰写了一部矛头直指王士禛的诗话《谈龙录》,再次引起文人对他高度关注,并产生广泛持久影响。赵执信生活中这三部曲,使他成为清朝文坛富有戏曲性的人物。清朝文人的集体性格是稳重、内敛,尽量表现得温文尔雅,赵执信则疏狂乖张,傲然挥斥,直吐不快,与当时文人群体形象反差甚大,因此对他有很多争议,《谈龙录》是论争的漩涡,这引起了后人探究的兴味。

一

  现存《谈龙录》版本很多,据学者调查,有三十种[①]。其实还不止,我自己见到过的王峻批抄本、朱育泉辑抄诗评三种本、雅雨堂抄本三种,前两种藏台湾"中央"图书馆,后一种藏上海图书馆,诸诗话目录都未著录。《谈龙录》版本中,抄本数量比较多,这成为一个特色。这些情况从一个侧面反映出此书曾经引起人们广泛

[①] 此据郭绍虞《清诗话前言》、吴宏一《清代诗学初探》、蔡镇楚《清代诗话考略》、张寅彭《新订清人诗学目录》、蒋寅《清诗话考》、吴宏一主编《清代诗话知见录》等所载。

兴趣,有很高知名度①。当然,抄本多也与它篇幅简短、便于抄写有关,全书约四千字。

现存《谈龙录》各种版本中,以王峻批抄本为最早,以雅雨堂节录本变异最显著,以因园刊饴山诗文集所附本影响最大,所以这是《谈龙录》三种最有代表性的本子,也是最宜关注的版本。王峻批抄本的评语褒赵执信、贬王士禛,雅雨堂节录本则刻意消泯赵、王两家诗论的差异,从赵、王之争的接受史来看,这些都是值得注意的现象。

王峻批抄本。据王峻评批《谈龙录》原本抄录,抄于乾隆十八年(1753)。抄录者是王峻学生,谁氏不详。此抄本附见于吴乔《围炉诗话》,接在《西昆发微》后。抄本末页钤有乾嘉时期藏书家陈鳣(1753—1817)"仲鱼"朱文方印藏书章。抄本原为吴兴藏书家张钧衡收藏,析产后归长子张乃熊,抗战期间售予"文献保存同志会",后被运往台湾保存于"中央"图书馆。张钧衡曾选自己藏书七十余种刻为《适园丛书》,第七集收入这部《谈龙录》,然而刻本未载王峻批语,以及书后王峻学生写的跋。跋曰:

> 乾隆癸酉十月上浣录,照临艮斋王师原阅。吾师雅不喜新城,以其妩媚少骨,乏迈往气也,故阅是录,议论不啻如针之投芥。夫诗之为道,原以风雅为主,新城一派应不可废,秋谷刻矣,复从而下石,无乃过情?

跋文说明,抄本是乾隆癸酉十八年十月上旬根据抄者老师王艮斋原阅本过录,书上的批语是王艮斋所写,王艮斋不喜王士禛诗歌,故十分赞同《谈龙录》的见解,然而,抄者并不同意赵执信、王艮斋两人的观点及批评态度,认为他们对王士禛或失之苛刻,或属过

---

① 清朝书法家汤先甲(1712—1778)曾手写赵执信《谈龙录》,卢雅雨(见曾)授之梓(见李放撰《皇清书史》卷一八引《郁栖书话》,《丛书集成续编》史部第38册,上海书店出版社,1994年,第163页)。这也从一个侧面反映此书受人重视。

情之论,难以服人,认为"新城一派应不可废"。

王峻(1694—1751),字次山,号艮斋,常熟(今属江苏)人,雍正二年(1724)进士,官翰林院编修、江西道监察御史。晚年主持安定书院、云龙书院、紫阳书院。精地理之学。有《汉书正误》《艮斋诗文集》。生平行事见钱大昕《潜研堂文集》卷四十三《江西道监察御史王先生墓志铭》。跋谓王峻"雅不喜新城",与赵执信议论如针芥相投,互相契合,这可以与朝鲜李德懋撰于乾隆年间的《清脾录》相比照,该书卷三"王阮亭"条云:"惟赵秋谷执信以冯定远诗为宗匠,著《谈龙录》诋诟渔洋。雍正、乾隆之间,亦有王峻者,时时侵斥。"①李德懋的记载必有当时清朝文献或传闻为依据,这可证明上面跋语记载的有关内容可信。现存王峻《艮斋诗文集》已经基本上看不到讥刺王士禛的内容,惟文集卷二《李鉴湖诗集序》说:"余惟山左自明季至我朝,词人继出,其间多有以文章登大位负重名主坛坫者,……嗟乎,人固有幸不幸欤? 岂庸者遇而才之真者每多不遇欤?"②字里行间犹可以辨别出隐含的讥刺王士禛等人的尖锐声音。

此抄本的批语为王峻所写,除了上述理由外,还可以从批语本身得到佐证。《谈龙录》最后一条说:洪昇"尝不满人,亦不满于人"③。批语曰:"何义门亦颇类是。"王峻《艮斋文集》卷三《何义门传》云:"性狷介,不肯诡随,见人文章,好讥议,少许可,以此每招人忌。"④与批语说何焯的意思相近,显然是同一个人口吻。

---

① 邝健行点校本,与洪大容《乾净衕笔谈》合刊,上海古籍出版社,2010年,第241页。按:李调元将《清脾录》编进《续函海》,然而对原文作了大量删削(据邝健行《前言》),以上朝鲜本《清脾录》"王阮亭"条所引的文字不见于《续函海》本,是为李调元所删。
② 《四库全书存目丛书》集部第274册,齐鲁书社,1997年,第326页。本文以下引用此书,仅注书名、册数、页码。
③ 本文所引《谈龙录》,根据王峻批抄本,不再一一注出。
④ 《四库全书存目丛书》集部第274册,第340—341页。

抄本有两条批语是纠正《谈龙录》讹文。第一条"清新李於鳞",批语改"於"为"于"。第二条:"余忆锺嵘《诗品》目陈思王云:'如三河少年,风流自赏。'"批语曰:"此乃敖陶孙之言,如何误作锺嵘?"可见误"敖陶孙"为"锺嵘《诗品》",王峻所阅《谈龙录》的早期流传本就已经发生,后来的《适园丛书》本因袭未改,有学者以为这一错讹是《适园丛书》本窜改原文所致,实属误会①。不过《适园丛书》本对抄本也有一处显著的改易,抄本"余读《金史·文艺传》"至"又何尤焉"为一条,《适园丛书》本则从这段话中间的"又云"开始,将它分成前后两条。这既不合符文理,又无版本依据,错误显然。王峻批语的内容更多是与赵执信批评王士禛互相呼应,至于批语曰赵执信对王士禛"寓贬于褒"②,又说诗话中讲到的王士禛"生平可取者只是一事"③云云,则对如何阅读理解《谈龙录》全文主旨有所启示;又如评《谈龙录》"微词隐语,愈冷愈刻,视牧斋诗序讽刺较深也"④,以为钱谦益为王士禛诗集所作序(指《王贻上诗序》)也含批评王氏诗歌的意思。这些都是王峻读书一得之见。

雅雨堂节录本。与《声调谱》合刊,卢见曾乾隆二十四年(1759)序刻,并有抄本流传。《谈龙录》由作者一篇自序和三十八条内容构成,多数本子虽然互有出入,总体差别不大⑤。雅雨堂刻本的内容却有很大变异。该本只有二十九条,删去九条直接诟病或关涉王士

---

① 见吴宏一《赵执信〈谈龙录〉研究》,该文收入《清代文学批评论集》,台北市联经,1998年,第158—159页。以下引用此书,仅注书名、页码。按:《四库全书》本《谈龙录》这一条文字与王峻批抄本同,也作"锺嵘《诗品》",可见这错讹早已发生。
② "或问余曰阮亭其一(引者按:通行本作"大")家乎"条批语。
③ "次韵诗以意赴韵"条批语。
④ 《谈龙录序》批语。
⑤ 《谈龙录》有些本子所收条数虽然有出入,内容仍然完整,如丁福保编《清诗话》本为三十七条,是因为将"诗人贵知学""阮翁酷不喜少陵"两条并合为一所致。有的既有内容合并,又有删削,如《四库全书》本三十六条,是将"清新俊逸杜老所重""司空表圣云"两条合在一起,又删去了"余读《金史·文艺传》"条所致,尽管如此,内容的变化尚属轻微。

祯的内容,而"山阳阎百诗若璩学者也"条删去"寓书阮翁"后面八十余字,"诗人贵知学尤贵知道"条删去"余尝举似阮翁"后面十二字,"长篇铺张必有体裁"条删去最后一句"阮翁为之失色者久之",加上这三条,实际上被删、被改的有十二条,占全书四分之一。《四库全书总目·谈龙录提要》:"近时扬州刻此书,欲调停二家之说,遂举录中攻驳士祯之语,概为删汰,于执信著书之意,全相乖忤,殊失其真。"①指的就是卢见曾雅雨堂刻本②。袁行云先生谓"此书内容有繁简不同"③,所谓简者也是指此本。这本《谈龙录》内容虽然不全,却借助于卢见曾在扬州的地位,以及他所刻书的影响力,得到较广流传。卢见曾(1690—1768),字抱孙,号雅雨山人,德州(今属山东)人,康熙六十年(1721)进士,官两淮盐运使,晚年因盐案入狱,被朝廷正法。有《雅雨堂集》,曾校刊《雅雨堂丛书》。他对王士祯、赵执信这两位乡贤都怀着敬慕之心,在无法回避他们关系失和的事实前提下,尽量掩饰两人裂痕,希望读者多去注意赵执信诗论本身,而不欲人们将注意力集中在他们的裂痕上面,这也代表了当时一部分人对王赵之争的态度。卢见曾《赵饴山先生声调谱序》说:"又所著《谈龙录》一书,多关宗旨微言,皆前贤之所引而未发,学诗者不知,必至徒饰形貌,无关性情,因亦节钞授梓,以广教思于无穷焉。"④卢见曾坦承他所刻《谈龙录》是"节钞"本,不是全本。雅雨堂本另一个特点,是加添了两条按语,所以它实际上也是一个评本。两条按语都没有署

---

① 永瑢等撰《四库全书总目》,中华书局,1981年,第1794页。
② 袁枚《随园诗话》卷五:"乾隆戊寅(二十三年,1758),卢雅雨转运扬州,一时名士,趋之如云。"(人民文学出版社,1982年,第140页。本文以下引用此书,仅注书名、卷数、页码)节本《谈龙录》序刻于他到任后第二年。
③ 《清人诗集叙录》卷一七,文化艺术出版社,1994年,第589页。
④ 《声调谱》卷首(与《谈龙录》合刊),乾隆二十四年(1759)卢见曾序,雅雨堂刊本。按:中国嘉德拍卖公司2005年春季拍卖乾隆乙酉(三十年,1765)钱东照(问山)题跋雅雨堂刻本《声调谱谈龙录》,卷首卢见曾序文里的钱牧斋已被改为文太清,版片已经过修补,然钱东照题跋所署日期说明雅雨堂刻本确实比因园刊饴山诗文集所附本早。

谁撰,然从卷首卢见曾《赵饴山先生声调谱序》与第二条按语都称赵执信"先生",及按语内容与卢见曾《饴山诗集序》相一致来看,按语当是卢见曾撰写。这里谈他第一条按语。赵执信第一条诗话以"龙"为比喻说明自己与王士禛论诗主张之区别,王士禛强调写诗应像神龙"见首不见其尾,或云中露一鳞一爪",不必拘泥于"全体"完整;赵执信则说诗歌固然应当"屈伸变化",然而在"一鳞一爪"的背后依然应该让人感到它"首尾完好",诗歌的整体性"宛然在也"。显然,赵执信比王士禛更加强调诗歌的局部呈现须在全体完整的前提下开展。卢见曾在这段话后面说:"案两说相参,是一是二,愿学者深思之。"其意思是,王士禛、赵执信用比喻道出的诗歌主张其实没有根本区别,关注它们的差异是肤浅的解读。《四库全书总目》说雅雨堂刻本"欲调停二家之说",这一点在以上按语得到了集中体现。其实卢见曾不只是肯定这条诗话反映赵执信与王士禛的见解相同,还认为《谈龙录》全书的论诗大旨与王士禛的诗歌主张"未尝不同归者"①。显然他作这样的概括并不符合王、赵两家诗学的实际,也违背了赵执信写《谈龙录》的本意。这或许说明卢见曾受调和之累,故意掩饰差异;或许反映他的诗学识见不够高明,对差异缺乏敏感。纪昀对王士禛、赵执信诗学也持调停相济之说,可是他的前提是分明地区别二家诗风和主张的不同,以为它们皆合理又皆偏颇,合之才能两得其长②。这与卢见曾的调停路径和策略很不相同。

---

① 卢见曾《饴山诗集序》,赵蔚芝、刘聿鑫校点《赵执信全集》,齐鲁书社,1993年,第2页。本文以下引用此书,仅注书名、页码。按:持赵执信与王士禛诗无甚别之说的还有袁枚,《随园诗话》卷五:"相传所著《谭龙录》痛诋阮亭,余索观之,亦无甚抵牾。"(第144页)这或许受到了卢见曾的影响。袁枚与卢见曾交往较多,后来两人的关系不甚融洽,见袁枚《与卢转运书》(《小仓山房诗文集》,上海古籍出版社,1988年,第1508—1510页)。
② 纪昀《阅微草堂笔记·滦阳消夏录》:"明季诗庸音杂奏,故渔洋救之以清新;近人诗浮响日增,故先生(引者按:指赵执信)救之以刻露。势本相因,理无偏胜,窃意二家宗派,当调停相济,合则双美,离则两伤。"徐世昌《晚晴簃诗汇·诗话》认为纪氏观点"最为通论"。

因园刊饴山诗文集所附本。这是《谈龙录》影响最大的本子,刻于乾隆甲午(三十九年,1774)秋七月。由于它依据赵执信家藏稿本刊刻,又与赵执信文集一起刊行,故通常被视为《谈龙录》的定本而得到广泛流传,后来许多《谈龙录》本子都是以它为底本刊刻的,受众最广,产生的影响也最大。由于该版本及其衍生本今天依然流行,了解者也多,故不再多作介绍。

二

《谈龙录》撰写于何时,历来对此有不同说法,分歧很大,其中还牵涉到作者自序题署日期是否诚实的问题。下面对此作必要的辨析。

赵执信何年撰写《谈龙录》,这本来不应该是一个什么问题,因为赵执信在《谈龙录》自序署明写作日期为"康熙己丑六月",表示该书写于康熙四十八年,而这年作者四十八岁。《谈龙录》曰:"比岁阮翁深不欲流布《三昧集》,且毁《池北偶谈》之刻。"也表明赵执信撰写诗话时,王士禛还在世。然而有人执意认为《谈龙录》写于王士禛死后(王氏死于康熙五十年五月),从而得出赵执信在王士禛死后发起攻击的结论,以贬低赵执信人品。如王孝咏《后海书堂杂录》"文人相轻"条说:"赵伸符于新城王尚书为后辈,新城之待伸符,扶掖奖诱,若将不及。伸符见新城诗名日盛,未免有生亮生瑜之慨,遂噤不作诗。新城闻之,谓曰:'子过矣,宁退避老夫耶?'因酌酒而弛其禁。乃复作诗,名其集曰《涓流》,言不敢比于新城之江海。嘉定张朴村为之作序,凿凿可覆证也。然终以新城名出己上为憾。身没之后,著《谈龙录》一卷,取其自作与所选之诗,及其平日持论,吹毛索瘢,并假新城不慊之人,为之发难,以明所以贰于新城之故。今其书盛传,然何损于新城毫末,适自形其浅衷薄行耳。"①《四库全书总目·后海堂杂录提要》说,该书撰成于乾隆甲申(二十九年,1764)。可见这种说法产生很早。然而提要作者认为王孝咏的说法不可信,反驳道:"执信为士祯之甥婿,其相失结衅在士祯生前,故《居易录》中论二冯批《才调集》,有铸金呼佛之诮,《谈龙录序》亦有年月可稽,孝咏以为士祯没后始著书,非其实也。"②"铸金呼佛"语见王士祯《古夫于亭杂录》(提要作者误记),原文大略曰:"(冯班)著《钝吟杂录》,多拾钱宗伯牙慧,……其自为诗,但沿《香奁》一体耳。教人则以《才调集》为法。余见其兄弟(原注'兄名舒')所评《才调集》,亦卑之无甚高论。乃有皈依顶礼,不啻铸金呼佛者,何也?"③王应奎《柳南随笔》指出:"盖谓宫赞(赵执信)也。"④王士祯将他自己康熙四十五年以后写的笔记集为《古夫于亭杂录》六卷,约完成于康熙四十七年,四十九年春付范邃刻于广陵⑤。交付刊刻前正逢赵执信《谈龙录》问世,针对赵执信《谈龙录》自序"心爱慕"冯班诗学的话,以及其书褒扬冯班的内容,增添了诘责赵执信的文字,"乃有皈依顶礼,不啻铸金呼佛者,何也?"这并非没有可能。王应奎《柳南随笔》序刊于乾隆五年(1740),离开王赵发生这一次争论的时间近,他的说法可信度高,张

---

① 《四库全书存目丛书》子部第116册,第233页。按:清人持《谈龙录》撰于王士祯死后之说的还有鲍轸,《褝勺》云:"赵秋谷一生与渔洋龃龉,渔洋没后,著《谈龙录》以诋之。"(乾隆刊本。按:国家图书馆著录《褝勺》为雍正乾隆间刊,然该书"钟繇墨迹"条提到"乾隆丙辰冬十月",又"王阮亭"条提到雍正皇帝庙号"世宗",是不可能刻于雍正)。沈德潜《国朝诗别裁集》卷三也说:王士祯"字内尊为诗坛圭臬,突过黄初,终其身无异辞。身后多毛举其失,互相弹射,而赵秋谷宫赞著《谈龙录》,以诋谋之,恐未足以服渔洋心也。"清刻本。
② 《四库全书总目》,第1111页。"批"原作"拟",据文渊阁本改。
③ 《古夫于亭杂录》卷五,王士祯著、袁世硕主编《王士禛全集》,齐鲁书社,2007年,第4920—4921页。本文以下引用此书,仅注书名、页码。
④ 《柳南随笔》卷一,中华书局,1997年,第1页。
⑤ 参见蒋寅《王渔洋事迹征略》,人民文学出版社,2001年,第546、551页。

宗柟编《带经堂诗话》采取了这一说法①。又王士禛在成书于康熙四十八年的《分甘余话》以严厉的言辞抨击冯班，说他"为害于诗教非小，明眼人自当辨之"。又说他"尤似醉人骂坐，闻之唯掩耳走避而已"②。语气如此愤切，似乎别有原因。《四库全书总目·分甘余话提要》说："核其年月，在《谈龙录》初出之时，攻班所以攻执信也。"这分析自有道理③。以上说明，清朝部分学者认为王士禛《古夫于亭杂录》《分甘余话》这些话对赵执信隐有所指，与《谈龙录》之间存在着对话关系。这与赵执信《谈龙录》自序题署的日期都足以证明《谈龙录》撰于王士禛在世时。相比之下，相反一派意见既缺乏支持其观点的证据，又缺乏对已有说法的分析，双方孰更有理，一目了然。

现在也有部分学者认为《谈龙录》撰于王士禛死后，他们提出赵执信《谈龙录》自序"倒填年月"的说法④，或者提出自序纪年"若非文字有误，则可能为假托"⑤，都否定赵执信《谈龙录》自序题署日期的真实性。然而"倒填"说的依据，一是认为赵执信这篇自序的内容"有可疑者数事"，二是引用沈德潜《清诗别裁集》（一名《国朝诗裁集》）卷三的话，作为"《谈龙录》之出实在'渔洋身后'"的根据。然而，第一点与倒填作序年月大多没有直接联系，何况所谓"可疑者数事"未必真的可疑；第二点因为沈德潜并没有为他自己的说法提供证据，也没有作任何分析，所以他的话也不能作为证据⑥。至于题

---

① 张宗柟编《带经堂诗话》采录王士禛《古夫于亭杂录》抨击冯班的话，加按语道："此条末数语，盖谓赵氏也。"（《带经堂诗话》卷二"评驳类"，人民文学出版社，1982年，第65页）《带经堂诗话》编成于乾隆二十五年，见张宗柟序。
② 王士禛《分甘余话》卷二，《王士禛全集》，第4982页。
③ 参见赵蔚芝、刘聿鑫《赵执信全集·前言》，第9页。引文见《四库全书总目》，第1057页。
④ 详见章培恒先生《洪昇年谱》，上海古籍出版社，1979年，第195—198页。
⑤ 见蒋寅先生《王渔洋事迹征略》，第548页。又见其《王渔洋与赵秋谷》，载《王渔洋与康熙诗坛》，中国社会科学出版社，2001年，第194页。
⑥ 补注：此文投稿排版后，我又仔细体会沈德潜《国朝诗裁集》有关赵执（转下页）

赵执信《谈龙录》与康雍乾诗风转移　　　　　　　　　　　　113

署的日期文字有误，因为目前所见到的《谈龙录》无论是抄本还是刻本，凡题署日期的一律是"康熙己丑夏六月"，文字有误之说无从谈起，而"假托"说与"倒填"说并无区别，缺乏的还是支持这种说法的证据以及合理的分析。

赵执信《谈龙录》自序曰：

> 既家居久之，或构诸司寇，浸见疏薄。司寇名位日盛，其后进门下士若族子侄有借余为诟者，以京师日亡友之言为口实。余自惟三十年来，以疏直招尤，固也，不足与辩，然厚诬亡友，又虑流传过当，或致为师门之辱。私计半生知见，颇与

（接上页）信撰《谈龙录》的说明，觉得章培恒先生关于沈德潜肯定《谈龙录》是赵执信在"渔洋身后"所撰的说法，是对原文的误读。沈德潜除了在《国朝诗别裁集》卷三王士禛小传中谈到这一问题外，还在卷十二赵执信小传中谈了同样的问题，应当将两处的内容放在一起理解。卷三曰："渔洋少岁即见重于牧斋尚书，后学殖日富，声望日高，宇内尊为诗坛圭臬，突过黄初，终其身无异辞，身后多毛举其失，互相弹射。而赵秋谷宫赞著《谈龙录》以诋諆之，恐未足以服渔洋心也。"卷十二曰："（赵执信）平生服虞山冯氏定远，称私淑弟子，而于渔洋王氏著《谈龙录》以贬之，然责人斯无难，未必服渔洋之心也。"（按：此据钦定本，教忠堂刻本王士禛小传在卷四，赵执信小传在卷十三）两处内容一致，可以互明其意，而卷十二赵执信小传并没有谈到赵执信在王士禛死后方才撰《谈龙录》的问题，则王士禛小传也不当有这一种意思。王士禛小传中的这段话分为两层，"渔洋少岁"至"互相弹射"为第一层，说明王士禛在世时备受诗坛推崇，死后却受到人们许多批评。最后两句为第二层，说明赵执信著《谈龙录》诋諆王士禛，未必使王士禛心服。这样理解沈德潜的话，就得不出《谈龙录》之出在"渔洋身后"的结论，而与卷十二赵执信小传的有关叙述相一致。或许有人会问："如果沈德潜认为赵执信在王士禛生前已经写《谈龙录》加以抨击，岂非与'宇内'尊王士禛为'诗坛圭臬'，'终其身无异辞'的说法自相矛盾？"其实古人写文章，并不这么讲究表面的表述逻辑，而是重在表意。"宇内"云云，只是说明王士禛受到普遍推崇，并不表示没有一个人批评他，比如王士禛在世时，阎若璩对他的诗歌就多有不满。因此，肯定王士禛在世时受到人们普遍推崇，与肯定赵执信撰《谈龙录》诋諆王士禛，两者构不成矛盾。假如《谈龙录》真是撰于王士禛死后，"未足以服渔洋心"又何从谈起？据以上论证，沈德潜在《国朝诗别裁集》中并没有说过赵执信《谈龙录》撰于"渔洋身后"的意思。章培恒先生所以得出这样的结论，是他将王士禛小传中"终其身无异辞，身后多毛举其失，互相弹射"本当承前的数语，作为连下的内容来解读，且没有联系赵执信小传中的相关内容作通盘考察，导致了误解。

师说相发明。向也匿情避谤,不敢出,今则可矣。乃为是录,以所藉口者冠诸篇,且以名焉。

这段话遭到持怀疑态度的学者质疑:(一)针对作者"向也匿情避谤,不敢出,今则可矣"的表白,提出:"是时诗坛之情势与执信之遭际,皆未尝有所改变,何以昔'不敢出'而'今则可矣'?"①且将这种怀疑作为"倒填年月"说的一个理由;(二)认为序文从"余自惟三十年来"至"今则可矣","其肆无顾忌的语气很像是渔洋下世后所为"②。

我认为要回答以上两点质疑,弄清楚赵执信自序中"向"与"今"所指的具体事情,以及这事情与他写《谈龙录》的关系是关键所在。自序这段话分别讲了先后发生的不同事情。早先发生的事是"既家居久之,或构诸司寇,浸见疏薄"。这是说赵执信被朝廷革职多年后,有人向王士禛挑拨离间,导致王士禛对他疏远。《谈龙录》第九条对此有具体说明:赵执信以为王士禛《留别相送诸子》《与友夜话》两首诗写得不好,犯了"诗中无人"之忌,"曾被酒于吴门亡友顾小谢(名以安,一名安)宅,漏言及此,座客适有入都者,谒司寇,遂以告也,斯则致疏之始耳"。据陈汝洁先生发现的赵执信佚作《赵执信与王渔洋信札》,这事发生在康熙三十六年,所谓"不意丁丑之秋,横被口语,无以自明"③。后来发生的事是:"其后进门下士若族子侄有借余为诟者,以京师日亡友之言为

---

① 章培恒先生《洪昇年谱》,第 197 页。
② 蒋寅先生《王渔洋与赵秋谷》,载《王渔洋与康熙诗坛》,第 194 页。
③ 《赵执信与王渔洋信札》是佳士得香港国际艺术品拍卖有限公司 2008 年 12 月 2 日拍品,陈汝洁先生首先对它做出解读,并据此撰成《王士禛、赵执信交恶真相考实》一文(收入他所著《赵执信研究丛编》,中国戏剧出版社,2009 年)。这是近年赵执信研究中一个重要发现。惟释文中"未必不言之而非耶"句甚费解,经与原作图片对照,"之"原为竖写两点,表示是重复前面"言"字,这在手写本中很常见。因竖写两点与"之"字形近,致使释文误。信里这一完整的句子应当是:"使信其日留止城中,面读斯文,忽焉承问,未必不言,言而非耶,所谓'小称意则小怪之'者也;言而是耶,所谓'刮垢磨光'者也。"

口实。"这是指王士禛弟子和子侄以攻击赵执信取悦王士禛。据《赵执信与王渔洋信札》,所谓子侄"借余为诣"向王士禛搬弄是非,是指赵执信批评王士禛《候补主事子青朱君墓志铭》词有溢美,而且行文有疏赘,被王士禛族侄王启座(字玉斧)告了一状,致使王士禛极怒于赵执信。该信写于康熙四十六年后①。然而该信无关乎王士禛"后进门下士"如何打赵执信小报告拍马的事情,也无关乎"以京师日亡友之言为口实"的情况,所以赵执信在《谈龙录》自序所说促使他写诗话的最直接的事情应该发生在王启座告状以后,是王士禛子弟在王士禛面前攻击赵执信,攻击的手法则是将洪昇昔日论诗的话套在赵执信身上,移花接木,然后进行讽刺挖苦。《谈龙录》第一条专谈此事,意在澄清事实。他回忆从前与王士禛、洪昇一起以"龙"为比喻议论诗歌的特点,洪昇主张诗歌宜"首尾爪角鳞鬣"一一完整,王士禛嘲笑这无异于"雕塑绘画者",而主张诗歌应如"神龙"见首不见尾,或云中露一鳞一爪,赵执信则综合洪、王二人观点,认为一鳞一爪又能呈现出首尾完好,才是"神龙",才是佳作。这样一次交谈,在后来传播过程中,王士禛后学却将洪昇的主张栽给了赵执信,然后用王士禛的话加以驳斥。赵执信以为,这与王士禛没有如实将当时谈话情况向他的后学说清楚有很大关系,所谓"司寇(王士禛)以告后生而遗余语"。很可能王士禛只讲了他自己的主张,顺便也介绍了被他反驳的洪昇的观点,可是没有提洪昇的名字,对赵执信则只字未提,故他的后学才有张冠李戴的可能。赵执信在《谈龙录》自序中指出,王士禛后学这么做无疑是"厚诬亡友"(指洪昇),造成"师门之辱"(因为洪昇是王士禛学生)。这事大约发生在赵执信四十七八岁。根据以上分析,《谈龙录》自序中"向"所涉事,是指他三十六岁时说的悄悄话被传到王士禛耳里,"今"所涉事,是指四十七八岁时因

---

① 参考陈汝洁先生《王士禛、赵执信交恶真相考实》。

王士禛后学曲解自己"谈龙"而遭到他们讽刺。明了这些,"向也匿情避谤,不敢出,今则可矣"数语的意思,也就不再费解。因为第一件事情只关系到赵执信个人,而且他在背后非议王士禛诗歌本来就是事实,所以不便公开争辩,以免引起更多反感,故予置之。第二件事,不但关系到他自己,更关系到洪昇(王士禛后学驳斥赵执信实际上是驳斥洪昇,尽管他们主观上不知道这是洪昇的观点),这是他不想容忍的,故需要反击,而且也想借机将掩藏在心里更多的话说出来。"今可矣"之"可",是"应该"的意思。从赵执信表白看,第二件关涉洪昇的事情是促使他撰写《谈龙录》最直接的原因。他将三人以"龙"为比喻谈论诗歌作为诗话的第一条内容,用《谈龙录》为书名,最后一条以评论洪昇作为全书结束,形成首尾呼应,都反映出作者这一写作企图。所以,"向也匿情避谤,不敢出,今则可矣"数语,与"当时诗坛之情势与执信之遭际"、渔洋是否下世都没有关系,整段话用平实的口吻讲述了以上两件先后发生的事情,也看不出其中有"肆无顾忌的语气",这些对《谈龙录》作者自序题署的写作年月都构不成任何怀疑。

关于赵执信背后议论并得罪于王士禛的事情,除了赵执信自己在《谈龙录》第九条提到具体内容(前面已经引用)之外,还有另一种不同的说法。吴元相《松麈燕谈》:

> 益都赵宫赞秋谷执信失官后,放浪曲蘖,嫚骂四座,益修憾王阮亭。屡游吴中,与昆山吴修龄殳为莫逆交。一日酒酣,语修龄曰:"近日论诗,唯位尊而年高者,斯称巨手耳。"时绵津山人宋牧仲巡抚吴门,闻其语,以告阮亭,阮亭寄诗牧仲云:"尚书北阙霜侵鬓,开府江南雪满头。谁识朱颜两年少,王扬州与宋黄州。"①

---

① 吴元相《松麈燕谈》卷一五,稿本。

据此,赵执信议论王士禛的话是"近日论诗,唯位尊而年高者,斯称巨手耳",听他说话的人是吴乔(一名殳,字修龄),将赵执信的话报告给王士禛的则是宋荦。这与赵执信在《谈龙录》的说法有明显差别。然而吴乔卒于康熙三十四年(1695),赵执信第一次停留吴中是在康熙三十六年从南粤返乡途中,所以他根本不可能与吴乔在吴门一起饮酒,议论王士禛。赵执信《谈龙录》说:"昆山吴修龄(乔)论诗甚精,所著《围炉诗话》,余三客吴门,遍求之不可得,独见其与友人书一篇。"这也表明他游吴中没有与吴乔相遇,否则,怎么需要到处去寻访《围炉诗话》? 又怎么会得不到? 赵执信于康熙三十六年在吴中与顾以安相见,饮酒时讥议王士禛诗歌,事见前述。传言或误将顾以安(小谢)当成了吴修龄? 宋荦康熙三十一年至四十五年任江苏巡抚,与此事有干系不无可能。《四库全书总目·西陂类稿提要》说:"(宋荦)诗文亦为当代所推,名亚于新城王士禛。其官苏州巡抚时,长洲邵长蘅选士禛及荦诗为王宋二家集,一时颇以献媚大吏为疑,赵执信尤持异论,并士禛而掎轧之。"[①]也是受了以上这种说法的影响,而且将宋荦也作为赵执信批评的对象。可能赵执信饮酒时与顾以安议论王士禛,也议论到宋荦,被人捅了出去,宋荦报告给了王士禛。《谈龙录》叙述此事没有将全部情况讲出来,可能有所顾忌,或以为不必扩大批评范围。所以,吴元相的记载虽然不可全信,其中有些内容也可能有所根据。

三

赵执信撰写《谈龙录》的直接起因固然是想借说明洪昇、王士禛和他本人如何以"龙"论诗的事情经过,反击王士禛后学对他的

---

① 《四库全书总目》,第1526页。

讽刺，为亡友洪昇诗论的部分合理性作辩护（因为王氏后学所讽刺的对象实际上是洪昇曾肯定过的主张），而事实上，他最终把《谈龙录》写成了一本批评王士禛的作品，对王氏的批评是该书最主要甚至可以说是唯一的主题①。吴宏一先生将赵执信的批评概括为三类，"一是批评王氏的为人，二是抨击王氏的诗作，三是反对王氏的诗论"②，相当全面。我所思考的问题是，赵执信对王士禛的批评在清朝康雍乾诗风转移过程中究竟有什么意义？

赵执信对王士禛诗学的不满和批评，从他中进士在京城接触冯班《钝吟杂录》的学说以后就开始了（见《谈龙录》自序、《钝吟集序》，按：《钝吟集序》写于康熙四十五年），可谓很早，影响扩大则是在撰成《谈龙录》并流传以后，而从康熙十八年到四十八年这段时期，正是王士禛诗学蓬勃发展、追随他的阵营不断壮大、高居独尊地位呼风唤雨的时代。双方力量悬殊，赵执信长期处在边缘，他心中不甘，因此感受到更多遭遗弃的悲凉，"词场高步已无缘，剩向江东作酒仙"③，而这又使他常常遣用刻薄的言辞来开展批评，发泄心头不快。

如果仅仅将时间定格在以上范围内，在王士禛强势面前，赵执信批评的声音确乎微弱，然而文学史毕竟是连续的，所谓文学史上的主流与支流最终还是决定于文学这条江河未来的走向，凡符合发展趋势则细流汇成主流，与趋势不合则主流也会逐渐变得窄浅，它们的关系经常处于变动之中，强弱只是暂时局面。王士禛辉煌的"神韵说"时代随其主人去世逐渐结束，被乾隆以后多元

---

① 赵执信不仅诗学观点深受冯班影响，而且《谈龙录》的体例似乎也是模仿冯班《严氏纠谬》，都是集中批评一个人，不旁涉其他，这在散漫条记的诗话体例中并不多见。
② 《清代文学批评论集》，第170—171页。
③ 《酬张孝廉日容大受招同朱竹垞及吴中诸名士宴集河上新斋见赠二首》之一，赵蔚芝、刘聿鑫校点《赵执信全集》，第184页。

诗学的竞相争艳取而代之,"格调说""性灵说""肌理说"纷纷登场发生影响,形成清朝诗学新格局。将赵执信《谈龙录》对王士禛的批评置于清朝诗学这样一种变动不居的背景下来认识,对它完成诗学前后切换所起的促进作用就能看得很清楚。赵执信晚年说:王士禛殁不及二十年,其诗"声华渐不如昔",证明依靠"众论"推戴而维持的声誉总是不能长久的①。他觉得时间证明他没有认错理,该结束的总会结束,该产生的也会产生。

清朝康雍乾诗风转移的趋势,一言以蔽之,走出神韵论,而走出神韵论无异于是说,走出王士禛诗学影响的笼罩。这经历了一个比较漫长的过程,终于因沈德潜、袁枚、翁方纲三家鼎立格局的确立而完成。在这样的转移过程中,赵执信对王士禛的批评在以下方面起到了由此及彼的津梁作用。

首先,他将批评矛头直接对准"神韵说",认为王士禛以"不著一字,尽得风流"为诗品"极则",以"羚羊挂角,无迹可求"为诗学祈向,导致诗风偏颇,从而呼出了应当营造有利于各种诗学主张并存和发展的健康环境的要求。他说,司空图"所第二十四品,设格甚宽,后人得以各从其所近",而并非让人仅取其中一格极尊之,不及其余。又根据冯班之说,指出严羽《沧浪诗话》主张片面,不能与《诗品》"并举"。这些都是针对王士禛而言。他并不否定"神韵"是诗中一格,但是反对唯"神韵"是尊,毁损了原本丰富多彩、各有生趣的诗品。以一种文学风格、趣味排斥另外的文学风格和趣味,这在文学批评中是极其冒险也是极其有害的。王士禛个人主观或许并无这种褊狭的诉求,不过由于他所尊尚的神韵说在诗坛形成了极强势,受到广泛追随和吹捧,实际上确实又在不断挤搡其他的诗歌风格、趣味,压缩它们的生存空间,从其结果来

---

① 《题王麓台画卷》,赵蔚芝、刘聿鑫校点《赵执信全集》,第520页。按:该文末署"时戊申夏五九日",写于雍正六年(1728),赵执信六十七岁。

看,这与批评家将主观排斥付诸行动因而引起诗人内部的紧张并无实质区别。施闰章以略似"禅宗顿、渐二义"的比况厘划自己与王士禛不相同的诗歌路数,维持自己一路的诗风,隐然有诗格难求一致的意味①。赵执信转而对王士禛神韵说提出直接、明确的批评,以写诗应当"设格甚宽"为理由,反对拘泥神韵,画地为牢。他这种边缘人的声音在当时被当作吵噪,受主流诗坛奚落,而在数十年后终于得到了有力的回应。沈德潜说:"司空表圣云:'不著一字,尽得风流。''采采流水,蓬蓬远春。'严沧浪云:'羚羊挂角,无迹可求。'苏东坡云:'空山无人,水流花开。'王阮亭本此数语,定《唐贤三昧集》。木玄虚云'浮天无岸',杜少陵云'鲸鱼碧海',韩昌黎云'巨刃摩天',惜无人本此定诗。"②他编《唐诗别裁集》着重选雄壮宏大一路诗歌,又兼顾其他诗歌风格,直接是针对王士禛《唐诗三昧集》的诗学倾向。袁枚也说:"严沧浪借禅喻诗,所谓羚羊挂角,香象渡河,有神韵可味,无迹象可寻。此说甚是。然不过诗中一格耳。阮亭奉为至论,冯钝吟笑为谬谈,皆非知诗者。诗不必首首如是,亦不可不知此种境界。"③这些都是对赵执信批评王士禛神韵说积极的呼应。虽然沈德潜、袁枚与赵执信激烈批评王士禛神韵说有区别,沈德潜对赵执信的一些诗学见解也不甚满意,但是在否定独尊"神韵说"这一点上,他们与赵执信想到一起,三人的诗学主张在这里实现了融贯。《唐诗别裁集》代替

---

① 王士禛《渔洋诗话》卷中:"洪昉思问诗法于施愚山,先述余凤昔言诗大指。愚山曰:'子师言诗,如华严楼阁,弹指即现;又如仙人五城十二楼,缥缈俱在天际。余即不然,譬作室者,瓴甓木石,一一须就平地筑起。'洪曰:'此禅宗顿、渐二义也。'"丁福保编《清诗话》,上海古籍出版社,1978年,第199页。本文以下引用此书,仅注书名、页码。
② 《说诗晬语》卷下,丁福保《清诗话》,第557页。又见《重订唐诗别裁集序》,《唐诗别裁集》,上海古籍出版社,1979年,第3页。补注:按沈德潜称赞赵执信,"年少才华擅艺林","鲁殿灵光独岿然"(《简赵秋谷先生》一作《赵秋谷先生八十》之一、之二,《沈德潜诗文集》,人民文学出版社,2011年,第336页)。
③ 袁枚《随园诗话》卷八,第273页。

《唐诗三昧集》流行于诗坛,从某种意义上也可以看作是"格调说"对"神韵说"的取代,这种取代的实现自然当包括了赵执信(也有其他人)持久的努力。当然,将诗歌统一于"格调说"也未必是赵执信的意愿。

赵执信举冯班驳严羽羚羊无迹之说,批评王士禛的诗歌主张,这对"肌理说"、学问诗也有一定影响。翁方纲主张"为诗必以肌理为准"①,认为好的诗应该合义理、学问、诗法于一炉,细密稳实而又能化而不滞,他对"神韵"的解释表现出质实化的倾向,反映了对诗学的这种认识。乾隆时期其他学者论诗,对严羽的批评很多,如王鸣盛说:"杜陵千古诗圣,其言下笔有神,必以读书万卷为本。然则性灵虽妙,非书卷不足以发之。彼谓诗有别才非关学问者,聊饰词以文俭腹耳。"②出于这个原因,王鸣盛对赵执信评价很高,他在《饴山文集序》中称赵执信文章"卓然为一大宗,必传于后无疑也"。又说:"古今来论文者多矣,大要读书为入门第一事。乃严仪卿之论诗曰,诗有别才,非关学问,而空疏之子乐其说之便于己也,并移而之文。夫诗歌一道,固不专以隶事为能,然惟读书愈多,则酝酿愈深,格力愈进,凡真诗人未有不学者也,而况于文乎?"他说赵执信"根柢槃深,枝叶峻茂","立言皆有依据",且不炫博,"胸中有书,笔下无书"③。他正是从重学问、贬空疏的角度大力肯定赵执信诗文写作对文学史的意义。王鸣盛曾在苏州紫阳书院读书,是王峻学生,他高度评价赵执信可能也受到了老师的影响。赵执信并非以重学问为文学批评的出发点,这与后来强调学问的一派人基础不同,但是二者在这一问题上显然存在着异派同源的关系。

---

① 《志言集序》,《复斋文集》卷四,光绪刻本。
② 《吴诗集览序》,《吴诗集览》卷首,乾隆四十年刻本。
③ 王鸣盛《饴山文集序》,《饴山文集》卷首,乾隆甲午三十九年刻本。

其次，赵执信认为王士祯主导的诗风根本症结是矫饰失真，因此亟需提倡表现真情感、真意气来改变风气，这对袁枚"性灵说"产生了直接启发。他指出，王士祯及其追随者的诗歌最大弊病是"徒以风流相尚"，用他的谑语说就是"王爱好"。这种诗风被他具体形容为是"言语妙天下"，"如三河少年，风流自赏"（借用敖陶孙《诗评》品评曹植的话）[①]。"好""妙""风流"一般可以作为美的代称，然而《谈龙录》针对具体的批评对象，并不以此为美。他说："天姿国色，粗服乱头亦好，皆非有意为之也。"他认为王士祯及其追随者诗歌的"好""妙""风流"恰恰有强为、故为之嫌，所以不可爱。他服膺"诗之中须有人在"（吴乔）、"诗外尚有事在"（苏轼）、"文章以意为主，以言语为役"（周昂）之说，都是针对王士祯及其追随者。他强调写诗必须求真，不能伪饰，所谓"喜者不可为泣涕，悲者不可为欢笑"，"富贵者不可语寒陋，贫贱者不可语侈大"。他认为这都是写诗歌应当守持的"礼义"。"发乎情，止乎礼义"传统诗论的政教要求，被他诠释成为是对诗歌真实性的肯定。他的诗歌"自写性真，力去浮靡"[②]，"无所缘饰"[③]，体现了上述诗歌批评主张。总之，赵执信认为当时诗坛被矫情的"好"诗所主宰，弊端丛生，亟待改变，不能再这样"神韵"下去了，出路只在走写真诗的路，让"人""事""意"重新回到诗歌世界，使诗歌具备魂灵。赵执信对王士祯这一批评得到后人广泛认同。首先有力回应他的是袁枚，他说："阮亭主修饰，不主性情，观其到一处必有诗，诗

---

① 冯班对敖陶孙《诗评》表示很不屑，《钝吟杂录》卷四："敖陶孙器之评诗，如村农看市，都不知物价贵贱。论曹子建云：'如三河少年，风流自赏。'只此一语，知其未尝读书也。"（明末毛氏汲古阁暨清康熙戊申陆贻典分刊合印本）王士祯《香祖笔记》卷五则称赞敖陶孙"评诗最精"。赵执信借用《诗评》的话讽刺王士祯，可见其刻薄。
② 陈恭尹《观海集序》，赵蔚芝、刘聿鑫校点《赵执信全集》，第86页。
③ 闵鹗元《饴山文集序》，《饴山文集》卷首，乾隆三十九年刻本。

中必用典,可以想见其喜怒哀乐之不真矣。"①按:袁枚这条诗话同时还谈到,王士禛不欣赏白居易诗歌,是他一己之偏见,不足取。赵执信《谈龙录》曾对王士禛"薄乐天"提出批评,可见袁枚这条诗话直接受到赵执信启发。袁枚又说:"阮亭于气魄、性情,俱有所短。"②沈德潜也说:"或谓渔洋獭祭之工太多,性灵反为书卷所掩,……应之曰:是则然矣。"③翁方纲将王士禛《嘉阳登舟》"飘零万里一归人"句抹去,说:"此则实不似典试途中语矣,何怪赵秋谷讥之?"④梁章钜说:王士禛谈诗艺"独未拈出一个真字,渔洋所欠者,真耳"⑤。朱庭珍说:赵执信诗歌"意境真切处,固胜阮亭"⑥。尽管以上诸家批评的出发点各不相同,不满王士禛诗歌欠"真"是共同的,也就是基本认同了赵执信《谈龙录》的观点。尤其是袁枚受赵执信批评王士禛诗歌失真的直接启发,大倡性灵诗学,风靡一时,像沈德潜提倡"格调说"一样,对诗歌走出王士禛神韵说时代所起作用甚大。袁枚提倡真性情、真趣味,可以说是对赵执信所推崇的"诗中须有人"说的进一步发挥。缘于此,郭绍虞先生说,赵执信《谈龙录》"逗露了性灵之说",从而将他视为清朝性灵说的前驱之一⑦。

第三,赵执信在批评王士禛诗学的同时,还用犀利的语言抨击其门宗意识,这动摇了神韵诗派整体形象的维持,也在一定程

---

① 袁枚《随园诗话》卷三,第80页。
② 袁枚《随园诗话》卷四,第122页。
③ 沈德潜《国朝诗别裁集》卷三。
④ 引自周兴陆《渔洋精华录汇评》,齐鲁书社,2007年,第336页。
⑤ 《退庵随笔》学诗二,郭绍虞编选、富寿荪校点《清诗话续编》,上海古籍出版社,1983年,第1983页。本文以下引用《清诗话续编》,仅注书名、页码。
⑥ 《筱园诗话》卷二,郭绍虞编选、富寿荪校点《清诗话续编》,第2358页。
⑦ 郭绍虞《中国文学批评史》下卷第五篇"清代(下)"第四章"性灵说",第一节"性灵说之前驱"分别列黄宗羲、赵执信(吴乔附)、尤侗,引文见第522页,百花文艺出版社,1999年。

度上削弱了王士禛的影响力,为诗学多元时代的到来创造了有利条件。赵执信对王士禛示不满,发怨怼,立异与揭秘并用。立异是指前述提出不同的诗歌主张,揭秘则是告诉读者王士禛鲜为人知的一些暗面,如说他以对自己的态度定亲疏,缺少容受不同意见的心胸气量,这主要用于抨击他的门宗意识。赵执信以为文人应以"了无扶同依傍"的态度相处,保持松散的、自由的关系。他胆气张厉,雄健振踔,是一个爱批评的人,人与人自然的、自由的松散关系有利于互相批评,所以他不喜欢大家聚成一团,特别是建立门宗。王士禛"以诗震动天下,天下士莫不趋风"(《谈龙录》自序),俨然一代宗主。赵执信认为,王士禛心胸"素狭",会"深恨""诋"他的人,而对"贡谀者"又加以欣赏和扶持。他说:"奖掖后进,盛德事也。然古人所称引必佳士,或胜己者,不必尽相阿附也。今则善贡谀者,斯赏之而已。后来秀杰,稍露圭角,盖罪谤之不免,乌睹夫盛德?"这段话虽然没有指名,读者一看即知是指王士禛。王峻批语道:"人皆言新城喜推奖后进,此故直揭其入主出奴之底里。"在赵执信眼里,以王士禛为首的主流诗派其实充满了"门户声气之见",而王士禛的"奖掖后进"也不免被用作树立门宗的手段,既然如此,奖掖也就变了味,赵执信以为与其如此还不如不奖掖。王峻批语还说:"阮翁诗自难逃明眼,其平日之鄙吝,非故人莫能知也。然秋谷亦刻矣。"[①]认为赵执信作出的一些批评不免于"刻",可是又肯定赵氏作为非常熟悉王士禛的人,他的批评自有其惟知情者才知晓、才能透露的真实消息,他人是道不出来的。赵执信对王士禛所作的一些揭秘性批评保留了当时文坛及领袖人物的一部分真相,能帮助人们认识康雍乾诗坛实际运动的一个侧面。对于有自誉习惯的王士禛来说[②],对赵执信的批评大

---

① "阮翁律调盖有所受之"条批语。
② 王士禛著作中不乏自我陶醉的话,如对于他自己的《秋柳》组诗,津津自道(转下页)

光其火也在情理之中。再看诗歌流派问题。流派当然有其非常积极的意义,可是如果太重门户,尊己斥异,也会造成消极后果。作为一派的领袖,怎么可能将天下英雄全部纳进自己彀中?况且文人从其本性而言,大概从来就是一群最散漫、最不愿意入彀的自我中心主义者,大家有时凑在一起,如前面所说也只是为了维持一种松散的联系罢了,许多人是喜欢在彀外独自徜徉的,恰如王夫之所称许的那样,"好驴马不逐队行"①。门户过深势必引起旁人侧目,造成彀内人与彀外人对峙、紧张,甚至一部分人对另一部分人的戕伤。赵执信对王士禛这方面的批评实际上提出了这样一个问题:文人究竟是有彀好还是没有彀好? 他倾向不要彀,他对王士禛"独不执弟子之礼"(《谈龙录》自序),王峻批语称他"舍名满天下之同乡近亲(指王士禛),而远师二千里外生不同时无名位之遗老(指冯班)",正是这种不要彀的表现。当时,王士禛的地位犹如众星拱月,名满天下,在文坛一呼百应,大家趋之若鹜。四库馆臣如此形容:"当康熙中,其声望奔走天下,凡刊刻诗集,无不称渔洋山人评点者,无不冠以渔洋山人序者。下至委巷小说,如《聊斋志异》之类,士禛偶批数语于行间,亦大书'王阮亭先生鉴定'一行,弁于卷首,刊诸梨枣以为荣。"②面对如此形势,赵执信不仅以自己不入彀的行径向王士禛示异,而且通过揭秘笔墨曝光王士禛的门宗意识和行为实有不足道者,其诗派难免沾染俗气。他在晚年还说:"阮亭于并时诗人,乐其推戴,而恶异己者。有俛首及门,誉之不容口,由是名日以高。"③这样的批评对处在鼎盛时期的王士禛及其诗派可能发挥不了多少动摇的作用,可是当

(接上页)"和者甚众",且引陈允衡的话说:"元倡如初写《黄庭》,恰到好处,诸名士和作者皆不能及。"《渔洋诗话》卷上,丁福保编《清诗话》,第166页。
① 《姜斋诗话》卷二(与《四溟诗话》合刊),人民文学出版社,1988年,第156页。
② 《四库全书总目·精华录提要》,第1522页。
③ 《题王麓台画卷》,赵蔚芝、刘聿鑫校点《赵执信全集》,第520页。

其出现消歇苗头,进入滑坡阶段时,无疑会增强其离心力,加速它的分化和解构。

赵执信的批评不断扩大影响以后,王士禛一派超强势不复存在,以后即使主要是倾向于王士禛神韵说的人,一般也都承认赵执信批评具有补偏救弊的作用和意义,主张合理地汇融两家之说。如吴绍澯《蠡说》曰:"司空表圣论诗曰:'妙在酸咸之外。'严沧浪曰:'羚羊挂角,无迹可求。'二公之论盖深得此中三昧者。渔洋山人终身服膺是言。而近人又执严沧浪'不落言筌,不涉理路'二语,竭力排诋,固堪为貌袭者箴砭。然必落言筌,必涉理路,而诗之妙境不出矣。"①许印芳《谈龙录跋》也说:"渔洋诗风格出自大家,惟于言志本旨不甚理会,故不免浮泛空滑之病。赵秋谷取吴修龄诗中有人之说,著《谈龙录》以攻其短,后之读渔洋诗者,弃短取长,始见庐山真面目,则秋谷此书,虽出一时私憾,而实渔洋功臣,且可为学诗者千秋金鉴。夫学诗者无不用典求雅,摹古求高,而辞多意少,貌合神离,穷年苦吟,阴受渔洋之病,而不自知其非。读此书而翻然悔悟,去伪存真,不朽之业,于是乎在,其有益于后学岂浅鲜哉。"②

文学风气的转移固然是基于社会及文学内部本身的要求,然而也需要开风气之先的批评家登高一呼,及时作为。《老子》第五十一章:"道生之,德畜之,物形之,势成之。"③说明由于道、德这些自然理气在内部的酝酿蓄积,事物产生变化要求,然后形之于物,成之于势。此道理也适合说明文学史和文学批评史上潮流更迭变化的现象,总是先有在文学内部逐渐聚集起新变的能量,然后出现反映变化要求的活泼因子,由它们率先冲冲撞撞而最终实现

---

① 《蠡说》,载《声调谱说》,嘉庆二年刻本。
② 许印芳编《诗法萃编》本《谈龙录》,光绪乙未年朴学斋刻本。
③ 朱谦之《老子校释》,中华书局,1984年,第203页。

风气转移。在清朝前期王士禛"神韵说"向中期"格调说""性灵说""肌理说"转变过程中,赵执信恰恰是这样一个反映变化要求且积极作为的活泼因子。虽然他与王士禛之争难免夹杂着个人意气,某些言辞苛刻不平和,有些立论未必确妥(如神韵说强调诗意须微而隐,并非不重诗意),对王士禛的评价也难免有失公允的地方,但是,他的批评从根本上说代表了当时希望打破单调和因循的诗坛新兴力量正当的呼吁,顺应了转移诗歌风气的趋势,是合时宜的。这也是《谈龙录》尽管有其不足,仍然被清人广泛谈论,终究无法否定其影响和作用的原因所在。所以,我们不应当只从王士禛、赵执信两人的性格、文学批评的态度来检讨他们的争论,甚至不能单纯地比较他们各自具体主张的高低优劣来判断是非(王士禛诗论并不因为赵执信批评而失去其价值、意义);也不应当拘泥赵执信对王士禛的批评主要是应用冯班、吴乔等人的诗歌主张,赵氏本人这方面的理论原创性不多来漠视他,而要看到,冯、吴二人的诗学主要是经由赵执信醒目的征引,将它们运用于批评王士禛诗学而得到传播、扩大影响的,否则它们谈不上在清朝诗风转移过程中发挥作用。总之,我们应当着眼于大处,从康雍乾诗歌风气转移的根本形势来认识赵执信所发挥的、其他人无法替代的历史作用,并在这个意义上给予《谈龙录》在清朝诗歌批评史上适当地位。缺乏批评的文坛可能给人留下一种兴旺祥和的印象,然而这却是夹带几分虚幻的场域;有批评有质疑才会有健全的文学,才能促使文学健康发展。赵执信尽了一个批评家的责任。从前有人将赵执信批评王士禛视如蚍蜉撼树[1],实属井蛙之见。

(《徐州师范大学学报》2012年第1期)

---

[1] 如《清脾录》卷三"王阮亭"条,在记载赵执信、王峻批驳王士禛的话后,说:"此真蜉蝣辈耳,何足撼渔洋也哉。"第241页。

赵执信诗歌声调说的两个问题

赵执信区分古诗与律诗不同的声调特点，分别举要示例，使其成为一种专门之学，可见他在诗歌声调形式批评方面所作的努力。它集中反映在由赵执信讲授和总结，由弟子记录整理，最后又由他本人定稿的《声调谱》一书。郭绍虞先生说：这是"中国诗律史上一大发现"，对后来的诗歌声调学说产生很大影响，具有"开创之功"[①]。不过，在具体涉及赵执信诗歌声调学说时，人们的认识却并不一致。以下两个问题尤见分歧和误会之显著：一、赵执信是从何处学得古诗声调的？二、《声调谱》论古诗声调为什么仅举唐宋古诗的例子，而不举汉魏六朝古诗的例子？实际上第二个问题又是与第一个问题联系在一起的，所以，弄清楚赵执信诗歌声调学说的来源问题尤其是关键所在。

下面，就这两个问题谈谈自己的认识。

一

先说赵执信从何处学得古诗声调。对此，赵执信本人在《谈龙录》[②]的两处地方作过含义不甚明确的提示：

[①] 《清诗话前言》，丁福保编《清诗话》，上海古籍出版社，1978年，第19—20页。郭绍虞先生同时也指出，赵执信《声调谱》"筚路蓝缕，毕竟不能算是最后的成功之作"，故也引来后人一些评议。

[②] 本文引《谈龙录》据乾隆十八年王峻批抄本。

> 阮翁律调盖有所受之,而终身不肯言所自,其以授人又不肯尽也。有始从之学者,既得名,转以其说骄人,而不知己之有失调也。余既窃得之,阮翁曰:"子毋妄语人。"余以为不知是者,固未为能诗,仅无失调而已,谓之能诗可乎?故辄以语人无隐,然罕见信者。(第二条)
>
> 既而得常熟冯定远先生遗书,心爱慕之,学之不复至于他人。新城王阮亭司寇,余妻党舅氏也,方以诗震动天下,天下士莫不趋风,余独不执弟子之礼。闻古诗别有律调,往请问,司寇靳焉,余宛转窃得之,司寇大惊异,更睹所为诗,遂厚相知赏,为之延誉。然余终不肯背冯氏。(自序)

这两段话是说明同样一件事,记述各有详略。赵执信用"窃得之"(或者"宛转窃得之")来形容自己如何获得诗歌声调学说,却没有明白告诉人们他具体是承传于何人。正因为赵执信本人对此表述含糊不清,后人对这个问题的纷纭众说便由此而引起,大要有三种不同意见:(一)得自冯班;(二)得自王士禛;(三)赵执信自己从揣摩唐宋诗歌所得。

第一种意见可以仲昰保为代表。他在为赵执信《声调谱》写的序里说:"唐诗声调迄元来微矣,明季浸失,古诗尤甚。吾虞冯氏始发其微,于时和之者有钱牧斋及练川程孟阳,若后之娄东吴梅村,则又闻之于程氏者矣。顾解人难得,惟新城王阮亭司寇及见梅村,心领其说,方欲登斯世于风雅,执以律人,人咸自失,然卒无有得其说者。我饴山(赵执信)先生独宗冯氏,已窥其微,乃宛转窃得之。"[①]仲昰保认为,冯班发微起衰于诗歌声调学说消歇之后,得到钱谦益、程嘉燧共同呼应,程嘉燧传于吴伟业,吴伟业传于王士禛,赵执信则由于取宗冯班诗学因而直接获得了他的诗歌

---

① 赵蔚芝、刘聿鑫校点《赵执信全集》,齐鲁书社,1993年,第542页。

声调学说,所以王士禛、赵执信的诗歌声调论都源出冯班。仲是保是赵执信弟子,他的这篇序又与《声调谱》一起流传,故这种说法影响很大。

第二种意见可以卢见曾为代表,他刻赵执信《声调谱》,自己写了一篇《赵饴山先生声调谱序》,冠于卷首。序文引赵执信"往请问,司寇靳焉,余宛转窃得之",然后说:"是饴山声调之学实得之渔洋,与常熟冯氏自不相涉。"他不同意仲是保对明清之际古诗声调传承关系所作的说明,反驳中特别提到一点:"不知饴山之与定远,自称私淑,原非口授,定远遗书具在,未闻其有声调之论。"①他刻的这本《声调谱》,将仲是保序删去,换上他自己写的这篇序代替之。许印芳也持类似看法,他说:诗歌讲声调起始于沈约,至唐,近体与古体"界画森严,无人不讲声调"。然而,"自唐迄明,知诗者以成法转相授受,闭门造车,出门合辙,诗之工拙或不同,其声调则无不同。然未尝见有著为谱者,或有之而不传耳。著谱传世,始于我朝赵秋谷宫赞。秋谷得谱于渔洋,而渔洋不言所自,且戒勿妄传人,秋谷出而公之于世。意甚善也,而每偏执一隅之见,未汇其全,又或但讲常法,不知通变,谱虽有三,实多疏略,予刻是书,辄加小注,以匡其谬"②。

第三种意见可以纪昀为代表,《四库全书总目》关于赵执信《声调谱》的提要说:"执信尝问声调于王士禛,士禛靳,不肯言,执信乃发唐人诸集,排比钩稽,竟得其法,因著为此书。"③

以上三种说法,比较而言以仲是保的最有说服力。他作为赵执信弟子,与赵执信关系非常密切,叙述自己老师声调之学的来源当有根据,很可能是得自赵执信本人的自述。而且,他这篇序

---

① 赵执信《声调谱》卷首,乾隆间雅雨堂刻本。
② 许印芳《声调谱》跋,许印芳《诗法萃编》,光绪乙未年朴学斋刻本。
③ 永瑢等撰《四库全书总目》之《声调谱》提要,中华书局,1981年,第1794页。

文写于乾隆戊午三年七月,赵执信还在世,他若存心想编一个故事,这当然蒙得了读者,却骗不了老师,所以这种可能性不大。

相比之下,卢见曾的说法颇为勉强。他否定赵执信从冯班获得声调学说的理由是,赵执信既没有亲耳聆听冯班传授,冯班遗著又"未闻其有声调之论",他又如何能得其诗歌声调学说?这种质疑其实难以成立。冯班在南方去世时,赵执信在山东,还是一个十岁的孩子,说他们之间不存在口耳传承的关系,那当然是对的。可是说冯班著作中没有诗歌声调学说的内容,这与事实不符。冯班文学批评有三项主要内容:一是以《玉台新咏》《才调集》教人,提倡"以温(庭筠)、李(商隐)为范式"(冯班《同人拟西昆体诗序》);二是批评严羽,写了《严氏纠谬》;三是论述诗歌声律,这方面内容主要见收在《钝吟文稿》中的《古今乐府论》《论乐府与钱颐仲》《论歌行与叶德祖》,以及记载在《钝吟杂录》十卷本中的不少论述。如冯班指出:"古诗之视律体,非直声律相诡,筋骨气格、文字作用,迥然不同矣。"①这一古诗、律体"声律相诡"之说,就是诗歌声调学说中一个重要见解,王士禛、赵执信两人关于古诗与近体诗声律相违的说法,皆与冯班这一说法一致。《钝吟杂录》卷三又说:

> 沈约、谢朓、王融创为声病,于时文体不可增减,谓之齐梁体,异乎汉魏晋宋之古体也。虽略避双声叠韵,然文不黏缀,取韵不论双只,首句不破题,平侧亦不相俪。沈佺期、宋之问因之,变为律诗,自二韵至百韵,率以四句一绝,不用五韵七韵九韵十一韵十三韵。唐人集中或不拘此说,见李赞皇《穷愁志》。首联先破题目,谓之破题,第二字相粘,平侧侧平为偏格,侧平平侧为正格,见沈存中《笔谈》。平侧宫商,体势

---

① 《钝吟杂录》卷三,明末毛氏汲古阁暨清康熙七年陆贻典等分刊合印本。

稳协,视齐梁体为优矣。近体多是四韵,古无明说。仆尝推测而论之,似亦得其理也。联绝黏缀,至于八句,虽百韵亦止如此矣。如正格,二联平平相黏也,中二绝侧侧相黏也,音韵轻重,一绝四句,自然悉异。至于二转,变有所穷。于文首尾胸腹已具,足得成篇矣。

冯班以诗歌声调的变化为依据,划分出汉魏晋宋之古体、齐梁体、律诗三个阶段,指出诗歌声律方面在演变中一步步严格,尤其强调律诗"平侧宫商,体势稳协,视齐梁体为优",这些都能说明他对诗歌声调十分关心。他自我介绍"尝推测而论之,似亦得其理也",分明是说他对诗歌声调作过专门的论述,且颇有自诩之意。他在以上论述中还举了李德裕、沈括关于诗歌声律、声调方面的意见,李德裕《穷愁志》中有一篇《文章论》,不满永明声律说,曰:"古人辞高者,盖以言妙而工,适情不取于音韵,意尽而止,成篇不拘于只耦,故篇无定曲,辞寡累句。"沈括《梦溪笔谈》卷十五曰:"诗第二字侧入,谓之正格,如'凤历轩辕纪,龙飞四十春'之类。第二字平入,谓之偏格,如'四更山吐月,残夜水明楼'之类。唐名贤辈诗多用正格,如杜甫律诗,用偏格者十无一二。"这些都是唐宋学者对诗歌声律、声调有代表性的看法,说明冯班对诗歌声调批评史也是留意和熟谙的。由此可见,卢见曾得出"未闻其有声调之论"的结论相当轻率。当然,冯班对于诗歌的声调还谈得比较粗略、宽泛,无论是在精细性还是完整性方面,都难与后来的专门之学相比。赵执信受冯班启发,加上他自己潜心揣摩、总结,使诗歌声调学说真正形成,他个人对诗歌声调学说的创造性贡献显而易见,可是总不能因此说冯班无声调学说可以影响于赵执信,否定二者之间存在传承关系。

赵执信《声调谱》卷首"论例"数条,对冯班之说多有借鉴,其中"汉人歌谣之采录乐府者"一条,几乎直接抄自冯班《古今乐府论》。然而赵谱"论例"五条,有诸多疑问。许印芳说:"标题盖指全书,而所列诸条,多论乐府,读者详之。"他这样提醒读者,也是因为"论例"各条与《声调谱》全书内容不完全相符合。又说:"古诗全未道及,论律诗止此一条。"①许印芳评《声调谱》选"乐词":"秋谷'论例',谓乐府不可选,而此却选入,且独选长吉数首,殊不可解。"所疑有理。我认为赵谱的"论例"很可能是仲显保撰写且增入的,所以应当将《声调谱》与"论例"数条分别观之。不过这不能成为否定赵执信诗歌声调学说受冯班影响的理由。赵执信《谈龙录》第三条明明檃栝冯班诗歌声律学说,且指出冯班对钱良择著《唐音审体》一书直接产生影响:

> 声病兴而诗有町畦。然古今体之分,成于沈宋,开元、天宝间,或未之遵也,大历以还,其途判然不复相入。由宋迄元,相承无改。胜国士大夫浸多不知者。不知者多,则知者贵矣。今则悍然不信,其不信也,由不明于分之时。又见齐梁体与古今体相乱,而不知其别为一格也。常熟钱木庵良择推本冯氏,著《唐音审体》一书,原委颇具,可观采。

他在这段话里介绍古代声律学说变化,是对冯班有关论述的概述,他又称赞钱良择所著《唐音审体》对唐音原委的分析颇具体,肯定这是一本"推本冯氏"学说的作品。钱良择此书"齐梁体"条合冯班两条话而成,说明赵执信的说法是有根据的。因此,赵执信认为冯班精通诗歌声律、声调学说,影响后人,这一点应当是非常明确的,不应有异议。既然如此,他自己受到冯班诗歌声调论的影响也不就不足为奇了。

至于第三种说法,其实是在对前面两种相互矛盾的说法无法调解且难以表示采信倾向的情况下,提出另说,以示探索解决问

---

① 许印芳《诗法萃编》本《声调谱》,光绪乙未年朴学斋刻本。

题的新途径。实际上,这种说法是将赵执信在诗歌声调方面接受师承与他自己揣摩努力两者人为地对立,对于解决问题没有什么帮助。

总之,在清人三种不同的说法中,应当以王士禛、赵执信的诗歌声调学说分别出自冯班较为符合实际。吴绍漗《声调谱说序》说:"声调之为谱,古无有也,自王渔洋、赵秋谷两先生发之。余幼闻诸故老,其说盖得之常熟冯氏。"①这"故老"之言应当是比较可信的。现代学者在这个问题上,大多认为赵执信的声调学说得自王士禛,少数认为是赵执信自己通过将古诗和唐诗互相钩稽所得,与《四库全书总目》的说法相近。此外,今人还有将"窃得之"一语,解释为"骗到手"②。这些看法都离开事实较远。

二

再说赵执信《声调谱》论古诗声调为什么仅举唐宋古诗而不举汉魏六朝古诗例子的问题。

《声调谱》前谱、后谱举出五古例子七首,分别是于鹄《秦越人洞中咏》、羊士谔《息舟荆溪入阳羡南山游善权寺呈李功曹》、岑参《与高适薛据同登慈恩寺塔》、王维《崔濮阳兄季重前山兴》《青溪》、孟浩然《秋登万山寄张五》《夏日南亭怀辛大》,七古例子十三首,分别是苏轼《西山诗和者三十余人再次前韵为谢》《和蒋夔寄茶》、李白《扶风豪士歌》《同族弟金城尉叔卿烛照山水壁画歌》《梦游天姥吟留别》、杜甫《乐游园歌》《渼陂行》《丹青行》《寄韩谏议

---

① 《声调谱说》,嘉庆二年刊本。
② 如王力先生说:"相传赵执信求古诗平仄之法于王士禛,王士禛不肯告诉他,于是他把古诗和唐诗互相钩稽,著为《声调谱》。然而据他自己说,却是从王氏那里宛转骗到手的。"(《汉语诗律学》,上海教育出版社,1988年,第381页。本文以下引用此书,仅注书名、页码)

注》、韩愈《陆浑山火和皇甫湜用其韵》《石鼓歌》《雪后寄雀二十六丞公》、李商隐《韩碑》(按照《声调谱》原来录诗的顺序)。论古诗声调,却举唐以后的例子不举唐以前的例子,这确实不同一般,以致引起人们种种疑问和批评。如翁方纲说:"于、羊二家皆中唐时诗人,而五言之作,上自汉魏,下及唐宋,音节因乎格调,格调因乎家数,家数因乎风会,渊流品藻,万有不同,乌可执一时之体制,赅万世之绳墨乎?……然黄初以降,陶、谢擅其精能,王、孟以还,杜陵屹为砥柱,多师以为师,言岂一端已也。"①吴绍澯《声调谱说序》说:"谱中谓以其说按诸中唐以后作者,无不吻合。夫五七言之诗,始于汉魏,而极其盛于开元、天宝,中唐以后渐以少衰。今其说乃不衷裁于极盛之时,而使学者斤斤焉奉中唐以后为轨式,宜乎訾议者众也。"②吴绍澯曾选历代诗歌为《金荎集》,在《纂例》中说:"五言古诗宗唐以前,以其气格独全也。"③他所增订的《声调谱》增加了许多汉魏古诗。许印芳评《声调谱》举例的五古作品(于鹄《秦越人洞中咏》、羊士谔《息舟荆溪入阳羡南山游善权寺呈李功曹》两首),说:"汉魏盛唐人五古,可法者多矣,此引中唐人为式,未免卑陋。学者取其论说可也。"评举例的七言古诗(苏轼《西山诗和者三十余人再次前韵为谢》):"七古当引汉唐为式,此引苏诗,……偏僻太甚,学者节取其说可也。"④今人也提出类似批评:赵执信《声调谱》"编纂的业绩实在不能令人满意,明显的缺陷是论古诗声调,不举汉、魏以来先唐作者,而仅举盛唐以后的诗人为例"⑤。

---

① 《赵秋谷所传声调谱》,丁福保编《清诗话》,第246页。
② 《声调谱说》,嘉庆二年刊本。
③ 见《声调谱说》。
④ 赵执信《声调谱》评语,许印芳编《诗法萃编》,光绪乙未年朴学斋刻本。
⑤ 蒋寅先生《王渔洋与清代古诗声调论》,《王渔洋与康熙诗坛》,中国社会科学出版社,2001年,第110页。

这里存在误会。赵执信之所以如此引用古诗的例子,是有他根据的。冯班《钝吟杂录》卷三说:

> 齐梁声病之体,自昔已来不闻谓之古诗,诸书言齐梁体不止一处,唐自沈、宋已前有齐梁诗,无古诗也,气格亦有差古者,然其文皆有声病。沈、宋既裁新体,陈子昂崛起于数百年后,直追阮公(阮籍),创辟古诗,唐诗遂有两体。开元已往,好声律者则师景云、龙纪,矜气格者则追建安、黄初,而永明文格微矣。然白乐天、李义山、温飞卿、陆龟蒙皆有齐梁格诗。白、李诗在集中,温见《才调集》,陆见《松陵集》,题注甚明,但差少耳。既有正律破题之诗,此格自应废矣。皎然作《诗式》,叙置极为详尽允当,今人弗考,瞆瞆已久。古诗二字,牢入人心。今之论者,虽子美称庾开府,太白服谢玄晖,必欲降而下之,云古诗当如此论也。至于唐人虽服膺鲍、谢,体效徐、庾,仰而不逮者,犹以为无上妙品,云律诗当如此论也。吁,可慨已。

这段话辨析齐梁诗、律诗、古诗三者概念。冯班认为齐梁体指永明体,这一点与一般的认识并无不同;他认为律诗是初唐以后沈佺期、宋之问建立的格律诗,这一点与一般的认识也没有多少差别。然而,他定义古诗的侧重点与通常的概念很有不同。他认为,沈宋格律诗之前无古诗,古诗的概念形成于格律新诗产生之后,是陈子昂追摹阮籍诗歌才命名的。据此,他认为古诗不是指阮籍等古人的诗歌,而是指陈子昂以后学古体写作的诗歌。也就是说,冯班的古诗概念,侧重于指唐人写的律诗之外的诗体,所以他说"唐诗遂有两体",一指沈、宋"新体",即律诗,二指唐人学汉魏晋宋诗歌所创作的古诗。而一般人认为,古诗是指齐梁体、律诗以外的诗歌,包括齐梁以前人和唐以后人写的诗歌作品。而在冯班的观念中,古诗有时仅仅是指陈子昂以后人写的非律诗。

赵执信《声调谱》论古诗声调,所举的例子都是盛唐以后诗人的作品,不举汉魏六朝诗人的古诗例子,这正符合冯班对古诗的这一定义,由此也可以直接有力地证明赵执信的古诗声调学说得自冯班。冯班、赵执信对何谓古诗的这一定义是个人化的(当然,这并不表示仅有他们两人对古诗持这种认识,事实上前人也有类似的看法,因不涉及古诗声调学说,此从略),人们可以不认可他们所持有的这种古诗观念,但是,阅读他们的作品,阐述他们著书的体例,则应当先弄清楚他们的概念并予以尊重,不能用别人的通行概念去代替之,然后再对其进行批评,这样难免近乎于无的放矢。

冯班当然也用"古诗""古体"称汉魏晋宋诗歌,但这往往是着眼于这些作品产生的时间,而不是把它们当作诗歌体式意义上唯一的规定。《钝吟杂录》卷三说:

> 古诗之视律体,非直声律相诡,筋骨气格,文字作用,迥然不同矣。然亦人人自有法,无定体也。陈子昂上效阮公,感兴之文,千古绝唱,格调不用沈、宋新法,谓之古诗。唐人自此,诗有古律二体。云古者,对近体而言也。《古诗十九首》,或云枚叔,或有傅毅,词有东都宛洛,锺参军疑为陈王,刘彦和以为汉人,既人代未定,但以古人之作,题曰"古诗"耳,非以此定古诗之体式,谓必当如此也。李于鳞云:"唐无五言古诗,陈子昂以其古诗为古诗。"立论甚高,细详之全是不可通。只如律诗始于沈、宋,开元、天宝已变矣,又可云盛唐无律诗,杜子美以其律诗为律诗乎?子昂法阮公,尚不谓古,则于鳞之古,当以何时为断?若云未能似阮公,则于鳞之五言古视古人定何如耶?有目者共鉴之。

他对李攀龙"唐无五言古诗"、陈子昂以自己所作的古诗为古诗的说法不以为然,指出这种说法将汉魏古诗的格式唯一化,不容许变化,这无法说明诗歌的发展过程。他重视唐以后新变的古诗正体现了对这种变化的尊重。

赵执信总结古诗声调从唐宋人作品中去寻找例证,这除了以上他受到冯班个人化的"古诗"概念影响之外,还与他对建设更加标准化的古诗声调学说的期待有关。赵执信制订《声调谱》是为诗人写作古诗提供可以依循的格式,而建设古诗声调格式一个基本原则是,与近体诗不同。唐以前的古诗声调固然与近体诗格式不同,但那是自然形成的(当然也会有偶尔相同的情况),唐以后诗人写古诗则是有意识与近体诗趋异,所以不同点会更多。也就是说,作为与近体诗相对照的声调系统,唐以后的古诗可能会比唐以前的古诗显出更多不同点,而且因为诗人刻意追求而使其不同的特点更加典型和显著。王力先生曾对此作过分析,他说:"总之,古人并没有着意避免哪一类的平仄形式,其所以很少合于后代的律句者,只是'机会'使然。但是,自从律诗产生以后,诗人们做起古风来,却真的着意避免律句了。试比较《古诗十九首》和杜甫的古风,则见前者的'律句'较多,后者的'律句'倒反极为罕见,这当然是极意避免的结果。越不像律句就越像古句,至少有些唐人的心理是如此。"①(着重号为原文所有)这说得很有道理。赵执信《声调谱》所以不选唐以前的诗歌作品作为分析的例子,而是选择唐以后的作品,无疑是他已经考虑到了后者更加符合标准的缘故。

(《厦门广播电视大学学报》2013年第1期)

---

① 《汉语诗律学》,第381页。

《国朝诗别裁集》修订与
沈德潜诗学意识

沈德潜晚年大荣复又大辱,人生遭际变化极具起伏。他六十七岁中进士,乾隆帝称他"老名士",赏爱其诗,君倡臣赓。这以后他在仕途上连晋翰林院侍读、左庶子、侍讲学士、礼部侍郎,归田后加礼部尚书衔,乾隆帝亲自为他文集作序,揄而扬之,可谓暮年遇合,享尽宠幸。然而,他八十九岁时进呈《国朝诗别裁集》(今人更名《清诗别裁集》)请乾隆帝作序,受到乾隆帝严厉批评,并命删改重印。沈德潜九十七岁临死之前,乾隆帝下令到他家查询是否藏有钱谦益文集。死后九年,他又受到徐述夔"一柱楼诗案"牵连,生前官衔谥典,概被革除。沈德潜说自己"以诗受知,邀宠逾分"①,殊不料他最终也是以诗得罪乾隆帝,下场凄然。而《国朝诗别裁集》则是他这种结局的引火线。

一、《国朝诗别裁集》编选与初刻

沈德潜在康熙、雍正朝先后编选的《古诗源》《唐诗别裁集》《明诗别裁集》为他带来很高声誉,加之中进士后有机会与乾隆帝赓歌唱和,诗坛视之为识途老马,他本人对此也非常自信。这使他进一步酝酿编一部本朝诗选的计划,欲对入清以来的诗歌创作做出总结,成就一部诗典,以影响一代诗歌评论。他确定的编选

---

① 《御制诗二集后序》,《沈德潜诗文集》,人民文学出版社,2011年,第1509页。

体例之一是不录存者,以示盖棺论定,也以期显示评选的权威性,态度郑重,与以前他编选《唐诗别裁集》等着眼于鼓吹诗学寓有不尽相同的含义。沈德潜《国朝诗别裁集》凡例说:"是集创始于乾隆乙丑(十年,1745),经今戊寅(乾隆二十三年,1758)告成,共十有四寒暑矣。"①然他在《沈归愚自订年谱》"(乾隆)十九年"谱记载:"五月,评选《国朝诗别裁集》起。"又"(乾隆)二十二年"谱记载:"冬月,批选《国朝诗》毕。"②将以上材料合起来看,可知从乾隆十年至十九年五月前,应该还是编选的准备阶段,主要是搜集清人诗歌,初步设想全书体例和构架,大致地确定入选诗人诗作的范围,这个阶段的工作进行比较迟缓;从乾隆十九年五月至二十二年末,正式开始评选并告完成;二十三年则可能主要是作修改斟酌,并交稿付刻。此书刻成则是在次年秋末,卷首序署"乾隆二十四年暮春沈德潜自题,时年八十有七",《沈归愚自订年谱》"(乾隆)二十四年"谱更明白地记载:"九月,蒋生子宣刻《国朝诗》告成。"③今人叙录《国朝诗别裁集》初刻本,或曰乾隆二十三年,或曰乾隆二十四年,前者指开始刊刻,后者指全书刻成,宜以叙录乾隆二十四年为确实。

初刻本《国朝诗别裁集》三十六卷(正集三十二卷,补遗四卷),共收诗人993位(正集786位,补遗207位),诗歌4 080篇(正集3 585篇,补遗495篇)④。题署"长洲沈德潜碻士纂评,江阴翁照霁堂、长洲周准钦莱、长洲顾诒禄禄百、吴县蒋重光子宣同

---

① 沈德潜《国朝诗别裁集》卷首,吴县蒋重光等清乾隆二十四年(1759)刻本。
② 《沈德潜诗文集》,第2131、2134页。
③ 《沈德潜诗文集》,第2135页。
④ 据朱则杰先生考证,《国朝诗别裁集》卷十五所收无名氏两首七绝,第一首是秦观的作品,第二首已经出现在文徵明书法立轴中,是沈德潜误收(见《清诗考证》"《国朝诗别裁集》误收前代人诗",人民文学出版社,2012年,第563—566页)。沈德潜重订《国朝诗别裁集》依然延续了这一错误,钦定本已无无名氏这两首诗,其被删去的原因究竟是纠误,还是为了减少篇幅而不收无名氏作品,不得而知。

辑"。凡例云:"中间采取稿本,周子钦莱、翁子霁堂之力居多;商榷去取,顾子禄百、蒋生子宣之力居多。霁堂、钦莱物故,钱子思赞、陈生经邦辅理之。校订舛讹,子宣与李生勉百、张生荫嘉功也。剞劂之费,子宣独任。"① 翁照(1677—1755),初名玉行,字朗夫,更字霁堂,号子静,江南江阴人,著有《赐书堂诗文集》,沈德潜曾撰《征士翁霁堂传》《翁朗夫诗序》。周准(?—1756),字钦莱,改字迂村,浙江钱塘人,著有《迂村诗钞》《迂村文钞》《虚室吟稿》等,曾与沈德潜合选《明诗别裁集》。沈德潜曾为他撰《周钦莱诗集序》。《国朝诗别裁集》刊刻前,翁照、周准已经相继去世,沈德潜也将他们两人的诗歌选入书中,不违反"不录存者"体例。据沈德潜《国朝诗别裁集》周准小传载:"临终,含笑谓所亲曰:'我幸甚,我诗可入《别裁集》中矣。'"② 反映周准本人对这部诗选也高度重视。顾诒禄(1699—1768)③,字禄百、缓堂,著有《吹万阁文钞》《吹万阁诗钞》《华稿诗钞》《缓堂诗话》《缓堂文述》等。沈德潜曾撰有《吹万阁诗文集序》《顾缓堂传》,指出他写诗文的宗趣由旁门而入正轨,"渐近自然","变而日上"④,终于"彬彬乎成一家之言",并以"吴中擅诗文者"相许⑤。蒋重光(1708—1768),字子宣,号辛斋,江南吴中人,著有《呓语集》,选有《汉魏六朝唐宋元明诗》《国朝诗余》《国朝古文选》,曾为《明诗别裁集》作序。沈德潜在《蒋辛斋传》中记载,蒋重光临终前曾劝沈德潜"寡议论,恐为外人指

---

① 沈德潜《国朝诗别裁集》卷首。
② 沈德潜《国朝诗别裁集》卷三〇。
③ 关于顾诒禄生卒年,李灵年、杨忠主编《清人别集总目》认为他生于1674年,死于1743年。然《沈归愚自订年谱序》末署"乾隆甲申夏五后学顾诒禄谨序",乾隆二十九年甲申是公元1764年,可证以上说法错讹。检《沈德潜诗文集·顾缓堂传》,有曰:"余年长二十有六。"又说顾氏去世时"年七十"。沈德潜生于1673年,据此推算出顾诒禄生于1699年,卒于1768年。《顾缓堂传》还记载他去世的具体日子是七月二十四日。
④ 《吹万阁诗文集序》,《沈德潜诗文集》,第1350页。
⑤ 《顾缓堂传》,《沈德潜诗文集》,第1710页。

名"。沈德潜则庆幸蒋重光因为长年疾病缠身,反而得以"安居","泯忧怖"①。这些反映了沈德潜对世态况味的感受,并且很可能隐然流露出他因《国朝诗别裁集》受到乾隆帝严厉批评后的心情及承受的压力。钱襄,字思赞,一字讷生,号百愧居士,斋号爱日楼,吴县人。乾隆二十七年南巡召试举人,授中书。严长明《挽钱思赞同年》注:"思赞以书法名吴下。"②陈魁,字经邦,江南长洲人,诸生。王昶《湖海诗传》卷十一选他诗三首。李绳(1712—1792),字勉百,一字勉伯,号耘圃,江南长洲人,乾隆六年(1741)中举,任云南恩乐知县,甫一年以疾乞归。著有《蓻田吟稿》《剡东吟草》《耘圃诗钞》等,王鸣盛将其诗掇入《江浙十二家诗选》。张玉榖(1721—1780),字荫嘉,号乐圃居士,江南长洲人,著有《乐圃吟钞》《乐圃词钞》,选有《古诗赏析》。沈德潜《国朝诗别裁集》选他父亲张一鸣诗四首,在其小传中说:"君仲子玉榖受经于予,是集嘱其校录。"③张玉榖校订《国朝诗别裁集》出力甚多,故三十六卷本在每卷之后皆刻有"吴县张玉榖荫嘉校录"④。

以上诸人是沈德潜编选《国朝诗别裁集》主要助手,他们或是沈德潜友人,或是他弟子,名位都不高。

这部蒋重光出资刊刻的《国朝诗别裁集》三十六卷,刻地当在吴地。有人以为它刻于广东,故称番刻本⑤。这是错误的说法。乾隆四十一年十二月二十八日杨魁奏查缴《国朝诗别裁集》书板

---

① 《蒋辛斋传》,《沈德潜诗文集》,第1712页。
② 王昶《湖海诗传》卷二七,《续修四库全书》第1626册,上海古籍出版社,2001年,第150页。
③ 沈德潜《国朝诗别裁集》卷二七。按:沈德潜重订《国朝诗别裁集》时将这句话删去了。
④ 许逸民《古诗赏析·点校说明》云:张玉榖协助校雠《国朝诗别裁集》出力居多,"不过今存《国朝诗别裁集》的序和凡例,竟无一字及此,殊不可解"(上海古籍出版社,2000年)。这是由于许先生未见到《国朝诗别裁集》三十六卷本的缘故。
⑤ 王宏林《沈德潜〈清诗别裁集〉版本述评》,《宁夏大学学报》2009年第3期。

《国朝诗别裁集》修订与沈德潜诗学意识

折提到,对于蒋重光初刻、沈德潜重刻两副板片,"臣随委令苏州府知府李封带同书局教官陆鸿绣,前往沈德潜及伊门人蒋重光之家,查询两次所刊原否销毁并现在存留何处"①,若蒋刻本真是刻于广东,朝廷查询不可能只在苏州,不及广东。之所以有番刻本之误,缘于沈德潜《国朝诗别裁集》重刻本序又识所云"此系增减第一次本也。初番刻本,校对欠精"。"初番刻本"的意思是指初次刻本,"番"谓次,也就是沈德潜又识所云"至南粤、西江翻刻,比初次刻本错字尤多"的"初次刻本",而不能将这句话理解为初次在番地(广东)刊刻的本子。

据凡例介绍,《国朝诗别裁集》收录的诗歌,"几有十分之四"选自沈德潜从黄昆圃(叔琳)、王遴汝借得的南北诗人集子②,"余皆逐渐征取,鳞次投赠",从中选出。此诗集开始预计编成三十二卷,前三十卷为各时期诗人作品,三十一卷名媛诗,三十二卷诗僧、羽客之作。由于"邮寄篇翰先后不齐,锓版将成,陆续远到,中多前辈人诗品焯焯者,不忍埋没,亦不能例置也",对于怎么处理这部分后来收到的诗作,沈德潜陷于两难境地。起先他似乎想通过将来再编《国朝诗别裁集》二集来解决这一问题。卷十八周起渭小传透露此消息,他说:"贵州向日未闻诗人,又因天远,无从搜罗,故只采渔璜(周起渭字)前辈,又未得全稿,所收从略,俟异日成二集,更征求之。"按照这个设想,不仅可以在更大范围内征收作品,充实诗集,而且,对后续收到的诗作也可以从容不迫、顺理成章地加以编选,而又不会影响正在进行的《国朝诗别裁集》刊刻工作。然而编选二集的设想并没有付诸实施,沈德潜最后采取的解决方法是,将后来收到的"不忍埋没"之作在三十二卷外另选辑

---

① 《清代文字狱档》(增订本),上海书店出版社,2011年,第435页。
② 沈德潜重订《国朝诗别裁集》三十二卷本凡例作"十分之三",可能是他重订时删去了一部分选自借于黄、王二人藏书的诗歌,缘此比例下降。补注:王廷铨,字遴汝,吴县(今江苏苏州)人。明少司寇王心一曾孙。有《心缘诗草》。85岁卒。

为补遗四卷,"其体例之前后位次,一准诸正集"(凡例),"正集"即初定的三十二卷。于是就形成了《国朝诗别裁集》初刻本三十六卷面貌。可能由于疏忽,周起渭小传中"成二集"三字没有被删去,为我们留下了一道缝隙,缘此可以窥测沈德潜编选《国朝诗别裁集》过程中曾经产生过的一项计划。后来他重订《国朝诗别裁集》,将这三个字删掉了。

沈德潜《七子诗选序》说:"予惟诗之为道,古今作者不一,然揽其大端,始则审宗旨,继则标风格,终则辨神韵,如是焉而已。予囊有古诗、唐诗、明诗诸选,今更甄综国朝诗,尝持此论以为准的。"①说明他编选别裁诗系列有一以贯之的主张和追求,选取诗歌是根据统一的标准。然而,编选当代诗歌又具有特殊性,尤其是涉及如何处理由明入清诗人的问题,非常棘手,这是与编选《唐诗别裁集》等前朝诗歌非常不同的地方。作为有很深阅历的沈德潜对此当然十分明白,他为此专门列了一条凡例表明自己取舍之依据:

> 前代臣工,为我朝从龙之佐,如钱虞山(钱谦益)、王孟津(王铎)诸公,其诗一并采入,准明代刘青田(刘基)、危太仆(危素)例也。前代遗老而为石隐之流,如林茂之(林古度)、杜茶村(杜濬)诸公,其诗概不采入,准明代倪云林(倪瓒)、席帽山人(王逢)例也。亦有前明词人,而易代以来,食毛践土既久者,诗仍采入。编诗之中,微存史意。

他在《明诗别裁集序》曾说过:"而胜国遗老,广为搜罗,比宋逸民《谷音》之选。""至杨廉夫(杨维桢)、倪元镇(倪瓒)诸公,归诸元人;钱牧斋(钱谦益)、吴梅村(吴伟业)诸公,归诸国朝人。编诗之中,微具国史之义。"②将这些话与《国朝诗别裁集》凡例作比较,尽

---

① 《沈德潜诗文集》,第1360页。
② 沈德潜、周准编《明诗别裁集》,上海古籍出版社,1979年,第2页。

管举例的诗人不尽相同,而提出的确定跨越两朝诗人归属朝代的原则显然一致。所以,沈德潜《国朝诗别裁集》凡例说的"准明代",其意思实际上就是指按照《明诗别裁集》对待由元入明诗人的办法对由明入清的诗人进行同样的取舍。在这个问题上沈德潜这么确定编选《国朝诗别裁集》的原则,自有其以为相当稳妥的理由,因为既然《明诗别裁集》问世多年以来没有遇到什么麻烦,也就可以证明这种处理的办法已经被人们认可和接受,那么用同样的道理来处理《国朝诗别裁集》遇到的相同问题,自然也不必顾虑会引起什么波澜。然而,后来发生的事证明这一推断犯了大错,历史有偶然性,未来往往不会按照此律重复发生。

沈德潜编选《国朝诗别裁集》曾对有些原作进行一定修改。古人用"撰"指称撰述、编纂、编选、写定,以为它们是一个意思,故他们选诗选文对原作加以改易的现象并不少见。《国朝诗别裁集》也是如此。崔华《浒墅舟中别相送诸子》"丹枫江冷人初去,黄叶声多酒不辞"为王士禛所赏,有"崔黄叶"之称[①]。《国朝诗别裁集》选入此诗,却将"丹枫"改为"白蘋",沈德潜说:"'丹枫'、'黄叶',不无合掌,拟易白蘋,崔黄叶以为可否(初刻本作'何如')?"全书明确说明修改者仅此一例,其他的改动根本不加标示,非核对不得其实。缪沅《馀园古今体诗精选》、盛锦《青崚遗稿》、韩骐《补瓢存稿》经过沈德潜辑、评、鉴定,而将三人选入《国朝诗别裁集》的作品与其原作相比勘,文字、句子、段落都有不同,显然是沈德潜选诗而改易原作所致。

二、沈德潜进行重订

《国朝诗别裁集》问世后,仅相隔五个月,沈德潜即着手对它

---

① 王士禛《渔洋诗话》卷上,王士禛著、袁世硕主编《王士禛全集》,齐鲁书社,2007年,第4755页。

进行修订、重刻，重刻延续一年之后完成。《沈归愚自订年谱》"(乾隆)二十五年"谱记载："三月……松儿重刻《国朝诗别裁集》，以蒋氏刻本讹字太多也。""(乾隆)二十六年"谱记载："二月，《增订国朝诗》刻成。"①此重订本亦称教忠堂刻本。教忠堂是沈德潜室名，重订的《国朝诗别裁集》是家刻本。此书经过重订，易三十六卷为三十二卷，题署"长洲沈德潜归愚纂评，男种松校字，江阴翁照霁堂、长洲周准钦莱同辑"。沈种松(1716—?)，乳名攀，字樊成，他是沈德潜唯一的儿子。重订本由沈种松承担校字，其意似乎还不只是为了加强纠正初刻本错讹文字的责任。"同辑"者删去顾诒禄、蒋重光名，只保留翁照、周准两人，这或许是沈德潜表示对死去好友的尊重。后人著录此重订本为乾隆二十五年刻，这也是根据它开始刊刻的年份，或是根据沈德潜重订本序所署"乾隆二十五年仲冬日"，而据《沈归愚自订年谱》应该署乾隆二十六年刻本庶几得其实。

  沈德潜对初刻本这么快就进行重订，比较直接的原因，一是他发现了初刻本一些硬伤，需要改正；二是需要增补诗人；三是想删去一些诗人和作品；四是要把初刊本正集和补辑合而为一。这些在沈德潜重订本序"又识"、凡例中都有说明。

  重订本《国朝诗别裁集》三十二卷，共收诗人999位，诗歌3954篇。沈德潜在重订本凡例说：此本"卷数较少，而诗篇较多"②。"诗篇较多"的意思是，重订本与初刻本正集三十二卷（收诗3585篇）相比所收诗歌数量有增加。若将重订本所收诗歌与初刻本三十六卷全部诗歌相比，数量减少126篇，不可能说"诗篇较多"。

  下面，具体谈一谈沈德潜重订《国朝诗别裁集》对初刻本做出

---

① 《沈德潜诗文集》，第2136、2137页。
② 沈德潜《清诗别裁集》卷首，上海古籍出版社，1984年，第4页。

显然修改的几个方面。

一、合并正集、补辑，减少卷数。合并后全书三十二卷，不再分别正集和补辑，而使两者完全融为一体，消泯了《国朝诗别裁集》草创时期留下的痕迹，全书的有机整体性得以加强。初刻本补辑四卷所收207位诗人，沈德潜汰去其中20位，将其他187位诗人"俱叙入三十二卷中，并归正集"（凡例）。补遗卷被保留下来的诗人皆大致依他们科第出身、辈行先后插入相应卷数和位置。

二、改正张冠李戴，校正错讹。如初刻本周景琦七绝《汉川》，重订本以此诗归为周准所作。初刻本徐骏七古《明怀宗御容歌》，重订本改为无名氏作品。诗人管抡，初刻本误作杨抡，倪濂，初刻本作倪廉。重订本对初刻本多有订讹正误，故沈德潜在重订本凡例中增加了一条内容（"诗中有相沿误用者"条），列举各种错讹以及对它们的校正。改正错讹的例子，如李霨《枫岭》"遭回增忧色"，"色"初刻本作"邑"。宋琬《赠蜀中李鹏海进士》评语"作诗以怜悯而慰劳之"，"悯"，初刻本作"闵"。朱彝尊小传介绍他的著作《经义考》，"义"初刻本作"籍"。此类例子不少。与初刻本相比，重订本的校勘质量有显著提高。

三、修改诗人小传及评语。如方拱乾小传，初刻本说他"国朝官至太仆卿"，又说："他本官爵作大学士，晤其曾孙正之。"方拱乾在清朝固然没有做过大学士，可是他也没有做过太仆卿，他父亲方大美曾在明朝任太仆寺少卿，方氏后裔将两者混淆了。重订本修改为"国朝官少詹事，兼翰林学士。著有《塞外》《归国》二集"，并且又增加一条评语，介绍方拱乾的诗学祈向。这无疑提高了小传的正确性，也使介绍变得充实、具体。又如初刻本吴伟业小传"崇祯辛未赐进士第三人"，"三"为"二"之误，沈荃小传"谥文敏"，"敏"为"恪"之误，重订本予以改正。有些修改反映沈德潜对诗人的评价出现某种微妙的变化。如初刊本龚鼎孳小传将他与钱谦益、吴伟业作比较，说："惟宴饮酬酢之篇多于登临凭吊，故应少逊一筹。"重订本易"故"为"似",语气为之婉转,结论也不再断然,而是有所周旋和保留。由这一字之差,可以体会到沈德潜落笔作判断时斟酌推敲的心情和态度。初刻本周亮工小传说,他与龚鼎孳"诗则略如邾莒矣"。邾、莒是春秋时期两个小国家,用以比喻说明两个差不多的事物。重订本修改为"诗或未能相埒",则强调周亮工的诗歌难与龚鼎孳相并列。初刻本王士禄小传曰:"少攻诗,古今体兼擅,一时名辈,皆敛手下之。"重订本改为"诗以才情擅长,运古而不见使事之迹,一时名家,故应敛手。"两者相比较,重订本评语分析具体,评价恰当。初刻本王士正(即王士禛)小传最后云:"集中如《秋柳》诗,乃公少年英雄欺人语,为所欺者,强为注释,究之不切秋,并不切柳,问其何以胜人,曰'佳处正在不切也',为之粲然。"《秋柳》组诗是王士禛名篇,备受推崇,少有相左的意见,即使有也被如潮好评所淹。沈德潜这条评语不同众说,值得注意。他在重订本中将这段话删掉了,这可能更多是出于批评策略方面的考虑,而并非表示对组诗本身评价有所改变,《国朝诗别裁集》没有选《秋柳》是最好的证明。初刻本冯廷櫆小传云:"舍人(引者按:冯氏官中书舍人)诗字字生辣,于山左诸家中另辟一境。"重订本做了较大修改,曰:"舍人性孤介,不入大僚之门,官闲无事,惟枕藉书卷。所为诗清警绝俗,咏古尤佳,山左中尤矫矫者。"重订本评语更加突出了冯廷櫆孤介傲然的性格,"不入大僚之门"实谓他与王士禛保持距离,对他诗歌特点的概括也更加具体和准确,两者相比较,重订本评语显然更胜。

四、增加评语。重订本对诗人的评语有不少增加,这些增加的内容有利于读者了解诗人,也有助于阅读和理解作品。如孙廷铨小传增加如下评语:"文定(引者按:孙氏谥号)归田,乍过五十,居山庄,焚香却扫,日事著书,精琴理,得意忘言,兴寄弦指之外。"又如王崇简小传增加他在清初建议恤赠明末殉难诸臣等,以及引述他说诗语"论格之正变,不如论声之正变"。类似这些评语的增加,使《国朝诗别裁集》诗人小传更具有诗话体的特点。有些增加的诗人评语,是对选诗所作的说明,如重订本王鸿绪小传增加评语:"不及见全稿,所录皆未贵显时作。"对诗歌的评语也有增加的,如龚鼎孳《蠲租行追同元次山春陵行韵》,初刻本无评语,重订本评道:"以文为诗,不加追琢,和次山韵即神似次山。少陵亦有此体。"不过,重订本对诗歌评语是以删改为主,增加的部分很有限。

五、调整诗人、诗篇。这包括增加部分诗人、诗篇,同时又减少部分诗人、诗篇。重订本增加诗人36位:沈自南、方兆及、赵士喆、毛如瑜、徐振芳、黄垍、董讷、赵申乔、孙宝侗、丁耀亢、蓝启肃、汪灏、高孝本、吴启元、沈钟彦、无名氏、许廷鑅、蒋恭棐、邵泰、先著、计元坊、徐志岩、汪奥、许玑、钱嵩期、缪曰芑、刘青芝、郑玉珩、钱之青、周淑履、尹琼华、韩韫玉、杨克恭、金顺、汪璀、袁机。这些新增诗人的诗篇与初刻本诗人新增的诗篇二者相加约170余篇。重订本删去初刻本诗人30位,其中正集10位:顾祖禹、于栋如、蒋日成、徐骏、韩海、方扶南、费士璟、周景琦、朱简、蒋曾莘;补遗20位:郝浴、伍瑞隆、何鹏远、邱克承、陈汝咸、徐櫺、刘青莲、何纮、黄建中、姚德至、杨蕙、黄咸鋆、李奕拓、黄会、华玉淳、汪栋、汪顾、毕永仁、陆纬龙、孙凤台。这些被删去的诗人的诗篇与初刻本其他诗人所删诗篇相加约300余篇。以上表明,沈德潜重订《国朝诗别裁集》总共调整诗篇近500首,约占初刻本选诗总数12%,幅度不小,说明此次重订名副其实,不是装装样子。

沈德潜增删诗人、诗篇与以下原因有关:首先,他编选《国朝诗别裁集》虽称"交游之念不扰于中","不以人存诗"(凡例),不过这种情况在实际编选时依然有所难免,他重订时删去一些诗人、诗作,有些正是为了改正初刻本在这方面留下的瑕疵。如初刻本收蒋曾莘两首七律,蒋曾莘是蒋重光长子,收他的诗歌主要原因是同情他"少年死孝"①,似也与蒋重光出资刊刻《国朝诗别裁集》的因素有一定关系,在重订本里,蒋曾莘及其诗歌被删去。又如初刻本收汪栋《新蝉》,小传曰:"年未及壮,诗文俱已老成,乃就试秋闱,倏焉徂谢,士林有玉树霜摧之叹也。存诗一章,志其崖略。"②也有以人存诗之嫌,重订本也将他删去。其次,更加突出"原本性情"、排斥"温柔乡语"的诗歌主张。沈德潜在《国朝诗别裁集》凡例强调:"诗必原本性情,关乎人伦日用及古今成败兴坏之故者,方为可存,所谓其言有物也。若一无关系,徒办浮华,又或叫号撞搪以出之,非风人之指矣。尤有甚者,动作温柔乡语,如王次回《疑雨集》之类,最足害人心术,一概不存。"原则虽然如此,具体到一首情诗,判断何者符合"风人之指",何者为"温柔乡语",并不容易。沈德潜重订《国朝诗别裁集》时又删去一些言情之作,如钱良择《题杨枝手卷》:"唱彻陈髯绝妙辞,尊前细认小杨枝。天公不断消魂种,又值东风二月时。"李重华《题芭蕉美人》:"自展轻榕障绿荫,晓妆初罢更沉吟。无人与破东风恨,正似芭蕉一寸心。"删除这类诗歌,当与考虑纯洁诗歌的情调有关。顺便说一下,现代研究者根据上引凡例,都认为沈德潜将明人王次回(名彦泓)误认为清人,是一处硬伤,我自己过去也曾这么以为。现在再读《国朝诗别裁集》,觉得这是误解了沈德潜。他此处是说"王次回《疑雨集》之类",是指以王次回《疑雨集》为代表的一类诗歌特点,实际是针对清朝这种诗风的沿袭者,而并非指王次回《疑雨集》就是清人诗集。所以从这句话得不出沈德潜将王次回误认为是清朝人的结论。我们可以沈德潜《国朝诗别裁集》另一条凡例为佐证来说明这一问题,他说:"国初诗僧,有弃儒而逃入禅学者,诗自激昂顿挫,铮铮有声。其后多习口头禅说,以偈为诗,即有稍

---

① 沈德潜《国朝诗别裁集》卷三〇。
② 沈德潜《国朝诗别裁集》卷三六。

知向学者,亦只奉《宏秀集》一类为金针,于源流升降,茫然于中也。广为搜罗,共得四十四人。"《宏秀集》又名《唐僧弘秀集》(避乾隆帝讳改弘为宏),沈德潜并没有误将它当作唐以后的诗集,这与"王次回《疑雨集》之类"句子的用法一样。此外,钱谦益《列朝诗集小传》丁集下、朱彝尊《静志居诗话》卷十九都对王彦泓(次回)及其诗歌作过介绍,这是关心明诗的人所熟悉的两部书,何况沈德潜曾选《明诗别裁集》,就更是如此,所以他不可能误将王次回当成清朝人。袁枚在评价王次回诗歌问题上与沈德潜针锋相对,说:"本朝王次回《疑雨集》,香奁绝调,惜其只成此一家数耳。沈归愚尚书选国朝诗,摈而不录,何所见之狭也。"①在王次回名字前面加上"本朝"二字,可见袁枚是误读沈德潜文字的始作俑者。除此之外,沈德潜重订《国朝诗别裁集》调整诗人、诗篇(尤其是删去诗篇)应该还有其他重要的思考,就是要使入选的作品与朝廷对诗歌的要求更加一致,而这又与他想把重订本《国朝诗别裁集》送呈乾隆帝并向他求序以高其身价的规划设想联系在一起的(这一点留待下面分析),故他高度重视对《国朝诗别裁集》进行重订,而并非随便操刀或只是为了一些细节末事而作调整。

三、乾隆帝命检删重刻

乾隆二十六年九月,沈德潜启程进京祝皇太后七十寿,他顺便带去油墨刚干的重订本《国朝诗别裁集》请乾隆帝作序。十月末到京,十一月向乾隆帝献上祝寿礼物《历朝圣母图册》,同时进呈《国朝诗别裁集》②。从这一日程安排来看,沈德潜之前赶着修订《国朝诗别裁集》三十六卷本应当与他此次进京活动有很大关

---

① 袁枚《随园诗话》卷一,人民文学出版社,1982年,第15页。
② 见沈德潜《沈归愚自订年谱》"(乾隆)二十六年谱",《沈德潜诗文集》,第2137页。

系,可以说是他制定好的整个祝寿计划的一部分,他向乾隆帝请序,不仅表明他对《国朝诗别裁集》高度重视,更想借此增重诗选的身价。故沈德潜为何抓紧重订《国朝诗别裁集》,而且为何安排儿子为全书校勘者署名在自己之后,这些都可以从他此次进京办事行程计划中得到合理解释。

在此之前,沈德潜曾于十六年请乾隆帝为《归愚诗集》撰序获允,深以为荣,故他对此次向乾隆帝请序也充满信心。然而这次他碰了一个大钉子。乾隆帝收到《国朝诗别裁集》后,略翻阅就非常生气,尖锐提出问题,加以严肃批评。《高宗纯皇帝实录》二十六年十一月庚子:

> 谕军机大臣等:沈德潜来京,进所选《国朝诗别裁集》,求为题辞。披阅卷首,即冠以钱谦益。伊在前明曾任大僚,复仕国朝,人品尚何足论,即以诗言,任其还之明末可耳,何得引为开代诗人之首?又如慎郡王,以亲藩贵介,乃直书其名,至为非体。更有钱名世,在雍正年间获罪名教,亦行入选。甚至所选诗人中,其名两字俱与朕名同音者,虽另易他字,岂臣子之谊所安?且其间小传评注,俱多纰谬。沈德潜身既老愦,而其子弟及依草附木之人,怂恿为此,断不可为学诗者训,朕顾可轻弁一辞乎?已命内廷翰林逐一检删,为之别白正定矣。至朕自来加恩于沈德潜者,特因其暮年晚遇,人亦谨愿无他,是以令其在家食俸,加晋头衔,以示优恤。然庄有恭前任苏抚时,曾奏及伊子不知安分,时为规戒,俾不至多事,累及伊父。此正庄有恭存心公正,所以保全沈德潜者不少。现在诗选刻已数年,陈宏谋则近属同城,尹继善虽驻江宁,亦断无不行送阅者,使能留心,如庄有恭据理规正,不但此集早知检点,即其子弟等群知约束,安静居乡,其所裨于沈德潜者岂浅鲜耶?陈宏谋无足论,而尹继善佯为不知之锢

习,虽朕屡经谆谕,尚执而不化耳。著将此传谕尹继善、陈宏谋,令其知所省改。①

乾隆帝所撰《国朝诗别裁集序》也同样指出其错误的严重性:

> 沈德潜选国朝人诗而求序,以光其集。德潜老矣,且以诗文受特达之知,所请宜无不允。因进其书,而粗观之,列前茅者则钱谦益诸人也。不求朕叙,朕可以不闻;既求朕叙,则千秋之公论系焉,是不可以不辨。夫居本朝而妄思前明者,乱民也,有国法存;至身为明朝达官而甘心复事本朝者,虽一时权宜,草昧缔构所不废,要知其人则非人类也。其诗自在,听之可也,选以冠本朝诸人则不可,在德潜则尤不可。且诗者何?忠孝而已耳,离忠孝而言诗,吾不知其为诗也。谦益诸人为忠乎?为孝乎?德潜宜深知此义,今之所选非其宿昔言诗之道也。岂其老而耄荒,子又不克家,门下士依草附木者流,无达大义、具巨眼人,捉刀所为,德潜不及细检乎?此书出,则德潜一生读书之名坏,朕方为德潜惜之,何能阿所好而为之序?又钱名世者,所谓名教罪人,是更不宜入选。而慎郡王则朕之叔父也,虽诸王自奏及朝廷章疏署名,此乃国家典制,然平时朕尚不忍名之,德潜本朝臣子,岂宜直书其名?至于世次前后倒置者,益不可枚举。因命内廷翰林为之精校去留,俾重锓版以行于世,所以栽培成就德潜也,所以终从德潜之请而为之序也。
>
> 乾隆二十有六年岁在辛巳仲冬御笔。②

沈德潜《沈归愚自订年谱》"(乾隆)二十六年"谱对此也有记

---

① 《高宗纯皇帝实录》卷六四八,《清实录》,中华书局,2008年影印本,第17册,第17001—17002页。
② 《钦定国朝诗别裁集》卷首,清刻本。

载:"十二月……又谕:'《国朝诗选》不应以钱谦益冠籍,又钱名世诗不应入选,慎郡王诗不应称名。今已命南书房诸臣删改,重付镌刻,外人自不议论汝也。'体恤教诲,父师不过如此矣。"①这是乾隆帝对沈德潜当面讲的话,批评语气较为温和,甚至还带有一定的体恤之意,批评的问题也只是集中在三个方面。应该相信沈德潜的记载是真实的。然而从乾隆帝下达给军机大臣的指示,以及所作的序看,他对《国朝诗别裁集》所犯问题的性质看得甚严重,多处语气相当严厉,指出的问题也不止三处。他指示军机处传谕一方大臣,要吸取对《国朝诗别裁集》失察、未能及时"据理规正"的教训,序文更将对沈德潜的批评公之于世,既然如此,也就无法做到"外人自不议论汝"。所以乾隆帝面对沈德潜时,只是没有把话言得太重,给他留下一点体恤的印象而已,而探究乾隆帝对《国朝诗别裁集》的真实情绪,应当以《高宗纯皇帝实录》的记载和他写的序为根据。

奉乾隆帝之命,翰林官员对沈德潜重修本《国朝诗别裁集》三十二卷"逐一检删","别白正定",删去诗人167人、诗歌856篇,删去的诗歌超过重订本《国朝诗别裁集》总数21%。与沈德潜自己重订《国朝诗别裁集》的修改主要是增加诗人、调整诗歌(有增有减)、增删评语(以删为主,也有增加)不同,钦定本所做的事情则是删除,包括删诗人、删诗篇、删评语。仅何焯一人例外,重订本只选他一首诗歌,钦定本重新选他两首,以替代重订本所选的一首。钦定本刊刻于何时何地?版本著录它首次刊刻于乾隆二十六年,这样的著录是将乾隆帝二十六年所撰序作为根据。然而根据序著录一部书的刊刻年份往往不可靠。《高宗纯皇帝实录》二十八年十月壬辰:

---

① 《沈德潜诗文集》,第2137—2138页。

谕军机大臣等：前岁沈德潜来京所进《国朝诗选》，因有不合体制之处，当令内廷诸臣裁订后，寄交尹继善，会同沈德潜刊刻成书。至今已阅二载，未知所刻曾否完竣？并旧有板片曾否更改？著刘统勋寄信尹继善、庄有恭等，令其于奏事之便，附摺奏闻。寻庄有恭奏沈德潜亲赍印就样书二套，并摺交臣代进，其错谬原板，业于上年销毁，报闻。①

据此，钦定本《国朝诗别裁集》由两江总督尹继善会同沈德潜刊刻，具体应该是沈德潜负责刊刻，尹继善负责督查，其刊刻地在江南，很可能仍是教忠堂刻行，刊刻年份以乾隆二十八年最有可能，若在二十六、二十七年已经刻成书，就难以理解为何迟迟不向乾隆帝呈送样书。有人以乾隆帝序有"命内廷翰林为之精校去留，俾重锓版以行于世"的话，以为钦定本是"由内府刊刻出版"②，这是将"精校去留"与"俾重锓版"都读作"内廷翰林"所带的宾语，造成误解。

钦定本仅题署"礼部尚书臣沈德潜纂评"，其他同辑、校字诸人名字一概删掉。署沈德潜官衔，是与"钦定"相般配。删掉其他人名字，是因为这些人都遭乾隆帝训斥，他说，之前刊刻的《国朝诗别裁集》出问题，沈德潜固然难逃其咎，而他的子弟、友朋、儿子也有责任。前引《高宗纯皇帝实录》二十六年十一月庚子谕云："沈德潜身既老愦，而其子弟及依草附木之人，怂恿为此，断不可为学诗者训。""庄有恭前任苏抚时，曾奏及伊子不知安分，时为规戒。"乾隆帝所作序也说："岂其老而耄荒，子又不克家，门下士依草附木者流，无达大义、具巨眼人，捉刀所为，德潜不及细检乎？"

---

① 《高宗纯皇帝实录》卷六九六，《清实录》第17册，第17553页。
② 郭康松、李彩霞《从钦定本〈清诗别裁集〉看乾隆的文化心态》，《湖北大学学报》2009年第1期。

既然圣旨圣意已经定了调头,如果再将那些同辑、校字者的名字署在钦定本显然就非常不合时宜了。

关于《钦定国朝诗别裁集》所删诗人、诗歌的情况,今人已有一些研究成果可以参考[①]。现根据钦定本实际,将这次所做的重大修改概括为以下数端:(1)调整诗人前后序次,将皇室成员允禧等置于首卷,且改称其名为称其王号。这是维护和加强诗选本中的王权和等级观念。与此相联系,删去触犯名讳的诗人和诗篇(如宫鸿历、李永琪、朱霞《书屋新成示儿子琪瑛犹子珏璠》"历、琪"犯乾隆帝及其子名讳被删)。(2)重新编卷。初刻本、重刻本在大体遵循时序先后的前提下,通常将名家、大家安排在每卷之首,如卷四王士正(祯),卷十二朱彝尊,卷十三赵执信,钦定本基本不循此例,调整为卷四曹申吉,卷十二潘耒,卷十三梅庚,借此弱化人们业已形成的诗人排位观念,以此表示,在重皇权者眼里,以前形成的旨在突出某些诗人地位的排序都不作数,都可以重新安排。(3)删去政治不清白的"问题诗人",这包括明清之际的变节分子(如钱谦益、龚鼎孳、周亮工等,后来他们被定性为"贰臣")、受清朝政府打击者(如钱名世、方拱乾、陈之遴、金人瑞等)。(4)不与清朝同心同德者,主要指一些怀有强烈的遗民意识诗人,如屈绍隆(大均)、傅山等。此外有些诗人被删,是因为他们与以上这类诗人有亲属关系,如徐灿是陈之遴妻室,方维仪是方拱乾堂妹,周在浚是周亮工儿子。有些诗人被删,则是他们本来名声不显,在诗坛地位低,《国朝诗别裁集》原本选其作品就只有一首、两首,无关紧要,他们占全部被删诗人一半以上,数量最多,体现

[①] 有关研究文章如:刘靖渊《沈德潜〈国朝诗别裁集〉案略论》,《山东师范大学学报》2006年第3期;刘靖渊《诗中有人,诗外有事——两个版本《国朝诗别裁集》比较中的清代史诗案研究》,《山东师范大学学报》2007年第3期;郭康松、李彩霞《从钦定本〈清诗别裁集〉看乾隆的文化心态》,《湖北大学学报》2009年第1期;翟惠《沈德潜〈清诗别裁集〉的版本系统源流考》,《常州大学学报》2010年第3期等。

了对选诗的某种精简化要求。(5)诗歌方面,删去与明清易代、清朝施政等敏感话题有关的作品(如怀明,如揭发弊政),同时减少反映现实困苦、抒发怨嗟牢骚的诗歌。讥刺现实的诗歌如吕履恒《斫榆谣》《牛口谷》,反映民生疾苦的诗歌如蒋廷锡《豆荒》《柴荒》等都被删去。这类作品多有学杜甫、白居易的,也有民谣体,结果使钦定本现实性降低。在删掉的作品中,有一部分是因为其题材、内容与上述被删的诗人互相牵连。(6)以改代删。如陈维岳《赠阎古古》是一首赠给阎尔梅(号古古)的七律诗,阎尔梅是反清人士,明亡后两度被执,皆不屈,在主持钦定本人眼里,与阎尔梅相涉的诗歌自不当入选《国朝诗别裁集》,故钦定本删去了彭桂《和楚人李子鹄寄阎古古先生》、李载《遥赠阎古古先辈》,陈维岳此诗却被保留下来,只是将题目改为《赠友》,这或许是想保留陈维岳在书中一席之地吧?这种例子极少。(7)删除评语。诗人小传中的评语和诗篇的评语都遭明显删减,主要集中在涉及上述"问题诗人"、其他不合适诗人及其诗作方面,有的则与追求内容精简有关,将不少记述诗人轶闻逸事的评语删掉。还有一些评语被删是因为它们直接"点"出了诗歌主旨,如查慎行《闸门观罾鱼者》反映渔税繁重,沈德潜评语:"主意在贪残尽取,末路一点,知通体全注于此。"可能主删事者认为不如让诗旨隐蔽在稠叠的音节中更加合适,于是将评语删去。如果说删除敏感诗人和诗篇主要是内廷翰林官员遵命所为,那么删除一般诗人、诗歌和评语或许主要是沈德潜本人主动参与的结果。前面已述,钦定本是由沈德潜具体负责在吴地刊刻,所以他完全有条件在满足朝廷删除要求的同时,将他自己此时认为别的不合适的诗人、诗歌和评语也删减一部分。他这样做当然主要是为了提高新问世的《钦定国朝诗别裁集》保险系数,使它更加稳妥,然而他这么做似乎又不能全归于政治上考虑,与普通意义上考量选本的恰当与否也应当有关系,否则不能理解钦定本为何删去那么多无关紧要的诗人和诗篇。

四、三种本子前后变化与诗学生存环境及沈德潜诗学意识调整

对于《国朝诗别裁集》以上三种本子①，今人普遍认为，初刻本错讹多，钦定本政治色彩重，都有毛病，唯重订本经沈德潜仔细修订，改正错讹，又未沾上帝王和朝廷政治干预的痕迹，所以质量最高。正是缘于这种认识，近几十年来国内出版的《清诗别裁集》（书名作了改动）排印本或影印本，都是以重订本为底本。这种说法和做法固然有其一定的根据和道理，然而又嫌其失之笼统和绝对，主要是一方面遮蔽了初刻本相对于重刻本的好处，另一方面又掩饰了重订本在向钦定本过渡时两者的某种相似性，结果是对初刻本和重订本作了不适当抑扬，又对重订本的优点作了不适当夸大。

根据前面分析，沈德潜在《国朝诗别裁集》初刻本刚问世不久就对它进行修订，一个重要原因是他欲趁进京祝皇太后七十寿的机会，带上这部诗选向乾隆帝请序。他为此而对初刻本作修改，除了改正各种错讹"硬伤"以提高编校质量之外，必然还会考虑如

---

① 《国朝诗别裁集》除了初刻本、重订本、钦定本（三十二卷）三种之外，还有一种很少见的《钦定国朝诗别裁集》三十卷本，2007年我在日本神户外国语大学做客座教授，在该校图书馆借阅到。它与《钦定国朝诗别裁集》三十二卷本的版式、内容都一样，唯一不同之处是，三十卷本将三十二卷本最后两卷名媛、诗僧之作删去，以李篁为全书所收最后一位诗人。对于钦定的书，由于形势发生大改变而决定不再流通，甚至成为禁书者有之，如雍正帝下令刊刻的《大义觉迷录》一书，乾隆执政后就被收回，成为禁书。故对《钦定国朝诗别裁集》再作修订也并非是不可能的事情。重订本第三十二卷最后二位是道士诗人尤珍、俞桐，钦定三十二卷本已经将他俩删掉，凡例"国初诗僧"条"羽士二人，附释子之后"两句也因此被删。这说明钦定本对沈德潜重订本最后两卷所收诗人从一开始就有不同看法。从钦定本删道士诗，再到删僧诗、女性诗，也似乎是合乎其思维逻辑的。故《钦定国朝诗别裁集》三十卷本的出现也反映了帝王、朝廷的某种文学意识。附记于此。

何使所选诗歌更加符合乾隆帝和朝廷口味、与当时清朝的形势更加谐调吻合的问题。从他重订时删掉的一些诗歌、评语可以看出,其中不少正是与政治忌讳有关,这当然折射出了沈德潜重订《国朝诗别裁集》时内心对此问题的酝酿和考虑。

这方面例子非常多。在对待抗清及遗民意识方面,卷三顾大申《畴昔篇赠黄子》歌颂抗清失败投水而死的黄家瑞①,沈德潜评曰:"精卫填海,不没其志。"卷四王揆《秋日游穿山》:"一拳兀立占荒郊,湿带龙腥黯未消。洞口苍藤迷旧路,寺门老树识前朝。云来触石天连岛,海欲吞山夜怒潮。此处可容高士卧,淮南丛桂漫相招。"卷六曹贞吉《赠柳敬亭》:"谁遣开元遗老在,岑牟高坐说兴亡。醉来齿颊还慷慨,听去须眉尽激昂。洛下青山私上客,镜中白发乱秋霜。尊前莫话宁南事,朱雀桥边泪几行。"也都是抒发思怀明朝的情感。以上这些诗歌和评语都在重订时被沈德潜删去。他对所选诗歌某些改动也有政治因素的考虑,如初刻本陈大章《送胡卜子南归》"未妨述作老遗民",重订本改"遗民"为云林,若联系韩骐《题赵承旨画兰》的诗意表现了遗民意识,为乾隆帝和朝廷所忌讳,钦定本将其删除的例子,说明沈德潜做这一修改时已经对此有所预感并露出了付诸行动的苗头,与纯粹出于诗歌艺术方面考虑的修改不同,只是他浅尝辄止,没有将其视为禁区而严格地始终贯彻于重订《国朝诗别裁集》全部过程,与乾隆帝和朝廷对这个问题的认识还存在很大距离,但是不容否定两者存在一致性。在对待清朝"问题诗人"及有关作品方面,初刻本卷五选吴兆骞诗十六首,其中有《沈阳旅舍赋示陈子长》:"西风城畔夜乌哀,

---

① 黄家瑞(1605—1645),字祯臻,号如千,滕县(今属山东滕州市)人。崇祯七年进士,授汾阳令,累官至右金都督,理淮扬盐法军饷。顺治二年,与沈犹龙、陈子龙共守平湖,失败后,投水死。著有《茹斋轩诗稿》等。(参见王政、王庸立、黄来麟《道光滕县志》卷七《人物·列传》,《中国地方志集成》,凤凰出版社,2004年影印本,第75册,第170—171页)。

积雨空庭黯不开。匝地关山千里去,极天辽海一身来。文如刘峻终无命,愤到嵇康始悔才。旧业凋残归未得,望乡何处更登台。"此诗写出他因顺治丁酉科场案被流放去宁古塔途中内心的愤慨语,沈德潜重订时将它删去。钦定本将吴兆骞整个儿删尽,一诗不留,这证实沈德潜当时的预感和做法与后来乾隆帝、翰林官员的想法和手段非常一致。又比如初刻本有徐骏《明怀宗御容歌》,重订本保留这首诗,作者改为无名氏,删去徐骏。徐骏著有《石帆轩诗集》十一卷、《续集》二卷、《坚蕉续稿》不分卷、《五知堂遗稿》一卷,没有这首作品,沈德潜将它的作者改为无名氏是对的。如果他真想在《国朝诗别裁集》为徐骏保留一席之地,可以另选作品加以弥补,然而沈德潜没有这么做。徐骏(1683—1723),字观卿,号坚蕉,昆山人,徐乾学幼子,康熙五十二年进士,雍正时官翰林院庶吉士,因他诗文稿中有"明月有情还顾我,清风无意不留人",被人告发怀明(朝)讽清(朝);一说是因为"清风不识字,何故乱翻书"两句,讽刺清朝帝王,被雍正处斩。沈德潜修订《国朝诗别裁集》删除徐骏当与此情况有关。然而沈德潜删得不彻底,因为这首怀念崇祯帝的诗歌也是犯忌讳的,后来被钦定本删掉,说明沈德潜觉悟还有限。沈德潜重订《国朝诗别裁集》也有意识减少了怨苛政、叹悲苦、与盛世之音不协调的诗篇。初刻本卷二缪慧远《逢故人》嗟苦怨税,补遗卷二沈天宝《高邮》状水灾之害,"汙莱满平野,室庐化为墟","生理既已尽,流荡亦焉如",卷七阮旻锡《江村杂兴》抒淹抑之戚戚,"处身浊世内,中怀郁不舒。蛰龙苦屈曲,泛泛羡飞凫。生不逢商周,焉敢羡唐虞……"沈德潜评曰:"抚己阅世,一往乖违,无陶渊明之安和,有王仲宣之愤慨。"这些作品和评语被重订本削落。又如沈德潜对叙述从前苛政弊端的诗歌,往往会在评语中说"今尤为烈"之类的话,如盛符升《河上杂言》表现河淮水灾给百姓造成痛苦,沈德潜评道:"民倚波臣为命,不堪问矣,尔时已然,于今为烈。"重订本删去"于今为烈"一类评语,以缓和与现实的矛盾。总之,钦定本删掉的诗歌、评语,在沈德潜重订《国朝诗别裁集》删去的作品中几乎都能找到类似的例子。如果说钦定本是政治干预,那么重订本也已经带上了这种痕迹;如果说钦定本干预的结果降低了《国朝诗别裁集》选本的质量,那么也可以说重订本的质量在初刻本基础上已经有所下降。

除了考虑政治因素、避免忌讳之外,重订本调整一部分诗歌也与沈德潜对言情之作采取更加谨慎的态度有关。本文前面已经指出,重订本删去一些言情之作,将其不存"温柔乡语"的选诗原则掌握得更严,就体现了他这种伦理标准。重刻本对张笃庆诗歌的调整颇足以说明这一问题。初刻本张笃庆小传有曰:其诗"胎源温(庭筠)李(商隐),神致动人,倘再降一格,则为王次回之《疑雨集》矣,作诗者不可不防其渐"。很显然,沈德潜一方面欣赏张笃庆诗歌"神致动人",一方面又对他有接近王次回《疑雨集》(温柔乡语的代名词)边缘之嫌保持着警惕。尽管如此,欣赏还是很占上风,所以初刻本选他诗歌十三首,数量算是比较多。不仅如此,入选的诗歌中有词采艳美、情致宛然之作,如《青溪张丽华小祠》:"凄凉三阁凤台空,谁向长城问旧公。千古青溪溪上月,人间无复景阳宫。"整部《国朝诗别裁集》对这一类诗歌采取的很少,张笃庆这类诗歌入选有些例外,然而在重订时沈德潜还是将它们删掉了(共删去六首)。重订本选张笃庆诗二十四首,几乎增加一倍,然而增的是《鹦鹉洲哀辞》歌颂祢衡傲然性气,以及《杖头钱》、《宋赵千里海天落照图》、《大梁城东南吊信陵君墓》、《明季咏史》(组诗十三首)等内容严肃、语言雅正的作品。此外,沈德潜还将上引的张笃庆小传删去,重新补写一段这样的内容:"历友(张笃庆字)学殖淹博,挥洒千言,同时诸前辈称为冠世之才,不虚也。试辄冠曹,时宫定山中丞为学使,以明经荐山左第一人,就京兆试不遇,归而处昆仑山,不复出矣。杜门著书,有《八代诗选》《班范肪截》《五代史肪截》《两汉高士赞》等书,卓然可传,岂以名位之有无为轻重耶?诗古今体兼善,宋元习气不能染其笔端。"

这对张笃庆其人的介绍更加完整鲜明,然而对他诗歌风格不置一词,初刻本这方面比较中肯的介绍和评价随着那些诗歌一起被删掉,使读者无法对此获得了解。所以,重订本虽然提高了张笃庆入选诗歌的数量,却改变了对他诗歌认知的侧重。他将张笃庆疑似接近温柔乡语边缘的诗歌删净,以期提高选本纯洁度,其实被删的这几首诗离开温柔乡语还很远,可见重订本《国朝诗别裁集》表现出沈德潜在这个问题上更加拘谨的态度。

从以上两方面选诗和评语的情况看,《国朝诗别裁集》初刻本显然比重订本取径宽展,气度敞开。所以,不能笼统地说重订本优于初刻本,虽然编校质量以重订本为优,那是属于不同的问题。也不能笼统地说钦定本外加给重订本许多政治色彩,降低了重订本的文学性,而是应当看到沈德潜自己已经给重订本增加了这类政治因素,重订本与钦定本在这方面实际上存在着很多一致的地方。以前人们研究《国朝诗别裁集》存在一种现象,对钦定本所作的修改关注多,对沈德潜重订本所作的调整关注少,而将初刻本、重订本、钦定本加以通体对照研究更加缺少,产生以上认识的偏颇与此有关。

前面屡屡提及沈德潜重订《国朝诗别裁集》与后来钦定本的修改在方向上存在一致性,可是沈德潜的觉悟相对于乾隆帝的要求又落后了一截,这是事实。所以如此,并非沈德潜主观上故意不紧随乾隆帝意志,愿意落在后面,而是乾隆帝在登基稳政之后,态度发生变化,逐渐改变他继位之初以宽济严的执政方针,控制大大加强,尤其是乾隆十六年发生的"伪孙嘉淦奏稿案"[1],使乾隆帝对文人以文字冒犯威权及异己力量保持高度警惕,不遗余力予

---

[1] 乾隆十六年六月贵州查获托名三朝大臣孙嘉淦的万言奏稿,内容多涉朝廷大臣,矛头更直接指向乾隆帝,揭发他有"五不可解、十大过"。乾隆帝下令追查,先秘密进行,后公开严查,至十八年初才告结案。参见陈东林、徐怀宝《乾隆朝一起特殊文字狱——"伪孙嘉淦奏稿案"考述》,载左步青选编《康雍乾三帝评议》,紫禁城出版社,1986年。

以扑灭,自此以后,乾隆朝的文字狱拉开帷幕,持续上演且不断升级,同时他大力提倡忠孝观念,绝对确立他本人和清朝帝国是人们唯一忠诚的对象,对与此相悖的行为极为憎恶,这些都决定他对降清的明臣、清朝的文化案犯倍增厌恶之意。沈德潜乾隆十四年致仕回乡,脱离政坛,虽然他可能通过各种关系获得流传的消息对政局有所了解,对于像"伪孙嘉淦奏稿案"这样一起后来演为全国性公开追查的事件的内情也必然有所知晓,但是,毕竟已经身处政坛外围,且远离京城,所知当有限,而乾隆帝的心思变化更不是他所能揣摩到的。此时,沈德潜对钱谦益这群降清的"两截人",在政治上对他们当然是抱羞辱态度的,如他在《济南双忠祠》诗写道:"以愧为人臣而怀二心者。"① 不过总的来说,他的认识似乎还主要停留在入清以来人们普遍所持品德有污、诗才优异这种阶段,所以《国朝诗别裁集》评语对钱谦益品德方面屡有批评,《明死节四文学传》讽刺"当时都显荣、负大名者,晚节至不可问"②,矛头直指钱谦益等降臣,可是,沈德潜尽管在品德上诟病钱谦益,对他诗歌成就和在诗歌史上起的作用仍给予高度肯定。这种态度与清朝普遍舆论相一致。其实在乾隆七年,乾隆帝本人就有《御制题吴梅村集》七律一首,称"梅村一卷足风流,往复披寻未肯休",欣赏之意溢于言表,所以沈德潜《国朝诗别裁集》选入降清诗人也就很自然。对于钱名世等一群清朝案犯,沈德潜似乎以为在诗界容受他们无伤大雅,也不以为这是什么问题。清朝文字狱所密切关系者,一是史,二是诗,前者如庄廷鑨案、戴名世《南山集》案,让人切实感到涉足当代史之可惧;后者如乾隆二十年胡中藻案,让人心悸惊悚,唯恐陷进诗祸。所以史、诗是当时两个高度容易"触电"的领域。沈德潜编选《国朝诗别裁集》本身以诗歌为对

---

① 《沈德潜诗文集》,第144页。
② 《沈德潜诗文集》,第1391页。

象,又声称"编诗之中,微存史意"(凡例),将诗与史拢在一起,正好都在清朝高层极度关注的两个范围内。当他热火朝天编选《国朝诗别裁集》时,朝廷正在审办胡中藻案。后来他欲请乾隆帝为《国朝诗别裁集》作序以提高此书的政治规格,感到需要调整一些内容,因此删去了一些诗歌、评语,说明此时他确实也考虑到了乾隆帝可能会对初刻本某些作品产生不同感受,很可能这也是他对胡中藻案作出的稍微滞后的一种反应,以求适应新的形势,但是他的认识远没调整到位,对最根本的钱谦益诸人在全书的位置依然没有予以丝毫动摇,而此时在乾隆帝眼里,钱谦益、钱名世等人出现在《国朝诗别裁集》本身已经变得不合法,这是令他万万没有想到的事情,说明沈德潜对当时乾隆帝的心思确实很不了解,对乾隆初政以后在这个问题上政策将作重大调整的预兆没有真正领会。有一个例子特别能证明沈德潜在选诗问题上对钱谦益的认识与乾隆帝的态度相距甚远:重订本增加的诗歌中有一首沈钦圻的《闻钱蒙叟尚书辞世》,这类作品不删反增,足见沈德潜有关意识之麻木,乾隆帝斥责他"老而耄荒"(《钦定国朝诗别裁集序》)也算是恰如其分。此诗在钦定本当然被毫不留情地删去。乾隆帝对沈德潜与自己的要求有差距还是看得比较清楚。他曾经将沈德潜与钱陈群作对照,说:"二人平素工于声韵,其收藏各家诗集必多。在钱陈群于钱谦益诗文似非其性之所近,且久直(值)内廷,尚属经事,谅不致以应禁之书,转视为可贵。若沈德潜,向曾以钱谦益诗选列《国朝诗别裁集》首,经朕于序文内申明大义,令其彻去。但既谬加奖许,必于钱谦益之诗多所珍惜。"又说,对于自己下达"严行查禁"钱谦益诗文集的命令,"钱陈群尤所深知,而沈德潜则恐不能尽悉矣"①。乾隆帝认为沈

---

① 《高宗纯皇帝实录》卷八四一,乾隆三十四年八月戊寅,《清实录》第 19 册,第 19307—19308 页。

德潜的觉悟不如钱陈群高,故对他不放心。不过这次乾隆帝没有料准,沈德潜经过《国朝诗别裁集》事件后,在对待钱谦益等人的问题上已经变得十分谨慎,朝廷在他家里没有查到违禁的钱谦益书籍。这是后话。由于沈德潜和乾隆帝信息不对称,造成两者对诗人的判断出现很大差距,而沈德潜重订《国朝诗别裁集》时对诗篇、评语的调整,本来是他有意识地向乾隆帝的要求迈进一步,然而乾隆帝所需要的不只是一步,所以这种修订在乾隆帝眼里实际上毫无意义,沈德潜也无法以此为自己作辩解。尽管如此,从《国朝诗别裁集》初刻本到重订本客观上存在的上述变化,对于我们了解在此期间沈德潜诗学意识的活动和调整,以及认识《国朝诗别裁集》前后变化中所存在的一些连贯性因素是很有意义而不容忽略的。

当然,乾隆帝命修改、重刻《国朝诗别裁集》与十五年后钦定《贰臣传》对降臣采取极端严厉的态度程度上毕竟还有不同,他虽然下令从《国朝诗别裁集》删去钱谦益等人,但全书仍然留下了与这类人物有关系的一些痕迹,如少数评语还保留着钱谦益的字号,凡例也仍然有"钱牧斋选"一类话,诗歌、评语的内容关涉其他因政治原因被删的诗人就更多了。说明钦定本在这方面做得还比较粗糙,之所以如此,乃是此时乾隆帝和朝廷对这批人采取的禁绝措施还并非密不透风,尚能让人喘气。这与严行禁书措施以及定性《贰臣传》后,凡书上出现此等人特别是钱谦益名字,一律铲挖,一律墨钉,不留痕迹,其严厉程度是难以比拟的。从沈德潜初刻、重订《国朝诗别裁集》以钱谦益名列前茅,到钦定本删去钱谦益等人尚容留下他们的一些痕迹,到严行禁书措施并制定《贰臣传》对钱谦益等禁绝务尽,这二三十年中清朝政治、文化政策逐渐趋于严厉的进行过程,由此得到清晰映现,而乾隆帝严厉批评沈德潜《国朝诗别裁集》,下令修改,实际上也可以看作是他后来钦定《贰臣传》、加强文字禁锢的一次预演。所以,《国朝诗别裁集》的初刻、修订和钦定过程包含着清朝政治、文化、文学等方面许多重要信息,是很值得研究的。

(《文学遗产》2014 年第 1 期)

李调元诗歌风格以及
文学史意义

"罗江才子"李调元是学者,也是出色的诗人,学问和诗歌是他一生最爱慕的,而他心灵的精彩闪现往往更多是留在诗篇中,故"诗人"又比诸"学者"之称号更合他的禀赋和他所擅胜的才能。他常说,"余本今之诗狂者"(《题家桂山秋江载书图》)[①],"今夕冰厅清似水,不谈风月只谈诗"(《斋宿次日微雪再和前韵》),"年来宦思非常淡,此日诗情分外狂"(《赵北口》),从这些表白可知,他真心挚爱诗歌,乐意把自己当作一个诗人,也喜欢与诗人交朋友,以聚友谈诗为愉快。他一生藉着诗歌将蕴郁于心上的哀和乐勃发出来,将经历和观赏过的各处山水景物、耳闻目触的城乡风俗展现于笔端,执着于浅显、简易、明朗的诗风,在诗歌的世界中获得了莫大安宁、欢乐和满足。

一

在清朝中期诗坛,李调元与性灵派桴鼓相应,他对性灵派核心袁枚评价最高,其次赵翼,再次蒋士铨,对他们(尤其是袁、赵)的诗学有较多认同。然而这并非表示他愿为该派附从,在与性灵派维持亲和的精神关系的同时,他又始终保持自己单独创作的倾

---

① 李调元《童山诗集》卷一八,清乾隆刻函海道光五年增修本。本文以下凡引此书,仅注篇名。

向,不愿为时风所化,自称"一生诗不学人"①。他还说:"自惭非大国,独霸亦良图。"(见《和赵云崧观察见寄感赋四律原韵》之三)从他与赵翼酬唱的这两句诗一抑一扬、前恭后倨的语气,也可以察觉他自立、自傲的内心。他与关系最密切的性灵派尚且如此,对当时诗坛其他各派就更是以平等的眼光相视了。

李调元向往浅显、简易隽永、明朗的诗歌风格,在当时别树一帜。

先说浅显。这方面与他受白居易、袁枚影响有关。李调元将袁枚比拟为白居易,又称袁枚"瓣香遥奉是吾师"②,这道出一个事实,李调元诗歌摄入了白居易诗歌元素,与袁枚有相似之处。尽管李调元不多谈白居易,也没有说自己诗歌与白居易诗歌的关系如何,可是这并不等于说他的诗歌与白居易的诗风缺乏联系,不谈或是他对长期流传的"白俗"之说有所顾忌,毕竟一个诗人在公开亮出自己对这路诗风向往之忱前还是会充分掂量诗坛这一说法的讥讽含义,不会贸然去挑战偏见,而宁愿代之以暗摹③。李调元诗风浅显,总体上接近通俗的创作传统,从他的作品中不难看到白居易创作诗歌常有的矢口而出情形,以及所作言浅词显的特点,这不是一种巧合。他肯定白居易《新乐府》"起承转收井然"④,

---

① 李调元《与纪晓岚先生书》,《童山文集》卷一〇,清乾隆刻函海道光五年增修本。本文以下凡引此书,仅注篇名。按:李调元说作诗不学人,主要是指不学同时代诗人。
② 李调元《哭袁子才前辈仍用前韵二首》之二。按:《得赵云松前辈书寄怀四首》之四曰:"袁赵媲唐白与刘,蒋于长庆仅元侔。"以为袁枚、赵翼分别如同白居易、刘禹锡,蒋士铨相对弱些,仅堪与元稹相比。
③ 古人评诗以似白居易许人,有时是一种微词。见朱彝尊著、姚祖恩辑《静志居诗话》卷九"顾应祥"条,人民文学出版社,1990年,第256页。
④ 李调元两卷本《雨村诗话》卷下,郭绍虞编选、富寿荪校点《清诗话续编》,上海古籍出版社,1983年,第1531页。本文以下引用此书,仅注书名、页码。按:李调元《雨村诗话》有两卷本,论秦汉至明代诗歌,还有十六卷本、补遗本,论清代诗歌,三种诗话先后依次撰成。本文凡引两卷本,注卷上或卷下,引十六卷本或补遗本,注卷几或补遗卷几。

是着眼于诗篇结构贯通平顺,叙述性较强,易于理解,也是称赞这种诗风。

李调元肯定浅显的诗歌,是他整个文学思想的反映。他的文学观念总体上倾向于抬高浅显通俗作品的地位。他爱好戏曲,是著名的戏曲批评家,著有《雨村曲话》《雨村剧话》,这种趣味使他更容易接近浅近的俗文学。他批评明朝戏曲中"词尚华靡""非当行"的吴音一派"以藻缋为曲","靡词……启口即是,千篇一律。甚至使僻事,绘隐语,不惟曲家本色语全无,即人间一种真情语亦不可得,元音之所以塞而不开也"①。这更是具体地表达了他对本色戏曲的热爱。他爱好民间文学,留意收集民歌,曾编集《粤风》,将岭南情歌《粤歌》《瑶歌》《俍歌》《僮歌》合为一书。他还谈到:"余试粤东诸生古学,先以诗,次必以《竹枝词》命题,盖以观其土俗民情也。"②这种别出心裁的做法,说明他对民歌确实十分喜欢。所以李调元向往浅显的诗风并不是一种孤立的、偶然的选择,而是属于他整体上自觉的俗文学意识的一部分,正因为如此,他对浅显诗风的向往也就比其他文人更加执着,浅显风格融进他的诗歌创作也就更加深至周洽。

再说简易隽永。他说:

> 人有性而自汨之,有情而自漓之,似乎智而其愚孰甚。毛嫱、丽姬虽粗服乱头,无损其为天质之美也,捧心效颦,人望而却走矣。沈隐侯曰:"文章当从三易:易见事一也,易识字二也,易读诵三也。"乾以易知,坤以简能,易简而天下之理得矣。诗之道亦然。③

---

① 李调元《雨村曲话》卷下,中国戏曲研究院编《中国古典戏曲论著集成》第八册,中国戏剧出版社,1980年,第23页。
② 李调元《雨村诗话》卷一二,道光二十六年暎秀书屋刻本。
③ 李调元《雨村诗话》卷下,郭绍虞编选、富寿荪校点《清诗话续编》,第1525页。

这条诗话前半段强调诗歌应该抒写诗人自己性情,不能舍此而另求高深不凡的诗料,走摹拟别人的路径,后半段将沈约"三易"说和《易经》易而简的思想互相联系,肯定诗歌之道就是简易之道。两部分结合起来说明,好诗不仅应当表现真情,且应当具备简易的风格,简易和真情在诗歌中本属一体,表现真情的诗歌即是风格简易的诗歌。李调元有时候也用"该""洁""隽笔"等词语表示简易的意思,作为对写诗的要求。《高步云亲家问作诗法》:"诗思无涯语要该,摘章琢句费安排。"《雨村诗话》卷二:"诗尤贵洁。金在沙,必拣其砾,米在箕,必簸其秕,理也。若捡金而不去砾,簸米而不去秕,则陈饭土羹,知味者必不食,以瑕掩瑜,善鉴者必不观矣。"《陆诗选序》:"先生取材宏富,对仗精工,而出以隽笔,每遇佳句,不啻如杨柳承露,芙蓉出水,天然不假雕饰,而呕出心肝者,虽镂冰刻骨,无以过之,洵后学之津梁也。"[①]诗歌无论表达什么,落实在语言上,就是要提炼成简洁隽永、该要明净的词、句、章,这种提炼就是他说的"安排",若"镂冰刻骨",把诗歌弄得繁缛或晦僻,那就和李调元的锻炼说背道而驰了。

简易隽永与浅显有同有异,就其相异处言,二者构成互相补充又互相制衡的关系,防止过求简易而陷之艰棘,或过求浅显而失之平钝。李调元对诗歌提出简易隽永的要求,更多是与防止浅显失度的考虑有关。他论诗重"气",认为"诗以气行","气盛则诗奇"。然而又说:"空疏者不可言气,糅杂者亦不可言气,以空疏言气则白话而已,糅杂言气则粗卤而已,方且抹之批之不暇,何暇观其气乎?空疏者必入打油,粗卤者必堕恶道,势所必至也。"[②]他认为,空疏者、粗卤者本来就没有精求诗艺的意识和耐心,如果再一任盛气凌厉,不受约束,诗歌很容易写成大白话,打油钉铰无所不

---

① 李调元《童山文集》卷五。
② 李调元《雨村诗话》卷二。

至,这样就离开了他对浅显诗歌风格的期望。所以李调元在向往诗歌浅显风尚的同时,也对这一路诗风可能产生的流弊抱有警惕,提出简易隽永之说以为预防和弥补。后世学白体诗者,有的作品不免絮叨,有的又不免泄泻太尽,袁枚等性灵派诗人的作品也有这些问题。李调元诗歌则于浅显中注意收敛笔锋,想在浅显与简易之间寻求恰当的平衡,避免诗歌率意拖沓,这使他与白体诗和同时代的性灵派诗歌都有所不同。

第三说明朗。李调元主张诗歌要写得朗朗上口,落落大方,达到"响、爽、朗"要求,不带哑闷嗫嚅暗涩粗陋之瑕疵:

> 诗有三字诀,曰:响、爽、朗。响者,音节铿锵,无沉闷堆塞之谓也。爽者,正大光明,无嗫嚅不出之谓也。而要归于朗。朗者,冰雪聪明,无瑕瑜互掩之谓也。言诗者不得此诀,吾未见其能诗也。(《雨村诗话》卷一)

他认为,诗歌须通体鲜亮,包括声气畅爽,诗意清晰,这是合语言的声韵、节奏、色泽、力度、辞意各要素而言。他重视诗歌的音乐性,"诗者,天地自然之乐也,有人焉为之节奏,则相合而成焉"。又说:"诗有比兴不能尽,故被之声歌,使抑扬以毕其意。"[①]肯定诗歌是节奏的艺术,节奏有表义的作用,写诗通过声音抑扬变化将比兴所不能道出的意蕴递达给读者。后世写拗体诗很普遍,他强调拗体须音节和谐,"诗律有拗体,须谐音节"[②]。李调元对擅长乐府歌行的李白很推崇,说:"一生爱学青莲体。"(《和严丽生学淦题童山续集原韵二首》之一)指出李白诗歌"无不有段落脉理可寻,所以能被之管弦"[③]。他不喜江西诗派,却肯定黄庭坚七言歌行,"西江派诗,余素不喜,以其空硬生凑,如贫人捉襟见肘,

---

① 李调元《雨村诗话》卷上,郭绍虞编选、富寿荪校点《清诗话续编》,第1517页。
② 李调元《雨村诗话》卷四。
③ 李调元《雨村诗话》卷下,郭绍虞编选、富寿荪校点《清诗话续编》,第1525页。

寒酸气太重也。然黄山谷七言古歌行,如歌马、歌阮,雄深浑厚,自不可没,与大苏并称殆以是乎?"①他重视乐府、歌行体,即使是写古诗和近体诗,也表现出某种歌行化特点。对于诗歌用韵,他主张"一切晦涩者不用",以免"不亮""不响"②。他喜欢声气朗爽鲜快的诗歌,不喜欢"嗫嚅不出",晦昧孱弱。这些都体现了他对诗歌响、爽、朗的要求,使作品盈满鸿朗的声气。

诗意方面,李调元主张显豁清晰,这同样体现他对明朗的要求。他倾倒于苏轼诗歌,对陆游诗歌也颇有称赞,欣赏他们的诗歌气满声长,辞意明朗。他不喜江西派诗歌艰涩、瘦硬的诗风(见前面引述语),认为"诘屈聱牙,总非正格"③。也不喜刻意新奇,竞异炫新,不合自然的诗风,说:"余最不喜尖新。"④李调元对宋诗不是一概排斥,而是有舍有取,取苏、陆而舍江西诗派。以苏、陆为代表或以江西诗派为代表来界定宋诗,显然是两种不同的宋诗观(陆游曾受到江西诗派某些影响,可是并不属江西诗派)。李调元批评写诗用僻典造成诗意暗晦,"诗不可用僻事,亦如医家不可用僻药。善医者不得已而用药,必择其品之善,用之良,如参苓耆术,可以久服而无害者,必无不验。善诗者不得已而用事,必择其典之雅,词之丽,如经史诸子,可以共知而无晦者,必无不精"⑤。尽管这样的批评在李调元诗论中并不多见,与袁枚将学问诗作为主要批评对象之一,反复加以抨击有所不同,然而不难看到李调

---

① 李调元《雨村诗话》卷下,郭绍虞编选、富寿荪校点《清诗话续编》,第1534页。
② 李调元《雨村诗话》卷六。按:李调元这一条诗歌不用晦涩韵诗话,取自袁枚《随园诗话》卷六。袁枚原文曰:"欲作律诗,先选好韵,凡其音涉哑滞者、晦僻者,便宜弃舍。"(人民文学出版社,1982年,第186页)诗话撰写中有以引述为表述作者自己意见之体例,故李调元引袁枚的话,也可视为他自己的一种主张。
③ 李调元《渔村诗话补遗》卷四,道光二十六年刻本。
④ 李调元《雨村诗话》卷六。按:胡仔引吕本中《吕氏童蒙训》批评黄庭坚诗歌"有太尖新太巧处"(见《苕溪渔隐丛话前集》卷四八,人民文学出版社,1981年,第328页)。可知"尖新"一词往往也指江西派诗风而言。
⑤ 李调元《雨村诗话》卷一。

元反对诗歌学问化倾向的态度也很明确。学问诗使诗意潜隐不彰,解读困难,与李调元所向往的明朗诗风迥异,他反对这一派诗歌及其主张的原因在此。他自己的诗歌明白易懂,与学问诗派走的是两种路子。作为一个爱好学问且富有学问的学者,作诗却不沾染掉书袋习气,这尤其难能可贵。他主张写诗要锤炼,"百炼成字,千炼成句"①,但是并非要把诗歌锤炼得艰深难懂,而是希望经过诗人精心琢磨,使诗歌明朗可悦。

二

李调元将浅显、简易隽永、明朗三点要求体现在他诗歌吟咏中,形成基本的明白易懂、清爽通俗风格,为乾嘉诗坛增添了一重别样色彩。其实,中国古代不少诗人也会写一些带有通俗特色的诗歌,即使是诗风古雅的诗人,在他们诗集里一般也能找到几首这样的作品,但是他们往往只是偶尔为之,就其写诗的根本倾向言,与通俗诗歌又是格格不入。元白的俗是出了名的,却又常常成为雅士们批评的口实,这反映了古代诗歌雅俗分野。李调元与偶尔写几首浅显通俗诗的人很不同,《童山诗集》少有古奥艰深难解的作品,多属易诵易晓诗歌。这是李调元个人特色,也是他在清朝诗歌史上值得叙述的原因。

李调元说自己写诗"有怀辄书,语无伦次"②,又说自己好学李白,然而"只恐三分略似诗"③。他称自己是"巴客","茅屋新诗赋出频,果然巴客和阳春。吟成河北坛中句,格鄙江西社里人"④。

---

① 李调元《雨村诗话》卷八。
② 李调元《奉和祝芷塘德麟移居接叶亭诗·序》,《童山诗集》卷八。
③ 李调元《和严丽生学淦题童山续集原韵二首》之一,《童山诗集》卷三九。
④ 李调元《四叠前韵》之一,《童山诗集》卷八。按:李调元友人祝德麟移居接叶亭,以诗咏唱,李调一再叠韵奉和,《四叠前韵》即是其中一首。

又称自己的诗是"巴歌":"荻芦花老扑船窗,信口巴歌不改腔。多谢橘亭山下月,伴人今夜宿涪江。"①这些固然是他自相谦抑之词,是一种自嘲,然而谦抑和自嘲并不是其主要含义,他主要借此表白作诗态度,用下里巴人乡音俗调喻称自己的诗歌风格以示得意和骄傲,而对江西派追慕者脱离众赏加以讥诮。李调元对自己诗歌特色的说明相当准确,对自己诗歌的定位相当明确,他写诗追求在斯,愉快也在斯。

他诗歌通俗易晓的一个原因是善于汲取民间语词入诗。他十六岁作诗曰:"论诗务使陈言去","洗净铅华出新颖"②,这不算新见解,不过从李调元一生写诗的实际看,他所去的"陈言"不仅是指一般人说的为前贤用熟了的词语,若仅仅这样,还可能是在文人的雅语、书面语中拣挑,大范围没有变化,李调元不同之处在于,喜欢用通俗语、口语、方言入诗,将这些作为与"陈言"相对的语言要素来寻求和肯定,显示出诗歌的新颖性。他写的《蜀乐府》十二首虽然也是模仿古人乐府诗,但不是模仿古辞,而是学习乐府诗的通俗特点,用浅显语言陈说当代时事。如《啯噜曲》一诗多处采用俗语,其序对诗中这些俗语作了解释:"啯噜本音国鲁,蜀人呼赌钱者通曰啯噜,皆作平声,如曰宰奴。行常带刀,短曰线鸡尾,长曰黄鳝尾,皆象形而名。内分红黑,昼曰红钱,如剪绺割包之类,夜曰黑钱,如穿墙凿壁之类。"③这些俗语写入诗中,增加了作品的地方特色。他写的《南海竹枝词十首》也以俗语入诗,"广州夫娘高髻妆",自注:"粤称有夫之妇曰夫娘。""谁家心抱喜筵开",自注:"粤人谓新妇曰心抱。""尿哥背上背壶芦",自注:"尿哥,孩童也。"④这些说明他写诗对使用方言有一种爱好。对此他

---

① 李调元《潼川夜泊》,《童山诗集》卷三。
② 李调元《雨夜和郭秀才有声韵》,《童山诗集》卷一。
③ 李调元《童山诗集》卷一。
④ 李调元《童山诗集》卷一六。

是有自己观点的,他撰有《方言藻》二卷,该书序集中谈到方言俗语与文学创作的关系:

> 《方言藻》者,古今诗词中所用之方言也。方言不可以言文,而文非方言则又不能曲折以尽意,故不知方言者不可以言文也。然而人之有文也,又非必求方言以实之也,往往有无声之韵,至俗之词,自然流露于吐属之间,若有字若无字,若可解若不可解,文与意两有所不居,而未尝不曲折以尽其意,天籁自鸣,人所共晓,如是者谓之方言也可,即谓之文言也亦可。予少读唐宋人诗,间有一二字索解不得者,执义理以求之,则愈固而不通,及沉潜而玩其意,反复而熟其词,又若必得此一二字而后快,且欲稍更易焉而不得者,其足以发欲言之故而写难形之情,盖莫妙于此,此所谓自然流露于吐属之外者乎?夫乃知善为文者,无不可达之意,无不可尽之言也。扬子《方言》炳于世矣,而兹复从诗词中求所谓方言藻者何也?方者,鄙俗之谓,方言而适于文之用,则谓之藻也固宜。因于暇日,摘而汇之,使人知昔人词章虽杂之里巷鄙俚之言,亦未尝无所本也。至若白乐天之老妪皆解,元裕之所谓"语言通眷属"者,则其功力纯至,妙合自然,又非可执一二方言求之也。①

李调元肯定,方言能够"曲折以尽意",有丰富的表现力,可以收到"文言"所收不到的效果,文学创作应当方言与"文言"并用。这篇《方言藻序》表达了李调元对诗词写作与"里巷鄙俚之言"相互关系的看法,是文学批评史上一篇很值得注意的作品,也可以启发我们理解李调元诗词创作的追求和特点。

---

① 李调元《方言藻　粤风》卷首,绵州李氏清刻本。

他喜爱"善于白描"①的诗,自己比较注意用白描手法表现风俗和平凡的生活,这也增添了作品的朴素性和通俗性。《岐山县元日》写秦川元日风俗:"买饼家家送,门钱户户悬。"②《哭亡儿汪官用东坡哭幹儿韵二首》之二:"病妻抱而泣,一恸起扶床。犹待分压岁,牵衣始仆僵。"第三句关系一种风俗,李调元自己作注曰:"蜀人年终以红绳穿钱,系诸儿襟带间,谓之压岁。"③他在粤写的诗歌,有的将南方的山水风景与风俗结合起来,写得别有趣味。如典试东粤所作七绝《秦岭道中》:"一水才过一岭横,篮舆微度晓风轻。欲知岭外天常暖,腊月行人尽裸裎。"④他写农家朴素自然的生活,如《南村》:"南村乐事我能知,布谷催耕早驾犂。秧束即将秧当草,竹林多折竹成篱。鸭雏生以鸡为母,农父心将犊作儿。待得秋收婚嫁起,家家妇子乐熙熙。"⑤在平常事、平常语中,充满真真切切可爱而习见的田园风光。

他的诗歌形式,有些是学习童谣体,在民谣基础上重新创作。如《淘鹅谣》根据一首渔民童谣写成,《青雏引》根据山歌"宁食我橄榄,莫食我槟榔"敷衍成篇⑥,《南宋宫词百首》则是"半借风谣规戒"⑦。有些是用民歌体,如《沓潮歌》《浪花歌》《蕉布行》《南海竹枝词十首》等⑧。有些诗歌简直就像是民歌,清新纯朴,明白如话,没有文人诗常常显现的雅态,如《沓潮歌》:"沓潮来,沓潮去,来如乘风去如雨。与郎朝暮同沓潮,不知郎船在何处。虎头门外波淫淫,羊城门内信沉沉。春汛冬汛尚有定,惟有郎心无定心。郎心

---

① 李调元《雨村诗话》卷七。
② 李调元《童山诗集》卷六。
③ 李调元《童山诗集》卷八。
④ 李调元《童山诗集》卷二一。
⑤ 李调元《童山诗集》卷三四。
⑥ 这两首诗歌见李调元《童山诗集》卷一六。
⑦ 李调元《南宋宫词百首序》,《童山诗集》卷五。
⑧ 见李调元《童山诗集》卷一六。

不似潮,侬心与潮赴。与郎今往来,但以潮为度。"

李调元诗歌的通俗性与他善于使用取自日常生活中生动的比喻分不开,这类比喻在《童山诗集》俯拾皆是。如"我傲似螳螂","我钝如痴蝇"①,"城市如鸡栖"②,这些比喻和形容新颖通俗。他写人在世上,失意者痛苦自不用说,即使有了点成功感,比如进入了仕途,也不过忙忙碌碌,生活有点着落罢了,依然是为形骸所驱使,感受不到一点精神的高贵和自由:"才得升斗供,已属形骸雇。只如辛苦虫,那似风标鹭。"③诗人用对照鲜明的比喻"辛苦虫""风标鹭"写出了文人可悲的生存状况。有些比喻比较雅致,但也通俗明白,如:"每怪幽居如处子,从来良友比佳人。"④"我如墙头草,春过已菱腰。君方上苑梅,凌冬初吐蕾。"⑤"我今百忧集,夜如鱼眼鳏。"⑥"人情薄似云披絮。"⑦"春如人病起,天似醉醒迴。"⑧"逢杯便似逢佳友,得卷真如得美官。"⑨"得卷"句形容考官阅到优秀卷子时乐乐陶陶的心情。这些比喻句本身写得形象而传神,妇孺皆知,又能帮助阅读全篇,让读者触类旁通,毫无隔阂。

即使不是写与民风民俗、百姓日常有密切关系的诗歌,不是主要用形象化的比喻作为叙述、议论和抒情的手段,简朴明白、通俗易懂依然是李调元诗歌的主要特色。可以说,除了少量庙堂诗章,李调元各类诗歌,无论写景体物、言志道情、议论事理、唱酬奉和,大都具备平易的风格,这更加可见李调元诗歌观念的侧重所

---

① 李调元《送柴豹文邦直赴罗江杨明府幕》,《童山诗集》卷六。
② 李调元《雪后与王贻堂燕绪步陶然亭抵暮方归得上字》,《童山诗集》卷八。
③ 李调元《送王荔裳国梁归钱塘六十韵》,《童山诗集》卷八。
④ 李调元《三叠前韵》之一,《童山诗集》卷八。
⑤ 李调元《忆翰林沈南雷士玮》,《童山诗集》卷九。
⑥ 李调元《别检讨李琪园铎》,《童山诗集》卷一〇。
⑦ 李调元《题司务王雨庄世维字坞山房四首》之二,《童山诗集》卷一〇。
⑧ 李调元《二月十一日夜闻雨声》,《童山诗集》卷一二。
⑨ 李调元《赵雪樵有诗谢酒再用前韵》,《童山诗集》卷一六。

在。"山神知我爱看山,雨洗诸峰献好颜。惟有白云偏不肯,只教窈窕露双鬟。"(《朝天关登舟至广元午炊晚至昭化县宿道中得绝句四首》之二)"白云不放山头出,明月常从井底悬。"(《登云顶山》)"但使着花三两点,不妨老干十分枯。"(《陆生见麟送红梅二株移栽便邀同赏》)"莫道农夫书不读,秧田井字插成文。"(《河村杂诗》之一)笔下景色如画,语言浅白。《沿溪夜行》:"溪水随我行,忽别不知处。我行至前村,溪水又相遇。"以移情手法将"溪水"比作一个送友远离、缱绻不舍、非常亲切的人,于浅易俚近中见深情。

李调元性情疏爽豪快,他抒发豪放的性气也喜欢用明快的语言:"人生对酒不快意,百岁转瞬如风灯。男儿穷达自有命,但须胸次清于冰。何必低头附炎热,龌龊涴涊求哀矜。疏懒从教官长骂,狂歌那禁旁人憎。"(《六月初一日雨后偕侍讲周稚圭升桓成进士城邀集舍人沈南雷士玮斋中分韵作歌得灯字》)他倾慕李白性情,有的抒情诗节奏错综跳荡神似太白体,如《八月中秋同人讌集云谷借树轩分韵得相字》:"今夕置酒乐未央,自有此月无此光。对月当歌歌慨慷,满堂听我声洋洋。我歌乃在岷山之麓,广汉之阳,沱江东下千里百里欲入海,至此回澜有似临崖勒住奔马缰。"然而与李白的歌行相比,李调元诗歌的语言更加浅近明白,他很少使用难字,情思抒写得淋漓尽致,让人容易读懂,这显然是他写诗时的一种自觉追求。

有些诗歌于情景交织中写出诗人对生活、人生的感受和认识,表现出心理、精神的压抑与舒张两相争抗,这类以生存的意义为思考对象的诗歌比较容易写得幽深委曲,然而在李调元笔下,一如其他写景述意之作,依然朗然可解。如《雪后与王贻堂燕绪步陶然亭抵暮方归得上字》:

> 城市如鸡栖,并骛思俯仰。幽人有佳兴,忽作出尘想。

遥指城南亭,严寒久不往。及此雪初晴,招携觅清赏。拄笏对西山,村树何苍莽。所恨晓雾蒙,未放孤峰朗。其东有危刹,径造不须杖。何年风拔屋,空余古佛像。联步大野中,始觉天宇广。一一飞鸦还,时时落木响。微阳下白屋,返照苍苔上。虽未惬幽探,颇快心目爽。谁人肯共来,今者只我两。妙意忘形骸,道言互开奖。却笑梦中人,昏然堕尘坱。

这首诗写于李调元生活在京城时,因不堪城市逼仄空间压抑,而与友人相约游赏郊野。那天郊色并不十分赏心悦目,朦胧晓雾遮住了山峰,即便如此,相对于"鸡栖"似的城市和城中人郁闷的生活,也已经是很大享乐。诗歌通过城市和郊野空间的狭小、宽展给人不同的心理感受,表现出人对自然的强力需求。而且诗人这种焦虑和苦闷不仅来自城市狭小的物质性空间的压抑,更来自城市中的官场和市井生活精神性空间的迫遏。"严寒"与"初晴"、"晓雾"与"孤峰",都是实有之景,又是寄意之体,诗人以写实形式寓象征的意义,诗意之外另有诗意,也即李调元肯定的"味外味"①。其构思不可谓不巧妙,诗意不可谓不余裕,然而通篇旨趣显豁,不费猜详,写法上很成功。

再看一首《芹菜岭》:

好山多逶迤,好水多漫衍。譬如蕴藉人,奇才不自展。逮其遭凌厉,圭角乃微显。兹岭未著名,芹菜见亦鲜。草木如葳蕤,遂使知者罕。凉秋木叶凋,瀑尽潦归涧。忽露骨坚瘦,始觉水清浅。巧石见鬼工,玲珑出天铲。虬松不数株,一二栋梁选。乃知荆榛中,未可概失拣。平生爱奇峭,半误险

---

① 李调元《雨村诗话》卷二例举施瞻山(沧涛)《题画》"柳岸风波少,维舟下钓丝。羡鱼心已淡,一任上钩迟",以及《牡丹》诗"一任西园羯鼓频,不随黄紫斗芳新。输他饶有须眉气,笑杀群花尽妇人",称赞两首诗"有味外味",这与此处分析的诗歌有相似之处。

与區。从今出门游,记取踏平坦。

诗人通过记叙从看似不显眼的自然景物中发现奇景的经历,抱怨人才遭世俗湮没。这些人因为不自展现而被视为平凡且被忽略,结果社会失去了许多真人才,就像不善游的观光客会错过许多好景观。全诗写景、言理巧妙结合,一气而下,没有一点理障。

《叹老》是《童山诗集》最后一首诗,可能是他的绝唱,至少也是他生命最后历程中留下的一篇作品。写道:"人寿虽百年,一看一回老。草生虽一年,一看一回好。草能转春色,人不回春容。一去少不来,百病来相攻。我愿人到老,求天变作草。但留宿根在,严霜打不倒。"诗人用口语般的语言感叹人的生命不能永驻,不如一颗青草,枯萎之后还会迎来绿色的春天,重新焕发青春,周转不息,他希望自己像一棵草根,抵抗住"严霜"的侵凌。此诗告诉我们,李调元坚持用浅白的语言写诗直到生命最后一刻。

李调元诗歌语言浅近,手法朴实,读他的诗犹如暖风扑面,感到轻松、亲切、愉快,不像读许多古典诗人的作品,好似摸索在崎岖坎坷的小径,不时需要停停顿顿,难免会蹙额皱眉,这在古典诗人中非常少。他诗名远播,《粤东皇华集》等诗集传入朝鲜,为朝鲜人所欣赏。据他《答何云峰》诗自注:"云峰自京归,言朝鲜正副使者入贡,俱能背诵予诗,并问余消息。"[①]所以如此,应该与他诗歌浅显明白的风格有关,这与白居易诗歌在古代日本流行的情况仿佛相似。

三

李调元在学习古代平易、明朗的文人诗歌和民间歌谣基础上

---

① 李调元《童山诗集》卷三一。

形成自己创作风格。民间歌谣主要指巴蜀、粤东两地风谣,一是他的故乡,一是他为官所到地区,《童山诗集》中的歌谣体作品就是这种学习的直接收获,间接收获则表现为融入于他整个诗歌写作中的浅易的语言特色,后者的意义更大。文人诗的影响主要表现在他糅合白居易浅显近俗和李白、苏轼、陆游气畅词明。李、苏、陆与白居易诗歌虽然有诸多差异,然而在易于明白这一点上又有互相接近的地方,这是李调元能够同时以李、苏、陆诗和白体为明学暗摹对象的前提和可能性,而并非是宗趣上的杂糅。他这种相融唐宋的路径与宗唐宗宋者不同,当时宗唐者普遍尊盛唐,宗宋者普遍走学问化路子,江西诗派渐渐成为他们关注的中心,李调元不这么机械割裂,而是寻找盛唐诗与中晚唐诗的共同点求其相融,并且将盛中晚唐诗歌的共同点、唐宋诗的融合点具体落实在平易明朗的诗风上,这是他的唐诗观和宋诗观,也是他相融唐宋诗的观念。

与清朝中期诗歌各派相比,李调元是独特的。他之前诗坛产生大影响的是王士禛神韵说和沈德潜格调说,两人都主张宗盛唐诗,王士禛倾向于学习含蓄不尽、悠远绵渺的神韵,沈德潜倾向于学习鲸鱼碧海、巨刃摩天的雄壮,李调元浅显素朴的诗风与二者相差显著。相对而言,格调说强调诗歌"调"的因素,与李调元重视乐府、歌行体和徒诗的音乐性又比较接近,然而沈德潜更重视宏声大音,李调元则倾向于通过增加音乐性因素使诗歌辞气顺畅,易诵易懂,侧重面不同。在李调元时代,学问诗派和性灵派成为诗坛中心。李调元与性灵派关系密切,特别是与袁枚、赵翼互相呼应,在诗学上表现出较多共同性。不过他并没有跟随袁枚鼓吹用诗歌表现色、情、欲的世俗内容,与赵翼有时不免以学问入诗也不相同,李调元与性灵派相同之处主要是以日常化生活内容入诗,诗歌语言浅显明白,然而比较李调元与袁枚诗歌的语言,李氏遣词收歇简约,少一些纤佻粗露。在诗歌与学问的关系上,李调元反对以别材别趣排斥读书穷理，肯定诗人应当"多读书多穷理"，他说："严沧浪云：'诗有别才非关书也，诗有别趣非关理也。'然庐陵文章为有宋一代巨制，刘原父尚讥其不读书，大苏诗雄一代，而与程子言理不合。若非多读书多穷理，安能善其才与趣乎？"①但是这不等于可以用诗歌逞弄学问，他说："近人每作诗，辄翻书寻诗料，不知诗料只在目前。"一个好的诗人是善于寻找"眼前诗料"的人②，而不是将书本知识当作诗料。所以李调元不满学问诗派，他这种不满主要借批评江西诗派表达出来，具体指其诗意晦昧难晓，句子诘屈拗口。

此外还要提到，李调元很重视蜀文学传统，他常常提到这一文学传统的代表人物司马相如、扬雄、陈子昂、李白、三苏（尤其是苏轼）、杨慎等，以他们为骄傲，并加以学习，对李白、苏轼的学习尤为用功。当他反复提起蜀文学传统的时候，也隐然将自己视作这一传统的弘扬者。不过，他并没有简单地去复制前人的诗歌风格，而是去追求浅显、简易隽永、明朗的诗风，不同于蜀文学传统中的任何一位大家，这表现了李调元的气派。

李调元诗风在当时得到一定肯定。袁枚《奉和李雨村观察见寄原韵》之一称他"西蜀多才今第一"③，尽管其中含有对李调元称他为"人是东南一大宗"④的答谢和相报之意，不全是客观的评价，但仍不失是知音对李调元的高度称赞。余集将袁枚、李调元比喻为"华岳二峰，遥遥相峙"⑤，就两人诗风的某种相近而言，这一评语自有眼光。张怀溎评李调元诗歌"落笔浑然"、"声调响爽"、"不

---

① 李调元《雨村诗话》卷八。
② 李调元《雨村诗话》卷十三。
③ 袁枚两首诗收于李调元《童山诗集》卷三四附录。
④ 李调元《得袁子才书奉寄二首》之一，《童山诗集》卷三四。
⑤ 引自余集与李调元书，见李调元《童山文集》卷一〇附录。

失于刻","不失于晦","不失于涩"①。张氏是李调元女婿,对岳翁作诗的追求和风格自有真知,评断颇为准确。不过总的看,当时诗坛对李调元诗风的声援不是很多,他还显得比较孤单,后来还渐渐成为批评的对象,他与袁枚的关系也随着诗坛对性灵派诟病日甚而成为被人指责的口实。批评最严厉者数朱庭珍《筱园诗话》,以李调元"专拾袁枚唾余以为能","其俗鄙尤甚,是直犬吠驴鸣,不足以诗论矣"②,这正是针对李调元诗歌特点,以其浅显近俗为鄙俚庸沓。加之清朝乾嘉以后,诗歌重心向学习宋诗一路聚集,江西诗派影响力不断扩大,终于酝酿出后来的宋诗运动,在这个过程中,批评江西诗派的李调元自然更加被诗坛主流所疏远。

然而,从诗歌的古今演变角度看,李调元作诗的经验和意义显而易见。古今诗歌发生了很多变化,其中很重要一点是语言深浅、风格雅俗出现广泛而深刻转变,一般而言,古诗深奥高雅,今诗浅显通俗,这是现代的诗歌对传统诗歌集体性地脱胎换骨。李调元虽然不具备现代诗歌的通俗化观念,不过,他在诗歌中采用方言,尽量使用浅显的语言,使诗篇通顺,易诵易解,减少诗歌中书面知识的成分,这些都有利于诗歌迈出高深殿堂,走向更多的受众,他这种欣赏浅易的趣味与现代的诗歌通俗化无疑是相通的。用浅显语言写诗在中国古典诗歌传统中不绝如缕,这方面白居易作出了很大贡献。清初诗人方文以学杜甫、白居易相标榜,"有唐诗人累千百,我独师承杜与白"③。李调元虽然不同于方文公然宣称以白氏为师,但是他暗摹白居易而使这一种浅显明了的诗风得以延续,成为古代近俗诗发展中的一个构成环节。在他以后,具有在国外生活经历的黄遵宪喜欢使用外国语词入诗,成为

---

① 张怀溎《童山选集序》,李调元《函海》本《四家选集》,嘉庆十四年刻本。
② 郭绍虞编选、富寿荪校点《清诗话续编》,第2367页。
③ 方文《崔李行》,《嵞山集》卷三,上海古籍出版社,1979年影印本,第161页。

风尚,这与李调元汲方言入诗的主张和写作实践也相仿佛,都有利于催促诗歌语言的生活化和口语化,慢慢地汇入到现代的诗歌中去,古人这方面写作经验和传统值得认真总结。学江西诗派作诗,语言节奏避熟就生,其一部分追求实际上也是同口语节奏相接近,在古典诗歌走向现代诗歌进程中同样贡献了经验。然而李调元诗与学江西派诗呈现出不同面貌,李调元诗带来的是通顺平易,学江西派诗带来的是奇崛不平,现代的通俗诗歌这两方面特征都具有,而又以平易诗风为主,说明李调元的诗歌写作与更大众的现代诗歌之间的联系尤为密切。

(《李调元研究》第二辑,四川人民出版社,2015年)

絜漪园与崝庐
——陈三立诗歌中的现实与理想

一、引　　言

絜漪□□南京一座私家花园府邸。陈三立寓居南京时,有时受花园□□□请,有时自己前往拜访,在那里或会友,或赏景,或觞咏,经□□□驻足。崝庐频繁出现在《散原精舍诗文集》,也屡屡地为□□究者提起,因而广为人所知晓。它是陈宝箴离开宦场后□□□□所,在江西南昌西郊的西山,陈宝箴死后,他与妻子的□□就□崝庐附近。陈三立曾与父亲一起在崝庐生活过一段日□,不久□家南京,父亲死后,他在清明、冬至时节常回去扫墓,行□拜之□。由此看,崝庐、絜漪园在陈三立生活中是两个互不关□的场□,不仅路程相隔遥远,而且各自与他实际生活相关系的□□极□同,相关系的程度也不可同日而语。再者,絜漪园是繁□□□□一座人工建筑的园林,崝庐虽然也是人工构筑的寓居,然□□□静地与山峦田野融为一体,这使它本身似乎也变成了自然的一部分,与絜漪园人工的、繁艳的格调绝不相类。既然如此,本文为什么将这两处互相没有关系,又几乎没有可比性的场所放在一起作讨论?这首先是因为絜漪园和崝庐都是属于私人的,不同于秦淮河、莫愁湖、北极阁等公共领域。在这两处私人场所陈三立的活动都有相似的持续性特点,并且都用诗歌不断地记述和咏唱。他几乎每年都往崝庐扫墓,留下了大量扫墓诗,凡读过《散原精舍诗集》的人对此印象深刻,这不用多言。他游絜漪园次数也很多,前后延续近二十年,贯穿于他在南京的整个生活阶段,即使寓居上海后,趁回南京有时也会再去那里光顾,现在留在他集子中还有五首诗歌,这虽然远不能与他回西山的次数特别是留下来的崝庐诗数量相比,然而与他在别的私人场所重游经历和写下的诗篇作比较,可算突出。一个人连续地去一个地方,不断地写诗咏唱,其间总会有某种特别的关系或存在精神上的需要吧? 其次,陈三立在絜漪园看到的是一个不断经历着变迁甚至灾难的现实,而陈三立每次回到崝庐,看到的却是一片超越尘俗的、不会改变的净土。他咏唱絜漪园的诗歌充满一种伤逝和忧愤的情怀,而崝庐诗感兴迭起,澜翻不穷,却又总是显示出一股淡定的力量。二者的不同如此显著,似乎在分明地表示絜漪园和崝庐对陈三立各自的不同意味,而这些意味又都系结着他的精神关切和需求。于是,这两个看上去互相没有发生关系,且不具备可比性的场所,缘于诗人参与其中的活动以及精神萦旋而形成了某种互文性,使我们可以对两者加以比较,借此解读他诗歌的蕴含,了解他心绪纷披及何以如此。

二、絜漪园变迁

絜漪园,原名濮氏园,再早则是梅曾亮柏枧山房故址,它位于今南京市三元巷、羊皮巷、明瓦廊一带。所以,谈絜漪园的变迁还要从梅氏祖上说起。

宣城人梅文鼎是著名的数学家,著有历算著作数十种。康熙四十一年,李光地将梅氏所著《历学疑问》三卷进呈给康熙帝,受康熙帝召见,并手书"绩学参微"加以褒奖。以梅文鼎当时已经年老,征其孙梅瑴成(瑴,一作珏)入侍直,赐进士出身。梅瑴成也是重要的天文历算家,乾隆时官至都察院左都御史,年老谢事,"始奉旨自宣城移籍江宁",梅毂成颜其所居曰"寄圃",借以"志侨居也"①。府邸在南京明瓦廊,从此宣城梅氏开始有了金陵分支。梅曾亮是梅毂成曾孙,从小生活于此地,他为了纪念祖先所在地,便以宣城柏枧山为斋名,取名柏枧山房,并名自己的著作为《柏枧山房文集》。太平天国军攻下金陵后,柏枧山房成了洪秀全政权多位政要的住宅②。

  光绪中,原先的梅家府邸为濮文暹购得,修建后取名濮氏园。濮文暹(1830—1910)③,原名濮守照,字青士,自称偶然居士,晚号瘦梅子,江南溧水(今属江苏南京)人。同治四年(1865)进士,官刑部主事、员外郎,知南阳、开封、彰德府。他父亲濮瑗(1797—1856),字琅圃、又蘧,道光六年(1826)进士,官四川安岳县令、涪州知州。"好藏书,好砚,善辨石之精粗,好琴,他悉漠然"④,他这些兴趣爱好对濮文暹有显著影响。濮文暹有三个弟弟:文升、文昶、文曦,文昶与文暹同榜进士,当时传为佳话。濮文暹通经史,擅长诗、古文,兼嗜古琴。著有《见在龛集》(诗集十二卷、文集十卷、补遗二卷)、《青士诗稿》、《微青阁诗话》。他知识广博,"本工天算,有著述矣,复见李壬叔(引者按:李善兰)书出,自以为不能过之,遂辍不复为"⑤。濮文暹也是一位善于经营的人⑥,家境富

---

① 梅曾亮《家谱约书》,《柏枧山房诗文集》文卷四,咸丰六年刊本。
② 据张德坚等辑《贼情汇纂》卷二记载:镇国侯卢贤拔、天官又副丞相曾钊扬、夏官正丞相何震川、夏官副丞相赖汉英曾经都住在柏枧山房(国学图书馆盋山精舍,民国二十一年石印本)。卢、曾、何、赖四人掌文事,助洪秀全删改六经,他们住在一起,方便相商办公。
③ 据陈作霖《河南南阳府知府濮公行状》记载,濮文暹"(己酉)十二月初九日以微疾卒"(《见在龛集》卷首,民国六年刻本),则已是公元 1910 年 1 月 19 日。
④ 濮文暹《濮述》,《见在龛集》卷一八,民国六年刻本。
⑤ 唐晏《濮青士先生传》,濮文暹《见在龛集》卷首,民国六年刻本。
⑥ 张之洞《羊氏巷某氏园》原注:"园主人某太守方自沪赴都,谋揽造川汉铁路事。"《张文襄公诗集》卷四,纪宝成主编《清代诗文集汇编》第 734 册,上海古籍出版社,2010 年,第 848 页)陈三立《饮袁氏絜漪园》自注:"抱冰相国(引者按:(转下页)

裕。光绪二十二年(1896),他六十七岁时以丁继母张太夫人忧归,"卜居金陵之虹桥,梅氏柏枧山房故址也"①。他将旧居修建为濮氏园,生活于此,直到光绪三十一年(1905)去山东长子濮贤恪任所就养才离开。

濮文暹往山东数年后,大约于光绪三十四年(1908)售出濮氏园,买家为袁树勋,濮氏园随之易名为絜漪园②。袁树勋(1847—1915),谱名日盈,字海观、百川,晚自号抑戒,湖南湘潭人。同治年间,捐纳府经历,光绪中任江苏高淳、铜山知县等,1901年任上海道台,1906年后历任江苏按察使天府尹、民政部左侍郎、山东巡抚,1909年6月任两广总督,次年10月辞官,寓居上海,有时也去南京絜漪园短暂居住。1911年10月10日武昌起义波及南京,11月,革命党组建江浙联军向驻守南京的清军发起进攻,经过激烈争夺,联军于12月初攻占了南京。絜漪园地理位置靠近南京争夺战中心紫金山,直接受到干戈相争的影响,兵丁侵入,园内景物、设施遭到一定程度破坏③。事态平静后,虽然絜漪园依然为袁

(接上页)指张之洞)往岁游此园,尚称濮氏园也。濮叟出游,相国诗及之。"由此可知张之洞诗所咏之园就是濮氏园。张之洞游濮氏园当在光绪三十年甲辰(1904)春夏之际,张之洞说:"余两假江节,不暇游观。甲辰春奉命来与江督(引者按:指魏光焘)议事,公事无多,又不能速去,日日出游以谢客。"(《张文襄公诗集》卷四《吴氏寂园》樊增祥注引,第847页)从张之洞诗自注可知,濮文暹离开官场后,从事经营经济的活动,是很有经济头脑且富裕的人,这为他何以有钱购买濮氏园提供了答案。又据陈三立注,张之洞诗题"某氏园"本作"濮氏园",当是诗歌刻行时,濮氏园已经易主且改名,故以"某"代之。又南京羊皮巷,当时名"羊氏巷"。

① 唐晏《濮青士先生传》,濮文暹《见在龛集》卷首,民国六年刻本。
② 刘隆民《龙眠联话》卷一:"袁退休后,在南京三元巷购得濮氏园,改名絜漪,斥资经营,蔚为名园。"(学生书局,1965年)袁树勋辞官是在宣统二年(1910),然据陈三立写于宣统元年(1909)春夏之际的《饮袁氏絜漪园》可知,袁树勋在宣统元年初已经是絜漪园主人,刘氏之说误。袁树勋购有此园当在光绪三十四年(1908),该年他任山东巡抚,方便与濮文暹父子商谈购买事宜。陈三立《为袁海观督部题冬心老人画梅》诗写到袁树勋任山东巡抚时,"展转购致"十六本晚明梅树,将它们栽在"江南园屋"(即絜漪园)。这也是一证。
③ 高拜石《会做官,肯做官——絜漪园与袁海观》一文认为,民国二年(1913)(转下页)

家所有,但是,袁家经过这次劫运之后对絜漪园已经失去长期保有的信心,所以过了几年就将它出手了,从此絜漪园失去了私家园林之名实。1924年下半年,絜漪园成为河海工科大学校址的一部分,1927年北伐军进入南京以后,又成为其总司令部所在地。

一百数十年中,絜漪园数易主人,乃至后来更由私人府邸变成了为社会团体所拥有的物业,其原先标志府邸单独存在的名字也随之消失,或者仅仅作为公共领域的一部分景观偶尔出现在一些人的诗歌吟唱中①,可谓是近代社会沧海桑田的一个缩影。

三、陈三立与濮文暹、袁树勋两家交往

陈三立与濮文暹、袁树勋两家都有交往,因此与濮氏园或絜漪园也就有了联系。

光绪二十六年(1900)四月,陈三立移居南京,与濮文暹同居一地,便有了互相诗歌酬唱的机会。他在《见在龛集序》说:"光绪中,余始为侨人,获从先生游。于时先生年垂七十矣,形貌清癯,神致疏朗,音吐坦率无城府。所居擅园池,高柳千株,每造先生,踯躅其下不欲去。"②这篇序作于民国七年(1918)。陈三立现存的

(接上页)秋,张勋奉袁世凯命攻入南京,絜漪园遭到辫子兵抢掠(见《新编古春风楼琐记》第肆集,作家出版社,2005年,第337—338页)。可是陈三立写于民国二年初春的《为袁海观督部题冬心老人画梅》一诗已经说:"一旦干戈哄城郭,兵子掠夺供樵苏。"则侵入絜漪园的兵丁绝无可能是反攻南京的张勋辫子兵,而应当是指参加1911年至1912年南京攻守战的军队。

① 河海工程专门学校校刊《河海周报》第十五卷第七期(1926年出版)刊载陈崇礼《本校絜漪园八景诗》七绝八首,八景是:红桥秋柳、水榭风荷(船厅)、露沼芙蕖、竹亭延爽、塔影红霞、梅垞春讯、桂林踏月、小苑留春。从这些景致可以想见当年絜漪园的身姿和风采。陈崇礼(1896—1962),又名仲礼,字仲和,浙江诸暨人,1917年毕业于南京河海工程专门学校,任浙江大学教授,有《仲和吟草》。
② 陈三立《散原精舍诗文集》,上海古籍出版社,2003年,第936页。本文以下引用此书,仅注书名、页码。

作品没有记述濮氏园的诗歌，然而他的《饮袁氏絜漪园》诗有曰"柳园昔经过"①，"柳园"即指濮氏园，可见他曾经被邀入濮氏园，成为座上宾。再证之以《见在龛集序》"每造先生"云云，则可知他曾数度进入濮氏园。所以，现在没有见到他写濮氏园的诗或许是由于别的原因造成的。《散原精舍诗文集》有三题四首诗歌与濮文暹直接有关，《七月初四夜与濮青士丈及恪士移舸纳凉赋》（两首）、《为濮青士观察丈题山谷老人尺牍卷子》《恪士招集小舫沂流至西方寺侧纵眺客为濮青士仇绳之两诗叟赵仲彀观察及余凡四人》，这四首诗都作于光绪三十年（1904），从这些诗题看，皆与濮氏园无关，而从陈三立与濮文暹频繁游玩宴饮看，双方关系很熟。濮文暹长陈三立一辈，陈三立尊称他"濮叟""诗叟"，有时谑称他"秃翁"②，能尊能谐，也只有双方互相亲熟才有可能。濮文暹喜爱作诗，陈作霖《题濮青士太守见在龛诗集》："作汗漫游半天下，合苏黄派一诗人。"③其实濮文暹虽称黄庭坚"大名与眉山，并峙谁低昂"④，他自己的诗歌风格却更契合元白，与苏轼也有所接近，而与黄庭坚则有区别，陈三立为他诗集作序而"推论元白"（见《见在龛集序》），刘世珩称"公诗具体白苏"⑤，皆比诸陈作霖所评更为确切。如他的《梳发谣》"儿须知，成名早，不如白发迟"⑥，正是"白俗"遗风。陈三立与濮文暹皆好诗，这为双方的交流增加了更多雅趣。《为濮青士观察丈题山谷老人尺牍卷子》是陈三立为濮文暹收藏的黄庭坚三件尺牍墨迹题写的一首五言古诗，他在这首诗里评黄庭坚诗歌"奥莹出妩媚"，其书法"锋锐敛冲夷"，二者风格

---

① 陈三立《散原精舍诗文集》，第273页。
② 陈三立《恪士招集小舫沂流至西方寺侧纵眺客为濮青士仇绳之两诗叟赵仲彀观察及余凡四人》"窥窗踞坐一秃翁"，原注："谓濮叟先生。"《散原精舍诗文集》，第128页。
③ 陈作霖《可园诗存》卷二一《旷观草》上，清宣统元年刻增修本。
④ 濮文暹《登卧羊山为黄山谷先生旧游地慨然有怀》，《见在龛集》卷九，民国六年刻本。
⑤ 刘世珩《见在龛集序》，濮文暹《见在龛集》卷首，民国六年刻本。
⑥ 濮文暹《见在龛集》卷七，民国六年刻本。

特点一致。然而世儒将黄庭坚诗歌的特点概括为"涩硬",且有的人以此为不足称道,陈三立以为这是对黄庭坚的误读讹评。读出黄庭坚诗歌"奥莹""妩媚"兼而有之,且"奥莹"出于其"妩媚",这与历来多数诗论家,无论是肯定还是批评黄庭坚,都很不相同。此说法与濮文暹评黄庭坚尺牍墨迹的风格"直融刚健成婀娜"相同①。说明陈三立同濮文暹在互相交流中对黄庭坚诗歌、书法的认识深入而有会心。光绪三十一年濮文暹离开南京以后,他们二人不再有联系。

如果说陈三立与濮文暹交往的一个重要内容是诗歌,那么他与袁树勋交往的主要内容之一则是书画文物。袁树勋退职后寓居上海,虽在南京有絜漪园却不大去住,他与陈三立来往更多是在陈氏移居上海以后。袁树勋善聚财,喜购买府邸田产,富收藏,家里藏有许多书画古籍,有些曾请陈三立题诗②。《为袁海观督部

---

① 陈三立《为濮青士观察丈题山谷老人尺牍卷子》是一首重要的论诗诗,濮文暹也写过一首《题黄山谷墨迹卷子长歌》,为了帮助理解陈三立论诗之意,现将它抄录如下:"蜀山争镌黄君碑,矫然体势如其诗。生造笔笔入精冶,微瑕惜乏天然姿。文忠文节峙岱华,品望谁敢分高卑。大踏步行苏所独,于西江派忽微词。即以书法斗双管,鼓努为力轻訾謷。手摩石本意不惬,自惭老眼花纷披。尘箧无端腾宝气,受藏此卷忘所施。十一行字百三十,墨光湛湛辉砚池。每云纸背笔力透,此不著纸凌空垂。不劳意匠任挥洒,规矩随手皆天倪。直融刚健成婀娜,苏黄一气无合离。枣木失真鼎更赝,名迹往往生然疑。庐山面目才得识,虫冰蛙海空自欺。悬知寓书必良友(引者按:原注:"尺牍凡三笺。"以下括号内原注同),未标姓字谁当之?牍尾附骥遂不朽,彼张彼彭何人斯(皆牍中所及者),茶瓶药笼亦嘉觌,文尤医俗兼沁脾。清言错落情味古,俪花似叶无丑枝。却嫌私印尽瘢痏,半闲堂更汗多时(多收藏家印,不可全考,惟秋壑大玉印可辨)。藏经纸好弁卷首(纸有金粟山房印),楶亦可宝珠可知。铜符郑重合笺缝(三笺接处皆有合同小铜印),预防串断抛牟尼。凤契坡仙老梅树,璧联书画交龙螭。两美必合事非偶,神物有灵争护持。千秋文字今得师,瓣香曾拜黄公祠(豫蜀名胜皆有祠,暹官中皆祭焉)。"(《见在龛集》卷一一)
② 《散原精舍诗文集》收有《为袁海观督部题冬心老人画梅》《为海观尚书题所藏郭天门遗老画》,即是其例。金农(1687—1763),字寿门、司农,号冬心先生,浙江钱塘(今杭州)人。"扬州八怪"之一,善写花卉,尤工画梅,风致古朴。郭都贤(1599—1672),字天门,湖南益阳人。明天启二年(1622)进士,官江西巡抚,入清薙发为僧,号顽石,又号些庵和尚。善画松、兰、竹。

题冬心老人画梅》写于民国二年(1913)春,诗曰:"海涯雪盛梅圻株,徐园絜园围酒壶。繁花独数哈同园,百树连亩堆璎珠。"徐园又名双清别墅,在上海唐家弄(今天潼路近浙江北路),由浙江海宁丝商徐鸿逵创建于光绪九年(1883)。絜园为同治四年(1865)苏淞太兵备道丁日昌建造于上海宝山,可观黄浦江、吴淞口,何绍基有《絜园记》。哈同园即上海著名的爱俪园。陈三立诗里说,这些花园的梅花都是近岁才插植而成,远不如袁树勋所购、安置于絜漪园的"明季十六本"珍稀宝贵,"羁客袁翁暇过我,自矜所获一世无"。这类回忆是他们在上海交往时的谈资之一。袁树勋死后,陈三立撰写《清故署两广总督山东巡抚袁公神道碑》,说他"精能持大体,新旧学说,杂糅观其通,不轻为抑扬进退。于外交时其柔刚,而尽其情伪,往往弥缝挽救,为功于国甚众"[1]。所作的评判颇斟酌于分寸之间。袁树勋长子殇,次子袁思亮与陈三立过从密切,尤其是袁树勋去世后,二人游宴酬唱很多。袁思亮(1880—1939),字伯夔,一字伯葵,号蘉庵、莽安,别署袁伯子。光绪二十九年(1903)举人,曾任北洋政府工商部秘书、国务院秘书、印铸局局长。袁世凯复辟,弃官归,隐居上海,也喜欢收藏图书文物。著《蘉庵文集》《蘉庵词集》《蘉庵诗集》等。他称陈三立为师,有《跋义宁师手写诗册》《祭义宁师文》《沧江诗集序》三文(《沧江诗集》,许熙崇字季纯撰,袁思亮序其诗而称述陈三立论诗语),收录于《散原精舍诗文集》附录。《散原精舍诗文集》《散原精舍诗文集补编》中与袁思亮有关的作品则有诗歌二十一题二十四篇,文二篇[2],最早的《同袁伯夔絜漪园观梅》写于民国八年(1919),最后的

---

[1] 陈三立《散原精舍诗文集》,第921页。
[2] 这些作品收在《散原精舍诗文集》,依次出现为:《同袁伯夔絜漪园观梅》(第592页)、《暮春抵沪同大武伯夔子言游半淞园泛舟小溪作》(第600页)、《半淞园坐雨伯夔重伯寿丞及儿子方恪同游》(第604页)、《赠袁伯夔》(第621页)、《袁伯夔母唐太夫人八十寿诗》(第630页)、《次韵伯夔宴集夏映庵园屋月下看菊》(转下页)

《诰封一品夫人袁母唐夫人墓志铭》写于民国二十一年(1932)。

四、絜漪园诗的伤逝和忧愤

絜漪园历经变化,陈三立目睹了其中两次,第一次变化的结果是濮文暹的濮氏园变成了袁树勋的絜漪园,第二次变化则直接导致絜漪园后来失去了私家园林性质,而成为学校校址及军队办公场所。这两次变化虽然在性质上有甚大差异,然而又都无不表现出世事白云苍狗、无着无定的特点,使"天下无长物""挽留不住"这些说法不再只是一些抽象、空洞的概念,而呈现为活生生的事实。陈三立对絜漪园的这种变迁产生很深感触,为之感伤和忧愤,有关诗篇写下了他的心情。

《饮袁氏絜漪园》写于宣统元年(1909)春夏之际,讲述絜漪园第一次易主:

> 柳园昔经过,扶疏千百株。映带瓜蔓水,时时浴鸥凫。绿阴幕霄汉,巾拂迎老儒。晨风夕照间,吟啸相嬉娱。岁更主人去,锥刀弃奥区。摇眼架楼观,绮疏金碧涂。方池甃文石,桥亭迷所趋。绰约生蜃气,飞影连蓬壶。黄鹂隔晼睍,粉

(接上页)(第637页)、《叠韵再答伯夔》(第637页)、《次韵答伯夔送太夷北行》(第638页)、《伯夔酬诗相奖感而次韵却寄不自禁哀音之发越也》(第639页)、《次和伯夔独游徐园看菊》(第639页)、《喜伯夔至次杜园用江风体韵》(第641页)、《次和伯夔生日自寿专言文事以祝之》(第660页)、《再次和伯夔生日自寿专言诗事以祝之》(第660页)、《初春同逖初伯夔过非园》(第665页)、《龙华园重伯瓶斋㖟庵伯夔同游》(第668页)、《非园和鹤亭同游复有梅泉㖟庵伯夔》(第668页)、《爱俪园纪游鹤亭㖟庵伯夔同作》(第669页)、《徐园看所列素心兰杜鹃和鹤亭伯夔㖟庵》(第669页)、《重游沙发园同鹤亭重伯㖟庵伯夔各赋六言纪之》(四首,第669页)、《戊辰八月梅泉招同彊邨病山伯夔公诸放舟至吴淞观海》(第679页)、《和答伯夔见寄招还沪居度岁》(第696页)、《诰封一品夫人袁母唐夫人墓志铭》(第1098页)。此外,潘益民、李开军辑注《散原精舍诗文集补编》(江西人民出版社,2007年)收入《与袁思亮书》(第332页)。

蝶寻模糊。萧寥结袜地,犬卧依行厨。当年相公来,坐索山泽臞。赋诗状苦乐,颇讥负菰芦。(原注:抱冰相国往岁游此园,尚称濮氏园也。濮叟出游,相国诗及之。)菟裘等幻境,追忆成贤愚。大块造烟景,终媚旁人胪。胜日聚觥酌,满噪栖林乌。醉饱一俯仰,秉烛存今吾。①

由诗题知,此时花园主人已经是袁树勋,不再是濮文暹。然而诗歌几乎通篇都是围绕濮氏园及其旧主人来写,说明它实际上是一篇叙旧之作,濮文暹和濮氏园才是诗人聚焦的对象,"追忆"二字是绾结全诗脉络的针线。

首先写诗人昔日游濮氏园见到的景致。由柳景渐次而及楼观桥亭,大段的景语中间插进"岁更主人去,锥刀弃奥区"两句,以此表示诗人来园游宴不止一次,同时诗人也借着这两句叙述,调剂写景节律,使诗篇描写的场景挪移自如,避免落入板滞的写法。"锥刀"是制茶用具,它们被弃置在宫室僻奥之处,诗人写这一细节意在点示园林的主人那次虽然只是暂时离去,然而在外羁行的日子已经不短。

其次回忆张之洞游濮氏园。张氏自己在《羊氏巷某氏园》一诗中对此有具体叙述,可以与陈三立这首诗歌互相参阅。张氏在诗里谈到,致仕的濮文暹可以自由地外出谋求经营而"不惮烦",而他自己却只是暂得片刻清闲来此赏景,其实政务缠身,心"有至苦",享受不了隐逸者的闲情趣味。陈三立"赋诗状苦乐,颇讥负菰芦"②,即指张之洞诗里的这些感慨而言。

在大段回忆了从前濮氏园宾主游宴(有时最主要的主人缺席)、展现花园自然景象和人造建筑美好之后,陈三立又顺接他引述的张之洞诗意,用"菟裘等幻境"等四句骤然道出了花园易主、

---

① 陈三立《散原精舍诗文集》,第273页。
② 菰芦,指隐者所居之处。

旧主人夙愿化为幻影的现实,使诗歌伤逝的情绪和主题一下子凸显出来。濮氏园约十余亩①,以柳荷景色和楼观亭台别致闻名。濮文暹购置濮氏园本想在此养老,他《新居题壁》诗流露了这种愿望,曰:"吟啸老未厌,外此何所求。"②然而他后来又放弃了这一打算,将花园售给了他人,于是原本打算作为隐居栖身之地的"菟裘"(比喻濮氏园)于濮文暹而言无异变成了虚无飘渺的"幻境"。《左传·隐公十一年》:"使营菟裘,吾将老焉。"菟裘在今山东泗水县,后人用"菟裘"典故,称告老隐退的居处,与诗篇前面出现的"菰芦"一词意思相同。主人虽然走了,花园的柳枝依然摇漾,鸥凫照样戏水,楼观桥亭、黄鹂粉蝶仍旧是那么迷人,只是这些物色都已经与原先的主人无缘,它们已经成为别人眼中的风景。"大块造烟景,终媚旁人眸",这道出了离濮氏园而去者与诗人心头的无穷惆怅。

最后四句点出题目,写诗人在已经易主改名的絜漪园饮酒。尽管友人相聚,时节风光宜人,陈三立诗句吐露出来的并不是由衷的精神欢快,而是一种无奈地、放纵式地对享受的沉湎。"醉饱一俯仰,秉烛存今吾"二句,脱胎于《古诗十九首》:"昼短苦夜长,何不秉烛游?"(《生年不满百》)"人生天地间,忽如远行客。斗酒相娱乐,聊厚不为薄。"(《青青陵上柏》)"不如饮美酒,被服纨与素。"(《驱车上东门》)是用放浪行迹、寻求欢乐的方式对变幻莫定、不可捉摸的现实表示失望。每当生活或前程渺茫时,人们会产生严重的失落感,于是往往会寄托于酒,寄托于声色,寄托于山水、诗文、艺技等,借以消释心中的块垒。陈三立《饮袁氏絜漪园》诗所表现的无疑也是与此相类似的精神寄托,低回哽咽无非是心

---

① 张之洞《羊氏巷某氏园》:"楚楚一亩宫,荡荡十亩园。"
② 濮文暹《见在龛集》诗卷九,民国六年刻本。按:濮文暹此诗明写他此处新居地处"江尽头",与他早年在"江之源"的蜀中居所遥遥相对,则"新居"指南京濮氏园无疑。从诗题看,《新居题壁》应写于诗人购置濮氏园后不久。

头悲郁之音,而这种悲郁之音又将诗人伤逝的情绪在全诗临终时推向了高潮。

濮文暹出售濮氏园,离开南京,事后证明他这样做极有预见性。购置花园之初,濮文暹有感国势鼎沸动荡,隐隐觉得缺少安全感:"奈何大瀛沸,倾泻金玉瓯。群獠逞声色,万国夸春秋。""买山山灵愁,浮海海若咻。"①数年后他作出的决定不能说与此无关。后来南京发生干戈之争,絜漪园遭兵丁侵入,他算是逃过了一劫,而让袁树勋承担了事变的风险。陈三立不仅站在同情友人的立场上,而且从批判现实的角度用诗歌对兵丁侵入絜漪园的事件作了叙述。现在能见到的他有关诗歌,其中两首是写于絜漪园主人袁树勋生前。

第一首《为袁海观督部题冬心老人画梅》写于民国二年(1913)初春。袁树勋购置絜漪园以后,又将他任山东巡抚时买来的十六棵晚明梅树栽在园里,成为絜漪园中一个新的主要景观。陈三立在诗里对这些名贵的梅树来历作了介绍:"翁昔持节镇东鲁,故家盆玩人称殊。留遗明季十六本,虬枝铁干神明扶。子孙世守重护惜,豪贵倾囊空觊觎。卒坐籍没输库藏,展转购致随归舻。江南园屋置妥帖,一一排立倾城姝。古香夜发袭寐梦,定诧何逊迷林逋。"②在清民辛壬之际的南京动荡中,这些幸存的古梅也随之遭殃,它们被当作柴木随便地砍斫,一点儿得不到怜爱,"一旦干戈哄城郭,兵子掠夺供樵苏"。在叙述了古梅今昔的遭遇之后,诗人接着写道,幸好藏在絜漪园的一幅冬心画梅图没有被抢走,使花园主人犹能得到些许慰藉:"扶头叹恨付劫烬,慰情幸拾冬心图。冬心画梅胎古法,持观意匠天人俱。疏野生气溢纸上,杯茗兀对山泽癯。形骸蜕化精魂托,楚弓赵璧谁谓诬。"诗歌

---

① 濮文暹《新居题壁》,《见在龛集》诗卷九,民国六年刻本。
② 陈三立《散原精舍诗文集》,第353—354页。

最后说，世危时艰，一个人能对着古画聊为娱乐已经是莫大的福分，诗人以此劝慰袁树勋放宽心情，"时危成毁安足问，况翁快事收桑榆。岁寒依倚保醇德，屏风索笑长相娱"。古梅遭斫伤，古画得幸存，在动荡的乱世中物之毁灭是必然的，保存则是侥幸，这些非个人能力所能够左右。"岁寒"二字由衬托梅树的气候条件，转喻诗人所处的时代社会状况，同时也是喻示人犹如絜漪园的梅树，遭受暴力砍斫而无法躲避。陈三立这首诗歌通过写梅树的遭遇，其实道出了当时人们所处的艰难境况。

第二首《絜漪园为海观尚书故居过游感赋》写于民国三年（1914）十一月诗人从上海短暂回南京时，对絜漪园"巨变"前后作了较为详细、近乎于全景式的叙述，而不像《为袁海观督部题冬心老人画梅》因为受诗题约束的缘故，只选择梅树这一局部加以展现：

> 絜漪园系城北隅，名卉百本千柳株。往岁尚书巧穿筑，亭馆壮丽金陵无。寻常置酒极眺览，烟桥萍沼浮凫雏。欹冠落佩忘来径，醉歌导烛惊栖乌。自逢巨变盗入室，坏拆屋壁搜金珠。经时争夺事反覆，肉薄兵贼同一区。园中土石溅血处，燐火啸聚如相屠。乱定我还纵幽步，草光树色犹萦纡。老去主人卧海角，不及扶杖飘髭须。时危家国复安在，莫立斜阳留画图。①

袁树勋购得园林后，斥巨资将它装修一新，使絜漪园亭馆进一步地成为南京园林中壮丽莫比的著名建筑，后人提到这座园林每称其"絜漪园"，不再提及"濮氏园"名字，与此也有很大关系。然而当它壮丽达到极致的时候恰恰也是走向衰变的开始，在动荡战乱的时代，这种否极泰来的换转不需要太久的时间，也

---

① 陈三立《散原精舍诗文集》，第440页。

不需要太长的过程。据诗人描述,絜漪园在"巨变"中,不仅有"盗"入侵毁墙搜宝,而且对峙双方曾经在园里交火,"土石溅血","燐火啸聚",惨烈景象可想而知,以致几年以后诗人到那里重游,似乎依然感到"草光树色"间仍旧萦纡着当时的弥漫硝烟,让人心有余悸。"兵贼"一词,"兵"谓守卫南京的部队,"贼"谓江浙联军。联系"自逢巨变盗入室,坏拆屋壁搜金珠"(按:《为袁海观督部题冬心老人画梅》"兵子掠夺供樵苏"之"兵子"实际上是对"盗"的注释),"贼"本身就是詈骂语,陈三立厌恶交战事件的态度很显然。这次事件对袁树勋打击甚大,陈三立"扶头叹恨"的形容(见《为袁海观督部题冬心老人画梅》)已经透露端倪,而他写这首诗时,袁树勋正"卧海角"("海角"犹《为袁海观督部题冬心老人画梅》"海涯雪盛梅坼株"之"海涯",是陈三立称呼上海的专门词),"卧"其实是身患沉疴、卧床不起的委婉语,次年三月七日袁树勋去世,离开陈三立写这首诗还不到四个月。时过境迁,回首往事,自然很容易看清楚购买絜漪园是袁树勋晚年经营中的一个败笔,然而简单地将这一购置产业的失策归诸个人原因是没有任何意义的,因为在社会大动荡中,总是需要有人为它付出代价,吞食苦果。陈三立觉得家、国皆因危难的时世而破碎、消失,这才是深足忧虑的。"时危家国复安在"句,与《为袁海观督部题冬心老人画梅》"时危成毁安足问"思绪如出一辙,而从全篇看,诗人在此首诗中思虑相对更为宽阔,风格也更加沉郁。末句"莫立斜阳留画图",诗人为自己摹写了一幅站立在暮色中、斜阳下,深深忧思时局的画像,与经历交战的絜漪园互为衬托,凄然而苍茫。

袁树勋去世后,陈三立于民国四年(1915)、五年(1916)的秋天又去游了絜漪园,欣赏桂花,分别写了《絜漪园观桂花沈友卿吴仲言置酒》《中秋后二日絜漪园观桂花有作留示沈友卿》。二诗有云"赁庑起吟人","吟人锁亭去",第一处"吟人"指陈三立本人和沈友卿①，第二处"吟人"指沈友卿。这透露出一个消息，袁树勋死后，絜漪园出租给了沈友卿。沈同芳（1872—1916）②，原名志贤，字友卿、幼卿，号越若、蠡隐，武进（今江苏常州）人。光绪二十年（1894）进士，任翰林院庶吉士。袁树勋为山东巡抚、两广总督时，沈同芳曾入其幕。善诗、骈体、古文，著有《公言集》《秘书集》《万物炊累室文》等。《秘书集》绝大部分是沈同芳为袁树勋代拟的各类公文。陈三立在《絜漪园观桂花沈友卿吴仲言置酒》诗中触景生情，忆及袁树勋，所使用的诗歌手法则是超现实的：

　　当年想掀髯，倏然风光主。客死等国殇，蝉底魂来语："老梅紫牡丹，应栽泉下土。只馀摇月枝，靳假吴刚斧。"③

"风光主"指袁树勋，诗人写此诗时他已经去世大约半年。他很喜爱絜漪园，然而不能保护它不受侵犯，以致自己也因此受打击幽忧而终。陈三立非常了解袁树勋对絜漪园怀有这一份深情，在这次游园的时候他产生了一种幻觉，仿佛觉得枝上秋蝉的鸣叫变成了袁树勋说话的声音："当年那些受了伤残的古梅、紫牡丹，料想它们都已经死了吧？现在只剩下一些桂树依然在月光下摇

---

① "赁虎起吟人"出自《絜漪园观桂花沈友卿吴仲言置酒》。吴锡永（1881—?），字仲言，浙江乌程人。早年赴日本陆军士官学校学习，回国后任两江标统等职。袁树勋为两广总督时，吴锡永任广州督练公所参议道员。民国后退出军界，出任财政官员。抗战时，担任汪精卫政权华北政务委员财政总督长。未闻能诗，故陈三立自不会称他为"吟人"。

② 吴翊寅《鸳箫集叙》："其（沈同芳）入翰林年二十四。"王仪通《鸳箫集叙》："乙未（1895）入翰林。"（沈同芳辑《鸳箫集》卷首）据此知沈同芳生于1872年。金钺所撰沈同芳挽联云："去者日以疏，来者日以亲，旧时乙未同官，犬马馀生惟剩我；今年岁在辰，明年岁在巳，当代吴中高士，龙蛇厄运到斯人。"（胡君复编《古今联语汇选初集》第三册"哀挽二"，商务印书馆排印本，1918年，第30页）《后汉书·郑玄传》："乃以病自乞还家。五年春，梦孔子告之曰：'起，起，今年岁在辰，来年岁在巳。'既寤，以谶合之，知命当终。有顷寝疾。"辰为龙年，巳为蛇年。古代迷信说法，龙蛇年运厄。由金钺的挽联被收入民国七年（1918）出版的《古今联语汇选初集》一书可知，沈同芳卒于民国五年（1916），此年是龙年。

③ 陈三立《散原精舍诗文集》，第488页。

曳,请吴刚慎用斧子,千万不要再去戕伤它们。"类似这种幻觉描写在陈三立诗歌中很少出现,它反映了袁氏对絜漪园的景物钟爱情切,同时又说明,袁氏认为人间"吴刚"们太多,不是一个安全的、适合美的事物生存的地方,不可知的负能量随时会将它们毁损,而一旦悲剧发生就会永远难以挽回,他由衷希望避免发生这一类暴力和悲剧,让美的事物有安全感,能生存下去。这也正是陈三立自己想对当时世人表达的心声。"俯仰意有得,移世供酸楚。无人花满地,待寻吾与汝。"诗歌在凄凄淡淡的伤逝声中结束,"待寻"二字强化了这一情绪的表达效果。这种伤逝感在《中秋后二日絜漪园观桂花有作留示沈友卿》诗句"荒残引杯场,苔气吹我愁"①中又一次流露出来。

陈三立最后一次去絜漪园是民国八年(1919)春天,与上次赏桂相隔三年。这次他与袁树勋儿子袁思亮一起去观赏梅花,写下五律《同袁伯夔絜漪园观梅》:

单车冲雨去,花盛旧园池。一径曾扶醉,三年得再窥。香寒蜂避蕊,影好鹊存枝。飘梦东风满,安知主客谁?②

在陈三立留存下来的絜漪园诗歌中,这是唯一一首写雨中游园赏景之作,江南初春料峭寒意与凄迷的诗意浑然为一。游园人心里似乎有许多话要说,却又不愿意开口说出,缘此诗境维持着一种哑然不语的安静。袁树勋所切切感念的絜漪园老梅并没有因为遭受砍斫而全部死亡,它们有的依然在寒雨中飘散幽香,生命力超出了袁树勋的想象。末联"飘梦东南满,安知主客谁",告诉人们,袁家此时已经在出售絜漪园,而未来的花园主人还没有完全明确。所以,这次陈三立与袁思亮一起蹒跚旧径,更像是与

---

① 陈三立《散原精舍诗文集》,第523页。
② 陈三立《散原精舍诗文集》,第592—593页。

絜漪园作最后的诀别。事实上从此以后,絜漪园再没有出现在陈三立的诗歌里,因为,絜漪园已经不属于他的朋友,不属于他与友人相聚的私人场所,而是属于他不愿意阑入的别一个世界的物产,与他已经彻底失去了继续联系的可能性,他也不愿意再去关心。

陈三立用诗歌记下絜漪园变迁,我们将他有关的诗歌按照时间顺序组织起来,就构成了一部絜漪园的历史。无论是它易主,还是它经历劫运,都无不关系着当时社会和人心的真实状况,见证着近代社会的重大变化。因此也可以说,他讴吟絜漪园其实也是一种撰写"陈氏诗史"的方式。对于絜漪园发生的变迁,陈三立流露的感情有的是比较纯粹的感伤,比如他对园林的产权在濮文暹和袁树勋之间易换,就较多是属于人间古往今来普遍共有的对物是人非的感怅。有的却是出于他心理上对当时以非常手段迫使社会转型而导致剧烈动荡的反感和抵御,比如他对袁树勋絜漪园种种遭遇的吟咏。相比而言,后者的态度更为鲜明,情感也更为强烈。不但如此,在后者的挟裹下,前者似乎也融入到这种情感氛围中并助其进一步强化。很显然,陈三立主要是因为不满意周围正在发生的改变,缅怀从前的生活,要用诗歌来表达这种态度,而絜漪园的变迁恰好被他认为与周围正在经历剧变的生活相吻合,是当时世事骤然改变的一个缩影,于是就成了他诗歌创作的题材。这种"陈氏诗史"不仅记载了事实,还表达出诗人内心对当时正在发生的事变拒绝的态度。所以在陈三立笔下,絜漪园主要被当成历史兴亡的一个符号,而其咏唱的意义已经远远超出记述花园变迁本身。其实当时如此看待絜漪园变迁的不只是陈三立一个人,比如袁树勋死后,赵启霖(芝生)挽联曰:"抛湘上渔蓑,云起龙骧,自古功名关际会;问江南别墅,花香鸟语,惟馀风景阅兴亡。"沈同芳挽联曰:"国忧家难两神伤,况看大陆风云,海上翩鸿频悼影;我屋公墩皆梦幻,犹是潔(絜)漪楼阁,堂前飞燕识归魂。"①他们皆将絜漪园当成兴亡历史的见证物。絜漪园地处金陵,它发生的变迁恰在清末或清民易代之际,这无疑又加重了上述兴感的浓郁。从来在改朝换代的敏感时期,种种物换事替对人们情感的撩动效果会被成倍放大,人们常常会采用追忆旧物的方式来表达对失去的世界的怀念和向往。如孟元老在《东京梦华录》借描绘开封的繁盛景象,传递他"暗想当年""但成怅恨"②的心绪。张岱也是"因想余生平,繁华靡丽,过眼皆空,五十年来,总成一梦"③,而将这种情感结撰为《陶庵梦忆》一书。诗词中如刘禹锡《乌衣巷》"旧时王谢堂前燕,飞入寻常百姓家"④,姜夔《扬州慢》("淮左名都")"二十四桥仍在,波心荡、冷月无声。念桥边红药,年年知为谁生"⑤,皆在感慨今昔的背后,抒发兴亡之感。陈三立絜漪园诗秉承了我国这一书写传统,这使他笔下的"絜漪园"获得了六朝时的"王谢旧堂"一般的象征意义。

五、崝庐：理想中的一片净土

我们从陈三立崝庐诗却读到了他精神中的另一面。

崝庐诗和西山诗(通称崝庐诗)是陈三立展父亲墓而陆续撰成的悼念诗。他第一次去展墓是陈宝箴去世后第二年即光绪二十七年(1901)清明节,最后一次是民国二十年(1931)二月,先后共留下崝庐诗一百七八十首,如果加上他来往于西山展墓途中写

---

① 胡君复编《古今联语汇选三集》第二册"哀挽四",商务印书馆排印本,1920年,第1、2页。
② 孟元老《梦华录序》,邓之诚注、孟元老著《东京梦华录注》,中华书局,1982年,第4页。
③ 张岱《陶庵梦忆自序》,张岱《陶庵梦忆 西湖梦寻》,上海古籍出版社,2001年,第3页。
④ 刘禹锡《刘禹锡集》,上海人民出版社,1975年,第219页。
⑤ 姜夔著、陈书良笺注《姜白石词笺注》,中华书局,2009年,第1页。

的相关诗作,数量更多。评论者普遍推崇这一组题材高度集中的大型诗歌,如说:"《散原精舍诗》崝庐之作,歌哭万端,皆特佳。"[①]也有人指出,崝庐诗非止哀痛亲人,也寄寓国事之感,不能以"寻常哀乐语"视之[②]。这些都是中肯语。读崝庐诗分明可以觉出它有两个主题:一是痛悼亲人,特别是痛悼父亲之亡,二是净土颂,赞颂父亲安憩的崝庐、西山是一片美丽的清明界,而在这种赞颂的背后,是陈三立将崝庐、西山看成陈宝箴思想的另一种符号,同时也当成是他自己理想所在的一个代用词,而并非只是简单地对现实作出情感反应。第一个主题清晰、突出、强烈,读者阅读诗章很容易便可以感受到诗人痛悼之情扑面而来;第二个主题则比较含蓄,诗人往往不是作直接表达,而是多从侧面传递,或者通过暗示流露于外,需要读者捕捉才能获得。两个主题一显一晦,往往互相交织,这丰富了悼念诗的内涵,也扩大了读者感受的空间。

将崝庐符号化,赋予理想的含义,这其实在陈宝箴心中已经萌发。他被迫离开宦场后,葬妻子于西山,"乐其山川,筑室墓旁,曰崝庐,日夕吟啸偃仰其中,遗世观化,浏乎与造物者游。尝自署门联,有'天恩与松菊,人境拟蓬瀛'之句,以写其志"。而这种理想又与他对现实的忧虑结合一起,于是崝庐就成了他晚年"乐天而知命,悲天而悯人"的场所[③]。陈三立将这一意义汲入自己所撰写的崝庐诗中,通过反复咏唱和铺叙使其强化。

陈三立诗里的西山景色,除了诗人借以抒写悲悼之情时,偶尔写到它简陋枯淡一面之外[④],一般都是刻画它的美好。如他以

---

① 黄濬《花随人圣盦摭忆》"《崝庐记》"条,上海古籍书店,1983年影印本,第336页。
② 龚鹏程《读晚清诗札记——陈三立、郑孝胥》"散原崝庐诗"条,寒碧主编《诗书画》第七期,2013年3月出版。按:此说在他《论晚清诗》一文中已经谈到,该文收入其《近代思想史散论》,东大图书公司,1991年。
③ 见陈三立《先府君形状》,《散原精舍诗文集》,第856页。
④ 如《晚眺崝庐外诸山》之二有曰"绕尽云边破碎山"(《散原精舍诗文集》,第112页)。

画笔般的诗句描绘这里美丽的自然风光,"春满山如海"①,"云岚光醉人"②。又如他倾情地形容和赞叹其父亲手栽种的、已经成为自然风景一部分的树木花草:"红白桃株最滟滟,火齐璎珞光属联。云烘霞起笼四野,中来缟袂携手仙。海棠两丛凝雪色,垂鬟嫣立娇且娴。游蜂浪蝶不得嗅,相与荡漾灵吹还。"③他有时会认为,西山、崝庐所以如此美丽,是他父亲"灵德"辉映的结果。《雨晴墓道登望作》即带有这种联想:

> 山居春气寒,况兼深夜雨。侵晨乱晴光,庭叶烂烟缕。暖蜂始轰游,莺鸠相间语。墓门径蜿蜒,细步泪下土。照天千万花,红白愈娇吐。众山媚新沐,屿树不可俯。参差草木香,渺然此深阻。灵德辉山川,万化正涵煦。独虑亦有托,攀追与终古。回眼萧仙峰,飘云何处所。④

诗的前面部分大段描写景色,由近及远,随诗人向墓道登行而渐次展开,妩媚悦人。"灵德辉山川,万化正涵煦"两句是诗人对山川何以如此美丽作出的想象性解释,"灵德"代指他父亲陈宝箴的人格精神和思想。最后四句写他对崝庐的依恋之情。由此可见,在陈三立看来,崝庐、西山的美丽,其实是从他父亲的精神中幻化出来的,他赞颂崝庐和西山,其实就是赞颂他父亲以及他的那种末世挺特的理想和追求。缘此之故,西山、崝庐的景致也就有了不同寻常的意义。"西山端向人,芒寒而色正。烟翠从摆落,沁染肝膈净。"⑤"寒""正"二字写出西山凛然不可干犯的清姿,"沁染"道出西山对人的精神产生净化作用。这些既是景语,更是

---

① 陈三立《野望》,《散原精舍诗文集》,第19页。
② 陈三立《清明日由南昌城渡江入西山道中二首》之二,《散原精舍诗文集》,第111页。
③ 陈三立《崝庐墙下所植花尽开甚盛感叹成咏》,《散原精舍诗文集》,第112页。
④ 陈三立《散原精舍诗文集》,第21页。
⑤ 陈三立《由章江门渡江入西山》,《散原精舍诗文集》,第65页。

表现人格和精神境界的写意之句。

不仅如此,陈三立笔下的西山、崝庐仿佛是仙境,其中恍若有仙真出没趋行,只有怀着世外高兴的人才能来这里享受美丽风光。《清明后一日徐惺初刘皓如至谒墓毕相与步松林间晚还崝庐玩月》:

> 荒山廓无侪,兀与坟墓语。二子幸勇决,鸣篊造廊庑。春风吹嫩晴,尽干昨宵雨。写忧见颜色,巾袂暖桃坞。满腹置岩壑,印证足已举。导观马鬣封,摩碣一叹怃。群峰自天下,其气如龙虎。穿出青松林,草木共肺腑。杂花带陂陀,紫翠迷处所。鸣鸠宫徵同,呴雊窜且舞。有鹊毛羽齐,修尾颇未睹。芳景翼灵飔,媚此世外侣。晚树藏崝庐,向壁捉襟肘。各持万变胸,酒酣话酸苦。俄顷楼窗明,竹杪大月吐。濯野讶霜霰,照溪起砧杵。缥缈化宇间,对影孰宾主。恍惚仙真趋,鸾鹤在何许?①

陈三立在撰写此诗之前,已有《楼望绝句》组诗,其三自注曰:"诒书皓如诸子,皆约清明日至,阻雨不果。"这可以帮助理解本诗开篇"无侪""兀"两词的含义。原先与陈三立相约前来扫墓的或不止徐、刘二人,然而其余诸位皆因一场大雨而爽约,从"勇决"二字可以体会出陈三立当时的心情。同时这也为解读后面"世外侣""恍惚仙真趋",乃至解读整篇作品的寓意提供了钥匙。诗人在这首作品中如此突出地铺叙西山、崝庐的美丽,似乎只是为了达到一个目的:强调仙凡之隔,用美丽来证明西山、崝庐自身的价值,而让不知珍惜者感到卑琐和羞愧。所以归根结底,出现在诗

---

① 陈三立《散原精舍诗文集》,第 269 页。徐敬熙(1874—1923),字叔焘,号惺初,江西湖口人。光绪二十七年(1901)乡试副榜,留学日本,回国授内阁中书、法政科举人。入民国任教育部佥事,调任国务院边务顾问。曾主编《藏文白话报》。刘皓如,即刘景熙。

人笔下的这种美景是他心中理想的一次绚烂展现。这还可以从他用"荒山"称呼西山来加以佐证。除开始两句外,本诗通篇都是表现西山、崝庐之美,既然如此,缘何又用"荒山"冠篇?诗人如此谋虑诗歌的结构,其意实为营造一种强烈的反差气氛,突出不同观赏者对西山的认识存在严重分歧,同时他又通过美不胜收的景致竞相呈现,使"荒山"论者无立足之地,收到不攻自破的效果。当然,读者也可以把"荒山"理解为是诗人流露内心的自傲,是一个反语,诗里这座美丽的"荒山",犹如柳宗元《钴鉧潭西小丘记》写到的幽美无比的"弃地"。这两种解读并没有实质的差别,从阅读效果上说是殊途同归。

《楼坐戏述》展现出崝庐周围另一面田园风光:

城市哄舆僎,山中喧虫鸟。并百千万音,沸向楼头绕。陂田尽蛄虺,游蜂亦来搅。乌鹊雏雉外,布谷黄鹂好。牛犬声蠢蠢,豕唤鹅鸭恼。鸣鸡在邻墙,风雨尤自扰。豺狼有时啼,悲风振林杪。苍鹰尔何知,逐鸠下觜爪。我欲洗心坐,冥合万物表。樵歌又四起,牧童和未了。何况溪涧流,断续满怀抱。一笑谢巢由,勿为世人道。①

这首诗歌最显著的特点是写声音,众响纷交,繁音齐会。略加辨认,便可觉出其中存在两个不同的声部,一是来自田园自然世界的天籁之音,虫鸟、牛犬、鹅鸭的鸣唤,山涧溪水流淌的声响,樵夫、牧童此起彼伏的山歌皆是;一是代表庸俗的人世生活的城市喧闹声和象征乱世社会的风雨声、豺狼声等。"鸣鸡在邻墙"二句,用《诗经·郑风·风雨》典故。《诗》云:"风雨凄凄,鸡鸣喈喈。"《小序》:"《风雨》,思君子也。乱世则思君子,不改其度焉。"

---

① 陈三立《散原精舍诗文集》,第113—114页。

毛传:"兴也。风且雨,凄凄然,鸡犹守时而鸣,喈喈然。"①陈三立借助声音描写,一方面表达了对田园朴素恬淡生活的向往,一方面又流露出对时局的深深忧虑,写出欲洗心冥坐又不愿学古代隐者不为世事所忧的徘徊心态。即使是这样一首不单纯描摹西山、崝庐美好和宁静的诗歌,我们也可以从中感受到诗人通过将西山、崝庐与哄然的城市作对照而显出其合乎生活理想的美好质性一面。

陈宝箴死后的中国社会仍然在风雨激荡中颠簸,社会悲剧一幕幕发生。陈宝箴在地下对此已经全无知晓。陈三立到崝庐展墓,也不想把这些告诉他父亲,免得这位生前志在自强图新的哲人为此而徒增悲哀。他在《崝庐记》中说:"今天下祸变既大矣,烈矣,海国兵犹据京师,两宫久蒙尘,九州四万万人皆危蹙莫必其命,益恸彼,转幸吾父之无所睹闻于兹世者也。"②《墓上》诗也写道:"岁时仅及江南返,祸乱终防地下知。"③陈三立所以"封锁"这些不幸的消息是替他父亲亡魂的安逸着想,也是为了保持西山、崝庐宁静的气氛不受搅扰,而这一切其实都是为了不让与他父亲一起埋入土中的昔日理想受到浸渍。陈三立有自己的社会理想,这种理想与当时还在继续的社会邅变方向不同,它是要坚持传统儒家本位而又迎合世界新的思想潮流,使体用自然相融而不出现乖张不发生裂变,这是一条以强本新枝、渐变图治方式演进的发展之路,不激进也不保守,其蓝本就是陈三立父亲在湖南施行的新政。西山、崝庐对于陈三立来说之所以格外重要,就是因为这

---

① 李学勤主编《毛诗正义》标点本,北京大学出版社,1999年,第313页。
② 黄濬《花随人圣庵摭忆》"《崝庐记》"条,上海古籍书店,1983年影印本,第336页。按:《花随人圣庵摭忆》全文引录《崝庐记》,与《散原精舍诗文集》所收文字略有不同,此据黄濬引录。
③ 陈三立《散原精舍诗文集》,第112页。

里是他社会理想的蕴藏地。陈宝箴当年取"青山"二字合并之义为"崝"①,命名自己的居处为崝庐,而中国本来有"留得青山在"的民谚,这似乎与陈三立视崝庐为理想地也适相巧合。

写到这里,我们似乎可以对陈三立絜漪园诗和崝庐诗不同的寓意作如下概括,作为本文结束:

絜漪园代表被胁迫、被改变、面目日非的现实世界,在那里,美的东西陨落凋残,化作一个又一个伤心的故事。西山、崝庐则代表陈三立父亲、他本人及同仁们往日维新图强的梦想或理想,这些梦想或理想化作清明的山川,化作妖娆芬芳的草木,也化作素朴、安宁的田园氛围,一年四季,弥久而不改。对于絜漪园的改变,陈三立无法阻止它们发生,唯有伤感和嫌厌,而对于西山、崝庐,他则是表现出细心呵护、亟欲张扬的热情。在发生社会激变的清民之际,陈三立用絜漪园诗和崝庐诗分别表达出自己的坚守和拒绝。

(林宗正、张伯伟主编《从传统到现代的中国诗学》,
上海古籍出版社,2017年)

---

① 见陈三立《崝庐记》,《散原精舍诗文集》,第858页。

诙谐诗话与《庄谐诗话》
——兼论《南亭四话》非李伯元作品

我国诙谐诗话数量少,诗歌批评史上留给读者的印象淡薄。然而诙谐诗作为具有某种喜剧效果的讥诮和幽默的文学,也引起过一部分诗论家关注,他们在关怀主流文学批评的同时,旁及述论诙谐诗,或收集、保存有关资料,使诙谐诗话得以绵延。清民之际,诙谐诗话获得了显然的发展,报章时见刊登有关内容,这类诗话可以署李伯元著《南亭四话》之《庄谐诗话》四卷为代表。然而此书的作者问题比较复杂。本文略述诙谐诗话,介绍《庄谐诗话》,并在学界对《南亭四话》作者问题提出质疑的基础上,进一步论证此书非李伯元所撰。

一、早期诙谐诗话

诙谐作品是文学一部分,呈出人的幽默情性,以快乐感染读者,有些诙谐作品让读者通过轻快、欢乐的阅读,了解良善和丑恶,起激浊扬清作用。《庄子·逍遥游》提到《齐谐》,是志怪者、小说家言,书中应该有诙谐的内容。此书久佚,后人无从知其详。中国古代较早的著名诙谐作者是东方朔,集中记载诙谐人物因而使作品富有诙谐性的是《史记·滑稽列传》。南朝宋刘义庆编撰《世说新语》,其中《排调》属诙谐的内容,《言语》也记载了一些诙谐言谈,这些诙谐言谈比较雅致。诗歌中,汉乐府一部分作品具有诙谐色彩,萧涤非先生撰有《乐府的诙谐性》,讨论了这个问题,汉乐府的诙谐成分总的说比较通俗。一则雅谑,一则俳调,后世文学的诙谐风格大致有雅、俗两类,其分野在此逐渐形成。

诗歌体类有歌、谣、谚等,基本属口头文学;有古体、近体,根据每句字数,及每篇句数,古近体诗又可以分为五七言古体和五七言律绝,绝大部分属于书面文学。一般来说,歌、谣、谚等诙谐的成分多一点,古近体诗的诙谐成分少一点。由于我国古代古近体诗绝对数量比诸歌、谣、谚巨大,所以古近体诗中的诙谐作品应该还是有一定规模,惜至今还没有编纂出一部以诙谐为主题的诗歌总集。

最早对诙谐文学作集中论述的是刘勰《文心雕龙·谐讔》。刘师培说,谐讔之文起始于古,至南朝"益盛"[①]。这应当是刘勰将"谐讔"写入《文心雕龙》文体论的原因。刘勰感兴趣的是讨论活文学,不是死文学,这一点不大为《文心雕龙》研究者所注意。刘勰在《谐讔》篇肯定诙谐文学可以广读者之视听,具有"箴戒""规补"的作用,此类作品"辞浅会俗",娱乐面广,而且"欢谑之言无方",诙谐的语言技巧比较丰富。刘勰同时也强调,宜用雅的要求对谐讔之文进行规范。"古之嘲隐,振危释惫(解除危害,排除疲困)。虽有丝麻,无弃菅蒯。会义适时,颇益讽诫。空戏滑稽,德音大坏。"《谐讔》最后的"赞",集中代表了刘勰对诙谐文学的看法。刘勰所讨论的谐讔之文,既有诗歌,也有文章,其所讨论的诗歌,可以视为我国早期的诙谐诗话。

后来在诗歌批评中,时见对诙谐诗歌的评论,尽管记载比较零碎,可以看到人们保持着对诙谐诗歌的兴趣,延续了诙谐诗话的写作。集中显示诙谐主题的诗话是唐人孟启《本事诗》。这部诗话分类记述诗歌本事,共分为七类,第七类为"嘲戏"。"嘲戏"的意思是嘲笑讽刺、戏谑调侃。《本事诗》立诙谐诗话为独立的门

---

① 刘师培《中国中古文学史》第五课《宋齐梁陈文学概略·总论》,人民文学出版社,1998年,第91页。

类,用"嘲戏"二字作概括,这表示诗歌批评家提高了对诙谐诗话的重视,以及对诙谐诗特点的认识。而"嘲戏"在七类诗话中居最末位置,这也反映了诗论家对诙谐诗话价值一种偏弱的估量。《本事诗》对诙谐诗话的态度,其诗话的编撰体例,对后来分类的综合性诗话的编纂产生了一定影响。

宋朝佚名《唐宋分门名贤诗话》将《本事诗》的"嘲戏"具体分为"鉴诫、讥讽、嘲谑"三类,共两卷("鉴诫、讥讽"与"嘲谑"各一卷),占全书十分之一①。阮阅《诗话总龟》也是一部分类诗话,将此类内容分为"讥诮"和"诙谐"两部分。前集四十八卷,其卷三十五至三十七为"讥诮门"上中下三卷,卷三十八、三十九为"诙谐门"上下两卷,而且置于"乐府门""送别门""怨嗟门""伤悼门""隐逸门"等之前。后集略有变化,共五十卷,其卷三十七为"讥诮门",卷三十八为"诙谐门"和"箴规门",合为一卷。奇怪的是,后集"乐府门""伤悼门""怨嗟门"都置于"讥诮门""诙谐门"之前,与前集相反,编者对诙谐诗价值的认识似不够稳定。在诙谐诗话史上,《唐宋分门名贤诗话》作者和阮阅是继孟启之后两位重要批评家。

胡仔受阮阅《诗话总龟》启发而编纂《苕溪渔隐丛话》,他认为诗歌"不可分门纂集",因而改为"以年代人物之先后次第纂集"②,所以《苕溪渔隐丛话》未列诙谐类内容为专门一类。然而该书前集卷五十四、五十五"宋朝杂记"上下,多记诗人、诗歌的趣事,一部分内容大致接近诙谐诗话,它们被编在《苕溪渔隐丛话》靠后面的位置。"宋朝杂记"两卷之后,是方外、灵异诗,长短句,闺秀诗

---

① 佚名《唐宋分门名贤诗话》一书在中国久佚,幸有朝鲜刻本传世,见张伯伟编校《稀见本宋人诗话四种》,江苏古籍出版社,2002年。
② 胡仔《渔隐丛话前集序》,《苕溪渔隐丛话》,人民文学出版社,1962年,第2页。按:《苕溪渔隐丛话》虽然不分类,然最后数卷,辑集佛、仙、鬼诗话,闺媛诗话,还是分类的,这也为后来编纂综合性诗话所接受。

在古人诗歌观念中,方外、灵异以下这些诗歌普遍被看成另类作品,不受重视。翻检《苕溪渔隐丛话》,可以看出胡仔将"杂记"作为接近诙谐诗话来编纂的意识还不够自觉,故该书后集卷三十五、三十六"本朝杂记"上下就基本与诙谐内容无关了。对后世诗话编纂,《苕溪渔隐丛话》"以年代人物之先后次第纂集"的体例,其影响大于《唐宋分门名贤诗话》《诗话总龟》"分门纂集"的体例,所以后来诙谐诗话往往分散见于综合性诗话的各个部分,集中起来的不多。有的则散在笔记、杂著、别集、总集、史书等各类书籍中。

载有以诙谐诗话为类别的综合性诗话,另外还有:

唐皎然《诗式》卷一"调笑格"。内容只有一例。

宋陈应行《吟窗杂录》卷四十八"杂诗",下分"讥愤""嘲戏""歌曲"三类,前两类属于诙谐诗话。

明何良俊《语林》体例仿《世说新语》,其卷二十七《排调》虽不属诗话,然而其中增加了诗话内容。

清张宗柟编《带经堂诗话》卷二十七"丛谭门"(一),包括"俗砭类""笑枋类""诙谐类"。按:"丛谭门"的标目与胡仔《苕溪渔隐丛话前集》"宋朝杂记"略似。

清沈炳巽《续唐诗话》卷末之二"谐谑"(一卷)。

词话则有清人徐釚《词苑丛谈》卷十一《谐谑》。

二、《庄谐诗话》之特色

以上谈到的诙谐诗话,都是编纂者辑集诗话时,将有关诙谐内容合为一类,汇编成卷,不是诗论家本人撰写的诙谐诗话著作。署李伯元著《南亭四话》之《庄谐诗话》看似发生了改变,好像是作者自己写作的一部以诙谐为醒目内容的诗歌批评著作。然而有学者指出,《南亭四话》不是李伯元本人编的,而是别人用有关材料纂辑而成①。这与过去的诙谐诗话成书方式依然有相似之处。李伯元(1867—1906),名宝嘉,号南亭亭长,武进(今江苏常州)人。是近代著名的小说家和报人,讥嘲讽刺贯穿于他的文学创作,成为显著的风格,以《官场现形记》负盛名。他英年早逝,死后出版的某些作品真伪颇有争议。署李伯元著《南亭四话》之《庄谐诗话》尤其关注诙谐性作品,一般认为这是与李伯元好谐趣及类似的文学欣赏趣味相一致,该著的署名使人们获得如此印象,这是可以理解的。不过,清民之际出现较多讽刺、诙谐类作品,更主要是当时的社会运动剧变,言论得以逸出束缚,非议世相之风大盛,文人以诙谐逗乐之作迎合读者趣味而引起的。《申报》曾就办报风格的改革发表声明:"本报素以严重正当见称者也,然而近时之人心则趋活泼。夫严重正当则不能活泼,活泼则又不能严重正当,二者又不可得兼者也。而本报改革之本意,又欲得二者而兼之。新闻之中,举事直笔,不染时下浮滑之习,而游戏解颐之文章记事,亦不可尽无。别以门类,各分界限,使人不至视办报如儿戏,而亦无干缩无味之嫌。……总之,本报此次之改革,补以前本报之短,留以前本报之长,合于今世事之宜,戒于今时流之习。"②这足以反映当时人们阅读趣味的变化,以及报人尊重读者新趣味之情况。诙谐诗话不时见诸报端,《庄谐诗话》编集刊行,都是这种风气的反映。《南亭四话》所收各书均以"庄谐"为名,很可能更多是受到了《申报》所称"严重正当"与"游戏解颐"兼而有之说法的影响。

《南亭四话》包括《庄谐诗话》四卷,《庄谐联话》三卷,《庄谐词话》一卷,《庄谐丛话》一卷,合称"四话",初印本前冠有一篇"中华

---

① 魏绍昌《李伯元的四种杂著考》对此有说明。关于《庄谐诗话》的作者,以及全书编纂的情况,详见本文第三部分。
② 无名《本报改革要言》,《申报》1911年8月24日。

民国十三年四月,古稀老人书于湖滨之望湖楼"的序。有民国十四年(1925)上海大东书局石印本、台湾广文书局1971年本、上海书店1985年据大东书局石印本的影印本、江苏古籍出版社,1997年《李伯元全集》本、江苏古籍出版社2000年单行本。本文介绍和分析该书内容的部分,仅讨论其中《庄谐诗话》四卷,其他三种与本文内容相涉时,才予旁及。至于本文对此书作者的考辨,则又是指《南亭四话》,并不限于《庄谐诗话》。文中引用,根据上海书店出版的影印本,不再一一注出。

《庄谐诗话》评述的对象,一部分是清朝早中期的诗人和诗歌作品,另一部分是清朝后期,乃至作者同时期各种人写的诗歌。对于后者,作者引录的诗歌,有一部分显然得自报章上发表的作品。如卷二"女子题壁诗"条引用《平等阁笔记》所录数诗。《平等阁笔记》为狄宝贤所著,是他主要发表于《时报》上的文章结集,出版于1914年。诗话所引,当来自报纸。这种情况在《庄谐诗话》中并不少。

《庄谐诗话》四卷,上至官场,下至市井,无论官员、文人、民间的诗歌,都有涉及,其中近代一些文人轶事和下层的诗歌文献,颇得集中和保存。有些材料对于解读诗歌文本有帮助,比如卷三"黄公度遗诗"条,附黄遵宪《日本杂事诗》而记载日本风习,清晰翔实,诗、记合读,欣然会意。当然,更主要是,诗话醒目地载记和论说讽刺的诗歌作品,有助人们认识社会积弊和人的精神羸疾,唤起改良意识,并让读者从中感受幽默的愉快。这些是此书可宝贵的地方。诗话大体可以分为"正"和"谐"两部分,编者以"庄谐"为书名,就是告诉读者,其诗话庄言与谐论相间而出,对这两方面诗歌皆作记载和评论。而很显然,此书主要的特色又是在"谐"这一方面,为我国诙谐诗话增一重色。

编者并无体例说明四卷诗话的内容是如何编排先后序次的,故对其具体思路难作完整归纳。不过,大致还是可以看出以下两点。

（一）有些内容的类别相对集中。比如卷二"日本女子诗"条至"女史诗多假托"条，多有关乎女子的诗歌。卷三"朝鲜遗民"条至"日将诗"条，多涉及外国事件或外国风俗的诗歌。

（二）先"庄"后"谐"。此书包含"庄、谐"两类内容的诗话，然而作者又并非随意将两类诗歌淆杂地糅在一起评说，全然不照顾排列序次，而是对庄、谐做了清晰地有序化安排。大致是，第一、二卷，以及第三卷最前几条，多属于"庄"，第三卷自"讥鱼税"条后面和第四卷，多属于"谐"。这种先"庄"后"谐"的编排方式，显示编者对著作体例还是有整体考虑的，也最能够体现书名"庄谐"的寓意。《庄谐诗话》四卷从数量上说，似乎还是"庄"的内容稍多，但是"谐"能在一部诗话中占如此多篇幅，是为从前所罕有的①。

《庄谐诗话》的讽刺性和诙谐性，有些是针对时弊。如"白衣吏诗"条（卷一）嘲讽政府"藉资民力"筹备军饷的"弊窦"，"消民吏诗"条（卷一）讽刺坏官，"消鱼税"条（卷三）指责官府"动辄议罚"，"河员失望"条（卷三）批评"河工陋规"，"准大员吸烟"条（卷三）、"戒烟诗"（卷一）条抨击吸鸦片恶习，且将矛头指向朝廷大员。其讽刺的社会现象很广泛，多涉及实际民生问题，或婉讽，或直说，从中可以读到当时舆情。有些则是针对一些大家习以为常的现象，用幽默的语调加以嘲弄。如"嘲村塾"条（卷四）："一阵乌鸦噪晓风，诸徒齐逞好喉咙……就中有个超群者，一日三行读大中。"诗人大概觉得学塾这样的教学方式是呆板的，学生有点可怜、可笑，对他们抱着同情。诗话作者欣赏这种风趣的诗，欣赏诗人这

---

① 《南亭四话》其他三种，也是"庄、谐"相结合。"庄"姑不表，"谐"如《庄谐联话》卷一"戒之得"条讽刺太史贪婪，"张南皮联"条讥笑张之洞，"天足会联"条批判女子缠足陋习，"无罪受肉刑，我谓阿娘即酷吏；飞囚等镣犯，今为少女脱冤牢"。卷二"打他姨母"条幽默风趣。又如《庄谐词话》"嘲秀才""叹娶妇词"。《庄谐丛话》"恼说"条、"论权利文"条等无不嬉笑怒骂，此不一一述。另外，《庄谐诗话》先"庄"后"谐"的编排方式，在《庄谐联话》三卷中犹然可见，《庄谐词话》《庄谐丛话》则因篇幅少，这个特点不明显了。

种态度,评道:末两句"尤觉调侃绝伦",将《大学》《中庸》简缩为"大中","谑不伤雅"。他主张:"文字嘲人,最难者出语尖酸,而又无伤风雅。"讲出了幽默文学可贵而难及的道理。书里这一类例子不少。

近代诗歌语言的变化,一是吸收外来词,二是更加积极地吸收俗语。诗人如果巧妙驾驭,利用外来词和俗语新颖别致的特点写诗,同样会有助于诙谐风格的形成。《庄谐诗话》比较注意收录这方面材料,利用外语方面如"诗用西语"条(卷三)、"别琴竹枝词"条(卷四)等。作者说:"洋货捎客好作英语,雪唐、排哀之声不绝于口,皆别琴派也。别琴者,英文无是字,第取为杜撰之别名,即华言'洋泾浜语'。是当日海通未久,外人之求互市者,皆聚族洋泾浜南岸,华人略谙英语,便充买办。其语鄙俚俶诡,效者便之,后益盛行,今且成一家言矣。"("别琴竹枝词"条)书中所录一首《别琴竹枝词》云:"清晨相见谷猫迎,好度由途叙阔情。若不从中肆鬼计,如何密四叫先生。""别琴"英语也称洋泾浜英语,是指当时人说的蹩脚的英语,将这种语言嵌入诗歌中,于是产生了诙谐效果。当时读者以这类语言别异的诗歌为娱乐之资,由此大概可见。俗语方面如"俳体诗"条(卷三)、"俚语入诗"条(卷三)、"粤语入诗"条(卷三)、"俗语诗"条(卷四)、"集谚语诗"条(卷四)、"俗语对唐诗"条(卷四)、"俚语入诗"条(卷四),等等。作者肯定"俗语文体之流行,文学进化之一征也"。同时又指出,方言入诗文是有局限的,以粤语为例,"但非解粤语者,不知其趣。又俗字多不可书,不能如口诵之神妙也"(见"粤语入诗"条)。作者对诗人滥用外国语、俗语,追求诗歌诙谐效果而失当,也不满意。

《庄谐诗话》集中辑录的一类内容,是仿前人名作、名句而构成的新作品,然而又大变其意,或化雅为俗,转正成反,或变庄重为轻闲,变颂扬为讥刺。经过诗人一番游戏式造设,新作之于旧作,有的面目全非,有的形似神异。诗人正是利用陡然出现的诗意转化和反叛,使作品形成强烈的对比关系,或者反衬关系,取得阅读上的幽默感和讽刺效果。"西子西装"条云:"杭州之有西湖,犹人之有眉目也,语本白珽《西湖赋》。近则湖上水田,半为贾胡别业,金银之气逼人,未免使湖山损色。有人改东坡语曰:'欲把西湖比西子,而今西子改西装。'可谓谑而虐矣。"(卷四)这类例子较多,如卷三"嘲杭守诗"条、卷四"天放屁"条、"粪船尿布"条、"眼前生意满"条、"改唐诗"条、"赌中仙"条、"仿读书乐句"条、"板子一声"条、"晚唐诗"条、"套唐诗"条、"套大风歌"条、"古来嫖客几人回"条,等等。这既不同于宋人好作翻案诗,诗意推陈出新而不改其雅,也不同于今人恶搞名作,隐隐有丑化前人作品的恶作剧倾向,《庄谐诗话》则是把这样一种文字游戏的经验当成写诙谐诗的一种方法展示给人们,让读者感到新鲜和有趣。这么做,在我国雅俗文学关系上主要起到的是助俗离雅的作用,可能会招致一部分雅文学维护者的反感,而这正表示近代文风蓄意突围的形势。

三、《南亭四话》的作者问题

最后,谈《南亭四话》的作者问题。

《南亭四话》假李伯元之名,刊行将近百年,其中《庄谐诗话》也被归为李伯元著的诗话,编入清人的诗话目录。然而实际上,其作者问题比较复杂,目前还悬而未决。

1925年最早出版的《南亭四话》石印本称著者李伯元。此前十余年,上海《民主报》1911年4月4日刊登书讯广告,称李伯元卒后,遗稿为人"录副藏之",并介绍"是书自国初至同光,帝王卿相,伟人硕士,言行事实,诗词杂著,各家专集所失载者,搜罗博采,得千数百则,都十万余言。庄言谐论,颇能开拓心胸,启人智识,诗话中可特别一帜"①。广告并没有出现《南亭四话》的书名。
《南亭四话》出版以后,由于受到李伯元"遗稿"说的间接引导,加
之此书署"武进李伯元著",读者一般自然相信此说为真。阿英在
1941年10月发行的《小说月报》第十三期上发表《清末四大小说
家》,列出的李伯元著作有《南亭四话》②。魏绍昌认为,《南亭四
话》混有他人的文字。他说,李伯元身后刊出的四种杂著《奇书快
睹》《尘海妙品》《艺苑丛话》《滑稽丛话》(上海六艺书局1911年出
版),"书内究竟有多少是李伯元所写,除了有明显的漏洞可提的
数则之外,绝大部分都是无法甄别分辨的"。又说,《南亭四话》
"实际就是《艺苑丛话》和《滑稽丛话》两种书的重印合订本","不
过是将两书原来的各则次序打散后重加剪排,每则加一标题,归
纳成为诗话、联话、词话和丛话四类。……两种书内明显不是李
伯元所写的文字,《南亭四话》中也都原封不动地保留着"。他指
出《南亭四话》"有十余则所记事实均发生在李伯元逝世之后"③。
郭长海《〈南亭笔记〉与〈南亭四话〉非李伯元所作考》则完全否定
这两种书是李伯元的作品。他质疑上海《民主报》所刊广告内容
的真实性,抨击所谓李伯元遗稿收藏者陈琰的人品,在魏绍昌指
出《南亭四话》所载发生于李伯元卒后的十四则事例之外,又补充
了七例,并认为书中有些条目内容"引自民国以后的报纸上的材
料",还认为《南亭四话》称康有为、梁启超、谭嗣同名讳不合时宜,
而《南亭笔记》"出现的对清朝的称呼,根本不符合历史事实"。他
的结论是《南亭笔记》与《南亭四话》"两书确实是书商作伪的产

---

① 转引自郭长海《〈南亭笔记〉与〈南亭四话〉非李伯元所作考》,《长春师院学报》1996
年第1期。
② 阿英《清末四大小说家》,此文后来收入他的《小说三谈》一书,有关部分见第161—
162页,上海古籍出版社,1979年。
③ 见魏绍昌《李伯元的四种杂著考》,收入他的《晚清四大小说家》一书,台湾商务印
书馆,1993年,第37—43页。据文末作者题署,此文写于1979年6月。该文内容
又见于魏绍昌编《李伯元研究资料》,上海古籍出版社,1980年。

物,是盗李伯元之名以欺世的赝品"①。这是一篇见解独异、值得重视的文章。

郭长海否定李伯元是《南亭四话》的作者,魏绍昌虽然没有否认李伯元的著作权,可是承认其中杂有他人的笔墨,真假难分,但是人们更普遍是对此没有认识,沿袭旧说,以李伯元为《南亭四话》的作者。《庄谐诗话》是《南亭四话》的一部分,它的卷数只是《南亭四话》九分之四,不到一半,文字篇幅则占半数多。魏绍昌、郭长海所举《南亭四书》记载的李伯元卒后事例,不少取自《庄谐诗话》,那么,这部诗话是不是可以直接称李伯元著,自然也值得考虑了。

魏绍昌、郭长海列举《南亭四话》写于李伯元卒后的内容,以及与李伯元乡里籍贯有出入的材料,因此怀疑甚至否定此书为李伯元所著,这很有道理。我想在两位先生所举事例之外,再提出一些证据,对《南亭四话》非李伯元所撰作进一步论证。下面,先列出魏、郭二先生所举之材料,对于个别例子,略加辨证。

魏绍昌举十四例:

1. 诗话卷一"罢市诗"条。

2. 诗话卷三"朝鲜遗民"条。

以上两条"均记戊申(1908)年之事",李伯元已死两年。

3. 诗话卷一"惰民中有诗人"条。"笔者的口气显然是越人",而李伯元是武进人。

4. 诗话卷一"禾中杂兴"条,其中写到撰写者"返浙",理由同第3条。又提出"六艺书局主人陈琰倒是浙江海宁人",似怀疑此条是陈氏写的。

5. 联话卷二"小万柳塘"条。

6. 联话卷二"集楞严字联"条。

---

① 郭长海论文刊于《长春师院学报》1996年第1期。

7. 联话卷二"集选语"条。

8. 联话卷二"集张小圃"条。

9. 联话卷二"挽两宫长联"条。

10. 联话卷二"又挽两宫联"条。

11. 联话卷二"挽曾少卿"条。

12. 联话卷三"挽王仁和"条。

13. 联话卷三"贵富"条。

14. 联话卷三"管守"条。

以上十条"写的都不是李伯元生前之事"①。

郭长海增加七例,其中一例不能成立:

1. 诗话卷一"刺客诗"条,所涉事件发生于1908年。

2. 诗话卷一"雅讼"条,所涉廉泉与刘铁云相争宋拓云麾碑是1908年事情②。

3. 诗话卷二"吊烈士蹈海诗"条,陈天听跳海自尽时间是1907年4月21日。

4. 诗话卷三"姑嫂乞食诗"条,"丙午之岁,江南大荒,流亡殆尽。"大荒发生在该年(1906)春夏之间,李伯元月前已经去世(李卒于1906年3月14日)。

5. 联话卷一"杜木天诗"条,杜氏的案子发生在1907年。

6. 联话卷一"熊成基联"条,熊成基叛乱案发生于1908年。

7. 联话卷一"孤山联"条。此条云:"杭州孤山,即林逋栖隐处也。国朝鼎革,有林典史者,不为我所屈,奉旨赐谥,并在孤山建有专祠。或题曰:'大节媲阎公,取义成仁,国史于今尊县尉;忠魂依处士,补梅招鹤,孤山终古属君家。'"郭长海将"鼎革"具体理解

---

① 见魏绍昌《晚清四大小说家》,第42—43页。
② 郭长海撰有《刘铁云与廉泉夫妇交恶始末》一文,介绍双方为宋拓云麾碑结怨的经过,文章刊于日本《清末小说》第13期,1990年12月出版。

为是"清朝灭亡民国成立",所以认为这一条不可能是李伯元所撰。但是,据此条联话的意思,"鼎革"当是指清朝取代明朝,朝廷对不屈而死的明朝官员林典史加以表彰,故联语有"国史于今尊县尉"。如果是民国初事,何来"奉旨赐谥"?所以这一条不能成立。

以上魏、郭二先生从《庄谐诗话》中找到的证据,总共八条。

我认为,《庄谐诗话》下列各条也可以从李伯元名下排除:

1. 卷一"诗缘"条,云:"癸酉初春,自徐兖道入都,仲冬南返,取道泰沂,旅壁钞诗,撷尤录入《诗缘》。有一绝句,只记下三语云:'夜深情况最难堪。离乡不作还乡梦,属付柔魂莫向南。'又滕县界河石姓五言律,后四语云:'早起疏晨梦,兼程废午餐。那禁薄薄酒,一样说杯干。'又汉江罗麟阁宿迁句云:'远树疑帆落,流云逐马飞。'又苦水铺句云:'村小树偏多。'俱可存也。"1873 年癸酉,李伯元七岁,不可能有"旅壁钞诗"事。

2. 卷二"新婚竹枝词"条,云:"比来落拓天涯,风尘奔走,旧时生活,久已生疏。"所述与李伯元经历不合。

3. 卷二"易龙阳诗"条,云:"后二则,录潘老剑征君《在山泉诗话》。"按:"后二则"指所录易顺鼎两首七律,一曰《订近年诗卷感赋》:"如雪桃花压酒船,江南春影画堪怜。当头破镜期三九,入手明珠价几千。偶着思量皆断梦,最难消遣是华年。极天楼阁东风起,曾写红墙一惘然。"二曰《立秋寄伯严》:"香草《离骚》旧导师,月明吹笛水仙祠。风人心性同秋冷,山鬼衣裳到楚宜。一榻古愁眠落叶,十年幽梦采华芝。千春多少媒老怨,珍重湘天独立时。"潘飞声(1858—1934),字兰史,号剑士,广东番禺人,著有《说剑堂集》。他所著《在山泉诗话》四卷,大都写于 1905 年至 1906 年寓港时,部分先在香港《华字日报》连载,后分卷出版,分别刊于何藻辑《古今文艺丛书》第三集(卷一、卷二,民国三年)、第四集(卷三,民国三年)、第五集(卷四,民国四年),广益书局出版。此条所录《在山泉诗话》刊于 1905 年 6 月 14 日香港《华字日报》,题为《陈古樵》①,李伯元无从见此报纸。

4. 卷二"罢祭鬼诗"条,云:"科举未废以前,各省乡闱,必以楮帛祭鬼。"清朝从1905年9月开始取消科举,此时李伯元尚在世,然而他是1906年3月14日因肺病恶化去世,而一个重病患者在生命后期无论是写作意愿和写作能力毕竟都会变得很弱,这是不能不考虑的。

5. 卷四"上海久留"条,云:"某公即著《王之春赋》者,今来上海,暱某校书綦笃,朝夕过从。"某公指易顺鼎,辛亥革命后才寓居上海,往来于京沪之间。此条写易氏民国初事,非李伯元所及知。

6. 卷四"捐班杂咏"条,云:"《捐班杂咏》,友人钞示,绘火绘色,绘水绘声,足当《官场现形记》题辞读也。"如果这一条是李伯元所写,将别人的一首诗当作自己《官场现形记》的"题辞"来读,不合情理。如果是别人写的,将诗与小说联系起来,产生联想,语气显得自然。

还值得注意一点,有些条目明确显示出撰写者的身份信息。比如上面引用卷一"诗缘"条,它的作者也就是这条诗话提到的《诗缘》一书作者②。又比如魏绍昌举例中提到诗话卷三"朝鲜遗民"条,"《天南随笔》,朝鲜遗民神骥所著。元序:'岁戊申,余以病茧天南,愁绪万端,……是岁之冬,翻阅暹罗《华暹新报》,见有七律二首,题有《亡国吟》,下署亡国遗民林贞吉稿,一气挥洒,激昂慷慨,痛感淋漓,觉有一种哀国哀民之挚情自然流露而出,令人读之,一字一泪,至其词雄气壮,犹其馀事耳。录之以公同好。'"录

---

① 见潘飞声著,谢永芳、林传滨校笺《在山泉诗话校笺》卷一,人民文学出版社,2016年,第102—104页。

② 王增祺撰有《诗缘》一书,是一部诗话,多次增订续刻,有同治九年刻二卷本,光绪八年刻四卷本,光绪十六年刻前编四卷正编十卷本。又有《诗缘樵说拾遗》六卷,光绪三十一年刻本。二卷本、四卷本、《拾遗》本,无这一条材料,蒋寅先生《清诗话考》所列正编十卷本,余尚未见,待查。另有清末文人张修府所撰《湘上诗缘录》附《新安诗萃》,也是一部诗话,有光绪十八年刻本,该书也无此条材料。

诗之后,又云:"余读此诗,不觉神为之伤,心为之往,而又气为之一振。盖诗之感人,其情不能自已有如此。呜呼,余亦亡国遗民一份子也,未识能与林君一面之缘,相与痛哭时艰否?"所引序文之"余",是为《天南随笔》作序者。"余读此诗"之"余",显然是这条诗话的作者自称,此则表明《庄谐诗话》作者当为入民国的清朝遗老。这些对于弄清楚《庄谐诗话》的作者都有帮助。

这方面,特别重要的一条材料是《庄谐诗话》卷一"雅讼"。郭长海在其论文中曾指出,这条材料所涉及的廉泉与刘铁云相争宋拓云麾碑事发生在1908年,不可能是李伯元所撰(本文前面已述及),这固然对。然而这条材料的价值,不仅仅在于证明此条诗话非李伯元撰,更加重要的是,它还足以证明包括《庄谐诗话》在内的《南亭四话》不是李伯元所撰,并且足以证明《艺苑丛话》和《滑稽丛话》也不是李伯元所撰。先引录原文:

> 好金石者,视残碑断碣为性命所依。友生爱逾昆季,因一碑碣而成秦越者有之,南园、老残,其明证也。二人本文字至交,为宋拓云麾碑,几成雅讼。生公作诗和解之,顾亦无效。兖州地下有知,应自悔留此手迹,然事实韵事,诗亦好诗,足光我《丛话》矣。(引者按:原文所引诗略)

文中提到的《丛话》,就是指上海六艺书局1911年刊行的《艺苑丛话》和《滑稽丛话》,二书被作为李伯元遗著出版,负责出版的是六艺书局主人陈琰。本文前面引魏绍昌之说,已说明《南亭诗话》"实际就是《艺苑丛话》和《滑稽丛话》两种书的重印合订本"。既然"雅讼"条诗话不是李伯元写的,文中赫然出现"光我《丛话》"的"我"当然也不可能是李伯元。既然如此,那么,归属于这个"我"名下的《艺苑丛话》和《滑稽丛话》(即引文提到的《丛话》)一定是李伯元之外另一个人编的作品。同样,根据这两种《丛话》编的《南亭四话》(包括《庄谐诗话》)也不可能是李伯元作品。这应该是显而易见的。陈琰作为这两种《丛话》的出版人，最有资格以"我"的身份为《丛话》宣称一些什么，所以这个"我"非陈琰莫属。他不经意间写下的这一句话，恰好泄露了作品的"天机"，为我们确定《艺苑丛话》《滑稽丛话》以及它们的衍生品《南亭四话》《庄谐诗话》不是李伯元所作，提供了铁证。

《南亭四话》（包括《庄谐诗话》）既然不是李伯元编著，那么它该归属在谁名下为妥？这个问题可以从作者和编者两方面来说。就作者而言，此书材料来源很多，不仅诗歌，而且叙说和议论的文字，也是出于多人之手，他们应当包括《诗缘》的作者，当时报刊的某些作者，陈琰也可算一个，当然也不排除其中可能有李伯元的文字。总之，此书一些具体内容的"作者"是复数，无法确定应该归属于何人。就编者而言，《艺苑丛话》和《滑稽丛话》二书自是陈琰组织人员编集的，可是将诗话、联话、词话等从这两种书辑出，分类编成《南亭四话》，又不知是谁氏所为。有一点可以肯定，编集《南亭四话》与李伯元并无关系。所以，无论从作者还是从编者来看，《庄谐诗话》或者说《南亭四话》目前都无法明确其可以归属在谁的名下。从前，诗话一类作品，辑集而成书的和个人撰写而成书的，习惯上都称为"作者"。依上述情况，称李伯元著《南亭四话》或者著《庄谐诗话》，显然都不合适，而在未查实它是谁氏所编以前，暂时题"署李伯元著"则不失为是无奈的选择。这不会改变《庄谐诗话》的特点，也不会影响它的一定价值，在我国诙谐诗话史上它依然是一部出色的著作。

（《江苏师范大学学报》2018年第6期，略有修改）

上海图书馆未著录书徐振芳
《徐太拙诗稿》清抄本

徐振芳(1597—1657),字太拙,号喝月,山东乐安乡(今属广饶)人。明天启七年(1627)乡试,因策论有忌讳语,被置于副卷,后两次乡试皆落第。曾加入拥护南明之义旅,参邱磊军事。入清流寓江苏、江西、湖北、陕西等地,晚年寓居淮安,是当地著名的望社成员。他最终客死异乡,葬于淮安。徐振芳为人卓荦豪放,正直尚义,善诗,所作以七律最有高致,磊落湛深,人品诗品皆负时誉。

他有诗集《喝月草》《雪鸿草》《三素草》《楚萍草》《淮海道集》五种。范良《哭徐太拙》之三:"遗稿方重梓,幽魂岂未知。"①既然称"重梓",则其诗集在诗人生前和死后不久都曾刻行,惜未流传下来。相传江南曾合刻徐振芳与吴伟业诗集(见李焕章《楚萍草序》),然而至今尚未发现此合刻本,不知传言是否属实。《喝月草》《淮海道集》已佚,《雪鸿草》《三素草》《楚萍草》后来也只有抄本。中国科学院图书馆藏有《徐太拙诗稿》抄本,此为邓之诚先生旧藏,有邓先生题记。书目著录此书为清抄本,实是邓先生托关振生抄录,为民国年间新抄之本②。徐振芳后裔徐三曾将《雪鸿草》《三素草》《楚萍草》三种合编为《徐太拙先生遗集》,于民国二

---

① 范良《幽草轩诗集》,康熙七年刻本。
② 邓之诚旧藏《徐太拙诗稿》是借人之书,托关振生抄录,见《邓之诚文史札记》第661页,凤凰出版社,2012年。王献松《邓之诚藏书聚散考略》对此已有说明,文载《河南科技学院学报》2014年第7期。

十三年(1934)刊刻问世,据徐三曾所撰凡例称,此书依据抄本汇集而成。

最近,我在上海图书馆阅书时,偶然发现徐振芳《徐太拙诗稿》抄本一部,包括《三素草》《雪鸿草》《楚萍草》(抄本顺序如此,与通常书目介绍列《雪鸿草》于《三素草》前不同)。它被作为衬纸夹订在明人孙绪文集《沙溪集》卷十四、卷十五。孙绪这部《沙溪集》是康熙四十六年刻本,钤"玉函山房藏书"朱方印,原先是清代文献学家、藏书家马国翰收藏的图书。这部《徐太拙诗稿》抄本虽然夹衬在《沙溪集》,然而首尾连贯无错乱,更所幸者,全书没有缺页,完好无损。首页封面,题写书名,末页是《楚萍草》之七律《沉香亭留别同幕》,首联至尾联皆是完整的。由于这部《徐太拙诗稿》抄本还没有获得独立的书籍形式,只是作为其他书的衬纸而存在,是为"书中之书",所以没有在上海图书馆的藏书目录中留下痕迹,乃至不为人所知。然而,它又确实是一部难得的明清之际文人的诗集抄本。古人装订线装书,有时会将衬纸夹在书的折页中间,增加图书硬度,便于翻阅,且添美观。此外,旧时书商于书的折页加衬纸,予以改装和增加书籍册数,也是为了提高售价。用作衬纸的一般是空白纸,也有采取使用过的字纸,算废物利用。我看到较多用作衬纸的是经义、帖括类图书的散页,都是当时一些常见的刻书,有些则是被认为无甚价值的别的图书纸张。然而,判断图书的价值因人更因时不断发生改变,时过境徙,孰知原来被当成无用的字纸不会显出好处?故对这此类"书中之书"还需多加留意和甄别。

下面的介绍,先说这部《徐太拙诗稿》清抄本的一般情况。

书里"玄"字缺末笔避讳,然少数不缺笔,不甚严格,应是康熙以后抄本。从笔迹和行款看,它是由两个人抄写而成。《三素草》《雪鸿草》同一人抄写,每页11行26字,少数25字,注文双行小字。《楚萍草》则为另一人所抄,每页11行28字,注文也是双行小字。《徐太拙诗稿》抄本共106页,无目录,录诗208题,262首。其中《三素草》62题,79首,《雪鸿草》75题,106首,《楚萍草》71题,77首。它比民国刻本《徐太拙先生遗集》所收诗歌二分之一略多。此抄本收徐振芳诗歌之外,还有李含章撰《徐太拙先生小传》和李焕章《三素草序》《遗诗序》三文。前两篇未署作者名,也无篇名,此介绍其署名和篇名乃根据民国刻本和李焕章《织水斋集》。第三篇也没署作者名,为李焕章《织水斋集》所收录,题曰《徐太拙遗诗序》。民国刻本署有此文作者名,篇名则曰《楚萍草序》,民国刻本的篇名当经过了后人修改。

此抄本与中科院图书馆藏《徐太拙诗稿》抄本明显不同。

最主要区别是,上图抄本多《雪鸿草》一集,而没有中科院图书馆藏本的《浥溪》集,说明两种抄本虽然都包含三种诗集,具体诗集则有显然的不同。关于中科院图书馆藏《徐太拙诗稿》,邓之诚先生说:"四库著录《雪鸿》《三素》《楚萍》三集,《渔洋感旧集》小传云,有《雪鸿》《楚萍》诸集。此本有《浥溪》而无《雪鸿》。"[①]说明它虽称三卷,属于徐振芳的作品仅《三素草》和《楚萍草》两种,这在徐振芳存世诗稿的抄本中,是不完整的一部。而它所收《浥溪》集又并非徐振芳作品,应当是晚明李中行的诗集[②]。李中行(1575—1640),字与之,号二水,自称浥溪居士,山东乐安人。万历三十八年(1610)进士,官大理评事,知镇江,崇祯初,迁贵州提

---

① 邓之诚《清初纪事初编》,上海古籍出版社,1984年,第156页。按:王士禛《渔洋山人感旧集》云:"有《雪鸿》《楚评》《淮海》诸集。"萍,讹作"评",《淮海》即《淮海道集》。
② 李焕章《延陵墨宝序》谈及其父李中行有"《浥溪集》十卷",得于"进士赵君世伍家,今三十年,终以贫乏之故,未得再镌之梨枣"(《织水斋集不分卷》,乾隆间抄本)。他在《与刘秋水序》中又说:"吾邑亦邑也,环抱数百里。……向者李愚谷(李舜臣)太仆公、李二水(李中行)大参公有《愚谷》《浥溪》集,皆即世。"(《织斋文集》卷二,光绪十三年乐安李氏尚志堂刻本《山东通志》亦载李中行有《浥溪集》(见《四库全书》之《山东通志》卷二十八之三)。中科院图书馆藏《徐太拙诗稿》中的《浥溪》集,当是抄自刻本《浥溪集》的一部分。

学副使、左参政,著有《黔中疏》《滆溪集》。他是徐振芳前辈,两人同乡相熟。李中行儿子李含章、李焕章,年纪小于徐振芳,三人是好友。李中行尝为徐振芳诗集作序,末署"时崇祯九年丙子清明日,滆溪居士李中行与之氏题",该序载民国刻本《徐太拙先生遗集》卷首,徐振芳《雪鸿草》之《送李二水先生贵阳学宪》《夜郎曲(和二水先生)》等作品是赠李中行或与他酬唱之作,由此可见二人交往之熟密。可能因为这种关系,抄者误把李中行《滆溪》集归到了《李太拙诗稿》。各种清人别集书目载中科院图书馆所藏徐振芳《徐太拙诗稿》三卷抄本,都是将李中行《滆溪》集包括在内,其实是不够适当的。

此外,上图抄本与中科院图书馆藏《徐太拙诗稿》之《三素草》《楚萍草》某些篇目和文字,也不相同。邓之诚先生说,《雍正乐安县志》载徐振芳七律《送李二水监军黔中》"到日春光应未阑,繁华如锦映材官。几行征雁排云度,万里孤臣掩泪看。千骑弓刀当夜肃,双龙风雨过江寒。不堪遥望三湘水,雪浪如山尺素难","不见此本"。而上图所存抄本《三素草》有此诗,题为《夜郎曲(和二水先生)》。邓先生又说,李焕章所称黄州诗"霸业三分争赤壁,文人两赋重黄州",也不见于此集。上图抄本《楚萍草》有这两句,为七律《齐安》首联,"霸"作"伯","赋"作"载"。相反,邓先生所引《三素草》之七律《甲申五月阅清江浦义旅》,却不见于上图所存的抄本。

综上所述,存于两家图书馆的《徐太拙诗稿》抄本差别显著。上图所存是清抄本,包括《三素草》《雪鸿草》《楚萍草》三集,与《四库全书总目》所载一致。中科院图书馆所藏《徐太拙诗稿》是民国抄本,实际包含李中行、徐振芳二人的诗集,而徐振芳作品仅有二集,缺《雪鸿草》。就共有的《三素草》《楚萍草》而言,两种抄本的内容也互有出入。李中行《滆溪》集未见后来流传,幸赖中科院图书馆藏《徐太拙诗稿》抄本而存世,因此而增加了一种明代诗集,这是此抄本意外的重要价值。

再看与民国刻本《徐太拙先生遗集》的差别。

民国刻本据编者称同样也是由《雪鸿草》《三素草》《楚萍草》三种抄本汇成,所收诗歌却比上海图书馆存的这部抄本将近多一半。除此之外,两书经过比勘还存在以下差别。

这两种本子的《雪鸿草》《三素草》皆按诗体编排,然各种诗体的先后序次并不一致。上图抄本《楚萍草》不按照诗体,民国刻本则依然按诗体编排。书中的组诗,上图抄本篇数往往少于民国刻本。上图抄本不分卷,民国刻本将全书厘为八卷。

诗篇所属具体的诗集不同。上图抄本中,《白头吟》《秋晚》《录别》三首属《三素草》,而民国刻本属《雪鸿草》。上图抄本《昭君怨》《瀑水礀》《酬黄永载》《哭光子亮》四首属《雪鸿草》,而民国刻本属《三素草》。上图抄本《新丰客舍怀李平子》属《楚萍草》,民国刻本则属《三素草》。

诗歌内容相同,篇名不同。上图抄本《雪鸿草》之《绪赠李延喜》二首,诗题不见于民国刻本,实际上是民国刻本《雪鸿草》之《登莱纪事六首》中的第四、第五首(上图抄本《登莱纪事》组诗,仅有两首)。上图抄本《三素草》之《过周孝侯庙题》,民国刻本题曰《猛虎行》。上图抄本七律《淮上放生池禅室》既见于《楚萍草》,又见于《雪鸿草》,见于《雪鸿草》者题曰《清皓庵》。此两首诗的第七句不同,其他诗句少数词亦有异,属于一诗二题,有异词异句,且归属于两种诗集。民国刻本此诗收在《雪鸿草》,与上图抄本《楚萍草》所收不同。

此外,两书所收的诗歌,某些句子、文字有差异,举几个突出的例子。如上图抄本七律《瀑水礀》:"奔流断岸作喧豗,恍惚鲛人溅泪来。路转寒云石磴窄,天沉秋水练光开。惊雷隐壑晴犹斗,怒雪冲岩势欲隤。更是两崖苍翠好,休将屐齿破莓苔。"民国刻本的首联和尾联分别作:"驼山北麓郡城隈,断岸奔流日夜哀。""倚杖长吟天欲暮,野人原为看泉来。"第五句则为"怒雪冲岩去不回"。民国刻本所收此诗,写景之余,颇有叙述成分,上图抄本则将此诗的纪实性内容尽量隐去,突出绘景,形容瀑水更为鲜明,也更注意用衬笔烘托。又如上图抄本七律《酬黄永载》尾联"空驰一段怀人梦,长到嵩阳汝水边",民国刻本作"西州门外肠堪断,梦绕嵩阳汝水边"。前者用流水句写思念,表达更为简洁流畅。又如五古《录别》,上图抄本比民国刻本少第三联"海上拾烟霞,与子充行李",全诗叙述更顺捷,似属于后来删去的。这些差异说明,民国刻本所依据的诗或是初稿,上图这部抄本则经过一定修改。

徐三曾整理《徐太拙先生遗集》之凡例云:徐振芳诗集"又有襄贲嵇仞巘评,曹南江起元订本,均皆未见刊本"。上图抄本《徐太拙诗稿》之《雪鸿草》首页署"北海徐振芳太拙手著,襄贲稽仞巘评,曹南江起元订",正是他说的那个本子。稽仞巘,襄贲(今江苏涟水)人。江起元,山东曹县人,天启四年(1624)举人,顺治三年(1646)进士。《楚萍草》署"千乘徐振芳太拙著,新都范良眉生、太原阎修龄容菴、淮阴靳应昇茶坡、虞山张养重斗瞻、黄海赵朗天醉、山阳丘象随季贞评"。评者六人都是明清之际淮安著名文人社团望社成员。徐振芳后期离开家乡南行,最后又居住淮安至去世,与淮安一带文人交往密切。他本人也是望社成员,参加结社咏诗活动,《徐太拙诗稿》多有与社友唱和的诗篇。望社对社友之书,有互相署名参评之风气,《楚萍草》署多名望社成员评,反映了这种风气。上图抄本《徐太拙诗稿》的题署为我们了解明清之际文人的活动和风习提供了资料。

徐振芳以诗名,诗集流传很少,文章尤其少见。他为范良诗集撰序曰《幽草轩诗序》,载康熙刻本《幽草轩诗集》卷首,可见其诗论之一斑。现抄录如下:

> 逿丁亥秋,余过淮与望社诸子谈诗甚欢,忽忽八载。今复过淮寻旧盟,则见风雅视当年倍盛矣。诸子为余言,近得

范眉生氏，秉兼人之资，乘方新之气，其诗有三唐遗意，因以大张吾军，余为之飞扬起舞。诸子随介眉生与余订忘年交，得读眉生所为诗。其《秋舫》《霜叶》诸集，有如竹枝缥缈者，有如落叶哀蝉者。及读其近日《幽草轩诗》，则又如《咸》《英》《韶濩》迭奏于清庙明堂者矣。余讶其若出两手也，以问眉生。眉生曰："吾束发学诗，以为诗者，导情之具也，情不挚则不深，不曲则不幽，不丽则不艳，此吾向者竭吾情以徇诗也。吾今而知，情已深，恐溺而忘返也，情已幽，恐微而莫振也，情已艳，恐华而鲜实也。何居乎？欲以导吾情而反为情苦也，此吾所以废然返也，退吾情而求诸气也。自兹以后，则凡即景咏物，登临凭吊，送友怀人，莫不各有慷慨淋漓，击筑悲歌，旁薄今古，充满天地之气行乎其间。此吾近日之诗所以迥异于前也。"言未毕，余跃然起曰："养气之说，下士以为腐谈久矣，而眉生能用之以为诗。是气也，养之苟得其道，用之不失其正，将世所谓流鸿名，树骏业，忠孝廉节，圣贤仙佛，皆可以驯而至焉，兴观群怨其余事耳。眉生既能敛情而用气，宁不能化气而行以天乎？故余喜眉生之诗洒然一变至于此也，更愿眉生之诗之变不止此也。"稷下社弟徐振芳拜题。

明清之际，诗学发生从言情向尚气转化。钱谦益说，诗应当"如风之怒于土囊，如水之壅于息壤"[①]，黄宗羲主张"激扬以抵和平"（《万贞一诗序》），王夫之肯定诗歌宜"风力遒上"[②]。都表达了诗歌尚气的主张。范良以气论诗，提出"退吾情而求诸气"。徐振芳赞同诗歌"敛情而用气"，更主张在此基础上，"化气而行以天"，

---

① 钱谦益《书瞿有仲诗卷》，《牧斋有学集》，上海古籍出版社，1996年，第1557页。
② 王夫之《姜斋诗话》卷二（与《四溟诗话》合刊），人民文学出版社，1998年，第154页。

希望气胜之诗又能合乎自然。这些都呈现出鲜明的时代特点,是诗歌理论在动荡的社会局势中作出的调整和探索。以此读徐振芳诗集,对其诗歌风格能获得更多认识。

(《江苏师范大学学报》2019年第5期)

朱彝尊《静志居诗话》存世三种

朱彝尊为保存有明一代诗歌，以诗存史，且与钱谦益《列朝诗集》立异趣，于晚年编《明诗综》一百卷。其晚年编此书的痕迹在书内静志居诗话中历历可见，卷七十"黄孔昭"条诗话曰："邻有死封疆之臣，耄矣读含美（引者按：黄孔昭字）诗，始克知之，附疏其略，庶后世有述焉。"①即是一例。曾燠认为，朱彝尊撰《明诗综》"所以正钱牧斋之谬"②。这一点于全书所选诗歌及诗话内容也多有逗露，如朱彝尊以为绛云楼遭火灾或是上苍对钱谦益撰史"是非未必皆公"的惩罚（卷四"危素"条诗话），就将此意流露无遗。朱彝尊这一批评一方面是指钱谦益《列朝诗集》以录诗多寡、评诗抑扬徇私情，另一方面又指他取舍诗人受制于党派立场成见，如云："党祸既成，元朋（引者按：陈翼飞字）一跌遂不复振矣。牧斋钱氏与求仲（引者按：韩敬字）、臣虎（引者按：邹之麟字）、元朋皆同籍，而《列朝诗》概削去不录。呜呼，桑海既迁，猿鹤沙虫悉化，而雌黄艺苑者，党论犹不释于怀，可为长叹息也。"（卷六十"陈翼飞"条诗话）可见，"正钱"确是朱彝尊撰《明诗综》主要动机之一。当然，朱彝尊撰《明诗综》受钱谦益《列朝诗集》影响也显而易见，比如《明诗综》引用钱谦益评语很多。固然书里这一类评语由众多人辑录而成③，但是，他们显然是受朱彝尊邀请做辑评事，所辑

---

① 朱彝尊《明诗综》，康熙间秀水朱氏六峰阁本。以下引用此书仅注卷数。
② 曾燠《静志居诗话序》，见朱彝尊《静志居诗话》卷首，人民文学出版社，1990年，第2页。本文以下引用此书，仅注书名、卷书、页码。
③ 康熙刻本《明诗综》题署"小长芦朱彝尊录"，各卷又题辑评者姓名，计有（转下页）

评语刻入《明诗综》也应当是得到朱彝尊同意的。《明诗综》有关徐允禄的诗话曰:"汝廉(引者按:徐允禄字)抗言持论,具有经世之术,诗则非其所长。"(卷六十五)所辑钱谦益评语曰:"天启辛酉,予官詹端,汝廉贻书累万言,谓正统己巳之役,徐元玉得谋国大局,而于廷益为孤注。公等当早决大计,劝请南迁,定商家五迁之议,勿为宋头巾所误。甲申三月,大命以倾,岂知忧危虑早,乃自二十年前一老书生发之,其风义有大过人者。"朱彝尊"具有经世之术"一语的具体含义,实包含在钱谦益所列举的徐允禄书信里面。由此可见钱谦益对朱彝尊的影响,更无须说《列朝诗集》是朱彝尊编《明诗综》重要的材料来源之一。

《明诗综》康熙四十一年始刻于苏州白莲泾慧庆寺,四十三年竣工,次年初朱彝尊撰自序,故一般称《明诗综》初刊为康熙四十四年刻本,传世有白莲泾印本、六峰阁印本等①,《四库全书》本删改较多,此外,尚存《明诗综》部分稿本②。朱彝尊编《明诗综》不仅

(接上页)九十八人,他们是汪森、龚翔麟、胡期恒、何煜、张大受、汪与图、陆大业、钱炘、马思赞、杜庭珠、朱端、周崧、秦道然、朱逢源、徐永宣、席永恂、徐惇复、秦实然、陆秉鉴、陆志谨、朱士㷆、席前席、朱从延、范濂、马翌翥、胡任舆、陆稹、乔崇烈、陆赐书、江发、张士俊、宋至(致)、顾嗣立、乔崇修、汤右曾、徐德夏、宋筠、蒋国祚、杨雯、黄昌淳、宋韦金、冯念祖、丘迥、金成栋、陆廷灿、胡期真、李宗渭、张易忭、汪立名、程道原、杨文铎、高不骞、汪文桢、周耒、姚弘绪、曾安世、程岳、高舆、王文柏、秦祖然、金樟、金栻、汪继燦、成文昭、邵士桢、朱岸登、吴元铉、程元愈、胡范、徐如玉、汪泰来、杨开沅、汪日祺、顾之珽、查克建、汪弘度、裴澜生、傅景俞、吴宝庚、吴宝芝、朱明仪、程仕、朱彝爵、顾以安、吴焯、孙起范、张师孔、徐炯、胡瑛、凌云凤、王锡、朱丕戭、秦敬然、方世举、张有直、朱甫田、江王凤、沈翼。可知书中所辑他人的评语出于众多者之手。

① 关于《明诗综》版本,江庆柏撰有《〈明诗综〉版本考》一文,载《嘉兴学院学报》第27卷第2期,2015年3月。
② 已知朱彝尊《明诗综》稿本现存有两种。一种为上海朵云轩拍卖有限公司2005年春季艺术品拍卖会上的拍品《明诗综》稿本第五十八卷(一册),署"小长芦朱彝尊录,魏塘朱岸登辑评",有"乌程周庆云印""云伯审定"等印鉴。另一种为《2014年西泠拍卖十周年庆典秋拍》介绍之《明诗综》稿本,总计156页,每页都钤有戚叔玉鉴印("叔玉审定")。该介绍云:"戚叔玉所藏此稿,涉及卷一至卷七十中(转下页)

选诗,还撰诗人小传、静志居诗话,请人辑录一部分他人的评语,这些内容列在诗人名字后,所选诗歌前。有些诗人仅有小传,没有诗话或他人评语。《明诗综》问世后即广受瞩目,相比而言,书中的诗话较诸所选诗歌受到更多好评,因为朱彝尊对选入的诗歌有时会作修改,或是加以节录,从而造成与原作之间很大差异,这在一定程度上降低了《明诗综》文献的可信性,因而受到一些质疑。如卷七十八选顾绛(炎武)《嵩山》一诗,原作是五言古诗十六句,朱彝尊节录其首两句和末六句,变成八句,形式上很像是一首五言律诗,对原作的变异很突出。

《明诗综》刊行以后,"世人苦《诗综》太繁,家不能有其书,即有亦不能遍观而尽识"①,可是人们研读明诗,又欲参阅其诗话的内容,故清人有从《明诗综》将其辑出单独成一书者,以便披览流传。尽管各人所辑之书其书名有所不同,因为都是以辑录《明诗综》一书的静志居诗话为主,故不妨并以《静志居诗话》名之,此类辑本也就是本文以下所要介绍的内容。清朝有多种《静志居诗话》抄本,有的完整,有的不完整,对于仅有部分或少量节选者,本文不加论略②。

(接上页)155位诗人的小传、辑评、诗话和诗选,是朱彝尊编纂此书早期的一部手稿,中有大量朱墨笔校改,留存了若干未入刊本的诗作,以及朱彝尊对原诗进行改动的证据,具有重要的学术文献价值。由于朱氏曝书亭藏书在其孙辈时因家境窘迫陆续散出,《明诗综》的原稿本亦已星散,未见公藏著录,藏者宝之。按:以上两种或是同一部稿本散落于不同藏家者。水竹邨人(徐乃昌)《书髓楼藏书目》卷四(集部之总集)曾著录曰:"《明诗综》稿本八册,朱彝尊手稿本。"(民国二十四年铅印本)不知以上拍卖的稿本是否即是徐乃昌所记载的本子?

① 周中孚《郑堂札记》卷二,《续修四库全书》第1158册,上海古籍出版社,2001年,第11页。本文以下引用此书,仅注册数、页码。
② 清人有《静志居诗话》节抄本数种:福建省图书馆藏乾隆二十六年孟超然抄本《静志居诗话偶钞》一卷(见蒋寅《清诗话考》第91页著录,中华书局,2005年),今人韦力藏乾隆五十九年吴骞跋抄本《静志居诗话》八卷,吴骞跋曰:"不知何人所辑,梧桐乡汪氏旧藏也。观其去取,似亦未必尽当。"(见韦力《静志居诗话》一文,载《光明日报》2013年5月23日)汪氏,汪如藻,汪森四世孙。又据吴骞跋记载,他曾从"武原陶氏借得《静志居诗话》四册不分卷,始自刘基,讫于王宽,每人小(转下页)

此外，在介绍之前再作两点说明：

第一，本文所谓《静志居诗话》是指从《明诗综》辑出而成专书者，非单独辑出者不在此范围。据此，凡朱彝尊《明诗综》各种存世本子，包括西泠印社拍卖有限公司 2014 年秋季拍卖会上的拍品《明诗综》稿本等，由于都是诗选与诗话的合编，本文均不作介绍。

第二，只要是从《明诗综》单独辑出诗话而成专书者，即使书名没有出现"诗话"，也将根据书籍的实际内容，视其为诗话专书，如藏于上海图书馆的抄本朱彝尊《明代诗甄汇编》一百卷，其实就是一部从《明诗综》辑出的不包含诗选的诗话。

今所见《静志居诗话》之成专书者，以乾隆四年江湄抄本《明诗综诗话》不分卷为最早。此书由从吾读博士学位的龙野君见告，特此致谢。后来，又有抄于乾隆时期之《明代诗甄汇编》，而嘉庆二十四年扶荔山房刻本姚祖恩辑《静志居诗话》二十四卷则是流传最为广泛、影响也最大的本子。姚祖恩辑本之前还有卢文弨、周中孚所辑《静志居诗话》两种，尚未发现流传本[①]。今人各家清诗话目录皆未记载存世的江湄抄本《明诗综诗话》、佚名抄《明代诗甄汇编》，二书也极少为清诗话研究者所提及。姚祖恩辑本尽管广为流传，人们对姚祖恩的了解却很少，其所辑《静志居诗话》虽然录自《明诗综》，却又经过他重新编录，与朱彝尊原作相比勘，差异之处其实不少，对此也宜予适当留意。

一、江湄抄辑本《明诗综诗话》不分卷

《明诗综诗话》不分卷，署"竹垞朱彝尊辑，蒿坪江湄录"，乾隆

（接上页）传及诸家诗评序次一依《明诗综》全载，而惜乎仅及什之三四"。吴骞跋引春江外史顾惇量语又提到，顾氏丛书贾处曾见《静志居诗话》二卷（均见韦力文）。

① 见周中孚《郑堂札记》卷二。蒋寅《清诗话考》指出："二家书均未见刊行。"中华书局，2005 年，第 273 页。

四年抄本,藏天津图书馆,收入陆行素主编《天津图书馆孤本秘籍丛书》第 16 册,见该册第 379—847 页,中华全国图书馆文献缩微复制中心 1999 年影印出版。水竹邨人(徐乃昌)《书髓楼藏书目》著录曰:"《明诗综诗话》五卷,朱彝尊撰,江湄钞。"①误,由此可知徐乃昌其实并未见过此书。《中国古籍善本书目》将《明诗综诗话》著录在总集断代部分②,而不是归入诗文评类,也不妥。这是现存最早的朱彝尊《明诗综》诗话辑录本。

江湄(1686—1741)③,字佩水,号蒿坪,安徽歙县人。他也自称"练水江湄",因为练水流经歙县,故以练水代称歙县。诸生。他长期生活于扬州。曾先后入励廷仪、唐执玉幕府。励廷仪(1669—1732),字令式,号南湖,直隶静海人,雍正元年擢刑部尚书,九年迁吏部尚书,卒谥文恭。著有《双亭清阁诗稿》。唐执玉(1669—1733),字益功,号蓟门,江苏武进人。雍正七年任直隶总督,九年请辞直隶总督获准,十年任刑部尚书,十一年第二次任直隶总督,旋卒于任上。江湄入励廷仪、唐执玉幕府当在雍正元年至九年之间,在唐执玉幕府的时间很短。以后他又在山东、浙江过了一段短暂的幕僚生活,回到故乡。阮元《淮海英灵集》说他是"江都瓜洲人,江宁籍,……乾隆丙辰荐举博学鸿词"④,所述多有误。

江湄工诗古文词,著诗文盈尺,以善章奏名。擅长书法,尤善小行楷。励廷仪称其小行楷、七言绝句、章奏为三绝⑤。著有《桐

---

① 水竹邨人(徐乃昌)《书髓楼藏书目》卷四(集部之诗文评类),民国二十四年铅印本。
② 《中国古籍善本书目》(集部),上海古籍出版社,1996 年,第 1720 页。本文以下引用此书,仅注书名、页码。
③ 江湄生卒年据王世清《艺苑疑年丛谈》(增补版),(台湾)石头出版股份有限公司,2008 年。本文以下引用此书,仅注书名。
④ 阮元《淮海英灵集》丁集卷三,嘉庆三年小琅嬛仙馆刻本。
⑤ 见劳逢源《(道光)歙县志》卷八之九,道光八年刻本。

香书屋诗存》《蒿坪文集》①。他的诗文集还未发现,现将从其他书籍中见到的数首诗歌抄录如下,以见其诗风之一斑。

阮元《淮海英灵集》载三题五首。《见鹧鸪》二首:"青草湖头苦雾侵,黄陵庙里落花深。鹧鸪尔是南巢鸟,榆色秋风恐不禁。""能言不比青鹦鹉,一样雕笼锁短翰。从此莫啼行不得,黄芦苦竹好相安。"《送秋》:"天半颓云忽不流,悲吟楚客倍添愁。青衫已湿霜前泪,红树难留叶底秋。纵有浊醪消永夜,绝无清兴倚高楼。诗情顿觉多萧索,也逐西风一夕收。"《重过红桥》二首:"日落风微暑气清,绿杨城郭一舟横。十年梦里销魂路,今日重来眼倍明。""曲曲青山滟滟波,易句留处易消磨。关情最是红桥柳,系得愁心尔许多。"②郑庆祜《扬州休园志》载江湑《休园雅集》:"休园三茸继肯堂,休园诗句皆琳琅。坐君池亭风月古,把诗快读还飞觞。我来登眺春正早,烟月梅花俨蓬岛。语石堂开绿锦茵,湛华池畔书带草。乔木苍苍高入云,栽培四世多辛勤。其中变迁亦多故,代有能贤迥出群。羡君妙年著英异,不爱繁华爱奇字。一卷诗从竹里携,二分长向花前醉。君家园林旧有名,谷口咸推郑子真。兹园继志美尤著,不独占断扬州春。"③

江湑与厉鹗有交往。厉鹗《倦寻芳》云:"扬州与江佩水别三年矣,辛丑春日,在都下重见于程蓉槎斋中,话旧凄然,因制此曲。"词曰:"水萍不定,烟月无端,人海逢又。曲曲荚湾,空老那回杨柳。十二街中灯过五,十三楼上寒销九。数年华,但箫沉梦远,镜窥吟瘦。　共细乳,分茶清昼。门外尘缁,侬定能否?浅碧西山,赢得此怀如旧。相见犹怜云聚散,相思应在花前后。似分明,话秋池,雨窗时候。"④辛丑是康熙六十年(1721)。程哲

---

① 见石国柱《(民国)歙县志》卷一五,民国二十六年铅印本。
② 阮元《淮海英灵集》丁集卷三,嘉庆三年小琅嬛仙馆刻本。
③ 郑庆祜《扬州休园志》卷八"诗",乾隆三十八年察视堂自刻本。
④ 厉鹗《秋林琴雅》卷三,康熙六十一年刻本。

(1668—1739),字圣跂,号蓉槎,师从王渔洋,有《蓉槎蠡说》。他年长于江湑,两人同乡,又都生活于扬州。

江湑珍爱文献,喜欢抄书。他出于对朱彝尊《明诗综》特别是其中诗话部分价值的认识,于乾隆二年(1737)七月开始抄《明诗综诗话》,先后经过二十个月,至乾隆四年(1739)二月完成,两年后去世。所以《明诗综诗话》是他晚年抄录的一部最重要书籍,不仅将朱彝尊《明诗综》散见的诗话第一次汇为一集,而且它本身还是一部精美的书法艺术作品,是他个人重要的书法作品集。他在《明诗综诗话》自记中说:

> 丁巳夏六月,与鲍子薇省纳凉桐香书屋,论及竹垞先生《明诗综》选本,萃诸家诗话而断以己意,不特论其诗,且论其人与其世,伟哉一代巨观乎。第卷帙浩繁,不利行箧。余慨然任钞辑之劳,始于是年七月,迄己未二月而竣,阅月二十,为书五巨册,计篇约九百。洪甥丹山付善手装订成书,置之案头,翻阅甚便。惜老矣,无出门之志,舟车之携,恐不获践,爰志岁月并录书之故,以告后人,其毋覆甕糊窗幸甚。乾隆四年岁在己未七月中浣,练水江湑书。[1]

从他的话里可以感受到,他对这部抄本非常爱惜。

《明诗综诗话》卷首除了收有江湑自记外,还有姚世琦、黎雨稼、江炳炎、鲍倚云四人的识语、题词、题诗、书后,这些对于了解江湑其人以及《明诗综诗话》如何辑录成书,也都很有帮助。兹录姚世琦、黎雨稼文如下。姚世琦识语曰:

> 江子名湑,字佩水,别字蒿坪,歙人也。五岁作家书寄大父,言质而意真,乡人以奇童子目之。八岁而孤,读书于外舅

---

[1] 陆行素主编《天津图书馆孤本秘籍丛书》第16册,中华全国图书馆文献缩微复制中心,1999年影印本,第382页。本文以下引用此书,仅注书名、册数、页码。

徐氏家,外舅雅爱重之。年十二,外舅移家姑苏,偕内兄鉴一肄业吾家渊雅堂中,先君子期以大器。十八岁归邗上,屡试不售。年二十补江宁郡庠博士弟子员,三十一走京师,诗古文词益进,辇下巨公争夸其贤,一时知名之士愿识面焉。尤长于笺奏,每奏报可。世宗宪皇帝阅所奏牍,必极褒予,署名之人辄受上赏,膺高爵。世无常何,故马宾王不获上达也。尝馆于静海司寇励文恭公廷仪家,故又习为刑名之学。素善病,于折狱之事不惮劳瘁,悉心研究,多所平反。或有失出者,必改正之,不敢枉法以行幸恤,盖能严以济慈,行不忍之心于法外。使得一官,稍展其才,岂非良吏欤?唐蓟门先生执玉总制直隶,闻其贤,辟入幕府,以不克尽其长,乃辞去,厥后佐朱东溪于山左,佐大阮切存先生于浙江,俱不得志,遂归老于家。所著诗文盈尺,稿藏于家,惟以自娱。尤喜手录书,随笔杂记,丹黄甲乙,岁无宁晷焉。先是久于长安,思得一第,当路欲官之,耻从他途进,弗屑也。居恒慎交游,一二知己,咸倾心相与。或有以利干请托者,累数千金,咸却之。盖义命自安,萧然自远,不汲汲于荣利,不戚戚于贫贱,故望重公卿,争相折节,不徒以词章见称也。今并科名之志亦与齿落发疏,心灰云冷矣,其牢骚拂郁,不屑为不平之鸣,伤时之论。间以暇日录成《诗话》一编,其自遣也,乃自伤也,余知之最悉,阅是编,有深慨焉,乃悉书之。茂苑世弟姚世琦识。①

文中"世无常何,故马宾王不获上达"一语,说的是唐代马周(字宾王)早年落拓,不为州里所敬,后为中郎将常何家客,代为上疏称旨,常何如实向唐太宗称赞马周之才,因得发达,官至中书令。姚世琦以这个例子,为江湄入幕府代拟笺奏有声,却无人为

---

① 陆行素主编《天津图书馆孤本秘籍丛书》第16册,第380页。

之荐贤才而鸣不平。又以为,江湄晚年抄录《明诗综诗话》一书是"自遣""自伤",是借以寄托精神。

黎雨稼题词曰:

> 蒿坪先生具作赋之才,尤擅临池之妙,口吟手录四十余年,未见其一日辍也。近家居无事,以竹垞先生《明诗综》卷帙繁重,不便行笥,因取其中所载诗话,删繁汰复,手为缮录,阅月二十而竣,去取矜慎,朱墨精好,诚艺林鸿祕也……乾隆四年立冬日,同学愚弟黎雨稼拜书。①

撰写诗文题记者多为文人兼书画家。黎雨稼字耕书,安徽怀宁人,善书画,著有《云松坞集》《自长吟集》等。鲍倚云(1708—1778)②,字薇省,号苏亭,徽州岩寺人。优贡生,年四十,遂不赴举,以经学授于乡,学者称退馀先生。作诗歌古文辞皆有法,嗜兰,工书画,有《寿藤斋诗》三十五卷,古文十卷,《诗賸》五卷,《退馀丛话》、尺牍若干卷。江炳炎,一名江灏,字砚南,号冷红,徽州籍,居浙江钱塘。"诗字画称三绝"③,"钩染花卉草虫,取法元人,工诗词"④。有《琢春词》。也喜欢抄书,有《白石道人歌曲》抄本,世称精善。他们盛称江湄抄本《明诗综诗话》,可能更多是出于对其书艺的欣赏。

由于是抄本,《明诗综诗话》流传很少,但是在它抄成后不久,似乎在有限范围内也曾经流传过。卢见曾补注王士禛《渔洋山人感旧集》乾隆十七年雅雨堂刻本所引用的朱彝尊诗话亦称《明诗综诗话》,其所据或是江湄抄本。卢见曾乾隆间任两淮盐运使,交结文人、书画家甚众,江炳炎曾与之往来。江湄晚年住在扬州,抄本《明诗综诗话》为他随身所携。鲍倚云写于乾隆五年的题词说:

---

① 陆行素主编《天津图书馆孤本秘籍丛书》第16册,第381页。
② 鲍倚云生卒年据王世清《艺苑疑年丛谈》(增补版)。
③ 李斗著、陈文和点校《扬州画舫录》,广陵书社,2010年,第146页。
④ 汪鋆《扬州画苑录》卷三引彭蕴灿《畊砚田斋笔记》,光绪十一年刻本。

"蒿坪先生《诗话》录成,贻余书志喜,盖去余与先生商订始事之日未及两年。余归装初解,旧学全荒,而先生之书戛然巨册。今年夏复过扬州,拜观此书,先生喜,余窃自愧,叹不能已也。"①卢见曾向他借阅《明诗综诗话》为补注《渔洋山人感旧录》之用,这是完全可能的。若这一推测可以成立,则可以说明此抄本在完成后不久便曾经被引用,产生影响。

江湉从《明诗综》抄录诗人小传、静志居诗话、作者引述的他人评语,而统称为《明诗综诗话》,这已经不属于单纯的抄书,而是做了一件辑书工作,也就是说,江湉实际上是编了一部《明诗综诗话》。与散见于《明诗综》的静志居诗话相比,江湉所辑《明诗综诗话》将诗人小传一并抄入,这显然受到了钱陆灿从《列朝诗集》辑录诗家小传以及评语为《列朝诗集小传》一书的启发,然而《列朝诗集》中的诗人小传和评语原本就是融为一体的,《明诗综》的诗人小传和静志居诗话原本则互相分开,所以,江湉在抄写的同时,重新编录《明诗综诗话》的意义就显得更加突出。

黎雨稼说江湉抄本对《明诗综》原来的诗话"删繁汰复","去取矜慎",似乎是有选择的抄录,而不是完全照原样过录。不过一般而言,江湉对于抄录的内容可算是用忠实的态度加以处理,基本采用了逐字抄录的方法,如明朝帝皇谥号,他依原书全称抄录,帝皇葬处,也据原书用双行小字抄录具体葬地位置。而在后来姚祖恩整理的《静志居诗话》中,谥号是简称,双行小字被删。又《明诗综》多引他人评语,其中征引钱谦益语不少,江湉也予以抄录,尚未见忌讳。

二、佚名抄辑本《明代诗甄汇编》一百卷

《明代诗甄汇编》一百卷,抄者不详,藏上海图书馆,著录为

---

① 陆行素主编《天津图书馆孤本秘籍丛书》第16册,第382页。

"清朱彝尊辑",归入总集,《中国古籍善本书目》著录同,归入总集断代部分,皆是根据其书名而为之部类①,未得其实,而依其内容宜入诗文评类。卷一、卷十一、卷二十一、卷三十一、卷四十一、卷五十一、卷六十一、卷七十、卷八十、卷九十一的首页 A 面都钤有"天水赵氏""惕吾"朱文印各一。当是赵敦训的藏书。赵敦训,号惕吾,湖南武陵人。他之所以称"天水赵氏",是以郡望之故。其父赵慎畛(1761—1825)嘉庆元年进士,官云贵总督等职,谥文恪②。赵慎畛是著名的藏书家,死后藏书存于后裔。《明代诗甄汇编》当是赵慎畛、赵敦训的藏书。值得一提的是,赵慎畛喜藏朱彝尊著作,他在嘉庆二十四年(1819)花朝(二月十五日)写的二十二卷本《曝书亭诗集注》跋语中说:"余家旧藏《曝书亭全集》,后得此本,注释明备,更便下学诵习,上有堇浦先生(引者按:杭世骏)批笔,犹可宝贵。往来南北,遗失二卷,亟倩书手补写而丹校之,后来人当奉若拱璧也。"③又姚祖恩辑《静志居诗话》卷首也有赵慎畛嘉庆二十四年四月廿三日所撰序,云:"先生(引者按:指朱彝尊)著作等身,海内藏书家罗致恐后,余独以是书未得单行为憾。"④明此缘故,朱彝尊《明代诗甄汇编》抄本为赵家之藏书也就不难理解,惟不能完全确定此书为赵慎畛收藏而传之于赵敦训,抑或是至赵敦训才收得而庋藏之?不过从赵慎畛嘉庆二十四年序尚曰"余独以是书未得单行为憾",而数年后他就去世的情况来看,很可能这部《明代诗甄汇编》不是他收藏,而是赵敦训购得的藏品。

---

① 《中国古籍善本书目》(集部),第 1721 页。
② 赵敦训是赵慎畛儿子,姚莹诗歌对此曾经道及,《中复堂全集》之《后湘二集》卷五《道光十年九月至武陵谒赵文恪公墓有作》,诗末自注:"莹舟至武陵城下,是夜,公季子敦诒有事,先莹梦公呼之曰:'迪光起,有远客至矣。'迪光,敦诒字也。"紧接此诗之后是两首五律,题曰《十月二十七日武陵临沅门外别赵惕吾敦训郎麓敦诒兄弟》(道光刻本),将他们的父子关系表述得很清楚。
③ 引自傅增湘《藏园群书经眼录》,中华书局,1983 年,第 1436 页。
④ 朱彝尊著、姚祖恩辑《静志居诗话》卷首,第 1 页。

卷首录朱彝尊自序："合洪武迄崇祯诗甄综之,上自帝后,近而宫壸宗潢,远而蕃服,旁及妇寺、僧尼、道流,幽索之鬼神,下征诸谣谚,入选者三千四百余家。或因诗而存其人,或因人而存其诗,间缀以诗话,述其本事,期不失作者之旨。明命既迄,死封疆之臣、亡国之大夫、党锢之士,暨遗民之在野者,概著于录焉,析为百卷,庶几成一代之书。窃取国史之义,俾览者可以明夫得失之故矣。康熙四十有四年月正人日,小长芦朱彝尊序。"

次页说明抄本的册数、字数曰：

《明代诗甄汇编》共十本,计壹百卷：
第一本　计叁万叁千肆拾肆字。
第二本　计弍万叁千肆拾肆字。
第三本　计肆万弍千捌百肆拾叁字。
第四本　计叁万柒千壹百伍拾玖字。
第五本　计肆万伍千叁百弍拾肆字。
第六本　计叁万陆千肆百弍拾肆字。
第七本　计弍万捌千陆百玖拾弍字。
第八本　计叁万柒百伍拾叁字。
第九本　计弍万弍千捌百壹拾字。
第十本　计壹万玖千弍百壹拾玖字。
总共计叁拾壹万玖千叁百壹拾弍字。

以上说明册数、字数的书迹与抄本正文的书迹不同,显然是他人在后来统计全书字数时另为书写的。

《明代诗甄汇编》不知抄于清朝何时,然全书避讳"玄、胤、弘",皆作缺笔,"曆"作"歷",据此,当抄于乾隆朝。又所抄诗话引钱谦益语,"钱谦益""钱受之"皆直书,不像姚祖恩《静志居诗话》多将钱谦益改为"愚山"以谐"虞山",或以模糊的"钱氏"代替"钱牧斋"。这些说明,《明代诗甄汇编》抄录于乾隆朝初期,当时朝廷还未将钱谦益视为必须深加忌讳的对象。《明代诗甄汇编》避讳"玄、胤、弘"三字与姚祖恩辑本代之以"元、允、宏",避讳方式也不相同。

《明代诗甄汇编》没有目录,卷数及每卷包括的诗人与《明诗综》相一致。卷十"孙蕡"条诗话有数处空阙符号,如"此广州张繢□□所集也","此安成王佩□□所集也","此□□□□□所集也"。这些在《明诗综》康熙四十四年刻本中也是空阙,说明《明代诗甄汇编》抄自《明诗综》。原书的诗歌不抄,只抄录诗人小传、他人评语、静志居诗话(每卷第一条标"静志居诗话",其他标"诗话",体例与《明诗综》同),说明抄者真正关注的是《明诗综》评论性资料,是有意识地要将它们辑成一部诗话的。可是,《明代诗甄汇编》不对原书卷数做重新处理,与江湉抄本不分卷、姚祖恩辑本分二十四卷都不相同,这似乎表明抄者想辑成一部诗话的意识相对于江氏、姚氏而言又略显薄弱。

《明诗综》静志居诗话可以分成两类,一类总评某一位诗人,置于诗人小传后,所选诗歌前,另一类评某一首诗歌,或置于所评诗歌诗题后,或置于所评诗歌作品后。《明代诗甄汇编》只抄录第一类诗话,不抄录第二类诗话。比如《明诗综》卷五评徐尊生《读元史偶书》,卷六评张孟兼《漫兴》,卷七评张翼《西湖竹枝词》,卷八评高启《吴宫》,卷十一评张昱《白翎雀歌》、评蓝仁《赋网巾》,对于这些评具体诗歌的诗话,《明代诗甄汇编》一概不抄录,仅抄录总评这些诗人的各条诗话。有些诗人,《明诗综》只有评其具体诗歌的诗话,没有总评诗人的诗话,如卷四评赵㑆《续兰亭会补参军孔盛诗》,卷十三评冯伯初《崔贞姑庙》、评戴奎《秋夜有怀》、评金慎《柿林新居》,卷十五上评游庄《所闻有感》,卷十五下评徐文举《赋得百花洲》,《明代诗甄汇编》不抄录这类诗话,于是就没有了这些诗人的诗话。此是抄录该书体例使然。

对于总评诗人的诗话,《明代诗甄汇编》也有不抄录者。这种情况在卷十三至卷十六尤其突出。如卷十三贝翱、张璧、金絧、刘秩、吴文泰、王泽、任原,卷十四周致尧、刘涣、凌云翰、胡奎、李延兴、袁华、邵亨贞、虞堪、顾禄、黎贞、郑涔、郑真、陈燧、陶振、张时,卷十五上刘仔肩、陈谟、金信、邾经、郭文、沙可学、王旬、李铎、范宗晖,卷十五下郑榦、丘辅仁、谢林、顾协、谢常、潘子安、郑洪、胡温,卷十六方孝孺、王叔英、周是修、茅大方、胡闰、郑桓、叶见泰、袁凯,卷十七杨士奇、胡广,他们在此抄本中皆未录有诗话。

也有抄录诗话不全者。如卷四牛谅,所录诗话仅为"尚书在元时中甲午大魁,见张志道同使安南所赠诗句",省略颇多,卷十三管讷少"管师事廉夫"至"讵可遗哉"57字,浦源仅抄22字,阙290字,陈汝言仅抄开头"吴县二陈,居船场巷,并有隽才,俱善诗,工画山水,又皆多须,故有大髯小髯之目",阙后面357字,乌斯道无"矜许至矣"以下107字,俞贞木仅有首句"明府有雕本集二册",阙后面26字,叶子奇阙最后"可资国史采择,诗特馀技尔"句。卷十六练子宁仅抄录开头"革除诗文之禁,甚于元丰,然逊志之集,《金川玉屑》之编,久而日星不灭也"数语,后面134字未抄录,刘璟仅抄录开头47字,阙后面65字,高逊志仅抄录开头和结尾数语,阙中间506字,蒋兢阙"然类皆惑于《从亡》《致身》二录"以下276字,许继、郭钰二人各只抄录诗话第一句,阙大部分内容,唐之淳阙最后"萍居诗流传特寡"以下31字,漏喻阙中间引时人纪事诗等内容,卷十七姚广孝阙中间"观其入燕两谒刘太保墓,赋诗云",以及所引五古诗,解缙阙"然就近体而论"以下内容,缺少的部分多有引解缙诗句者。由漏喻、姚广孝、解缙的例子可知,《明代诗甄汇编》不抄诗话中所引用的诗歌,似乎是它的一种体例。

偶有误字、漏抄字者。如卷七"张羼"条诗话"洪武修礼书,吾乡与者三人","吾"误作"吴"。"羼所居有巨梓",漏抄"羼"字。卷二十六赵同鲁"则巡抚都御史陈均之",《明诗综》在"陈均"之间有一格空阙符号□,表示此处阙一个字,《明代诗甄汇编》却连抄,误。

对于《明诗综》所引他人的评语,《明代诗甄汇编》多予抄录,也有不抄录者,表明抄者对于他人评语抄与不抄是有所选择的。如卷十三"王泽"条,抄录徐子元评语,不抄钱谦益评语(姚祖恩辑《静志居诗话》这一条则录钱谦益评语,不录徐子元评语,恰成相反)。《明代诗甄汇编》对于抄录的他人评语,有时也有简省,如卷四"刘崧"条引刘仲修语,略去"晡时吏退"四字。

此外,抄本《明代诗甄汇编》略留下修改痕迹,比如卷十七晏铎,诗话内容与《明诗综》同,然中间漏抄"编谓是永乐二十二年庶吉士传闻异辞当以登科考为正也黄才伯"27字,后来又补抄于该页的页眉处。这也可以证明它是一种抄本,不是像有人所误以为的是一种未完成的稿本。

三、姚祖恩辑《静志居诗话》二十四卷

有关姚祖恩的资料不多,以前注意到他的人也很少。侯富芳先生《〈静志居诗话〉散论》一文提出姚祖恩辑《静志居诗话》与朱彝尊《明诗综》里的静志居诗话之间存在差别,对此作了一些说明,还指出姚祖恩与《史记菁华录》选评者姚苧田是两个人,对长期以来的误传作了纠正[1]。不过该文关于姚祖恩提供的资料依然很少,本文对此做一些补充,此外,对姚祖恩辑《静志居诗话》与朱彝尊《明诗综》里的静志居诗话的差异,在侯富芳先生文章的基础上再做进一步说明和分析。

姚祖恩父亲姚思康,贡生。他曾受乾隆帝赏赐,余金《熙朝新语》卷十四载:"(乾隆)三十年,圣驾南巡,……承办金山墨刻之程

---

[1] 侯富芳先生文章载《图书馆杂志》2011年第10期。

堂、姚思康,各赏缎二匹。"①他于乾隆三十二年任后补运判,三十五年再任,四十八年任泰州运判②。后来被人控告,遭朝廷密查,《高宗纯皇帝实录》五十一年十月甲辰谕:"至骆愉供出江、吴二商人呈控运判陈炯、姚思康二案,现已谕令将原案送京查办。但该二员是否实有情弊,徵瑞即行密速访查,勿使该员等闻信,致有意外之虞。"③

外祖父金甡(1702—1782),字雨叔,号海住,浙江仁和(今杭州)人。雍正元年癸卯(1723)中举,乾隆七年壬戌(1742)状元,官修撰、侍讲学士、直上书房、礼部侍郎,因病回籍。门下士朱珪《上书房行走礼部左侍郎加二级金公墓志铭》④对他生平经历记载颇详。姚祖恩、姚祖同兄弟是金甡第三女儿之子⑤。姚祖同(1761—1842),字亮甫,一字秉璋,号镜潭,有《南归纪程》一卷,稿本,藏国家图书馆;《钦定平定教匪纪略》,藏上海图书馆。

金甡著有《静廉斋诗集》二十四卷,朱珪编,姚祖恩参与校订并予刊行。姚祖恩所撰《静廉斋诗集》目录后叙一文,载于该书卷首⑥,"谨述纂辑岁月"以及他与弟姚祖同"从学渊源"。从这篇文章可以得到姚祖恩以下信息:

(1) 他生于乾隆二十五年(1760)或之前。姚祖恩说他撰写《静廉斋诗集》目录后叙一文时,"已届周甲",文章末署此叙写于嘉庆二十五年(1820)。因为姚祖恩弟姚祖同(字秉璋)生于乾隆

---

① 《续修四库全书》第 1178 册,第 705 页。按:原书注"见《南巡盛典》"。
② 见朱珪《上书房行走礼部左侍郎加二级金公墓志铭》,《知足斋文集》卷四,《续修四库全书》第 1452 册,第 318 页。
③ 《清实录》卷一二六六,第 24 册,中华书局,2008 年,第 25585 页。
④ 参见朱珪《知足斋文集》卷四,《续修四库全书》第 1452 册,第 316—318 页。
⑤ 金甡《静廉斋诗集》卷二三《别三女》之二:"秋闱南北利,侍膝蚤详论。"自注:"有令祖同随余就试北闱之意。"(《续修四库全书》第 1440 册,第 626 页)可知姚祖同是金甡三女的儿子,姚祖恩、姚祖同是同胞兄弟。
⑥ 见金甡《静廉斋诗集》,《续修四库全书》第 1440 册,第 421—422 页。

二十六年辛巳(1761),姚祖恩自当生于1760年或之前。

(2)他于乾隆四十五年(1780)中举,四十六年(1781)中进士。该文云:"祖恩庚子乡荐。"又云:"祖恩辛丑捷南宫,先生赋诗寄勖。仲秋归省,值八十览揆之辰,犹捧觞为先生寿。"金甡八十岁是乾隆四十六年。张寅彭《新订清人诗学书目》云姚祖恩"乾隆四十六年进士",核以姚祖恩自述,所言是。潘衍桐《两浙輶轩续录》①、江庆柏《清朝进士题名录》②,皆著录姚祖恩乾隆四十九年甲辰(1784)进士,有误。

(3)扶荔山房是姚祖恩书斋名。该文末署"罗阳官舍之扶荔山房",时姚祖恩在广东罗阳任官,书斋当时在官舍内。

姚祖恩字柳漪,号笏园(《两浙輶轩续录》卷十四)。检金甡《静廉斋诗集》卷十九有诗题《渡江示外孙姚养重祖恩秉璋祖同》,姚祖同字秉璋,则可知养重是姚祖恩字。又据民国《绕府志》载,姚祖恩嘉庆十二年曾任惠来县令。

姚祖恩对刻书业饶有兴趣,所刻书以扶荔山房名。《两浙輶轩续录》说:"幼嗜《南宋杂事诗》,以为武林掌故之汇,每游湖山,辄携一编印证,既而属惠秋韶、严厚民校刊行世,即所称扶荔山房本也。"③其刻书最著名者,一是沈德符《万历野获编》,此书后来又由他儿子姚德恒同治八年重校补刻;二是他自己编辑的朱彝尊《静志居诗话》二十四卷。

下面就谈姚祖恩辑《静志居诗话》的一些具体做法。

这部《静志居诗话》虽然根据朱彝尊《明诗综》辑出,可是,它又不仅仅是将原书有关内容简单地归拢在一起,而是对它们重新加以分卷,使各卷内容多寡大致保持平衡,较诸原书发生了很大

---

① 见潘衍桐《两浙輶轩续录》卷一四,《续修四库全书》第1685册,第342页。
② 见江庆柏《清朝进士题名录》,中华书局,2007年,第637页。
③ 潘衍桐《两浙輶轩续录》卷一四,《续修四库全书》第1685册,第342页。

改变,其变异性比江湑抄本《明诗综诗话》、无名氏抄本《明代诗甄汇编》都显著得多。姚祖恩自己对如何辑集《静志居诗话》的体例没有说明,从该书实际面貌看,大致可以将其体例归纳为以下几点:(1)辑录诗人小传、诗话,并且选择一部分《明诗综》原有的他人评语。对这些他人的评语标以"附录",以示与朱彝尊撰写的诗话相区别。诗话部分先录总评,再以"又云"起头,录评述某篇作品者。若无总评,只有对具体作品的评述,辑录时对此不另作说明。书里所录评述具体某篇作品者,如卷四"冯伯初"条诗话评《崔贞姑庙》,"戴奎"条诗话评《秋夜有怀》,"金慎"条诗话评《柿林新居》,卷五"徐文举"条诗话评《赋得百花洲》,"邬修"条诗话评《中秋分韵》,"陶琛"条诗话评《过徐良夫耕渔轩次倪元镇韵》,"朱友凉"条诗话评《周尊师祷雨歌》,"黄子澄"条诗话评《枯梅》。《明诗综》将这些诗话都列于具体所评诗歌之后,姚祖恩则将它们列在诗人小传后,与其他总评诗人的诗话在形式上完全一样,不作任何说明,这一点特别容易引起读者对朱彝尊《明诗综》两类诗话的误会[①]。(2)朱彝尊纂《明诗综》并不是给每一位入选的诗人都撰写诗话,事实上没有写诗话的诗人在书中将近占一半。姚祖恩从诗话没有涉及的诗人中选择一部分编入本书,内容有诗人小传,还有从《明诗综》采撷的他人评语作为"附录",缀于小传后。如卷七张振、沈恒、童轩,卷八陈昌、邵珪、杨荣、洪贯、罗玘,卷十三方弘静、卞锡,卷十七王志坚,卷二十三"闺门"孟淑卿、陈懿德,等等。虽然只有四十余人,姚祖恩对入选的诗人当有他自己的考虑。这一点与抄本《明诗综诗话》《明代诗甄汇编》相比体例差别尤为明显,形成特色。(3)从《明诗综》选择一部分诗歌,编入朱彝

[①] 比如姚祖恩辑《静志居诗话》卷二"赵俶"条诗话曰:"本初《续兰亭会诗》不见佳,取其有晋人遗韵。"(第43页)朱彝尊《明诗综》则是选取赵俶《续兰亭会补参军孔盛诗》,然后在下面写有一条诗话评此诗:"不见佳,取其有晋人遗韵。"

所撰诗话和"附录"的评语,原来诗话的篇幅因此有所增加。这在一定程度上改变了朱彝尊诗话和"附录"评语的原貌,是姚祖恩辑《静志居诗话》与朱彝尊所撰诗话最大不同之处。结果使脱离《明诗综》之后的姚辑本《静志居诗话》依然保留了几分诗选的特点。这种评论与诗选互相融合的做法,是符合诗话编纂体例的。(4)《明诗综》原无诗话,又无他人评语的诗人,不作为辑录的对象。(5)在同一条诗话中谈到两位以上诗人,他们一起被辑入书里,如卷七苏正、苏直,卷十田汝耒、左国玑,卷十三卜大同、卜大有、卜大顺,等等。这不算是无诗话或无他人评语者被辑录书中的例外情况。(6)姚祖恩自己对诗话或他人评语欲作说明,用"案"的形式表示,这类情况实际例子不多。此外,姚祖恩"案"还包括别的一些内容,如"徐尊生"条诗话在辑录朱彝尊关于徐氏《读元史偶书》的评语后,将这首诗歌辑存在"案"里,以帮助读者理解朱彝尊对这首诗的评述。

姚祖恩从《明诗综》选择一部分他人评语作为"附录",又从书里采撷一部分诗歌融入到诗话或"附录"里面,这些都是他所辑《静志居诗话》新增入的内容,使朱彝尊原来所撰的诗话分量得到较多增加,内容也有丰富。特别是采撷诗歌融入诗话或"附录",最足以体现他辑《静志居诗话》对朱彝尊原著的共构性,应当说,姚祖恩从《明诗综》采撷诗歌入诗话或"附录"的数量还是比较大的,大概有以下几种情况。

(1)原无诗话。以林章为例,朱彝尊《明诗综》只有林章小传、他人(谢在杭、曹能始、钱受之、周元亮)评语、诗选,没有诗话。姚祖恩辑《静志居诗话》卷十五"林章"条从《明诗综》过录小传,又从其中选他《少年行》、《暮春登燕子矶怀古》、《河水》二绝、《艳曲》、《忆仲姬》等六首诗歌,以"诗话"的形式列在小传后,最后他又采录曹能始、钱受之两条评语作为"附录",这些构成"林章"条诗话全部内容。虽然这些内容都来自《明诗综》,经过一番编辑,形式却改变了,诗选体变成了诗话体。

（2）原有总评诗人之诗话。朱彝尊对有些人的诗话写得比较简短,姚祖恩在辑录诗话的同时,又从《明诗综》采撷一些诗歌添入诗话。如《静志居诗话》卷十四"吴旦"条曰:"兰皋,南园后五先生之一也,惜其集不传。《秋夕城闉纳凉》云:'同游冠盖晚相招,泽国山川正沕寥。宫阁迥临秦代垒,女墙斜带越江潮。流萤草细风先动,绕鹊枝长露易飘。多少高楼人不寐,碧天凉月夜吹箫。'"①前面三句诗话与后面一首七律原来在《明诗综》是互相分开的,经过姚祖恩重新编排,二者相融为一体。这类例子还有卷二"滕毅"条之《秋兴》二首,卷五"潘子安"条之《题画》,卷六"张洪"条之《古东门行》,卷十一"张灵"条之《对酒》,卷十三"余有丁"条之《送张崐崃》,卷十四"林兆恩"条之《题室》等等。此现象在《明诗综》诗话文字较多的诗人中也是存在的。总之,姚祖恩在辑《静志居诗话》时,如果认为有需要,就会在诗话中添入有关的诗歌作品,使朱彝尊原来的诗话出现变化。

（3）原无总评诗人之诗话,只有具体评某首诗歌之诗话。比如蔡庸,《明诗综》选他《徐氏席上闻歌有感》,具体评此诗:"惟中与镏孟熙、唐愚士、毛鼎臣齐名,时号'唐镏毛蔡'。《席上闻歌》一绝,宛然刘梦得、杜牧之遗音。"姚祖恩略加整理,云:"惟中与镏孟熙、唐愚士、毛鼎臣齐名,时号'唐镏毛蔡'。《徐氏席上闻歌》一绝云:'休遣双鬟唱《竹枝》,听来浑不是当时。自从梦隔巫山雨,赢得秋风宋玉悲。'宛然刘梦得、杜牧之遗音。"②

（4）两位诗人合并为一条诗话。《明诗综》卷二十选王谊、王怿兄弟诗,各有小传,惟王谊有诗话,王怿则无。姚氏辑《静志居诗话》将两人并在一起,合为一条诗话,又录王谊《关山别意》、王

---

① 朱彝尊著、姚祖恩辑《静志居诗话》卷一四,第406页。
② 朱彝尊著、姚祖恩辑《静志居诗话》卷七,第174页。

怪《江南意》两首诗,且引魏楚白有关《关山别意》评语,插入其中①。

(5)"附录"的评语。姚祖恩在所辑《静志居诗话》"附录"的评语里,有时也会添入从《明诗综》采撷的诗歌,与上述添诗歌入诗话的做法一样。如陈鹤,"附录"引钱去病评语:"海樵七古流丽似李颀,七绝爽朗似王昌龄。"姚祖恩又据《明诗综》在评语后增入陈鹤《题画赠姜明府》《送张伯淳还关中》《吹笛怀友》《池上听陈老琵琶》四绝句。沈仕,"附录"先引岳东伯评语,又据《明诗综》在评语后增入他《村居春日》五律一首。黄姬水,"附录"先引王元美评语,又据《明诗综》在评语后增入他《送汪太学游江都》七绝②。经过姚祖恩重新编排,"附录"所引评语与增入的诗歌相结合,共同组成一条新的诗话材料,这最可以看出姚祖恩将编辑"附录"也视为撰述诗话的态度。当然他这么做还是很谨慎,没有将他人这些评语直接编进朱彝尊诗话,而是用"附录"来表示。一般而言,姚祖恩辑《静志居诗话》与朱彝尊《明诗综》对诗人的评价态度是相一致的,可是有时也不尽然。比如《明诗综》卷四十八选黄省曾诗一首,朱彝尊于小传后,引录皇甫汸(子循)、徐缥(绍卿)、徐泰(子玄)、王世贞(元美)、穆文熙(敬甫)、岳岱(东伯)的评语,这些评语称赞或基本肯定黄省曾及其诗歌,然后再列一条他自己撰写的诗话云:"勉之诗品太庸,沙砾盈前,无金可拣。当时从游李、何,漫无师资之益,反不若方山、汧溪二贾人子尚有秀句可采也。"不仅一笔抹杀黄省曾,而且也包含了对前面引用的皇甫汸等人意见的反驳(这也证明《明诗综》诗话和辑评出于不同人之手)。姚祖恩辑《静志居诗话》先录朱彝尊诗话,再据《明诗综》取黄省曾《江南曲》缀于其后,最后引岳岱评语作为"附录"曰:"五岳游览之余,操

---

① 朱彝尊著、姚祖恩辑《静志居诗话》卷七,第179—180页。
② 分别见朱彝尊著、姚祖恩辑《静志居诗话》卷一四,第415、424、429页。

舳靡倦,翦别绮绣,咀嚼琼英,每篇辍笔,粲然惊目。"[1]这种先否定再肯定的语段安排方式与《明诗综》一样都是偏正结构,而它们偏正的方向恰好相反,效果也不同,或表示姚祖恩对朱彝尊判断的某种纠正,至少流露出在如何评价黄省曾诗歌的问题上,他想维持一种平衡的态度。对于像这样经过姚祖恩重新编排后形成的诗话材料,其中一些新的寓意是需要我们加以留意的。姚祖恩辑《静志居诗话》对前后七子的处理别具心思。朱彝尊对这群诗人,有的诗话写得长,有的写得较短,各人诗歌则选了不少。如果只是将朱彝尊这部分诗话辑出来,对前后七子不少人的评论就会显得单薄,这样就会给人造成一种印象,似乎他们在朱彝尊心目中是不重要的,因为评论文字的篇幅长短也是判断一个诗人是否重要的标志之一。为了避免出现这种情况,姚祖恩从《明诗综》选了不少诗歌编入诗话,增加了前后七子成员有关诗话的文字长度,维持了他们留在人们心目中的印象。这符合朱彝尊对前后七子的认识,当然也真实表达出了姚祖恩对前后七子的评价态度。

　　姚祖恩辑录朱彝尊静志居诗话而兼采《明诗综》一部分诗歌入诗话,这从某种意义上也可以说,是合朱彝尊撰写的诗话与他编纂的明人诗选为一,从而使他编的这部《静志居诗话》不同于原来分散在《明诗综》中的静志居诗话,而另成为一部专书,却又不是诗歌总集。诗歌总集与诗话在体例上有时往往容易混淆,《明诗综》有朱彝尊静志居诗话,又有诗歌作品,二者并列,以诗选为主,所以它是一部总集。姚祖恩从《明诗综》辑出朱彝尊诗话为一集,又从其诗选中采撷一部分作品融进诗话或"附录"内他人的评语,这样它就成了一部诗话,不再是一部总集(当然,与《明诗综》相比,《静志居诗话》诗的比例大为降低,也是一个重要因素)。二者似乎都是由相似的内容组成,只是组织的形式改变了。而正是

---

[1] 朱彝尊著、姚祖恩辑《静志居诗话》卷一四,第401—402页。

形式的这种改变,诗歌总集才变成了诗话,说明诗话与诗歌总集的区别,有时不在内容,而在于形式。古人大都对诗歌总集、诗话体例上的这种区别是清楚的。

由姚祖恩所辑《静志居诗话》还可以从一个侧面认识清朝中期思想文化生态环境,了解姚祖恩对这种环境的态度。朱彝尊《明诗综》对明末天启、崇祯间诗人和作品采录多,对钱谦益《列朝诗集》有许多补充。不过他补充的内容主要关涉史事、典实,体现出借诗人、诗歌存史的意图,着眼点在保存明末史料,而不在于反映诗坛实际的状况,历史的意义远大于诗歌的意义,与《明诗综》前面部分的诗人小传、诗话、诗选既存明史又存明代诗歌史的编纂态度有明显不同,这反映出清初学者特别重视保存明末史料,吸取其历史教训的普遍的著书态度。姚祖恩辑《静志居诗话》对天启、崇祯间诗人作品的采录明显比前面几朝多,其中一个原因是,《明诗综》被收入《四库全书》以后,四库馆臣出于尊清朝的缘故对原书进行了明显修改,大量减少原书所收启、祯间诗人,原书所录的诗歌作品也遭大量淘汰。姚祖恩有鉴于此,在其所辑《静志居诗话》中,对被四库馆臣黜落的这部分诗歌有较多补充。姚祖恩增加诗话中的诗歌作品,相对于朱彝尊原刻《明诗综》来说,意义似乎还不怎么显著,若将它放在乾隆纂修《四库全书》以后形成的新的环境下来考量,将它与四库本《明诗综》相比较,其意义就获得了显现,维护了朱彝尊编《明诗综》以诗存史的观念。

又比如姚祖恩所辑《静志居诗话》的"附录"引愚山评语较多,愚山即钱谦益。自乾隆朝以钱谦益为贰臣之首以后,他的作品遭到严禁,名字也成为忌讳莫深的对象。姚祖恩所辑《静志居诗话》引他评语,乃以"愚山"代之,因为钱谦益家乡常熟有虞山,"愚山"与"虞山"谐音,又与钱谦益晚年喜以"愚叟"自称暗通,由此可见古代文人对付忌讳的一种手段。姚祖恩辑《静志居诗话》对同样是指钱谦益的"蒙叟"却不加以掩饰,如卷十一"黄佐"条,因为"虞山"较诸"蒙叟"更容易被辨认。朱彝尊原书出现"虞山钱氏",姚祖恩将其写成"钱氏"使它模糊化。个别地方偶因不慎出现"虞山钱氏"者,则在刻本中被挖去(如《静志居诗话》卷十六"区大相"条诗话)。姚祖恩明知引用钱谦益评语不合时宜,还是用各种巧妙的障眼法与风气周旋,不做跟风者,表现出文化人的一种良知,难能可贵。

姚祖恩对朱彝尊《明诗综》原文略有修改,如卷八"杨子器"条诗话有关他的《排节宫词》,说:"至于'春花将及九分九,天气又新三月三',则寻常百姓家皆可道之,不类深宫中语也。"①"语",《明诗综》作"女"。他对诗人小传也有所修改,最显著的例子是朱国祚小传。朱国祚是朱彝尊先祖,朱彝尊出于尊祖之情,小传对他介绍尤详,云:"先公字兆隆,号养淳,秀水人,以太医院籍补顺天府学生,万历壬午中乡试,明年癸未赐进士第一人,除翰林院修撰,知起居注,己丑充会试同考官,辛卯典试江西,历司经局洗马,迁谕德,丁酉典试应天,进右庶子,戊戌以礼部右侍郎兼翰林院侍读学士,摄礼部尚书事,壬寅转吏部右侍郎,引疾归。光宗即位,起南京礼部尚书,是年命入东阁,加太子太保,进文渊阁,壬戌主会试,寻以户部尚书兼武英殿大学士加少傅回籍,卒赠太傅,谥文恪。有《介石斋集》。"(《明诗综》卷五十四)这相对于其他诗人的生平履历介绍,过于详细。姚祖恩删繁就简,使朱国祚与其他人的介绍文字长度大体接近,又将"先公"改为"朱国祚",体现了著书为公的态度,也适合诗话辑者的口吻。

(《国学》第三集,四川人民出版社,2016年)

---

① 朱彝尊著、姚祖恩辑《静志居诗话》卷八,第230页。

王昶与《湖海诗传》《湖海文传》

王昶(1725—1806),字德甫,一字琴德,号述庵,又号兰泉,其先世居浙江兰溪,高祖始迁江南松江府青浦县西珠街角(今名朱家角)镇,遂为青浦(今属上海市)人。乾隆十九年(1754)二甲七名进士及第,归班候选,十月丁忧返家。二十二年,高宗南巡,召试一等,赐内阁中书舍人,累迁刑部郎中。三十三年,因坐两淮盐运使卢见曾案言语不密罢职。随即从大学士阿桂入云南,又从理藩院尚书温福入四川,历时九年,从征佐事有功,超擢鸿胪寺少卿,赏戴花翎,授江西、直隶、西安按察使,云南、江西布政使,累官刑部右侍郎。五十七年,充顺天乡试副主考,摈斥贵介子,遭当轴排挤,以病乞休回乡,居三泖渔庄。历主娄东、杭州敷文两书院讲席。卒年八十二岁(按:王昶生于雍正二年甲辰十一月二十二日,卒于嘉庆十一年丙寅,按农历算八十三岁)。生平传记见严荣《述庵先生年谱》、江藩《国朝汉学师承记》卷四、赵尔巽等《清史稿》卷三百五。沈德潜选《吴中七子诗选》,王昶名列其中。与朱筠齐名,人称"南王北朱"。他学问淹博,重视实证之学,对金石学兴趣盎然,又通晓宋明理学,著述颇富。有《春融堂集》,编《金石萃编》,主修《西湖志》《青浦县志》《太仓州志》。他又是著名的文学选家,辑有《湖海文传》《湖海诗传》《青浦诗传》《明词综》《国朝词综》《琴画楼词钞》等。

王昶以学者而兼擅文学,合经史词章为一。古文延续归有光一脉,主张博采兼综,遵循《史记》、《汉书》、唐宋大家法度,意醇旨洁,诗歌受沈德潜格调说影响,以三唐为宗,兼采苏轼、陆游诸家,肯定以书卷学问辅诗。他对汉学家文章和足资考证的诗歌多加留心，尤其更多青睐学者之文。论词与浙西派朱彝尊风尚相同，要求"守律严、取材雅"（《琴画楼词钞自序》）。在诗、文、词三方面都反映出乾嘉文坛的主流气象。

《湖海诗传》《湖海文传》是清代中期两种著名的诗歌和文章选本，皆受好评，钱大昕《寿王述庵司寇八十叠用虎丘酬唱原韵共成八首》之七曰："老学心逾细，《诗传》选最工。"阮元与王纯夫信说："此书（指《湖海文传》）实与《诗传》并重，而尤重于诗。"人称王昶湖海客、湖海奇士、江海客，钱大昕《题述庵三泖渔庄图》曰："王郎本是湖海客。"（按：此据《湖海诗传》，《潜研堂诗集》作"王郎湖海一奇士"。）施旋幹《呈王兰泉先生》曰："夫子江海客。"这既是因为他的家乡是在江南水乡，东海之滨，泖湖之畔，也是因为他喜爱这片富有诗意的乡土，以及水乡的生活。王昶用"湖海"二字名书，寓有这样的感情。"诗传""文传"的意思相当于以诗传世、以文传世，这一方面表示王昶珍视交游情谊，也借以张大选本的意义。王昶拟纂《湖海诗传》很早，朱则杰先生论证大致在乾隆二十一、二十二年，而且王昶曾在"湖海诗传""江海诗传""湖海诗存"等不同的书名之间斟酌过（见《清诗考证》《〈湖海诗传〉异名及其他"》）。徐长发《述庵方伯从滇南移节江西来询及入蜀后所著并述黄星槎所撰尚书绎义已成歆然为赋四绝句》之二："湖海谈诗有总持，未遗北宋与南施。""北宋南施"指宋琬、施闰章，此处代指南北方的诗人。王昶任江西按察使的时间在乾隆四十五年，说明至少在此时《湖海诗传》的编纂工作已经进入主体阶段。它全部编成于王昶晚年，书中收有钱大昕、潘奕隽等多篇庆祝王昶八十寿辰的诗歌，是年为嘉庆八年，而书也刊刻于同一年。《湖海文传》的编选也经过长期酝酿和积累，成书于嘉庆十年，王昶生前未及刊刻，至道光十七年，其孙王绍基谋付梓，阮元寄银五十两助为刻资，刻成后风行海内。后因战乱藏板遗失，乱平，知藏板存于他姓,王绍基以百金赎还,同治五年又予重印。

王昶一生交游广泛,与人诗文往来频繁。据他自己说,从四方交游的寄赠之作中,"录其最佳者",编成《湖海诗传》(《湖海诗传序》)。他在诗话中又说明有些作品是选自交游者诗集,或者得自他们子嗣、弟子相赠。《湖海文传》也是"本《诗传》之例,就生平师友及门下士所作稿"中择取而成(《湖海文传凡例》),凡投契所未及者不予采录。两书选录的范围既以交游为划断,与以取一代诗文为鹄之之选本固面目有别,王昶分别用《唐文粹》和元结《箧中集》说明这两种选本不同的义类,然又指出,后者不仅可为"怀人思旧之助",并可以想见士人习气、国家风貌之崖略,同样有益于知人论世。

《湖海诗传》四十六卷,选 614 位诗人,4 472 篇诗歌。依诗人科第为次,最早的康熙五十一年,最晚的嘉庆七年,布衣以年齿相近附之。每位诗人都有小传,多数有评语,评语冠以"蒲褐山房诗话",有资掌故,也有助理解诗人、诗派的创作,如诗话定义"皖桐诗派","前推圣俞(梅尧臣),后数愚山(施闰章),以啴缓和平为主","不以驰骋见长"(卷二八韦谦恒),描述颇为恰切。此书大致集中了乾隆盛世诗人,可与沈德潜《国朝诗别裁集》所选诗歌相承接,清朝诗歌格调、性灵、肌理诸派最活跃时期的创作风格皆得以呈现,而又以格调派为中心(选诗最多者沈德潜 79 首,赵文哲 79 首,吴泰来 77 首,赵、吴是"吴中七子"成员),它是了解乾隆时期诗歌创作和批评景况的重要文献。此书另一价值是资料可贵。王昶采录的诗歌很多来自交游寄赠,这些诗人有的已经佚失了诗集,而在《湖海诗传》中还有所保存。其收入的作品不少为诗人初作,保存了定稿以前面貌,与后来刊刻或整理的本子颇有字句不同之处,可作校勘之用。如将其所收袁枚诗与《小仓山房诗集》进行校对,绝大多数诗篇存在异文。袁枚本人喜欢修改诗作,曾自称"知非又改诗"(《起早》),由此可证其自述不假。沈德潜《登狮子峰望石笋矼》》末句"抗手情岂忍",《归愚诗钞》作"眷恋犹不忍";《赠王耘渠长兼道别》"龙泉贯斗光难平","途穷恸哭年复年",《归愚诗钞》分别作"龙泉贯斗众眼盲","途穷回车年复年"。姚鼐《元人散牧晚归图》"旁有吹笛声琅琅",《惜抱轩诗集》作"或来以笛吹其旁"。这类例子俯拾皆是。随着清人诗集整理质量和清诗研究水平不断提高,清诗的校勘问题将逐渐显现,在这方面《湖海诗传》是一部很有用的书。此外,它还有辑佚的价值,袁枚《春柳》两首之二不见于《小仓山房诗集》(之一与《小仓山房诗集》同题组诗之一差异很大,也可视为佚作),钱大昕《破山寺》《红桥》为《潜研堂诗集》和《续集》所未收。袁行云先生评《湖海诗传》:"选诗多未据定本,尽诸家删佚,史料价值较高"(《清人诗集叙录》卷三十四《春融堂诗集》),诚有见地。王昶对入选的少数作品曾作删改,如赵翼《照阳关》删三十句,《钱充斋观察饷永昌面作饼大嚼诗以志惠》删两句,施朝幹《舟中观景云客遗诗景又家杭州卒于卫辉》删诗末注百余字。这在利用此书时也是应当注意的。

　　《湖海文传》七十五卷,选 181 位作者,823 篇文章,涉及文体 28 种。入选文人有王鸣盛、邵齐焘、戴震、纪昀、钱大昕、毕沅、王念孙、段玉裁、章学诚、彭绍升、汪中、阮元、王引之等,多为一代学术翘楚。文体以考证类的论、辨、序、跋、书以及学者的传记文类最为重要,文学性选文少,形成其以学者之文、学术之文为主的特色,反映出乾嘉时代的文章风气。《湖海文传》也有辑佚和校勘价值。如所载戴震《六书论自序》《与是仲明书》《江慎修先生事略状》等文与通行本文字颇有不同,《九数通考序》《读淮南子洪保》则是两篇佚文,为《戴震全集》编撰者辑录,都是突出的例子。又如钱大昕《赠儒林郎翰林院检讨彦杰曹公墓碣》《处士陈先生墓表》《中庸说》、袁枚《原士》等文,校以他们文集所载之文本,或内容有详略,或文句有差异,或篇题有不同。类似情况在其他作者不少文章中也大量存在,都可以与其文集作比勘。

需要指出,上述《湖海诗传》《湖海文传》的文献价值还远没有引起大家足够重视。有鉴于此,单独影印出版这两种书显得很有必要,无疑会给整理和研究清代诗文带来有益影响。

2012 年 7 月 30 日

(王昶《湖海诗传》《湖海文传》卷首,
上海古籍出版社,2013 年,略有修改)

辨五种假托之清词话

徐釚《词苑丛谈》十二卷，采录唐、宋至清初词论，记载清词坛一些逸闻趣事，间参之以编者自己评裁，于词学研究颇有益。然此书问世后，其中多数内容被编成新的书，并分别冠以不同的书名，乃至改换编著者姓名，加以单独刊行。本文对此淆杂情况，略加以辨证。

一、《词藻》四卷，署"海盐彭孙遹骏孙著"

是书卷首云：

> "残月晓风"、"大江东去"，铁板、红牙，褒讥千古，特是优伶之口，强为差排，其妙处固未必深悉也。余于词学，颇有领会。因为搜讨名人绪论，以己见参之，名之曰《词藻》，分为四卷。所谓"娥眉不同貌，而俱动于魄；芳草宁共气，而皆悦于魂"，善乎江淹之见，良有以夫。

据此序，《词藻》为彭孙遹所著。然《词藻》四卷内容全见于徐釚《词苑丛谈》。徐釚此书共分七个部分：《体制》《音韵》《品藻》《纪事》《辨证》《谐谑》《外编》。第三部分的《品藻》三卷，为《词苑丛谈》之卷三、卷四、卷五。《词藻》一书与《词苑丛谈》之《品藻》三卷同，仅减少一些词话的数量，少数词话只是将编排顺序略作换移。

两书内容具体对应情况如下：

《词藻》卷一乃《词苑丛话》卷三（《品藻》一）中"一"至"三十"条，卷二乃其"三一"至"六七"条。《词藻》前两卷的内容、条数与《词苑丛谈》卷三完全一致（《词苑丛谈》卷三共六十七条）。不同之处是：（一）《词苑丛谈》"二一""二二"两条，为《词藻》卷一"一""二"条；（二）《词苑丛谈》"九""十""二三""二四""五九""六〇"六条，在《词藻》中分别被并成三条（相邻的两条并为一条），这显属《词藻》编刻之误。

《词藻》卷三、卷四各条内容，见《词苑丛谈》卷四、卷五（《品藻》二、三）。唯《词藻》比《词苑丛谈》少十五条。此外，两书的少数几条词话位置略有不同，《词藻》卷三和卷四与《词苑丛谈》卷四和卷五大体相对应，可是，《词藻》卷三有六条内容见于《词苑丛谈》卷五，而《词藻》卷四有十七条内容在《词苑丛谈》卷四。与《词藻》卷一、卷二和《词苑丛谈》卷三的关系相比，这部分词话前后挪移情况较多。尽管如此，两书绝大多数词话的排列顺序基本上仍然是互相对应的。

两书内容相同，词话各条顺序基本一致，说明它们原是一部著述，不可能是两个人撰写的两部不同的书。那么，其中必有一种是稍作改头换面的假托之作。

细观两书，《词藻》假托之迹班班可寻。

（一）《词藻》卷四有如下二条：

> 徐电发尝言："词家每以秦七、黄九并称，其实黄不及秦远甚，犹高之视史，刘之视辛，虽齐名一时，而优劣自不可掩。"

> 又曰："长调之难于小调者，难于语气贯串，不冗不复，徘徊宛转，自然成文。今人作词，中、小调独多，长调寥寥不概见，当由寄兴所成，非专诣耳。唯龚中丞芊绵缊丽，无美不

臻,直夺宋人之席。熊侍郎之清绮,吴祭酒之高旷,曹学士之恬雅,皆卓然名家,照耀一代。长调之妙,斯叹观止矣。"

按:这两条均出彭孙遹《金粟词话》,非徐釚(电发)语。《词苑丛谈》卷四引这两条词话,作"彭羡门孙遹曰"。《词藻》既署彭孙遹著,若出现"彭羡门孙遹曰"则甚不妥,故《词藻》辑刻者用移花接木手法,张冠李戴,致成谬误,也露出了作伪痕迹。

这还可以证明两点。第一点,署彭孙遹著《词藻》确系出于徐釚《词苑丛谈》,作伪者不以当时其他词论家而以徐釚替代彭孙遹,乃是最省事的。第二点,作伪者决非彭孙遹,应是后人假其名以编书。假如真是彭孙遹所为,他何至于将自己的词论归到他人名下?彭孙遹与徐釚同时,累官至吏部右侍郎,是清初著名文人,他决然不屑于这等劣事。

(二)《词藻》所收词话比《词苑丛谈》少十五条,《词苑丛谈》中直接表明作者的几条材料,《词藻》全部阙略,明显是被《词藻》辑刻者有意删除的。

1.《词苑丛谈》卷五"二"条:

> 阮亭尝戏谓彭十是"艳情当家"。骏孙辄怫然不受。一日,彭赋《风中柳·离别词》云……阮亭见之,谓曰:"试以此举似他人,得不云吾从众耶?"彭一笑谢之。

按:"彭十""骏孙",即彭孙遹。《词藻》不收这一条,因为作者不可能用这种语气记自己的事情,故删除之。

2.《词苑丛谈》卷五"二七"条:

> 余旧有《菊庄词》。

按:《菊庄词》,徐釚著。《词藻》削此条之意,不言自明。

3.《词苑丛谈》卷五"三二"条:

> 余旧属谢彬画《枫江渔父图》。南海屈大均题云:"梦里

一峰青,依稀似洞庭。平生爱林屋,未得隐秋屏。白鹭自高下,梅花相杳冥。君家在何处?招手且虹亭。"盖余号虹亭,故云。

按:徐釚号虹亭,晚号枫江渔父。《词藻》不收此条,却收有《词苑丛谈》卷五"三三"条。该条曰:"严州毛会侯,亦画《垂竿小照》。"又曰:"高槎客骞,谡园令子,为余题《枫江渔父·小重山》云……"在《词苑丛谈》里,"三二"、"三三"两条内容相互联系。《词藻》因"三二"条直接表明作者为徐釚,予以删除,殊不知削去了"三二"条后,"三三"条开头"亦画《垂竿小照》"句的"亦"字就没了着落,故这条在《词藻》单独出现,不合文理。"三三"条谈到高骞"为余题《枫江渔父·小重山》",指高氏作《小重山》词,题"三二"条所说谢彬为徐釚画的《枫江渔父图》,"余"实即徐釚。这一删削不仅暴露出《词藻》辑刻者作伪的破绽,而且,其故意删去《词苑丛谈》中直接表明作者姓氏的词话内容,也昭然若揭。

结论是,《词藻》四卷是后人假托彭孙遹名,窃取徐釚《词苑丛谈》卷三、卷四、卷五(《品藻》部分)而成的一部伪作,它卷首那篇序,是作伪者所加。《词苑丛谈》卷三"二一""二二"条被移作《词藻》卷一的第一和第二条,《词苑丛谈》卷五"三四"至"四一"条被削去,"三○"条被移到最后,作为《词藻》卷四结尾,以及《词藻》其他挪移、改变词话前后顺序的情况,皆是为掩饰作伪而布设的疑云。以"词藻"为书名,也是约取《词苑丛谈·品藻》"词""藻"二字而成。

二、《词统源流》,署"海盐彭孙遹骏孙辑"

《词统源流》共五十五条。其中"男中李后主"条和"秦少游

'一向沉吟久'"条、"调名原起之说"条和"胡元瑞《笔丛》"条,这四条词话分别被合并为两条,误。该书的内容与徐釚《词苑丛谈》卷一《体制》相同。《词苑丛谈》卷一共八十四条,《词统源流》五十五条皆为《词苑丛谈》所有。除未收的二十九条之外,其他各条排列顺序与《词苑丛谈》卷一基本一致,唯《词统源流》"一""二""三""四"条为《词苑丛谈》卷一之"三""四""二""一"条。据此,两书实是抄袭与被抄袭之关系。彭孙遹本人及其友人未曾谈到过他曾编有《词统源流》,而徐釚辑《词苑丛谈》"始于癸丑(康熙十二年,1673),迄于戊午(康熙十七年,1678),凡六年",明明白白记载于该书《自序》,其书所分之类别则见于丁炜所作序,凿凿有据可查。因此,只能是《词统源流》抄袭《词苑丛谈》。其开始四条词话,故意淆乱原书顺序,只是一种拙劣的遮眼法。"彭孙遹骏孙辑"是辑刻者伪署,其用意与辑刊《词藻》同,皆欲借彭氏之名,自高身价。二书作伪手法略似,皆以更易开始数条词话顺序,障人耳目,因此有理由怀疑作伪者可能是同一人。

三、《词家辨证》,署"嘉兴李良年武曾著"

李良年(1625—1694),字武曾,初更姓名虞兆湟,字法远。康熙十八年荐举博学鸿儒未遇。著有《秋锦山房集》二十二卷,《外集》三卷,有《秋锦山房词》六十九首。诗文与朱彝尊齐名,称"朱李"。他是浙西词派成员,词作刻入龚翔麟编《浙西六家词》。

《词家辨证》内容、各条词话排列顺序,与徐釚《词苑丛谈》卷十《辨证》完全相同。其"二十"条云:

> 东坡在黄州作《卜算子》词,有"缺月挂疏桐"等句,山谷以为不吃烟火人语。《词学筌蹄》强为之解,皆未得其故。余

载入《品藻》中。……

"载入《品藻》中",指《词苑丛谈》卷三《品藻一》"十六"条内容。该条云:

> 东坡在黄州作《卜算子》词云:"缺月挂疏桐,漏断人初静。时见幽人独往来,缥缈孤鸿影。 惊起却回头,有恨无人省。拣尽寒枝不肯栖,枫落吴江冷。"山谷以为非吃烟火食人语。铜阳居士云:"'缺月',刺明微也;'漏断',暗时也;'幽人',不得志也;'独往来',无助也;'惊鸿',贤人不安也;'回首',爱君不忘也;'无人省',君不察也;'拣尽寒枝',不偷安于高位也;'枫落吴江冷',非所安也。与《考槃》诗相似。"阮亭称其村夫子强作解事,令人欲呕。……仆尝戏谓坡公命宫磨蝎,湖州诗案,生前为王珪、舒亶辈所苦,身后又硬受此差排耶?

以上两条内容证明,《词家辨证》与《词苑丛谈·品藻》是同一种书。《品藻》有确切材料足以表明其作者是徐釚(见本文关于《词藻》的考辨),而除了这本署李良年著《词家辨证》外,未有任何材料能证明李良年还有《品藻》一书。因此,可以断定《词家辨证》实是窃取了徐釚《词苑丛谈》卷十《辨证》的内容。李良年去世时,徐釚还健在,故他不可能如此放肆地作伪,且以李氏之声望,也不屑为此。所以,该书为后人假冒李良年之名是无疑的。

四、《词坛纪事》三卷,署"嘉兴李良年武曾辑"

此书实即《词苑丛谈》卷六、卷七、卷八,也就是该书《纪事》一、二、三。两书分类及各条词话顺序完全相同,《词坛纪事》唯从《词苑丛谈》卷六删去两条,卷七删去二十三条,卷八删去八条;此外,某些引文出处及其撰者姓名也未被保留。如同伪署李良年著《词家辨证》实乃抄袭《词苑丛谈》卷十《辨证》一样,《词坛纪事》辑刻者也以相同的手法欺世惑众。

五、《南州草堂词话》三卷,署徐釚编著

该书主要是判劂徐釚《词苑丛谈》卷九(《纪事》四)而成。《词苑丛谈·纪事》四卷,其第四卷主要记述徐釚同时词人逸闻异趣,以及词作本事,计六十七条。《南州草堂词话》取其"一"至"十八"条,再加《词苑丛谈》卷五(《品藻》三)"二七"条,为卷上;"十九"至"四○"条为卷中;"四一"至"六九"条,再加《词苑丛谈》卷五(《品藻》三)"三二"条,为卷下。故《南州草堂词话》比《词苑丛谈》卷九多两条(共六十九条),而这两条实取自《词苑丛谈·品藻》。

徐釚《词苑丛谈自序》述他编著此书的情形:

> 徐子之为《词苑丛谈》也,从无聊羁旅中,搜取乐章可佐尊前酒边之所吐属者,拾残纸秃笔,随时随地书之。床头置一竹笼,撚纸条纳于其内。……积有月日,汇成数卷。

说明他开始抄撮群籍,将纸片漫然置放在一竹笼,后来才将所抄资料归类编排,"汇成数卷"。

《词苑丛谈》卷十《辨证》第二十条在指出前人对苏轼《卜算子》("缺月挂疏桐")绎义不确后,说:"余载入《品藻》中。"按他的指示,在卷三《品藻》一"一六"条可以找到关于这一问题资料的详细引述(参见本文《词家辨证》的考辨)。这说明,《词苑丛谈》各类内容前后编排顺序在作者编著该书的后阶段(即在全书最后编成前),已经被确定下来。

《南州草堂词话》内容(除新增两条外)及各条词话排列顺序,

与《词苑丛谈》卷九相同,显然是其中一部整理好以后,再可能据以抄成另一部。而《南州草堂词话》新增加的两条(为《词苑丛谈》卷九《纪事》四所无),皆取自列在《词苑丛谈·纪事》前的《品藻》,也就是说,《词苑丛谈》成书早于《南州草堂词话》。或者说,先有《词苑丛谈》卷九《纪事》四,后来才有取卷九《纪事》四,再从卷五《品藻》撷取两条,将二者合并而成的《南州草堂词话》。徐釚本人及其友人并未谈起他在刊行《词苑丛谈》以前还有过一部《南州草堂词话》,这也可以佐证《南州草堂词话》出于《词苑丛谈》。

从《词苑丛谈》截取一卷,别为《南州草堂词话》,这究竟是出于徐釚本人之手,抑或是后人所为?虽然尚难确定,可是从《词苑丛谈》大部分内容被后人假托另刊的情形来看,出于后人之手的可能性最大。

另,又别有《南州草堂词话》一卷,署"吴江徐釚电发辑",见《昭代丛书》丙集卷三十二。此书其实就是《词苑丛谈》卷九的内容,无三卷本增入的两条词话。《昭代丛书》该卷说明,辑者是歙县张潮、张渐。所以,它虽然也是辑自《词苑丛谈》,而辑者比编三卷本《南州草堂词话》的人诚实得多。

(撰于 1990 年)

岂无别岭高嵯峨
——郑板桥

"颓唐偃仰各有态,常人尽笑板桥怪。"①清代诗人蒋士铨写的这一诗句反映了人们心目中的郑板桥颠狂怪诞的形象,其中一个"笑"字又透露出大家对他或褒或贬、或喜或惋惜的不同态度。

一

郑板桥(1693—1766),名燮,字克柔,自号板桥,江苏兴化县人。他生活的时代,正值"康乾盛世"。当时,与域内的某种升平景象相映照的,是知识分子心灵世界的惊恐状况,从而形成一种不协的氛围。归庄《随笔》说:"康熙初……文网渐密。"②清统治者屡屡兴起的文字狱,表面上好像是为了消除"悖碍"字句,实际上含带有奴役思想的用意。与此同时,他们又兼施怀柔政策,向知识分子示以高位贵爵,诱以功名利禄。威逼加利诱,果然造就了大批驯服的合作者。这是一场个性和名利的"交易",它进一步加深了知识分子性格的异化。文人既失去了晚明的狂放精神,也没有了明末清初"经世致用"的抱负,谨饬畏惧是朝野人士一种普遍心态。当时有一副对联写道:"世道不同,话到口边留半句;人心难测,事当行处再三思。"这正好说明,社会对个人极度的压抑,致

---

① 蒋士铨《题郑板桥画兰送陈望亭太守》,《忠雅堂集校笺》,上海古籍出版社,1993年,第1232页。
② 归庄《归庄集》卷一〇,上海古籍出版社,1984年,第518页。

使人们的性格失常地内向。这对于平庸之辈固然无所谓遭受压抑的痛苦;识时务的聪明才士也善于调协自己的情性志趣,从境随俗,他们回避现实,讳言个性,淹进故纸,自取其乐。唯有那些品格坚强、个性异突的人对此最难忍受,最难适应,他们随俗不甘,拔俗不易,因而时时引起心灵缠磨、冲撞,陷入无穷痛苦。

郑板桥就深切体尝着这种痛苦。他曾感喟道:"聪明难,糊涂难,由聪明而转入糊涂更难。"在困惑中包含着对现实和人生的严肃思考。他有时候也消沉、颓唐,想到明哲保身,相信"吃亏是福"。但是他一生的主导性格是疏狂洒脱,不拘礼俗,在这方面他发扬了晚明张扬个性的传统,他自称是晚明"畸人"徐渭门下的"牛马走",正反映了个中关系;同时他终生又以"忧国忧民"为怀,揭露弊政,陈诉民瘼,对文学创作中逃离现实的倾向展开有力批评,这又使他与明清之际"经世致用"的先贤保持了较多一致。这两重性的思想、性格特征,使他成为当时一位焕发着奇异光彩的人物,也使他的文学艺术创作获得了超众拔俗的内质。

板桥出身于书香门第,祖父当过儒官,父亲是一位品学皆优、安分规矩的教书先生。板桥幼时跟随父亲攻读,不另拜老师。据《板桥自叙》一文说:他母亲"端严聪慧特绝",外祖父"奇才博学,隐居不仕"。郑板桥的赋性,既有父系的勤勉正直,又有母系的聪慧孤奇,两股血液同时在他的血管里奔涌。就他艺术家的气质而言,则以接受母系血统的遗传和影响更为明显,他自己也承认:"板桥文学性分,得外家气居多。"[1]

板桥降生的时候,家境已呈清贫,过着"时缺一升半升米"、"布衾单薄如空囊"(《七歌》)的生活,这使他从小就领略到了寒苦的滋味。他居住在兴化城内,离他家不远的东门是当时的穷人

---

[1] 卞孝萱编《郑板桥全集》之《板桥集外诗文》,齐鲁书社,1985年,第240页。本文以下引用此书,仅注书名、页码。

区,那里的人长年累月处于"破屋中吃秕糠,啜麦粥"的贫穷境况之中。板桥自幼在这一带游玩,这使他有机会更多地见到世上苦相。家庭和周围这种生活环境影响着郑板桥的心智,一方面他滋生了改变家境的强烈愿望,另一方面也培植了他的人道精神;前者成为他追求功名的动力之一,后者又成为感发他用世之志的一个思想因子。

儿童时期的家庭变故,对塑造一个人的性格将会产生重大影响。板桥四岁丧母,十四岁时,继母又去世。童年时期这种灾难性的经历给他留下了精神创伤,他的情绪容易发生波动,对人世往往产生一种隔膜和孤独感,环境顺应能力明显地不如别的孩子。这逐渐地形成他后来"不苟同俗"(《板桥自叙》)的孤直个性。

一个眉目清秀或者口齿伶俐的少年往往容易获得大人们喜爱,他们自然也能较多地沐浴到人间温暖。板桥则不然。他在后来常常提到,由于自己长相寝陋,为别人所不喜;又好大言,自负过高,长辈们都侧目相视,不愿与他来往。他渴望别人理解自己,遭到的却是无情的冷漠。委屈和痛苦使他在心里凝聚起与人竞胜的意念,而这具体又化为刻苦读书的行为。他"每读一书,必千百遍"。为了记住书上的内容,甚至到了神思恍惚的地步,"或当食忘匕箸,或对客不听其语,并自忘其所语,皆记书默诵也"(《板桥自叙》)。尽管别人对他有种种不满,但对他这种好学精神又都相当钦佩。

结婚以后,生活负担加重。为了养家,他曾经设塾授徒,用他自己的话说,这是"傍人门户过春秋"①,地位卑微,令他感到羞惭。三十岁那年,他父亲去世,家境更加凄清,"爨下荒凉告绝薪,门前剥啄来催债"(《七歌》)。为了改变窘困局面,板桥不得不加快生活节奏,努力劳作。他四出飘游,广结朋友,扬州是他往来最频的地方。"春风十里扬州梦"(杜牧《赠别》),自唐至清扬州虽迭经战

---

① 《自嘲》,《郑板桥全集》之《板桥集外诗文》,第315页。

乱，却一次次从灾变中苏生，越来越繁华，至康乾之世，商品经济的发达更使它形成了一个较高水平的文化消费圈子，求书买画蔚然成风。郑板桥从小在书法、绘画方面受过良好训练，具有扎实的功底，加上他天资聪慧，因此长进甚快。迫于生活的需要，也出于对艺术的爱好，他走上了以字画为生的道路，并取得了成功，他的作品受到人们广泛喜爱。从《板桥偶记》一文可见，当时在一些乡村民家和普通茶肆，都能见到他的墨迹，可知其流传之广。随着名声逐渐流播，他手头拮据之感也稍有缓解。有时他望着一张张求稿柬帖想，为谋生而写字作画，与婢仆又有什么两样？每当这种时刻，他就变得烦躁不宁，希求摆脱。而有些巧黠之士，待到板桥饮酒作乐、情绪轻快时，各人手持枒笺纨扇，请他挥写一石一竹，题上数字，板桥往往欣然应诺，即使墨渍污上襟袖也在所不惜（见金农《冬心先生画竹题记》）。因为在这种情境下，他方才感到自由的艺术劳动的幸福。

　　板桥在艺术上虽已初尝成功喜悦，然而他的仕途，却依然前景灰暗。康熙时期他是一名秀才，后来多次投考，均名落孙山，直待四十岁才中举，四年后中进士。他在一首诗里，借咏秋荷，感叹自己发达迟晚："秋荷独后时，摇落见风姿。无力争先发，非因后出奇。"(《秋荷》)五十岁开始，他先后在山东范县、潍县做了十二年县令，这与他早年对功名的寄望是有很大距离的。尽管如此，他仍然在任上做了许多好事，显示出比较开明的思想和独特的办事风格。潍县出了一桩风化案，一个和尚和一位尼姑，寺庵相对，经常见面，不免勾动了凡心。不料为人发觉，双双被缚押官府。郑板桥一见二人年齿相配，就让他们还俗，结为夫妻，并写了一首《判潍县僧尼还俗完婚》诗来歌咏此事。诗写道："一半葫芦一半瓢，合来一处好成桃。……是谁勾却风流案，记取当堂郑板桥。"[①]

[①]《郑板桥全集》之《板桥集外诗文》，第317页。

诗语里不无得意之感。又有一次潍县发生自然灾害,他不怕得罪上司,毅然为民请赈。他这种品行和办事作风为贵权阶层所厌嫌,以此他悒悒不欢,加上不堪衙务烦琐,终于在六十一岁时托病还乡,结束了宦途生涯。

"板桥道人老更狂,弃官落拓游淮阳。"(王文治《为吴香亭题郑板桥画竹》)罢官以后,板桥主要往返于扬州、兴化二地,重操售书卖画的生涯。不过,今非昔比,此时郑板桥已令誉卓著,到他家来求书问画的人络绎不绝,以致"户外屦恒满"。由于长期的生活积累和艺术实践,加以罢官后轻松自如的心境和充分的闲暇,板桥的书画艺术在后期达到了顶巅。同时,这又是"扬州八怪"成员聚首扬州较集中的时期,从而为这一新异的艺术流派的最终形成创造了条件,板桥以其思想和艺术上的高度成就,成了他们的弁冕人物。乾隆三十年十二月十二日,郑板桥逝世,享年七十四岁。

二

郑板桥在一生中,对自己归宿的看法发生过很大变化,由开始热望功名逐渐向后来的虚幻感转变;随着这一转变,他的生活态度也出现了明显不同。

他的禀赋无疑以艺术家气质为胜,感觉敏锐,想象丰富,感情奔放,个性意识强烈,这使他非常适合于从事艺术创造活动。相比之下,他却缺少那种出入官场所需要的特殊性格和才能,他性喜无拘无束的生活,厌恶琐碎而又严格的礼仪,缺乏与同僚和上司应酬周旋的耐心,总之,不算是一块合适的当官"料子",很难讨得掌握他升迁命运的人的关心。问题在于,他起先并不是把当艺术家,而是把猎取功名作为自己生活的第一目标,处于一种"时时盼霄汉"(《寄许生雪江三首》之二)的热切期待之中。追求功名是封建时代知识分子的普遍心理,加上清统治者大力提倡读书,鼓励参加科举,更起到了推波助澜的作用。除了这些原因外,郑板桥早期如此热衷于功名还同他家的特殊情况有关。郑家子嗣不旺,板桥父辈仅兄弟二人,到了板桥这一代,他是家里独子,他叔叔也只是一枝单苗,即板桥堂弟郑墨(《十六通家书》就是写与此人),而郑墨又是在他二十五岁时才出生的,因此,板桥早年实际上是郑氏以两房合一子的丁男。所以,家族对功名的期望几乎完全寄托在板桥一人身上。加之他父亲只是一个廪生,地位低下,更把自己的仕途抱负通过苦心教授输移给了儿子。这样就使板桥过早地载负起了沉重的担子,使他从小就处于一种攀附功名的高情绪状态之中。他后来在一首词中写道:"掷帽悲歌起,叹当年父母生我,悬弧射矢。半世销沉儿女态,羁绊难逾乡里。"(《贺新郎·送顾万峰之山东常使君幕》)在这种功名焦虑感中包含着一种对家族的寄望所怀的负疚之情。

  他自视很高,用功甚勤,对成功充满信心,但是在实际进行中很不顺利。"明年又值抡才会,愿向秋风借羽翰。"(《除夕前一日上中尊汪夫子》)可是秋风并没有使他青云直上,而是给他吹来一片片陨落的枯叶。板桥就在这种期待和失望中消磨岁月。他郁闷极了,感到自己窒息得已快透不过气来,于是产生了一种难以自抑的宣泄欲。三十三岁时,他客居北京,与禅宗尊宿及京官诸子弟交游,"日放言高谈,臧否人物,以是得狂名"(《清史列传·郑燮传》)。他这时已经顾不得别人会如何议论自己,觉得唯有像这样恣肆地吐泻郁情方能获得些许快意。从京师失志南归后,他写了一首《沁园春·恨》,最能反映他当时愤世嫉俗、近乎于变态的心理:

  花亦无知,月亦无聊,酒亦无灵。把夭桃斫断,煞他风景,鹦哥煮熟,佐我杯羹。焚砚烧书,椎琴裂画,毁尽文章抹尽名。荥阳郑,有慕歌家世,乞食风情。 单寒骨相难更。

笑席帽青衫太瘦生。看蓬门秋草,年年破巷,疏窗细雨,夜夜孤灯。难道天公,还钳恨口,不许长吁一两声? 颠狂甚,取乌丝百幅,细写凄清。

这首词中,我们看到了一个在科举制度下失意的文人痛苦挣扎的灵魂。中进士,也位不过县令,这当然仍使他感到委屈。

随着社会阅历、人生感受的加深,他对从小笃信的史书内容的可信性发生了怀疑:"历览前朝史笔殊,英才多少受冤诬。一人著述千人改,百日辛勤一日涂。"(《历览三首》之三)板桥像许多文人一样,向往垂名汗青,然而史书在很大程度上受到权势和金钱支配,"黄金先买史书名"(同上之二),"俗子几登青史,英雄半在红尘"(《西江月·警世》)。既然如此,即使被写进史书,又有什么意思呢? 这样一想,他不免对功名有点心灰意懒。他又感到,在纷繁多变、难以捉摸的人世,个人的努力有时往往徒劳无益,因为他们已经丧失了主动选择和决定自己命运的权利。他的《浪淘沙·种花》暗示了人生的这种难以把握:"晴雨总无凭,诳杀愁人,种花聊慰客中情。结实成荫都未卜,眼下青青。"受命运摆布和对前途的迷惘是这首词的基调。阴晴无凭的气候,寄寓他乡的愁人,好似构成了命运与人的关系,"诳杀"二字写出了个人受作弄而又无可奈何的情状;"种花"表示追求、寄托和希望,但是种花人对幼苗将来能否结出果实,长成绿荫却无能为力,因而也并不在意,只求能看到眼前一簇青翠的生命之色——如此而已。

上述经历和认识,影响了他的生活态度,流传甚广的《道情十首》颇能说明问题。板桥三十七岁时写出这组歌词的初稿,后几经修改,在他五十一岁任范县令已两年时才正式印行,因此可以认为它们不是诗人一时之感。唱词感慨历史兴亡,叹恨人生奄忽,处处以功名难就而易失来反衬平凡生活的亲切、可爱。有人说,这组词带有感伤和消极的思想成分。不错,不过还应当进一步说明,板桥的感伤和消极主要是为了竞奔仕途而发,并非是对整个人生的悲观和厌倦;对前者的消极正好导向对普通人生活的热爱。这组歌内在的意蕴是:只有当你从一个热衷科举的势利人还原为自由人的时候,才能够轻松自如地呼吸空气,充分地观赏自然,真正地感受生活的美。这或许就是它获得人们长期喜爱的主要原因。生活态度的改变使板桥的心情也变得轻脱起来,他虽居官任,却非常羡慕自由自在的"野人"生活。也正是这个缘故,罢官并没有引起他多大的心理震动,《罢官作》第一首曰:"老困乌纱十二年,游鱼此日纵深渊。春风荡荡春城阔,闲逐儿童放纸鸢。"①整首诗洋溢着一种回到普通人中过平凡生活的欢乐和喜悦。如果说他的《道情十首》在赞美布衣生活的同时仍寓有"中年感慨"的话,那么在他晚年写的《瑞鹤仙》组词中,呈露的心境则完全是淡泊的。他描述渔家、酒家、山家、田家、僧家平淡无奇、乐趣无穷的生活,如渔家,"人与沙鸥同醉。卧苇花一片茫茫,夕阳千里"。又如农家,"鲍尊瓦缶,村酿熟,拉邻叟。每长吁稚女童孙长大,婚嫁也须成就。到冬来新妇家家,情亲姑舅"。这是何等美丽的画面,何等亲切的情趣。相比之下,官宦家"任凭他铁铸铜镂,终成画饼",帝王家"待他年一片宫墙瓦砾,荷叶乱翻秋水",又是何等凄惨,何等荒凉。郑板桥在晚年,有时仍会对功名浮现几丝幻想,但是有一点是无疑的,他更热爱艺术家的生活,这是他对自己赋性的认同。

三

用世之志和功名之心虽有联系,可又不是一回事。郑板桥早先用世和功名心几乎同样强烈,随着阅世深入,他功名心渐趋淡

---

① 《郑板桥全集》之《板桥集外诗文》,第327页。

薄,然而对世事的关心虽至晚年未有稍变。他在六十五岁时写的《再和卢雅雨四首》之三说:"关心民瘼尤堪慰",又在作于六十八岁时的《板桥后序》一文中说:"叹老嗟卑,是一身一家之事;忧国忧民,是天地万物之事。"①这些都说明,郑板桥在晚年仍把古往今来、天下世事装在自己胸怀。

郑板桥在《范县署中寄舍弟墨第四书》里说:"我想天地间第一等人,只有农夫。"同时也肯定"工人制器利用,贾人搬有运无,皆有便民之处"。而对那些"一捧书本,便想中举,中进士,作官,如何攫取金银,造大房屋,置多田产"的士大夫中的坏人极为鄙薄。然而"天地间第一等人"和有用之民在社会上得不到应有的尊重,利禄之辈却能到处享受特权,这使郑板桥感到大惑不解。他固然无力改变不合理的社会,但是他总想在自己待人处世方面给穷苦人以更多的敬爱,在自己力所能及的范围内为他们多做一些好事。他年轻时,偶尔从家里的旧书簿中发现了前代的家奴契券,随即把它付之一炬,免得人家的子孙知悉后增生惭愧之心。他自己招佃农,必待之以礼,以主客相称,对他们怜悯、周全、宽让。即使是盗贼来到家中,他也认为要"开门延入,商量分惠",以救其急,因为"盗贼亦穷民耳"(《范县署中寄舍弟墨第二书》)。他教育自己幼子要善待贫家之子、寡妇之儿,并亲自抄写数首诉说耕农织妇辛苦生活的诗歌,让他儿子诵读,使他从小懂得尊重穷人。他还认为终日"安享之人"对自然、艺术美的感受比较麻木,而"劳苦贫病之人"反倒有较佳的审美心智,他谈到自己的艺术服务对象时说:"凡吾画兰画竹画石,用以慰天下之劳人,非以供天下之安享人也。"②郑板桥尊敬、热爱、同情、关心人民,当他一旦有"得志加泽于民"的机会,就把自己的人道精神具体化为利民的惠

---

① 《郑板桥全集》之《板桥集外诗文》,第248页。
② 《印跋·恬然自适》,《郑板桥全集》之《板桥集外诗文》,第457页。

政。康、乾时期国力强盛,财丰物富,但这是靠通过严重盘剥和榨取得来的,"世方以武健严酷为能"(郑方坤《本朝名家诗钞小传》),这话把其中的奥秘说得甚透。板桥反对去合这种"时宜",他写道:"政绩优游便出奇,不须峭削合时宜。良苗也怕惊雷电,扇得和风好好吹。"(《绝句二十三首·沈凤》)据记载,板桥为知县,讼事右穷人而左富商,囹圄数空,遇灾荒,不待申报,也不顾众僚反对,开仓赈贷,救活万余灾民,因此在当时有"循吏之目"(《清史稿·郑燮传》)。当他罢官离开潍县时,"百姓痛哭遮留,家家画像以祀"(叶衍兰等《清代学者像传》)。

郑板桥关心世事、忧国忧民的情怀又赋予他的文学主张和文学创作以浓厚的现实意识,他以社会价值为标准把文学分为三类:经世之文、吟咏个人情性之文和无聊应酬之作。第一类文最受推崇,是他衷心向往的;第二类文尚可,但比第一类文价值已经大降;他认为自己大多数作品归属这一类,因此颇感遗憾;第三类文受到他鄙视(见《后刻诗序》、《偶然作》七言)。他认为批评弊政、反映民生疾苦是文学家义不容辞的责任,所以对杜甫注重现实的创作倾向评价很高。尽管他对文学功能的认识有嫌偏颇,笼统地称"曹刘沈谢才,徐庾江鲍俦"的作品是"乞儿谋"(五言《偶然作》)也失于公允,但他呼吁文人从故纸堆里抬起头来,走出风月花酒的个人生活圈子,注目于现实,为改善人民的痛苦境遇而尽力,这是对同样偏颇的讳言世事的文学风气有胆识的批评,在当时具有特殊意义。

板桥的文学创作在一定程度上体现了他自己的主张。他抨击"播谈忠孝,声凄泪痛"的虚伪世风,揭露和批判贪勒刁奸的悍吏、惨掠苛虐的私刑,对人民的痛苦则在笔墨间寄予无限同情,如《逃荒行》《还家行》描绘灾民苦难,催人泪下;尤其是他写的以儿童(其中多数是孤儿)为题材的诗歌,更是感人肺腑,如《抚孤行》歌颂一位母亲对孤子的恩育,《孤儿行》和《后孤儿行》斥责欺虐孤儿的不道德行为,《姑恶》倾诉童养媳不堪折磨的悲愤等等。我国文学史上,像板桥这样集中而又充溢着至情来反映儿童生活和命运的作家还不多。在这些诗篇中,我们很容易发现作者本人童年时代的影子,领略他的感受和意绪。

四

尊重个性,追求个性,反对阻扼个性的发展,这是郑板桥又一可贵的思想。

在中国封建社会,个性长期遭受儒家意识和世俗偏见的抑制,个性异突、行为超俗被看作是危险物。对此,文人警句和民间俗谚都有过十分生动的总结,诸如"木秀于林,风必摧之;堆出于岸,流必湍之;行高于人,众必非之","枪打出头鸟"等等。在这样的社会环境之下,"和光同尘"、克己从人被奉为远祸避害的座右铭。魏晋和晚明时期,正统儒家思想对人们的维系力有所削弱,个性意识得到不同程度张扬。清初,"异端"思想受到正统势力强烈冲击,与晚明相比,个性精神明显消减,表现出迎合封建伦理规范的历史回旋。

郑板桥虽然生活于个性消退的时代,却为追回个性作出了可贵努力。无疑,"与天下同乐"是他坚信的格言,但他反对漠视个性的价值。他深深受到道家"齐和万物"思想的影响,主张让每个人依其天然本色和各自意愿自由地发展心性,塑造自己形象。他在《潍县署中与舍弟墨第二书》里曾谈到两种不同的养鸟和爱鸟之道,表现了他这种思想。他说:"平生最不喜笼中养鸟,我图娱悦,彼在囚牢,何情何理?而必屈物之性以适吾性乎?""笼中养鸟"者把自己的快乐建筑在鸟的痛苦之上,这是十足的自私和残忍。板桥提倡:"欲养鸟莫如多种树,使绕屋数百株,扶疏茂密,为鸟国鸟家。""植树养鸟"既为鸟的自由生息创造了理想环境,同时也为自己提供了无穷乐趣。说明人生的真正快乐来源于创造自由的环境，绝不在于制造自由的枷锁。正如板桥该文所说："大率平生乐处，欲以天地为囿，江汉为池，各适其天，斯为大快。比之盆鱼笼鸟，其巨细仁忍何如也？"他在一首题画诗里还说："我愿居深山巨壑之间，有芝不采，有兰不掇，各全其天，各安其命。乃为诗曰：高崖峻壁见芝兰，竹影遮斜几片寒。便以乾坤为巨室，与君高枕卧其间。"可见板桥谈爱鸟，爱芝兰，实际是谈尊重和爱护个人，要求社会适合于个人自由生活、个性自由发展。这种思想在当时文人中实属罕见。

问题的关键似乎还不在于一般地肯定个性，郑板桥提出的要求其尖锐性表现在：社会应当容纳被它认为是恶和丑的东西，不应当因为自己看不顺眼和它们不利于自己就反对、排斥，甚至翦灭它们。他认为丑石在"陋劣之中有至好"（《板桥题画·石》），值得人们赏爱。以上就形成了他保护"丑类"、容纳"怪异"的思想，这是他的个性意识中最核心的内容。他说执政者应当"体天之心以为心"，而天有时风和日丽，阳光明媚，有时则狂风淫雨，飞沙走石；大地既生"骐麟凤凰"、五谷花果，也生蛇虎蜂虿，蒺藜萧艾，二者都能够俱生并茂，共处同存，这正体现出天地的博大和宽容。从这样的观点出发，他对尧和舜这两位历史人物提出了自己独特的评价意见。历来人们爱把二人并提，对他们治理的国家推崇备至，板桥则认为"尧、舜不是一样，尧为最，舜次之"。理由是，尧能容纳不同意见和犯有错误的人，"共工、骧兜尚列于朝，又有九载绩用弗成之鲧"，而"舜则不然，流共工，放骧兜，杀三苗，殛鲧"。所以他说："彰善瘅恶者，人道也；善恶无所不容纳者，天道也。尧乎，尧乎，此其所以为天也乎？"（《潍县署中与舍弟墨第二书》）我们从中不难看出他对"以武健严酷为能"的现实的批评。如果联系他同情和讴赞怪诞人物的诗篇，便可体会到，他更在于向社会呼吁要尊重和爱护个性异突的人物。他为徐渭鸣不平："半生未挂朝衫领,狠秋风青衿剥去,秃头光颈。"对他自尽抗俗的勇气表示理解和钦佩:"拔取金刀眉目割,破头颅、血迸苔花冷,亦不是,人间病。"(《贺新郎·徐青藤草书一卷》)他为"扬州八怪"的其他朋友而感到骄傲,如金农"乱发团成字,深山凿出诗。不须论骨髓,谁得学其皮?"(《赠金农》)然而他们"才雄颇为世所忌,口虽赞叹心不然"(《饮李复堂宅赋赠》)。郑板桥对这种社会恶俗深表愤慨。在《音布》这首诗里,板桥通过叙述一位性格兀傲、不受世网萦系的艺术家难容于亲戚、乡里和社会的不幸遭遇,发出了下面这样沉痛的呼声:

> 世上才华亦不尽,慎勿咤叱为幺魔。此等自非公辅器,山林点缀云霞窝。泰岱嵩华自五岳,岂无别岭高嵯峨。大书卷帙告诸世,书罢茫茫发浩歌。

郑板桥反对把个性强烈的才华之士当作"幺魔"来对待,提出要给他们充分表现和发展的权利。作为一代奇灵怪杰,板桥经常感到环境对自己的压抑,心情常常郁闷不舒。他对徐渭等人的深切同情,正是基于自己对生活的这种感受和认识。他对摧残个性的不合理社会的有力反抗,虽然在当时未能产生多少影响,但是,在我国思想史的演进轨迹上,它以与近代精神某种相似而格外引人注目。

五

郑板桥是一位具有多方面才能和极富创新精神的文学艺术家,阅读、观赏他的作品,人们很容易受其品格、个性的吸引和感动。

他创造了一种"板桥体"书法,也称"六分半书"。它以隶书为基本骨架,兼备真、行、草、篆某些长处,更把竹、兰叶瓣的画法参杂其间。经过作者大胆的巧思异构，上述特点自然、有机地融为一体，别具风致。绘画方面，板桥主要画兰竹石菊，尤其是兰和竹更为他所擅长。当时人们的绘画题材比较集中于山水，因袭传统、墨守成规者尤多。郑板桥不随众流，突破时尚的题材范围，改变传统的构图习惯，创以新的技法，这使他的画充溢着一种新鲜活泼、秀劲爽健的墨气精光。他把兰竹等自然物高度艺术化，以寄寓自己的清操亮节，以表现孤直突兀的性格，这又赋予他的画面以感人不尽的意境。板桥的书画艺术，颇得人们好评，如谢诚均《聩聩斋书画记》评他的书法"无古无今，自成一格"，肯定它的创造性和艺术成就。而他的绘画（尤其是兰竹）更是大家所喜爱的艺术珍品。但是历史上有些人对郑板桥艺术上的创造性缺乏理解，有的讲他的书法是野狐禅，有的抓住其个别不协调处，讲它是不伦不类的儿戏字体，这些都是没有什么说服力的。绘画方面，有人指责他画的兰花"乱头粗服"，失去了兰花的"风调"；也有人批评他的画"横涂竖抹，发越太尽，无含蓄之致"。殊不知板桥画的艺术魅力正在于从"横涂竖抹"和"乱头粗服"之中呈露出倔强不驯的个性精神。

　　板桥的诗文也很有自己特色。他不追求古色古香，不崇尚艳丽词藻；不拘体格，兴至则成，述事言情，恻恻动人；在通俗平易中，充满诙谐和机智，读后让人感到妙趣横溢，忍俊不禁。他的词作或清新俊俏，或悲壮苍凉，与诗文相比较，似具有更多的艺术美。特别值得一提的是，他的题画诗文真率可爱，与画面相映成趣，二者互相参看，蕴义会变得更加丰富，也更易使我们洞达艺术家的心灵。"宦海归来两鬓星，故人怜我未凋零。春风写与平安竹，依旧江南一片青。"[①]青翠的竹子真切表达出他离开混浊的官场所体验到的轻松心情。"春雨春风洗妙颜，一辞琼岛到人间。

[①] 《郑板桥全集》之《板桥集外诗文》，第384页。

而今究竟无知己,打破乌盆更入山。"(《破盆兰花》)"咬定青山不放松,立根原在破岩中。千磨万击还坚劲,任尔东西南北风。"(《竹石》)在这两首诗中,"乌盆"和"青山"分别是枷锁和自由的象征,"打破乌盆""咬定青山"正表示他挣脱束缚、追求自由的坚强决心。"兰在深山,已无尘嚣之扰,而鼠将食之,鹿将龁之,豕将蹂之,熊、虎、豺、麋、兔、狐之属将啮之,又有樵人将拔之割之。若得棘刺为之护撼,其害斯远矣。"这是他题《丛兰棘刺图》的一段文。兰花虽然清劲,毕竟缺乏自卫能力,板桥希望有棘刺保护它们,使不受他物伤害。这提醒我们,板桥的性格除了有竹兰石的高洁、孤介、怪诞之外,还有其"刺"的一面。

六

郑板桥也有迁就世俗的一面,使行事和精神不免于陷入矛盾之中。他疏狂放任,有时又醇谨拘检;他诙谐玩俗,调侃人生,有时也会画地为牢,作茧自缚。"年年为恨读书累,处处逢人劝读书"(《绝句二十三首·潘西凤》),这正表现了他矛盾的心境。尤其在他四十岁中举至做县令的前期,正统观念增多,他劝导堂弟努力科举,谨慎处世,以他自己"不受绳尺"为戒,晚年又流露出对人生的悲观感。尽管如此,他为自己绘就的拔俗不群的精神姿态则是经久而常新。

(陈允吉主编《十大文学畸人》,上海古籍出版社,1989年)

其人与笔两风流
——袁　枚

乾隆五十六年辛亥除夕（公历已进入 1792 年），七十六岁的袁枚和家人围坐一起守岁，屋里气氛静默得有点凝重。每个人都在焦虑地期盼时间快一点流逝，等待新年第一声爆竹响起。三十年前，相士曾为袁枚算过一次命，预言他六十三岁得子，七十六岁寿终。果然他得子之年与相士预言丝毫不爽，他为姗姗来迟的儿子取名"迟"。这种巧合使他对相士的第二项预言不敢轻心，于是在七十五岁时对自己诗文集作了一次修改和增补，以备不测。也正由于这个缘故，此年守岁赋予了袁家特殊的含义。旧年过去了，相士预言的凶讯并未发生。袁枚怀着欣喜之情写了《除夕告存戏作七绝句》，庆幸自己长寿无恙，而心里依然有点茫然。

一

康熙、乾隆两朝，是国力强盛的时代，文化事业也得到了蓬勃发展。这引起众多文人积极入世的兴趣，人们似乎相信，只要规规矩矩做人，专心诚意念书，不愁没有前程。然而朝廷忌讳很多，既怕百姓多事，又虑文人不够驯服，后者尤其令统治者头痛，两朝屡屡兴起的文字狱，就是做给那些或许怀有异心，甚至没有异心，只不过太迂一点的文人看的。沈德潜算是受乾隆皇帝特殊优遇的人，乾隆二十六年（1761），将他编选的《国朝诗别裁集》（即《清诗别裁集》）呈献给乾隆帝，乾隆帝一看，书里有钱谦益作品，且列全书之首，顿时板下脸，对他严加斥责，改正后才允继续刊布。乾隆帝也曾下诏求言,讲得颇动听,"风闻者不罪,称旨者迁官",鼓励人们说话。谏章收到不少,内容无外乎三类:"最上者取宋儒陈言,迂远牵引,令人闻古乐而思卧。其次小有条议,改刑部一律,工部一例,从亦可,驳亦可。其下争风气之先,伺上意而迎之。"①几乎一堆废纸,谏与不谏没有什么不同。这实在也怪不得文人滑头,谁敢保证求谏不是皇帝测试人心的气球?可见当时文人尽管看上去很忙碌,争着想有所作为,心灵深处却是惶恐,很脆弱。

袁枚就是生活在这样一个既强盛又令人怖惧的时代。他的可贵在于用自己的诗文,从较为松弛的心灵,喊出了几声真诚的呼声。

他生于康熙五十五年(1716),康熙去世时他二十一岁,卒于嘉庆二年(1797),一生的主要阶段是在乾隆朝度过的。字子才,号存斋,一号简斋,解官后,居江宁小仓山下随园,世称随园先生,自号随园老人、仓山居士。先世家浙江慈溪,后徙钱塘(今杭州)。祖父、父亲长期在外地任幕僚,很少回家,难得与袁枚在一起。但显然父亲对他的学业要求很高,尤其注重教诲他为官之道。当后来袁枚任溧水知县时,父亲还暗中入境察访,途中一位女子告诉他:"吾邑袁公政若神明,真好官也。"(方瑞师《随园年谱》)知道自己从前一番心血没有白花,才欣慰地骑驴入县署去见儿子。

袁枚幼小时就喜欢听长者说古事,否则常会啼哭不宁。他有一位寡居的姑妈,颇通文史,常常给他道古,讲述有趣的稗官野史②。姑妈是颇有头脑的人,敢于提出一些违俗的议论。汉代郭巨家贫,无力兼养母亲和幼儿,为了赡养老母,他欲埋其子,掘土

---

① 袁枚《与杨峙塘书》,《小仓山房诗文集》,上海古籍出版社,1988年,第1807页。本文以下引用此书,仅注书名、篇名、页码。
② 袁枚小时受到姑妈的熏陶影响,见他《亡姑沈君夫人墓志铭》,《小仓山房诗文集》,第1265页。

时,从泥里得黄金一釜,人们都说这是上苍对他孝心的回报,郭巨也成了过去孝子的典型。袁枚姑妈认为郭巨是残忍的人,作诗予以谴责:"孝子虚传郭巨名,承欢不辨重和轻。无端枉杀娇儿命,有食徒伤老母情。伯道沉宗因缚树,乐羊罢相为尝羹。忍心自古遭严谴,天赐黄金事不平。"[①]袁枚在姑妈启发下,于十四岁写了一篇《郭巨论》(收入《小仓山房文集》卷二十),痛斥郭巨凶毒狡诈,声讨他杀子"大罪"。虽然袁枚对某些正统伦理观念的怀疑和否定、对伪道学的频频抨击是在成年以后,而这些思想种子的萌发却可以追溯到他少年时代。

袁枚经常谈到爱读书是他天生的性分,小时候却苦于没有多少书可以供他阅读。家里除了通常士子家庭备有的四书五经之类外,其他藏书不多。他九岁那年,父亲出于对售主的同情买下了一部《古诗选》四册,袁枚如获至宝,窥塾师不在,或岁末放假之际,时时吟咏,大开眼界。虽然他"七岁上学解吟哦"[②],认真学习写诗则是从此时偷偷开始的。从家到私塾经过一个书肆,袁枚因无钱购买,只好常常在一大堆待售的书籍面前"垂涎翻阅"。"塾远愁过市,家贫梦买书",真实地表达了他当时窘痛的心情[③]。附近有人藏书甚富,他去求借往往空手而归。袁枚后来提到少年时代的悲哀莫过于这些事情。他长大为宦生活富裕了,以俸易书成为一大快事,设"所好轩"藏其所购图书。固然袁枚花大钱购数万卷书主要是为了满足嗜读需要,同时又包含对少年时代缺憾的补偿。

袁枚开始在求仕道路上相当顺利。十二岁成秀才,为地方官所器重。二十一岁入广西,巡抚金鉷对他有"国士之目"。此年适

---

① 见袁枚《随园诗话》卷十二,人民文学出版社,1982 年,第 408 页。本文以下引用此书,仅注书名、卷数、页码。
② 《全集编成自题四绝句》其三,《小仓山房诗文集》,第 584 页。
③ 《随园诗话》卷五,第 159 页。

逢朝廷征博学鸿词，金鉷推荐袁枚上京应试。在全国被荐举的二百余人中，他年龄最小。尽管没有考中，知名度大大提高。乾隆四年（1739）中进士，选翰林院庶吉士，此年他二十四岁。接下来就不称心了。三年后散馆，他出为外官，先后任溧水、江浦、沭阳、江宁知县，达六年之久。他在一首诗中借鹤自喻："汝本昂昂海上来，如何舞罢飞尘埃。"①流露内心委屈。尽管如此，他办事毫不马虎，能够体恤民情，办实事利民，行事风格温和，维持了一方安泰。"买将桑种贻蚕妇，自制文章教秀才。""狱岂得情宁结早，判防多误每刑轻。"②百姓对他很有好感。然而缙绅官僚也传播着流言，有的不满他气盛疏狂，有的反感他不拘小节，很不利于他仕途擢升。袁枚三十三岁被荐高邮知州，部议不准。他怀着失望，以母病为由，辞官回乡。乾隆十七年（1752）再起，赴陕西任职，与总督臭味差池，上书万余言，不被重视。未及一年，父死，袁枚回家守制的同时，递交了辞呈，从此退出了曾经向往过的官场。说袁枚乐意作出此种抉择不合事实。他在部覆批准他辞官那年（乾隆十九年，1754），写下组诗《秋夜杂诗》，其十五曰："嗟余秉微尚，耻以文字垂。少小气盖世，于书靡不窥。上探皇王略，下慕管、乐才。天文及阵法，一一穷根荄。年岁日以增，志气日以卑。静观天下事，非我所能为。方策虽宛在，诗书多余欺。瑶台无蹇修，阳文空好姿。灵龟曳其尾，掉首还丹池。不求勋万笏，但求酒一卮。岁月花与竹，精神文与诗。"怀才不遇，郁勃牢骚，情溢于词。他写于四十六岁的《自嘲》有云："自笑匡时好才调，被天强派作诗人。"也并非不着边际，而是发自肺腑的浩叹。

辞官后，袁枚赏玩自然景致，安于享乐和诗文创作，这些构成他后来生活的主要内容。他交游遍海内，大江南北尤多，凭借精

---

① 《沭人有馈白鹤者署中养豢失所作诗谢鹤》，《小仓山房诗文集》，第54页。
② 《沭阳杂兴八首》其六、其七，《小仓山房诗文集》，第47页。

强的身体,走游了许多名胜。他生活充实而自在。

二

袁枚说自己既没有"至人"的高德,也不具备"豪杰"的才能,不喜佛仙,仕而不隐,心悦美色,兼爱财货,自称是"古之达人"①。别人给他画像:"旷矣先生,侔今无徒,侪古少类。达如刘伯伦而不好饮,逸如嵇叔夜而不好音乐,习静如王摩诘而不好佛,恬退如贺季真而不好道,以名教是非自任如韩退之而不好儒,志鄙王戎而不讳好财,性异阮咸而不辞好色。"②袁枚其实并不喜欢别人把他具体比作古代谁氏某人,他属于自己。

从性格来说,袁枚是一个温厚随和、容易接近和相处的人,不同于傲岸、乖张之士,但他对自我的珍视,对个性的维护,在当时是极为突出的,与稍早的郑板桥约略相仿。袁枚肯定和赞美人的自立不倚精神,他咏颂山顶上兰花:"一枝幽草植山阿,开既飘零落又多。不是无人采香色,其如生处太高何。"③歌唱旷野里的春草:"栽培不仗主人翁,自立斜阳自偃风。"④还有那棵不肯俯首的古松:"松也如高士,门低不肯来。"⑤诗里的兰花、春草、古松,都是孤清高奇、不甘屈阿的人格的艺术形象。他在有些诗篇中直接宣称自己崇尚"独行":"万物贵有恃,丈夫重独行。千秋万岁中,吾岂无性情。"⑥"山人平生狂颇颇,海内孤行我为我。"⑦"我亦自立

---

① 见《秋夜杂诗》其五,《小仓山房诗文集》,第230页。
② 李宪乔《随园诗赞》,《小仓山房诗文集》卷首,第7页。
③ 《山顶兰》,《小仓山房诗文集》,第602页。
④ 《春草》其六,《小仓山房诗文集》,第278页。
⑤ 《毁门进古松》,《小仓山房诗文集》,第246页。
⑥ 《偶成》其二,《小仓山房诗文集》,第146页。
⑦ 《元日送王莪亭舍人入都》,《小仓山房诗文集》,第540页。

者,爱独不爱同。"①他性喜通脱,主张各人随其所好,任天而行,最难接受世俗规方的束缚,视与繁礼饰貌之辈交接为苦事。他买下康熙间织造隋氏之园,以"随园"命名,且取以自号,暗寓"听自然"之意,以为"随之时义大矣哉"②。由于袁枚交游广泛,与他交游的人有些是达官权要,他有时得依靠他们资助,应酬在所难免,这是否会泯失个性呢? 其实交往与合流不是一回事,不存在必然联系,与公卿交往而保持个性,拒绝受其同化还是有可能的,关键是要讲究交往之道。袁枚与历史上某些追求强烈个性的思想家、学者、诗人在处世态度、行为方式诸方面,有介特孤峭与宽让随和之别,他们对个性和自我的高扬并无实质不同。在与三教九流、各色人物周旋应接中保持自己本真素怀,虽然极不容易,而这恰是袁枚个性的一个特点。

袁枚热爱大自然和人间一切美好的事物。他喜欢观花赏月,登山游水,至老不知疲倦。他歌颂友谊、义气、男女欢爱,一生崇拜女性的魅力,讲究饮食,对着美丽的服饰,常常涌起赏心悦目的快感。他喜欢美好奇幻的故事,爱听真话隽语,绝不会因其不合圣贤思想而大惊小怪。他感到生命短促,应该凭各人兴趣爱好,及时行乐:"不得行胸臆,头白亦为夭。苟得快须臾,童殇固已老。"③这固然含有愤世嫉俗之意,也是他真实生活态度的表白。"但使人间唤生佛,胜教天上作顽仙。"④可见他是多么慕恋人间实实在在的幸福生活,而对神仙虚幻的境界则不屑一顾。袁枚一些朴素而美好的愿望令人感到亲切:"我思作一舟,其速如飞鸦。不

---

① 《题叶花南庶子空山独立小影》,《小仓山房诗文集》,第477页。
② 见《十九日梅坡招孟亭南台再集得观字》,《小仓山房诗文集》,第110页,又见《随园诗话补遗》卷一,第587页。
③ 《杂诗八首》其三,《小仓山房诗文集》,第136页。
④ 《与商宝意司马宿王禹言太史斋中临别奉赠》其一,《小仓山房诗文集》,第59页。

载人离别,只载人归家。"①"不愿女儿通九经,入宫天子呼先生。只愿女儿粗识字,《酒谱》《茶经》相夫子。"②他认为同样是爱情悲剧,帝妃的遭际并不比农夫村妇的悲哀更值得同情而享受艺术表现的优先权。《马嵬》其二:"莫唱当年《长恨歌》,人间亦自有银河。石壕村里夫妻别,泪比长生殿上多。"历代诗人咏唱马嵬情变,佳作如林,袁枚这首七绝一枝秀出,成功在于使古老的题材灌入了新的平等观念,立意脱凡。袁枚在那个时代是受正统思想束缚较少者,士大夫的许多成见被他破除掉了,心智相对来说自由得多,胸襟是开阔的,这才使他能够去发现、欣赏、容纳、讴赞世上许多美好的事物。赵翼称袁枚"其人与笔两风流"(《读随园题辞》其一)。倘若不具备自由、奔放的心灵,美就会在他眼前减退,乃至消失。从这个意义上说,袁枚性情"风流"又是他笔墨"风流"根本的前提。

三

经过明末清初儒家正统思潮的冲荡,人们思想中和文人作品里的异端成分日渐减少,程朱理学几乎一统天下。乾隆以后,汉学大为复兴,但是,其意义更多是在治学方法上恢复、发展了考据传统,义理方面全国依然基本维持着程朱的正宗地位,思想界沉闷的状况没有多少改观。

袁枚辟佛排仙,非议宋儒,也非议汉儒,虽然他比较尊敬周公、孔子,对世人尊奉的儒家经典却又不怎么信任,怀疑其有不是、不当、不足取法之处,"六经虽读不全信"③,"六经之言,学者自

---

① 《倪素峰归棹图》,《小仓山房诗文集》,第192页。
② 《朱草衣寒灯课女图》,《小仓山房诗文集》,第192页。
③ 《子才子歌示庄念农》,《小仓山房诗文集》,第318页。

宜参究,亦未必其言之皆醇也"。所以他提倡怀疑精神,"疑非圣人所禁也"①。还认为《诗经》中有味如嚼蜡的作品(见《用定声录韵赠周青原》、《除夕读蒋苕生编修诗即仿其体奉题三首》其二)。这在当时,提出的问题不能不算尖锐,对统治者维护的思想信仰构成了一定威胁。

道学家是袁枚批评的主要对象,而核心则是对他们宣扬的伦理道德观念的质疑。《答尹似村书》曰:

> 自时文兴,制科立,《大全》颁,遵之者贵,悖之者贱,然后束缚天下之耳目聪明,使如僧诵经、伶度曲而后止。此非宋儒过,尊宋儒者之过也。……足下亦宜早自省,毋硁抱宋儒作狭见谀闻之迂士。

针对士人迷信宋儒的心理,袁枚提出允许"尊宋儒",也要允许"不尊宋儒"的自由讨论原则②。有人站在理学家立场上,要求"无思无为",反对"征声逐色",批评袁枚"未能寡欲"。袁枚回答说:"夫生之所以异于死者,以其有声有色也,人之所以异于木石者,以其有思有为也。""必欲屏声色,绝思为,是生也而以死自居,人也而以木石自待也。"肯定饮食、男女之欲,以"人欲当处,即是天理"与"寡欲"说相对抗③。有人善意地替他着想,以理学相劝。袁枚表示:"今之理学,半德行之伪者也。舍此一门外,岂竟无地自居,无科可入,而足下必欲推而纳诸伪途?仆之所以赧然力辞者,意有所不屑也,是傲也,非谦也。"④与理学傲然相抗,别寻托身和归宿。在名教被朝廷强行推广和遵奉的时代,袁枚这身傲气难能可贵。

---

① 《答定宇第二书》,《小仓山房诗文集》,第1531页。
② 见《再答似村书》,《小仓山房诗文集》,第1561—1562页。
③ 见《再答彭尺木进士书》,《小仓山房诗文集》,第1571—1573页。
④ 《答家惠缵孝廉》,袁枚《小仓山房尺牍》卷三,道光二十八年刻本。

文官不爱钱,武臣不怕死,国家才不会败亡,一位古人曾这么说。其实,爱钱而不贪并无甚不当。伪道学者心中贪财,却又口耻言钱,于是问题才被搅得道不明白。袁枚洒洒落落地称自己"亦营陶朱财"①,他写了六首七律《咏钱》组诗,将君子们私下里谈论或心里思忖的东西公开用诗歌形式加以歌颂,鼓励正当挣钱,慷慨花钱。组诗第三首写道:

> 人生薪水寻常事,动辄烦君我亦愁。解用何尝非俊物,不谈未必定清流。空劳姹女千回数,屡见铜山一夕休。拟把婆心向天奏,九州添设富民侯。

为钱正名,提出"富民"的社会理想。他在另一首宣扬金钱观念的诗歌《扬州对雪戏作》中,幻想"共请女仙烧雪作白镪,定教胡岳满面生银光"。这与"九州添设富民侯"一样,都道出了人人向往而又难以实现的美好的求富梦。与许多文人遮遮掩掩、伪道学者虚意矫情,以及某些贤者视金钱为万恶之源种种观念、情态相比,袁枚显得实际而磊落。

"解好长卿色"②,对"色"的看法是袁枚与正统伦理观念严重分歧的又一个方面。在情、性关系上,袁枚认为:"盖有至情而后有至性,情既不至,则其性已亡。"③这为论证人好色之心的自然、合理提供了依据。所谓好色,指赏悦女性美貌,肯定男女情欢。袁枚好谈名妓,不喜言名儒。他有一方印章,刻着"钱塘苏小是乡亲",将它印在自己赠书上。这被某尚书大加呵责,袁枚顶撞道:"在今日观,自然公官一品,苏小贱矣,诚恐百年以后,人但知有苏小,不复知有公也。"④南宋大臣胡铨被贬南海,与当地姑娘产生恋

---

① 《秋夜杂诗》其五,《小仓山房诗文集》,第230页。
② 《秋夜杂诗》其五,《小仓山房诗文集》,第230页。
③ 袁枚《牍外余言》,道光刻《昭代丛书》本。
④ 《随园诗话》卷一,第15—16页。

欢之情，朱熹作诗惋惜他被人欲坏了平生名声，袁枚针锋相对予以驳诘①。袁枚在色的问题上，痛恨扼抑人性的腐论，提倡追求自然、合理的情感和爱情生活，虽含有某种纵任享乐的倾向，绝非煽扬轻浮放荡。他自己的个人生活色彩斑斓，整体仍不失认真。据《随园年谱》六十六岁谱载，沈省堂垂老添一女儿，与袁枚儿子订下婚约，他对袁枚说："子但能欺人，不能欺天。"袁枚惊问其故，他说："子性傥荡，口无择言，人道是风流人豪耳。及某省私，内行甚敦，与外传闻者不符，岂非欺人乎？然而造物暗中报施不爽，使子衰年有后，终身平善，岂非不能欺天乎？"当时真正了解袁枚的人认为沈氏所评符合实际。

与好色问题相联系，再看袁枚对女性的地位、命运以及贞节等一系列问题的思考。固然，他不可能不受当时父权中心思想的支配，对儒家"扶阳""抑阴"一类话也信奉（见《爱物说》）。但是，他不时会逸出这种阴阳论的伦理框架，说出一些不合时调的话。"女人祸水"之说在人们观念中根深蒂固，袁枚却说："妲己赐周公，《螽斯》或可歌。""狎客既已赦，美人胡独诛？"②认为"其过终在男子"③，由女子来承担主要是男子的罪愆，滥诛美女，宽宥狎客，都极不公正。张巡杀妾以饷军士，护卫唐朝城池，被史家颂为忠。袁枚对此强烈不满，他引孟子"杀一不辜而得天下，不为也"，责问道："杀一不辜而号忠臣，君子为之乎？"④古人编文集，一般的定例是，碑传一类文章男性传主在前，女性传主在后，体现着男尊女卑观念。袁枚《小仓山房文集》有时不按这种定例，男女传主的文章有的参错互见，通过这种文集体例，反映出他对贵贱男女的社会习尚的一种反抗。女子无才便是德，人们长期以来都这么认为。

---

① 见《答杨笠湖》以及《随园诗话》卷三，第85页。
② 《咏史》其六，《小仓山房诗文集》，第82页。
③ 《随园诗话》卷三，第98页。
④ 《张巡杀妾论》，《小仓山房诗文集》，第1597页。

袁枚不这样想,他不认为才情独钟于男子,而与女子无缘。"俗称女子不宜为诗,陋哉言乎。""第恐针黹之余,不暇弄笔墨,而又无人唱和而表章之,则淹没而不宣者多矣。"①他收纳女弟子讲授诗歌艺术,编诗话广泛搜罗默默无闻的女子单篇只句,力予阐扬,重其声名。如此重视女子文学才能,这在古代诗人和诗论家中无人堪与比肩,而其实质,反映了袁枚对女子异乎寻常的尊重。袁枚对女子怀着深切同情,有两件事令他终生难忘。第一件事,他的妾金姬小妹凤龄,原为女奴,他将她赎归。虽然凤龄有嫁袁枚之意,他也喜欢她,但是考虑到两人年龄悬殊,为了她的幸福,袁枚为凤龄选择了一位年轻的夫君。谁知出嫁仅半年,凤龄不堪大妻虐迫而自尽,一番好意竟酿成惨剧,袁枚心灵为之震颤,深感愧疚(见《三月六日作》《凤龄嫁某郎半年为其大妻所虐雉经而亡余悔恨无已赋十六韵哭之》《感往事有作》诸诗)。第二件事,袁枚知沭阳时,曾判断一件风化案,宽宥了当事的女子。但是女子回家后不久,被歹徒拐卖到远方。类似的悲惨故事出现在生活中,袁枚幻想着要改变这种现状,他发愿:"他生愿作司香尉,十万金铃护落花。"②对女子怀着这样深厚同情心的人,当时能找出几个来呢?女子发生的许多悲剧与贞节观直接有关。袁枚妹袁机(素文)自幼与人订婚,及长大,人告知其丈夫心术不良,劝她莫嫁,可是袁机坚持从一而终,结果受尽虐待,铸成一生不幸。袁枚写过一篇著名的《祭妹文》,含蓄而又有力地指出其妹是贞节观的牺牲品:

> 汝以一念之贞,遇人仳离,致孤危托落,虽命之所存,天实为之,然而累汝至此者,未尝非予之过也。予幼从先生授经,汝差肩而坐,爱听古人节义事。一旦长成,遽躬蹈之。呜

---

① 《随园诗话补遗》卷一,第590页。
② 见《随园诗话》卷九,第311页。

呼,使汝不识诗书,或未必艰贞若是。

寓对亲人的痛悼于对"节义"教育的檄讨之中,以巨大的悲烘托强烈的愤,感人至深。文章改人们常说的"坚贞"为"艰贞",一字之差,态度迥然相左。《随园诗话》载:一位女子孀居以后,作《咏月》诗寄意,其中一联道:"不是嫦娥甘独处,有谁领袖广寒宫?"表示她守寡不是出于愚贞,而是因为找不到相配的对象。诗句于恃才傲物中,对贞节观作了揶揄。袁枚非常欣赏这联诗歌:"余喜其自命不凡,大为少妇守寡者生色。"①以上这些都说明,袁枚在"色"的问题上,在对女性的认识方面,具有进步性,与尊重女性的近代意识有某种相通。

袁枚对科举制度有所怀疑。他在《分校》一诗中以阅卷官员的口吻,指出主司择人不公,遗落有才之士。对制举文章必须围绕程朱理学命题立意,他甚不以为然,这与他反理学的思想倾向一致(见《答似村书》)。如果说女子不少悲剧是由贞节观酿成,那么男子及其家庭的不幸,不少是受科举功名羁縻的结果。袁枚友人王复旦背负沉重的功名包袱,会试不中,"落第羞看红杏花,还乡怕挽青丝辔",含恨缢死异乡(见《王卿华挽辞》)。袁枚一位同征友蓬骏,发誓不登科第不完婚,结果寓居京师五十余年而卒,其妻年五十,竟以处女终②。袁枚同情友人的不幸遭遇,通过记叙这些凄惨的事情,客观上暴露了科举制度对生灵的扑杀。袁枚在晚年,鼓励自己两个儿子(在得袁迟之前,袁枚曾经过继一子)"莫为科名始读书"③。他认为生活之路很宽广,未必只能走科举一途:"可晓儿翁用意深?不教应试只教吟。九州人尽知罗隐,不在《科

---

① 《随园诗话补遗》卷九,第817页。
② 见《随园诗话》卷四,第126—127页。
③ 《八十自寿》其五,《小仓山房诗文集》,第1008页。

名记》上寻。"①父母以功名相嘱,望子成龙,可是"责善"反而成"累"。袁枚主张让孩子按照天性成长、发展,"倘鲤不趋庭,或竟任嬉戏。高鸟自翔天,芳草自覆地"②,这是十分通达可亲的。古代有些文人对科举制度的危害也有认识,并且以笔墨相挞伐,但是,他们自己往往仍然热衷于此道,或老而不辍,或寄希望子孙扬眉吐气,缺少袁枚"蝉蜕"后那分旷达。

四

袁枚是乾隆年间著名诗人、散文家和诗论家,与赵翼、蒋士铨并有三大家之号,就对诗坛的影响言,袁枚居首。乾嘉时期,追随袁枚诗风的人遍及全国,江左尤众,袁枚的《小仓山房集》《随园诗话》《续诗品》《子不语》等著作,读书人几乎无人不晓,乃至有人盗版牟利,由此也可见其在当时广泛流行的程度。

清代诗歌批评相当繁盛,影响大的有王士禛神韵说,虽然袁枚活跃诗坛时,神韵说全盛时期已经过去,余响仍然不弱。沈德潜格调说则维持着它的领袖地位,厉鹗的宋诗派理论和翁方纲的肌理说也在扩大各自影响。这些主张对推动清诗发展和繁荣都有积极作用,也各有弊端。袁枚则以性灵说相号召,自树一帜,使清代诗歌理论和创作别开生面,焕然一新。性灵说强调抒写真情,追求灵机生趣,要求自然流畅,在取法方面,不拘门户,对以往各朝诗歌皆有所学,皆不摹仿,贵求新意。袁枚诗论的精华实际上也体现了他思想的精华。他重视个性,视"我"的存在为生命的重要意义,其诗论也主张在学古的基础上,鲜明地突出个人色彩,强调个人独创精神,一切依傍附从、泯失个人独特性的倾向皆为

---

① 《示儿》其一,《小仓山房诗文集》,第1058页。
② 《恶老八首》其五,《小仓山房诗文集》,第1018页。

他无情扫抹。"丈夫贵独立,各以精神强。……肯如辕下驹,低头傍门墙?"①"孤峰卓立久离尘,四面风云自有神。绝地通天一枝笔,请看依傍是何人。"②袁枚精神中包含着对自然人性和人际关系的向往,他为人的自然情念赞呼不已,性灵说集中反映了他这种思想特征。他说沈德潜论诗片面强调温柔敦厚,必关系人伦日用,对他排斥情诗艳体极为反感(见《答沈大宗伯论诗书》《再与沈大宗伯书》)。《随园诗话》论当时选诗七弊,其中一弊是:"动称纲常名教,箴刺褒讥,以为非有关系者不录。不知赠芍采兰有何关系,而圣人不删。……学究条规,令人欲呕。"③显然矛头也是针对沈德潜。他说:"得千百伪濂洛关闽,不如得一二真白傅、樊川。"④这是对渗透在诗歌批评中的道学观点的断然否定。袁枚对沈德潜等人诗论的批评,实际上是对正统儒家诗学观点某些褊狭内容的矫正和抛弃。其他如他批评王士祯"才力自薄","于气魄、性情俱有所短"⑤,不满该诗派好作似了不了之语。又如批评宋诗派好逞弄典故,诗风艰涩不畅,肌理说以考据为诗,诗味匮乏,都能切中要害。当然,他对诸家诗论(尤其是神韵说)合理的成分也有汲取,论述还是相当圆满的。

袁枚文论与他的诗论性灵说本质上相一致,崇情尚美,反对抬高说教卫道一类文章的地位,视考据为文是作文一弊。他兼擅骈文,从美感角度充分论证骈文独特的文体优越性,主张骈散二体互补共存,以便让所擅不同的作者各尽其才(见《答友人论文第二书》《胡稚威骈体文序》等)。

他的诗歌以善于抒发性情获得读者好评,蒋士铨评他"善道

---

① 《题宋人诗话》,《小仓山房诗文集》,第593页。
② 《卓笔峰》其一,《小仓山房诗文集》,第726页。
③ 《随园诗话》卷一四,第466页。
④ 《答蕺园论诗书》,《小仓山房诗文集》,第1801页。
⑤ 见《随园诗话》卷二,第48页,卷四,第122页。

意中语"①,舒位也说:"袁长于抒写情性。"②他创作的咏物、写景、叙事、咏史各类题材的作品,都能于流畅、活泼、清新中见诗人的灵性。袁枚写诗似乎没有不能形容的景物,也没有道不清楚的事义,任何题材都能被他写得自如、清晰,毫不费力,而又能传神入妙。这一点尤使人赞叹不已:"意所欲到笔注之,笔所未到意孳孳。""难达之情息息吹,难状之景历历追。"③"世人心所欲出不能达者,悉为达之。"④这固然是由于诗人才情富盛,文思轻捷,同时也与他作诗较少受传统思想和艺术中的清规戒律束缚有关。钱泳《履园谭诗》说:"沈归愚宗伯与袁简斋太史论诗判若水火,宗伯专讲格律,太史专取性灵。自宗伯三种《别裁集》出,诗人日渐日少,自太史《随园诗话》出,诗人日渐日多。"⑤因此,袁枚带给清朝诗坛的远不止是一种平易清灵流畅的诗风,更在于向人们证明,诗歌并不是一门令人望而生畏的艰难的艺术,而是人的真诚的心声,不是朦胧神秘的深谷,而是辽阔畅达的平原,从而鼓励更多的人从事诗歌创作,促进清诗繁荣。袁枚今存诗近七千首,描摹山水风景的诗歌和咏史诗多有佳作,七律尤受称赞。任县令时写的一些陈诉民瘼的作品和中年抒述怀才不遇愤痛之情的七言古体,也相当出色。如《古银杏为火所焚》:

> 半夜木鸣天忽曙,空山无人火在树。槎枒散作金黄云,九天灰落烟纷纷。黑风迸裂空心血,枝枝叶叶飞晴雪。孤根一气共死生,倒烧直下三千尺。上焚碧落星辰散,下熏无极黄泉热。天地焦枯会有时,人力难施空叹息。忆昔当年种六

---

① 《论诗杂咏·子才》,蒋士铨《忠雅堂集校笺》,上海古籍出版社,1993年,第1736页。
② 舒位《瓶水斋诗话》,《瓶水斋诗集》,光绪十二年刊本。
③ 蒋士铨《读随园诗题辞》,《小仓山房诗文集》,第2页。
④ 姚鼐《袁随园君墓志铭》,《惜抱轩诗文集》,上海古籍出版社,1992年,第202页。
⑤ 丁福保编《清诗话》,上海古籍出版社,1978年,第871页。

> 朝,曾同春荐佐含桃。摩挲嫔御青丝络,披拂将军白玉缘。亡何岁月如流电,到眼齐梁人不见。幹排元气更千年,独立江风当一面。人间用材不用长,八尺九尺皆栋梁。败樗铅刀易斫削,白檀上手多触伤。尔形倔强撑宇宙,自合弃置来僧房。云雷坎壈迟变化,魂魄光明怒太阳。一朝炫耀脱骨去,胜入灶下当柴桑。哑哑乌鹊休怆神,巢焚厦倾理所存。君不见老僧踯躅树下悲,遮云护日今为谁?

千年古树,一朝被焚,诗人借以喻指世上人才遭受屈抑和摧残。在写法上,诗人不是直接为焚毁的古树鸣发不平,而是为古树悲壮的死而庆幸,因为如此它就可以避免被"入灶""当柴桑"更加悲惨的结局,通过退一步着想,从而将悲愤蕴蓄得更加强烈,使作品更有感染力。

当然也毋庸讳言,袁枚有些作品纯属应酬,缺乏诗味,有些失之流易,二者相加数量不薄。受他影响,乾嘉时期有些诗人落笔轻率,浅薄无聊,后人对此提出批评自有道理。袁枚散文如其诗,"长于言情"(李祖陶《小仓山房文录引》)。《祭妹文》通过追忆家庭琐事,日常言行,将兄妹情深和对死者的悼念写得凄婉感人。《黄生借书说》结合作者幼年的经历,叙说文人爱书、借书、读书的态度和道理,行文平易亲切,使人受益匪浅。《书鲁亮侪》是一篇义士列传,通过记叙鲁亮侪奉命接替令职,当无意中察知原任勤政有治绩,深得民望后,主动摘印而回,启奏上司,力荐原任留职治事,而自己愿意过贫困潦倒的生活,成功地塑造了一个崇尚侠义、好事勇为的大丈夫形象。袁枚也擅长骈体,从这类文章最易看出他富于辞藻、精熟典实的才华和学识。

(《古典文学知识》1993年第2期,
发表时限于篇幅,文字有较多简缩)

腐草为萤焰亦存
——蒋士铨

乾隆九年(1744)九月,蒋士铨随父母离开山西,返还阔别十载的江西老家。十月二十八日,船经湖北黄州,适遇一场早雪,泊舟于赤壁下。黄州赤壁,因苏轼一首《念奴娇·赤壁怀古》而名闻遐迩,虽然将它和三国赤壁之战牵连在一起是误会。这天正好是蒋士铨二十岁生日。父母从岸上买了点酒菜,在舟中为他施行了冠礼,这意味着男子奋斗史的第一页已经掀开。蒋士铨面对舟外飞雪、江澜,想起苏轼词,心内涌满山月如旧、人物安在的惆怅。他为自己还没能从众生中初露头角感到有点焦虑,毕竟人的一生是很短暂的。他将这些思绪写进了那天创作的《念奴娇·泊黄州二十初度》和《满江红·赤壁》两首词中,词里流露出的焦灼感陪伴了他以后很长岁月。

一

蒋士铨先世姓钱,浙江湖州长兴人。祖父因明末世乱流徙至江西,被铅山县一户蒋氏人家收为嗣子,从此改姓蒋,以铅山为籍。蒋士铨生于雍正三年(1725),降生时雨电交加,所以父亲为他起名"雷鸣"。父亲惯于走南闯北,那不是因为兴趣,而主要是为生计所迫,有时也为救友于难等事。在父亲离家的漫长岁月中,蒋士铨随母住在外祖父家。母亲一边织布操劳,一边教儿识字念书。在此期间,他读了《四子书》《礼记》《毛诗》等典籍和一些唐宋人诗。蒋母督课严,有时连他姐姐们都同情弟弟,劝母亲:你只有一个儿子,何忍心如此催督?母亲回答:儿子多不妨随便一点,独子一旦没有了出息,我还有谁能依靠?她患病煎药,听到儿子的诵书声随药鼎沸声抑扬起落,病情不知不觉便减退了许多。这一切在蒋士铨后来倾注深情撰写的散文名篇《鸣机夜课图记》中得到了具体、生动的记叙。

如果说母亲给予蒋士铨的是文化启蒙和刻苦求学的训练,那么,父亲留给他的则是刚烈警敏、注重现实的性格和态度,以及正义感、重然诺、解人于困的义气,这同样是蒋士铨一笔宝贵的精神财富。他父亲幼时,家庭经济拮据,读书不多,十八岁方发愤诵读,尤精法家言,以善于断狱为地方衙府竞相延聘。为了营救友人,他抛妻别儿数年,供事于人,直到朋友获释。他罄财济人于难、曾跃江救溺、奋身搏击劫盗诸事,都赋予他生平浓浓的传奇色彩,人有"智侠"之称。蒋士铨评他父亲:"为人刚毅恻怛,嫉恶人同仇雠,凡阴柔诡谲者,必严斥之,令有所忌惮不敢犯。若贤人才士,则亲爱如骨肉,而茕独之人,又扶持保护之而不倦。"①从父亲身上,他直观地感到什么是刚正仗义,什么是礼敬贤达,什么是袒护弱类。父亲教诲他"读书期为有用之学",否则"与不识字等"。所以,当父亲临终前写下"世上功名付汝曹"诗句时,对蒋士铨即意味着,他未来追求的不应仅仅是仕途的荣耀,更应当是裨益世俗的作为。

自十一岁始,蒋士铨随父亲来到山西泽州凤台(今晋城),一住十年。其间值得提起的有两件事情:一是他在十七岁时,将平时喜欢阅读的数十册"淫靡绮丽之书",及自己所作的四百余首摹李商隐《无题》艳诗付之一炬,并且"向天泥首悔过,誓绝妄念",

---

① 蒋士铨《先考府君行状》,《忠雅堂集校笺》,上海古籍出版社,1993年,第2275页。本文以下引用此书,仅注书名或篇名、页码。

还购来《朱子语录》潜心观读①。表明他青春期所产生的情念困惑以对理学道德的向往而暂告结束,也表示他以理节欲思想初步形成。二是十八岁时,他读了杜甫、李白、韩愈、苏轼诗文集,对李白写"追欢宴游、流连神仙"一类"空"而且重复的题材内容表示厌嫌,流露出欣赏直接描写社会和自然、抒述情思的文学作品的趣味。

蒋士铨重新回到江西以后,求学、应考是主要生活内容,心情时好时坏。情绪高涨时,"丈夫无寸土,何在非吾乡"之类豪言壮辞冲口而出②,遇到情绪低落,"忍饥毕竟还家好,莫作天涯旅食人"之类哀唱又不绝于耳③。二十二岁成秀才,次年中举人,老师金德瑛"孤凤凰"之称誉让他初步品尝到成功的喜悦。但是,他在以后的进士考试中一波三折,坎坎坷坷。尤其是乾隆十九年(1754)三十岁那次考试,他因表文写得太长,要求加页遭拒绝,最终落第,一怒之下,他遂将自己的文章贴在一处醒目的地方,以示抗议。这事颇能看出蒋士铨急直的气质。三年后终于中进士。三十三岁还算是少壮,但由于有了前几次压抑,他登第之日体会不到当初期待的那种惊喜,"公车十载三磨折,才作青青竹上鲇"④。对蒋士铨来说,释怀往事似乎不容易。

---

① 见蒋士铨《清容居士行年录》,第 2472 页。《行年录》未言他所焚诗为《无题》。蒋士铨《金缕曲·吴门张秀才传诗年少有隽才游济南受知于金松门先生明日以四雨庄吟卷质之先生予诵而爱之题二词于后》第二首夹注曰:"予年十七前有《无题》诗四百余首,辛酉秋一夕,忽有所悟,取而尽焚之。今不为情语者十二年。"与《行年录》所载时间合,可以互证。然他在《学诗记》一文又说,焚诗为十九岁时的事情。他的《喻义斋少作稿》所录第一首诗是作于二十岁的《浩歌》,据此《忠雅堂集校笺》编者(邵海青校,李梦生笺)认为,"当以《学诗记》为是"(见诗集卷一《九日灵岩寺登高》笺)。但是,《金缕曲》词作于二十九岁,《学诗记》内容涉及五十岁以后事,一般来说,较早的记录应该比较接近事实。至于《喻义斋少作稿》收录作品时间上限的确定,可能与焚诗没有直接的关系。
② 《广信登舟有作》之九,第 134 页。
③ 《将归鄱阳》之二,第 249 页。
④ 《登第日口号》之二,第 552 页。

二

性格常常会决定一个人命运。蒋士铨以酒为喻,说他自己的性格既非"北醖",更非"南醖",前者"盱睢"(强横),后者"恬媚",而是近似于沧酒,"品居通介间,弗敖弗诡随。清冽异刚愎,和易难狎嬉"①。他欣赏一个人温和平易,而"中有不挠劲"②。从他体会出黄庭坚诗歌具有"绵里针"的特点③,也可以看出在这种诗歌审美发现中烙有他上述性格的印记。

可是,蒋士铨真实的性格还是烈胜于和,介大于通。他秉承了父亲的刚正,纵横心气,且又青胜于蓝,谈吐更侃直,行事更刚断,含敛自己而去苟合他人,他不屑。沧酒比喻中和易顺通这一层含义,更多是他对自己的勉励之词。

蒋士铨的恩师金德瑛很欣赏他的才华,同时对他的脾性也摸得很透,"介而褊急,气质稍偏"之评(引自蒋士铨《同李敬跻赵大经公祭都御史金公桧门先生文》),一语中的。他根据自己的官场经验,知道这对进入仕途的人来说意味着什么,所以曾手书"虚怀若谷,守口如瓶"八个字于蒋士铨座右,作为规诫(见林有席《送铅山蒋定甫还朝序》)。也有人善意提醒蒋士铨"翰苑人才渊薮,意气多不相下",所以在那里供职,无论讲话还是撰文,"不可不时自检点"(杨锡绂《答蒋心畬太守书》)。

这些忠告皆不甚适合蒋士铨,他的个性与场面上需要的这类涵养不合,他感到难以自如应付。"只有寒江月,能容酒客狂。"④

---

① 见《谢吴百药肇元侍读饷沧酒》,第822—823页。
② 《送揭廷裁还里》,第1117页。
③ 见《陈仲牧员外新刻山谷诗集予惜其中未见任天谷注本拈韵示苏圃》之四,第812页。
④ 《龚予鲜鉴戌兄弟相送潞河言别》之一,第408页。

这种由早先科场挫折所引起的寂寥和疏狂感,在他迈入仕途后反而与日俱增。散馆后,他被授翰林院编修,先后充任武英殿纂修官、顺天乡试同考官、《续文献通考》馆纂修官。不算太忙,要串门和别人套套近乎,还是有时间的。但是他宁愿清静,闭小斋,枕枯桐,"昼寝难辞尼圣责,贵游应笑翟公门"①,只求自己神完气足。尽管如此,直话直说的脾气依然如故。袁枚描写他在官的日子里,"胸无单复,不解喁嚅耳语,遇不可于意,虽权贵几微不能容"②。而他为此付出的代价则是数年得不到擢升。赵翼《送蒋心馀编修南归》之二曾这样描述他:"敏捷诗如马脱衔,才高翻致谤难缄。"原注:"有间之于掌院者,故云。"③有人推荐他入景山为皇家戏班子写戏填词,或许能够接近皇帝,受到赏识、使用,他不愿意。无奈之下,蒋士铨产生了退意。母亲也担心他性刚易惹事,焦躁伤生,便以自己不习惯北方风尘为由,敦促他南归。四十岁,蒋士铨乞假离京,八年仕宦生涯暂告段落。

坐在南归舟里,蒋士铨回顾自己前前后后,"始念亦渐泯,颓放安其愚"④。先前的憧憬暂时消失了大半。他后来读史书隐逸传,不禁含泪共鸣:"千古无情人,本皆有情者。心为命所限,万念耷然舍。偶检《逸民传》,投卷泪盈把。"⑤他说的"命",实际上是指社会、环境、时势、权力对个人不容抗拒的胁迫,从而使个人转向与他们的初衷不同的归宿。

离开宦途后的蒋士铨,应邀做了近十年绍兴蕺山书院、扬州安定书院山长,其间曾留杭州崇文书院短期讲学。因裘曰修在乾

---

① 《東翟依岩舍人》之三,第664页。
② 袁枚《翰林院编修候补御史蒋公墓志铭》,《小仓山房诗文集》,上海古籍出版社,1988年,第1699页。
③ 赵翼《瓯北集》,上海古籍出版社,1997年,第184页。
④ 《四十初度呈蓬翁舅氏》之一,第937页。
⑤ 《读后汉逸民传》,第1085页。

隆面前推荐彭元瑞、蒋士铨,乾隆南巡,赐诗彭氏,并称彭、蒋"江右两名士",蒋士铨闻后"感激流涕"(《行年录》),故五十四岁又离乡进京,复入仕途。

人们从忠君意识的角度看待蒋士铨的所为,这固然也有道理,但又不全是这样。蒋士铨自视很高,竞胜心旺强,对自己早期在仕途未受重视,无奈脱下朝衫,内心很不服气。他当年辞官南下经天津,曾梦见栽培他的金德瑛,醒后作诗述感:"残书十担去归田,刚是前人始仕年。孤负先生期许意,向风无语但凄然。"①满纸忧郁不平。在野期间,他形容自己犹如"疲马困泥涂,蹄啮莫能举"②。也表明期待未失,愤气犹存。他需要尊重,需要别人肯定,更需要向压抑他的人证明他们没眼光,是愚蠢的。在封建时代,皇帝的称赞当然是最权威的鉴定。乾隆的诗句,使蒋士铨上述心理得到了满足,他感到扬眉吐气。所以,复出虽然也包含感恩因素,但更是蒋士铨负气争胜的表现,其中存在着一种隐蔽的、变相的自我理念,与一般意义上的压抑个性的忠君观并非全然相等。

再入仕后,蒋士铨很快发觉周围的年青后进趾高气扬,目空一切,氛围让他感到难受。据袁枚记述,"同列皆闯然少年,趋尚寡谐,愈益不自喜"(《翰林院编修候补御史蒋公墓志铭》)。他渐渐明白,在少年竞胜的年代,自己在仕途迁转上升的希望十分渺茫,冀求作为的梦实在难圆。加之身体日益不支,风痹症让他痛苦不堪,五十八岁他又一次买舟南下,回到南昌藏园,直至六十一岁去世。

三

"满船凉月,问君载向何所?"③这是年轻的蒋士铨面对宦海发

---

① 《天津夜泊梦桧门先生》之五,第 931 页。
② 《送巡漕鲁白埠御史还朝》之六,第 1305 页。
③ 《念奴娇·李凤山忘机图小影》,第 1810 页。

出的自问,也是他对自己的思想之舟将驶向哪里,归泊何处所作的思考。

他一生鄙视无涉世用的道学空谈,蔑称其为"欺世"之学①。对某些无甚大意义的考据学问,他也作了嘲讽,如喻热衷"钻故纸"的人犹似胡闹乱扑的"游蜂"②。他觉得脱离现实,离开经世利物,一切便沦为碎屑末务。所以他酷爱写作,却没有沾当时显学的边,就颇能说明他的态度。

"田家习苦亦可怜,但求好官求丰年。官好年丰花亦笑,茅屋处处皆神仙。"③这是蒋士铨向往的"桃花源",与陶渊明笔下没有世网羁绊的"文人型"世外桃源相比,它显得朴实、平凡,是一种"农家型"的人间乐境。但是,它依然属于诗人幻设的心影,不存在于现实之中,因生活中"好官"太少,而"桃花源"是不能由贪官恶吏来维持的。所以,蒋士铨关注现实,首先关心吏治问题。

中进士那年,他写了著名的《官戒诗》二十四首。"尔身从田间来,曷贵于民?""虐我则雠,民亦可畏哉。"(之一《亲百姓》)蒋士铨认为,官员应该时时以此警醒自己,摆正位置,不要与老百姓作对。他最爱读史书循吏传,除敬慕循吏廉正品格外,还因为他觉得,他们在踏踏实实地做有益于百姓的善事。文人中进士后,几乎很少有人愿意去做县令地方官,不是诉说屈才,就是抱怨烦苦。蒋士铨不然,"我生不愿作公卿,但为循吏死亦足"④。他不认为这是渺小。《官戒诗》赠送的对象是蒋士铨一位即将任知县的友人,谆谆嘱咐,无非也是希望友人恪尽职守,行善一方。他的长子知廉署山东临清州同知,一年发生水灾,他正好在外地巡视,见有人溺水,奋身相救,自己却中湿患疾而亡(见姚鼐《蒋君墓碣》),这与

---

① 《述怀》之三,第 648 页。
② 《贺新凉·廿八岁初度日感怀时客青州》之二,第 1831 页。
③ 《李竹溪太守棠桃源图》,第 1432 页。
④ 《送张惕庵甄陶宰昆明》,第 589 页。

他从小聆听父亲的"循吏教育"有很大关系。

　　蒋士铨对古代官制有两点怀恋：荐举制度下重视官员的道德品格(见《门人吴生汝柏踏省门将入闱闻母病急归侍疾虽古之孝子何让焉作诗叹美无已》)；任命官员尊重专长，如某些职业父子相袭，以精其业(见《读史》)。第一点针对重试卷应对能力的科举制度而言，在这种选拔形式下，考生心术品格端正与否无从知悉，从而为获功名者沦为恶吏留下隐患。第二点针对一人多职、一能百能的情况。只要皇帝信任谁，他便什么职务皆可担任，所谓"一将当八面，调遣如循环"①，这是中国旧官制一个特点。蒋士铨以为，缺乏专门知识，其实主持不好具体事务，而且这又必然是对真才实学者的摒落，迫使他们荒废于山林草泽，既不公平，又造成人才浪费，不利于国家。

　　在吏治问题上，蒋士铨最值得称道的莫过于对贪、酷之风的抨击。他揭露牧民者"每以武健刻覈济其贪黩残忍之心"，"溪刻肆诛求"，"武健声狺狺"，弄得百姓"畏吏如虺蜴"②。《题周青在迎穷图》借"众鬼"之口讽刺"官"："闾阎百里多膏脂，何不吸髓留毛皮？珠玉锦绣媚老妻，良田美宅授尔儿。或遭诛殛侵夺其，且乐斯须餍饫宜。"③鬼语真话，贪官实录。《醉歌》："朝闻官人买田宅，暮闻官人购亭园。饮食歌舞待钟漏，汲汲厚积遗子孙。"④如此"官人"，有己有家，无民无国，"在官则道路怨咨，居家则乡邻侧目"，是对"仕而墨者"可憎面目的绝妙摹画⑤。贪、酷为旧官场通弊，蒋士铨举笔揭发，泄内心痛恨，发露民声，甚至断言，他们如果怙恶不悛，"天"最终将"使盗贼兵火大杀而屠灭之"⑥。这无疑是对官

---

① 《读史》之一，第984页。
② 见《学实政录序》，第2027—2028页；《杂诗》之四，第1054页。
③ 蒋士铨《忠雅堂集校笺》，第1706页。
④ 蒋士铨《忠雅堂集校笺》，第1223页。
⑤ 见《杨岸堂先生传》，第2127页。
⑥ 《忍论》，第1994页。

逼可能引起民反的警告,尽管他对"反民"也是否定的。

"桃源"乐境除需要廉官清政外,蒋士铨认为它的实现,还有待富有者好善乐施。重义不轻利,图利行义,反对戕德求富,这是他的义利观,所以他肯定王安石的历史作用,称赞他"言利非同为己谋"[①]。由于各种原因,社会使一部分人成为富者,一部分人沦为贫者,但是这并非天经地义,为保持社会和谐,富者应多替贫者着想,行赈济之善举,蒋士铨对历史上和现实中富人开设的"义庄"大加礼赞,如《义庄谒范文正祠》、《中田》二首、《松江张氏义庄条碑书后》等,从这些义庄主人身上,他看到了人间的善良和通往"桃源"的途径。《赠董生》诗颂扬一位"混迹金陵估"经商致富的义士,为穷弱者慷慨解囊的善行。他由此想到,史书《货殖传》更应该将求富生财、不忘施义者列为传主,以引导风气。但是除极少数富而好仁者,许多富人并不具备这种良心,相反,他们"宁将剩饭饲鸡豚,未许饥鸿乞粱稻"[②]。蒋士铨对此很愤慨,他在歌颂义庄和义士的诗文中,也对这类富贵之人作了讽刺。如"每见富贵之人,或穷极奢欲,狎比倡优,用财如泥沙,或佞佛饭僧,或布惠于妻妾嬖倖之党,不遗余力,或悭吝性成,一钱如命。至本支同姓之人饥寒死亡,悲惨接于目,啼号哀诉接于耳,漠然无动于心"[③]。对冷酷的富人的讽刺和鞭挞,与前述对贪、酷之吏的抨击,共同构成蒋士铨诗文创作的批判性,是乾隆文学的精彩之一。

四

蒋士铨呼吁善良,亦呼唤坚强,唯性格坚强的人,能布敷仁善

---

① 《读荆公集》之二,第989页。
② 《典牛歌》,第1466页。
③ 《松江张氏义庄条碑书后》,第2392—2393页。

之怀于广远,给弱者以关怀。《索索柴杖歌为彭丈耕原作》赞美一条"扶疲更起弱,功力使人感"的手杖,而它所以能够给人以扶助,因它"高节抱磊砢,直干谢阿匼"①,是自身赋质使然。所以他特别珍视人的坚强个性。

封建时代的文人最丧气的莫过于科场和仕途失意,"顾世以资格取人,士既限于资格,虽有贤人君子,始之自视其身若甚重者,久之因人之轻己而亦自轻之也"。功名挫折所引起的心理扭曲,使不少文人精神颓唐,甚至自暴自弃,蒋士铨认为这很可悲,自卑必然招来别人更多"鄙贱","浸假菲薄自安,委琐龌龊,以为吾之所处固如是,则为人鄙贱而轻易之,不亦宜乎"②。所以他鼓励文人积极立志,"书生气猛不可屈"③,"腐草为萤焰亦存"④,志气不可屈抑,心之光不可灭没,即使身份卑微,心灵应保持高贵。

坚强也是拒绝世俗侵蚀之后保持的一份本色。乾隆二十一年(1756),蒋士铨乘舟过镇江,临眺耸于长江中的金山和焦山,写《放歌行》以寄感慨。对于这两座山,他一变众多诗人骚客的颂声而为"伤"调:"孤根拔地本洒落,后来乃被巨浸没踵跟。可知神禹未导江,亦如鹊华数峰峙平原。天下之山如此岂云少?失脚偶堕中流浑。"浑浊的巨流淹掉山根,减失二山拔地而耸峻伟的身姿。而山上"楼观""台殿""丹垣碧瓦",又使两山原貌难辨,"秀色"全失,"胚胎"中的"石骨"也荡然不存。"古来名胜结构有天匠,粉饰那借人工勤?世人点缀强解事,致令丘壑本色多蒙昏。"⑤诗歌里的山,雄峻的本色和天然美秀遭浊流和人工物侵入,是人受世俗纷扰而迷失本真、移换坚贞的诗化形容,表达了诗人反抗世俗风

---

① 蒋士铨《忠雅堂集校笺》,第596—597页。
② 《刘笛楼诗序》,第2012页。
③ 《汪莘云落京兆解南归长歌效山谷体送之》,第665页。
④ 《柬翟依岩舍人》之三,第664页。
⑤ 《忠雅堂集校笺》,第525页。

习,维护铮铮风骨的信仰。他的创作由此而形成某种反"俗"主题,如欣赏郑板桥的"怪"(《题郑板桥画兰送陈望亭太守》),又如云:"僻处漫伤灵迹晦,名山本厌俗人看。"(《游铅山郭西观音石》之二)"平生不合时宜处,江向东流我向西。"(《风水》)"畸士萧条别有真。"(《题深筐学佛图》之三)这些又都说明,反"俗"正是为了保持"真"本色①。

清代文人有明显收敛个性的倾向。对有些人来说,这种收敛意味着个性消退,而对于另一些人来说,则是个性换种方式存在,表面和同、驯服,实际在心灵深处依然是孤峭、傲岸。蒋士铨所咏,"如翁头低气不屈,况复神完中有恃"②,"病马低头性岂驯"③,一定程度上反映出清代人这种个性征状。从这个角度看蒋士铨"和易难狎嬉"的自评,以及别人对他"气和而性烈"的印象(张三礼《桂林霜序》),不难窥见那个时代和人的性格一缕痕迹。

其实,和同更多是一种修饰,不驯方是实际。蒋士铨确实更希望别人认识他坚而直、不受束缚的一面。他以岩壑、孤山自喻:"中坚具文理,外秃乏媚妩。自然抱磊砢,未肯随仰俯。"④"凌空留直性,立脚见孤根。不党规模正,无依气象尊。"⑤他爱呼自己是"磊落人"⑥、"木强身"⑦,甚至"自称狂士"⑧,都无非是向世人诠释自己的真性本素。他也很欣赏正派、善良者的犟头倔脑,对好恶自有主见,不信谗谤,如《冯均弼廷丞光禄赠句次韵奉酬》赞冯氏:"自矜尚论眼如镜,耻与时流同可不。君能把臂友醊蔑,不听悠悠

---

① 以上引文见《忠雅堂集校笺》第 1232、422、981、549 页。
② 《题全椒金絜斋司训秋阴觅句图》,第 398 页。
③ 《过祝桂岩书斋不遇题壁》之一,第 424 页。
④ 《钓岩放舟至河口感所见》,第 472 页。
⑤ 《大孤》,第 992 页。
⑥ 《送揭廷裁还里》,第 1117 页。
⑦ 《病足谢刘豹君馈膏药》,第 1115 页。
⑧ 《贺新凉·南昌判官程十七北涯浮香精舍小饮酒阑口占杂纪》之四,第 1815 页。

诖谤口。共为倔强压霜竹,肯学欹斜受风柳?"①

倔强人自有其可贵的挚厚情怀。蒋士铨少时受知于金德瑛、彭家屏,他终生铭记二人恩德,金、彭逝后,他一直在家中供奉他们木主。尤其是,彭氏因文字狱收系监狱,后又被迫自裁,他儿子也遭逮捕、流放,识相者避之唯恐不及。蒋士铨不然,他提着酒壶去探狱、慰问:"岁时一存问,橐饘具壶觞。痛饮对狱吏,两耳铿锒铛。当时头上月,下照圜扉墙。"他还在诗里敬仪彭氏"风义",颂其"口碑",并详尽忆叙自己与彭氏师生之谊②。没有刚正不阿的犟脾性做不到。通过彭家屏案,蒋士铨对清朝文字狱也作了一定暴露:"波涛鼓雷霆,宦海不可量。"(同上)他晚年写的《读杜诗》云:"唐时禁网疏,横议交吟讴。倘生忌讳朝,安能入秦州?"③杜诗产生于唐而不能产生于清,"禁网""忌讳"的存在与否相当关键。蒋士铨喜欢杜诗,也向往能够容纳"横议交吟讴"的时代。

蒋士铨五十三岁葺治藏园时,有人曾建议他将园内"蛇虫或来栖托"的一棵老树砍掉,他"特排众议",留下这棵"乔柯",因为他主张"尽我性以尽物性,相安于无事之天;全尔生以乐众生,各葆其不凋之命"④。这其实对社会提出了应该放弃相互敌对的生活原则,代之以彼此包容、接受,当然它首先是针对握有砍伐权的一方而言。在《乞方竹楼画杂花屏风》一诗中,蒋士铨谈到自己种花观:"所至多种植,芳艳任舒卷。默观天地心,生意验深浅。畅达由横斜,繁密戒删剪。根株听罗列,香色罢除选。长养随自然,寿命各无算。我无区别心,是皆幽独伴。"⑤林林总总的花木,"横斜""繁密"皆出于自然,应该听其天生"罗列""舒卷",不用人为加

---

① 《忠雅堂集校笺》,第 559 页。
② 见《感事述怀诗为重光观光两彭郎作并示衣春冠同年》,第 762—763 页。
③ 《忠雅堂集校笺》,第 1589 页。
④ 《告老树文》,第 2436 页。
⑤ 《忠雅堂集校笺》,第 1368 页。

以"区别","删剪"更无必要。诗歌表达了诗人的审美观,但又何尝不是在描述诗人向往的社会人生理想?以上这些与郑板桥植树养鸟的思想非常接近,与近代龚自珍《病梅馆记》对病态社会的抨击也有几分接近,只是龚自珍文章具有广泛深邃的社会批判意义,而且辞气急切。关于龚自珍与蒋士铨的思想存在某种相通,还可以提供一个例证:二人都肯定王安石。龚自珍深受王安石变法思想影响,"慨然有经世之志"(《定盦先生年谱外记》)。蒋士铨反对循旧,对"从来十九遵遗法"表示不满,认为王安石变法以失败告终,不是"变"本身不当,教训在于任非其人,"本欲针刀苏痼疾,谁知药石付庸医"①。并对王安石托古求变所产生的历史影响作了积极评价:"立法至今难尽改,存心复古岂全非?"②尽管二人评价王安石,龚自珍较多着眼于现实,蒋士铨较多着眼于历史,但是这种差异不足以改变二人求变图强认识的一致。

五

蒋士铨擅长古文、诗、词、曲、传奇,以古诗创作成就最高,诗名与袁枚、赵翼旗鼓相当,并称"江右三大家",或"乾隆三大家"。他不同于袁枚以广泛参与论争来扩大自己影响,也有别于赵翼以精研史学来增加自己在文坛的学术分量,可以说他是一位比较纯粹的诗人和戏曲家。

他反对循前人套路而力求新变,在并学唐、宋的框架内,更偏重于对宋诗艺术经验的摄取,这些与袁、赵基本一致。他站在当时"性灵派"立场上与人进行诗学对话,认为"作者文章本性灵"③,

---

① 《读宋人论新法劄子》,第990页。
② 《读荆公集》之一,第989页。
③ 《留别吴石南次送行元韵》之二,第1487页。

"性灵独到删常语"①。晚明"性灵"说的核心是真,尤其指情感率然呈露。蒋士铨不认为抒写性灵就必然容纳一切"真语",他说,"古今人各有性情",性情有厚薄之分,"性情之薄者",借诗"以巧文其卑陋庸鄙之真",这自当拒绝②。诗歌如此,写其他文体也是如此。他在《临川梦》传奇中借戏曲形象汤显祖之口说:"这丽娘与柳生是夫妻爱恋之情,那杜老与夫人是儿女哀痛之情,就是腐儒、石姑,亦有趋炎附势之情,推而至于盗贼、虫蚁,无不各有贪嗔痴爱之情,惟有忠臣孝子、义夫节妇,能得其情之正耳。"③蒋士铨要求文学描写以"善"为内蕴的"真",而不是所有自然的"真情"。明了这层,对他批评公安派"倡邪说""攻(意为研习、追求)异端"④,便不费理解了。与袁枚"性灵说"相比,蒋士铨之说由于含过多的道德期待,也呈现不同面貌。可以说,它是乾隆时期"性灵"别派,以其向"性灵说"注入"善"的成分为明显标志。时代稍后的焦循,更是从哲理的角度肯定"性善"与"性灵"的一体化关系:"善之言灵也,性善犹言性灵。"⑤反映其共同的理论主张。

蒋士铨道德意识之强烈,由他取名、命斋可见一斑。他给自己书斋取名味道斋、喻义斋、忠雅堂(诗文集也以此为名)、芳润堂,取号清容居士,别署离垢居士、喟然居士、中子,为儿子取名知廉、知节、知让、知白、知重、知简、知约。联系起来,附丽在这些名、号中的儒家道德色彩显而易见,而这种道德观,构成他"善"的核心,也是他"性灵"论重要的蕴义。

许多性灵派诗人视诗歌创作为个人内心独白,蒋士铨也有这一类纯粹流露个人精神的诗歌,但是他又是一位觉世劝善的诗

---

① 《怀袁叔论》之一,第995—996页。
② 见《钟叔梧秀才诗序》,第2013页。
③ 《临川梦》第三出《谱梦》,乾隆蒋氏红雪楼刻本。
④ 《论诗杂咏》之八,第1734页。
⑤ 焦循《雕菰集》卷九,第128页,商务印书馆《国学基本丛书》。

人。他认为,佛、道文学在历史上和现实中,其积极作用是劝人为善,这于儒家有辅翼之助。但是佛家主张离绝贪嗔痴爱,泯灭情念,道家主张刳心去知,混同万物,皆不合天道人理之教①。居人寰,践行人事,恪守伦理,求至善,这是他的理想。而现实人世中,这种理想总是被尘埃封蒙,所以儒者自当承担"牖民觉世"和"劝善"的责任。"以劝善为宗"一语(《二氏论》),在一定意义上也是他对文学创作目的的理解。这使他与性灵派其他文人相比,更加关心凡人众民的生活。他广泛描写世俗风情,使自己诗文作品具有"闰史"特点;他热心戏曲创作,赞同"天下事有可风者,与为俗儒潦倒传诵,曷若播之愚贱耳目间"②。他将庶众预设为自己文学创作的接受对象和作用对象,这一点很明确,也很自觉。

家庭题材的诗歌集中体现了蒋士铨"牖民觉世"和劝时淑俗的愿望。儒家本来就重视家庭,以家庭为国家稳定之社会基础。蒋士铨写的许多赞颂节孝义烈诗歌,围绕家庭人伦内容描写,实质是家庭诗。这些诗篇的主人公都有绝惨的经历。他选择这类题材,除了出于儒家的伦理观外,还有美学上的考虑。他说:"苟世无人伦之变,则尽瘁天属者皆庸行也,孝也云乎哉?"③"青山外树云边月,佳处真宜缺处看。"④以"缺"显"佳",通过个人遭遇惨变而状摹其奇志烈行,就其一般原理说,是颇不错的美学见解。

这类作品在立意上自有其明显不足,有些不免滑入颂愚的泥淖,如云:"议礼家每以女未嫁而守贞失中庸之道,其不思甚矣哉。"⑤这比诸归有光、钱大昕的认识有不同程度的明显倒退⑥。

---

① 见《二氏论》《养生论》,第 1989—1993 页。
② 《空谷香填词自序》引,第 2036 页。
③ 《刘孝子传》,第 2104 页。
④ 《再题施顾合注苏诗宋椠本子上》之一,第 1615 页。
⑤ 《熊贞女传》,第 2143 页。
⑥ 参见本书《归有光的精神世界》有关内容。

不过,如果因此断言蒋士铨节孝义烈之作全为迂腐,也不免失于公允。在诗人笔下,有的赞美丧夫之妇辛勤抚育成群子女,或幼小无依的小叔子,悉心照料公婆,使老人终身有倚靠,得尽天年,如《程节妇诗》《瑞金杨节妇诗同罗台山有高孝廉作》《沈节母诗》等;有的表彰后母的慈爱,使孩子从她身上感受到生母般的亲情,如《鲍节母诗》等;有的颂扬儿子从失火之屋奋身救母,如《解孝子诗》;有的褒奖义士感恩酬友,如《义侠篇为吴研农作》。这些作品表现了人在命运磨难下,意志的力量,道德的光彩,体现出人性的善良。褒美之词可以因时代的改变而不同,但是这些行为本身与人类普遍的美德联系在一起,从而获得广泛尊敬。

(1998年撰成)

所悲微末质,志欲烛昏晓
——洪亮吉

嘉庆四年(1799)正月初三,八十九岁已禅位的乾隆皇帝去世。洪亮吉因料理仲弟丧事,离京已有大半年。正月他在家乡阳湖(今江苏常州)左近拜访几位朋友,又到亡故的旧交坟头洒几杯祭酒。满目是初绽的疏梅,泛着涟漪的野水,鸣雁闲犬,旭阳淡云,这些使他暂时丢开尘世太多的牵累和忧虑,心神清澹,生活似乎变得清静悠闲。回家不久,见到朝廷发出的讣告。洪亮吉身为翰林院编修,依例赴京奔丧。他匆匆打点行装,孰料这一走竟使他承受了一生中最大的打击。

一

三月初二,洪亮吉抵都,赴衙销假,随班哭临,而后分工纂修乾隆实录,做几位新近进士的教习。表面上看起来一切都平平静静,然而他的内心正在酝酿风暴。

乾隆帝一死,嘉庆帝才算当上了名副其实的君主。他亲政才数日,便果断责令乾隆帝宠臣、权势煊赫的和珅自尽,更以纳言荐才、革弊兴利相号召,在一定程度上激活了当时的人气。但是乾隆后期以来已呈严重腐败的官场风气和日益激化的国内矛盾,岂是新执政的帝皇做出一个姿态所能消除?何况在这种姿态中还带有许多暧昧的成分。当然,帝皇在任何时候都不愁没有附庸者来凑热闹。当时一些老谋深算的官员仍按兵不动,窥伺时局进一步变化,而不少善于察言观色的聪明之辈装模作样忙着呈递疏章,所述无关痛痒,于事几乎无济,却又给人造成言路已开的假象。对此,嘉庆帝本人也有几分陶然起来。

难道这也算是活跃舆论?究竟这于朝政有多少益善?洪亮吉对此抱很大怀疑。他在一首诗中意味深长地描绘了一位病人:开始仅患"微恙",由于"忌医兼讳疾,自恃一身壮",结果日积月累,精采不王,终于病入膏肓,咽气歇声,病人的愚顽和庸医的无能,共同造就了悲剧①。通过这种比况,洪亮吉似为垂暮的清王朝勾勒出一幅绝妙的画像。诗人怀着深沉的忧思,意欲有所作为。然而在因循成风的环境中,谈何容易。"盈庭皆雷同,谁肯独立异?雷同心始惬,独立遭所忌。根矩兀傲人,英英动心气。"②这是多么令志士愤慨而又无奈的现实。洪亮吉四处活动,向同僚和达官陈说"天下事",可是到处碰壁,无人理会,"宁惟言不省,反欲斥狂惑"③。京城中与他肝胆相照的挚友还是有几位,大家聚在一起也爱好讨论政事,直言时弊。洪亮吉对这些朋友既尊敬又不满,"能言固堪贵,尤在通治术。敷陈政之要,置彼事纤屑"④。认为议论要紧扣大事,不要在鸡毛蒜皮上纠缠。他在这首诗中谈到当时要务有二,一是黎庶困于"科敛",无以为生;二是官吏贪污枉法,巧为欺罔。朝廷应该宽以待民,救其倒悬之灾,对大小贪官污吏则必须"刚决",严惩不贷。这些无疑都是切中要害的说辞正论,表明他对时势已思虑得相当成熟。

按照清朝官制规定,翰林并无言事之责,也不允许擅自奏章,议论朝野是非。洪亮吉不得不考虑这条定例,"我官非谏诤,讵敢肆笔舌"(同上)。然而蔽藏真识,目睹民生疲困、吏行奸恶,而放

---

① 见《偶成二十首》之十三,《洪北江诗文集》,商务印书馆,民国二十四年,第797页。本文以下引用此书,仅注篇名、页码。
② 《偶成二十首》之十八,第797页。
③ 《偶成二十首》之二,第795页。
④ 《四月二日法祭酒式善邀同人至极乐寺小憩分韵得月字》,第794页。

弃呼号、揭发的责任,又愧对自己良心。洪亮吉作出了违例奏事的选择。八月二十四日,他将自己拟就的一篇陈述时政的数千言书札交给了军机处成亲王和座师朱珪,希望通过他们曲折地到达嘉庆皇帝手中,以便皇帝了解真相,真正推行革弊兴利的措施。呈递书札后,他将原稿让长子看了一遍,告诉他自己做好了弃官待罪的准备,又与一些知交从容道别,大家莫不替他事涉叵测而担忧。

次日,书札递进,嘉庆帝勃然大怒。洪亮吉在书札中慷慨陈述肃贪的迫切性,要求严明执法,以大贪官和珅一案为突破口,彻底清查贪黩营私、胆大妄为的污宦,以整饬吏治。此外还谈到治国修俗其他一些重要问题。嘉庆帝当初制裁和珅,主要目的是加强自己的帝权。被查抄出的和珅巨额赃款,他本人便是最大的受益者,当时北京街头有"和珅跌倒,嘉庆吃饱"童谣的流传,因此对此事嘉庆帝本人已不愿意深究。说到全面肃贪,那他就更无暇顾及了。嘉庆帝容不得一个不负言事之责的翰林官擅自上书,更不能容忍其纵横辞气,拂逆自己旨意,于是迅速批示:语涉不经,全无伦次,狂谬已极。洪亮吉旋被投进大牢,军机处和刑部合审,以大不敬律判斩立决。事隔一日,嘉庆帝一觉醒来,想想有些过头,于自己做出的纳言的姿态也不谐,便改判洪亮吉流放新疆伊犁。就这样洪亮吉与死神擦肩而过,他以自己的经历证明了嘉庆帝诏求直言是怎么回事情。

二

清代文人如同以往朝代的文人一样,有才气,有想象,有创造力,也如同前人一样多情善思,善解人意,在辨析物理文意的严密和精确方面,甚至有为前人所难及者。然而与前人相比,他们的性格和精神中却缺少了一点可贵的刚气。东汉太学生"品核公卿,裁量执政"的舆论声势没有了,宋代文人激扬议论、好持异说的执拗性格消失了,明代书生反抗权奸、义愤填膺的壮举不见了。在清人身上不大能见到棱棱角角,他们处世行事合度而得体,讲究分寸,时时表现出稳慎乃至畏谨的特点。清代的文字狱不能说没有收到统治者预期效果。

天下事情总有一些例外。在举世一片畏懦缄默中,洪亮吉以他的耿直敢为,为人间平添了几分贞介气色。

乾隆三十六年(1771),朱筠视学安徽,二十六岁的洪亮吉与黄景仁同入其幕府,受到赏识,朱筠后来在给人的信中称洪、黄二君,"其才如龙泉、太阿,皆万人敌"①。龙泉、太阿是古代两柄利剑,朱筠用以比喻二人才华超群。洪亮吉感激这番知己之言,也很看重这一喻语,但似乎又不满足于仅用这个比喻来指自己的才华。他后来在《刚柔篇》中,赞美刚强,反对柔弱,并表示自己的志向:"吾宁为龙泉、太阿而折,必不为游藤引蔓以长存者矣。"当时文人中不乏才气颖异之士,却缺少性格刚强、敢于抗争者,洪亮吉自视异人之处,更在于后者。他觉得当时的文人和官员太懦弱,太世故,太善于遮藏自己,逃避责任,文坛和官场弥漫着庸俗习气。那些以"凤鸟""麒麟"自视的官爷,全无震慑"鹰隼""豺狼"的胆魄和威仪,而是温驯求安,明哲保身:"积骸虽如山,委以不见闻。""或云西方法,只乞见在身。"②聪明的名士们"性情不挚","遇事辄持两端,甚或幸人之急而排挤之,讪笑之,以自明涉世之工。否则自诩为深识远见,以为固早虑其有此"。他们的诗文,也不过是一些"揣摩世故之谈与影响游移之语"而已③。这些都为洪亮吉所不齿。当然,政治始终为中国古代士人所关心,即使在文网严

---

① 见洪亮吉《伤知己赋》自注,第 289 页。
② 《偶成二十首》之十九,第 798 页。
③ 《钱大令维乔诗序》,第 972 页。

密的乾嘉时代也不例外。嘉庆三年,皇帝以"征邪教"为题考问翰林官员,洪亮吉力陈内外弊政,主张不妄杀无辜,严究贪官污吏,并明白地透露出官逼民反的意思①。此疏写得情辞剀切,一度盛传于京城,为人竞相传写②。洪亮吉"心与石争顽"③,此为自嘲,也是自快语。他又说:"宁作无知禽,不愿为反舌。"④这是洪亮吉不同于当时众多文人的地方。"腕可断",谀颂之文"不可作","诗人不可无品,至大节所在,更不可亏"⑤。实际上都已经开启了后来龚自珍对媚弱世风(包括文风)的批判。

三

除少数能够受纳洪亮吉坦诚、欣赏他才识的师友外,不少人认为他是一位不够温文尔雅的狷介之士。文人相聚常常互相出示诗文,适时地自我吹嘘或受人捧场一番,"群讙出诗编,朱墨尽贡谀。立语苦不工,已诮鲍、谢逾"。对此,洪亮吉完全可以处以沉默,然而他不忍心艺术遭受亵渎而袖手旁观:"我时出直言,众目怒以盱。谓我立论高,谓我制行迂。一心苟无惭,兀兀任毁誉。"⑥这样做虽然容易使人缘失和,他的心则是安逸、无愧的。正像俗儒容不得他的真率,他也容不得俗儒的伪媚:"言狂宁失座上欢,性分屈曲非能堪。"⑦"与其长安城中交俗儒,不若咸阳市上留博徒。"⑧在人与人不能真诚相待的环境中,洪亮吉明显地感到自

---

① 《征邪教疏》,第249—251页。
② 见《哭任军门承恩》自注,第793页。
③ 《临江仙·绿鬓学仙愁已晚》,第1301页。
④ 《自励》其二,第800页。
⑤ 洪亮吉《北江诗话》卷四,人民文学出版社,1983年,第70、65页。
⑥ 《代书寄汪大端光八十韵》,第388页。
⑦ 《渡河寄孙大星衍》,第380页。
⑧ 《结交行寄孙大》,第386页。

己与现实难相谐和:"根柢终非入世人,寥寥时有胸中气。"①"世人不知谓我狂,乡闾益复盛嘲毁。"②他晚年回忆自己:"心性迂拙,言语戆直,又加以不识趋避,动乖事机,思之慨然。"③感慨声中辨不出他对往事的悔意,留在他心田的便只能是沉重的孤独:"客有一寸心,抱此亦云久。……一世乏赏音,吾将寄身后。"④

孤独需要排遣。洪亮吉排遣孤独的方法,一是投入自然环抱,游览山水。"性癖喜独寻,不避邱与垄。"⑤"看花春首非偶然,幽赏既惬兼逃喧。"⑥"绳凿幽险,冒犯霜霰,若饥之于食,渴之于饮,未尝暂离。"⑦他从秀丽、雄峻的山水中得到了美的愉悦,也充实了孤寂的心灵。然而这种个人的嗜好在他晚年也被剥夺了。嘉庆五年,洪亮吉虽然被释放回籍,但嘉庆帝仍关照地方,要对他"留心查看,不准出境"(见平步青《霞外攟屑》)。于是洪亮吉平生"登涉之志,岩壑之愿"也被迫搁起(见《平生游历序》)。二是借酒开怀。洪亮吉嗜爱酒,酒给他的生活增添了许多情趣,为他的性格布敷了斑斓色彩。一天,他面对仲冬大雪,与友纵饮,兴豪而酒少,便扫拂庭畔莹雪和入酒中。有时饮到兴头,"酒尽伏舐垆边泥"⑧。酒又给予他反抗世俗、保持孤傲的力量:"自君居京华,令我懒诣人,诣人或有忤,时时致纷纭。谁能为斡旋,并复正色论?我病非由他,半或饮酒醇。"⑨此处"病"字,正是他与庸俗的人世难相协调之谓。"君不见,长安莫复轻酒人,酒人腹里饶经纶。"(《张

---

① 《送赵表弟裹玉南归即呈侍御舅氏兼寄孙大》,第392页。
② 《送崔二景俨南归读书并就婚》,第404页。
③ 《平生游历图序》,第1071页。
④ 《饮酒十首》之九,第519页。
⑤ 《饮酒十首》之五,第519页。
⑥ 《终南仙馆独游看山桃花作》,第425页。
⑦ 《平生游历图序》,第1071页。
⑧ 《张同年将乞假归蜀醉后作两生行送之》,第564页。
⑨ 《有入都者偶占五篇寄友·管民部世铭》,第529页。

同年将乞假归蜀醉后作两生行送之》)诗行里酒气掺和愤气,是一曲睥睨世俗的狂歌。想不到这些竟被作为小报告的内容传入嘉庆帝耳里,并被拟成罪名,"洪亮吉平日耽酒狂纵,放荡于礼法之外,儒风士品,扫地无余"(见平步青《霞外攟屑》),连同上书之罪,加重发落,令人无话可言。

四

洪亮吉性格忼爽,个性突出,然而他与历史上一些心性乖张、怀着异端倾向的人有一个明显区别:他不满于世俗现状,对社会有所反抗,不只是为了维护个人异端的权利,个人生活的不可侵犯,而是主要表现为一种高度的社会责任,对世事的关心和热忱。"丈夫岂肯忘世事,四海九域环胸中。"①这使他昂然屹立于软媚偏安的庸俗世风之上,显示出独特的个人品格。

他生于1746年。初名莲,字华峰,改名礼吉,复改名亮吉,字君直,一字稚存,号北江,晚号更生、行一。六岁丧父。他字"稚存"即为纪念父亲早逝,蒋士铨《短歌行送洪稚存秀才返毗陵》:"四岁早孤称稚存。""四岁"为蒋氏误记。他从小随母亲长大。除"忍饿读书"一句遗训外,父亲对洪亮吉其他方面的影响很微小。为父亲落葬后,母亲便携洪亮吉姊弟三人投靠外婆家。外婆同情自己女儿的不幸遭遇,也很喜欢聪明懂事的外孙,但家境并不怎么宽裕,大家在一起只能过简朴的生活。洪亮吉对这段生活留下极深印象:"执畚挈楰,偶影于僮奴;食淡衣粗,视同于傭保。"②"由春徂冬,衣无单复之制;以夜继日,瓶无逮晨之粮。"③吴地虽是文

---

① 《送同年祝兵备曾至陕西军营即题其山寺读书卷子》,第795页。
② 《湖广道监察御史蒋先生别传》,第325页。
③ 《南楼忆旧诗序》,第359页。

人荟萃之所,但当时民间普遍的风尚依然是不惜用千金作为女子的嫁妆,却不愿付一束肉脯之费供男孩念书。洪亮吉母亲是一位坚强的女性,生活目标一经确定便不再轻易改变。她识不少字,能吟诵百数十首汉魏古诗,丈夫死后,孩子成了她唯一的希望,一心盼望他们读书成才,长大有出息,与当地许多妇女的想法很不同。为此,她省吃俭用,辛勤劳作,经常为了在清明、端午、重阳、除夕之前替洪亮吉筹集学费而纺纱织布,穿针引线,夜以继日而不懈。洪亮吉后来常常回忆起母亲操劳的情景:"清明过了又端阳,母不梳头针线忙。几日断餐缘底事?叠钱来买束修羊。""夜寒窗隙雨凄凄,长短灯檠焰欲迷。分半纺丝分半读,与娘同听五更鸡。"①在这些朴实的诗句中,充满着对母亲无限敬爱和感恩之情。

  青少年时代这种境遇,一方面使洪亮吉很早就跨入了实实在在的人世,懂得了生存的艰难,"婉转随娘识百忧"(《南楼忆旧诗四十首》之五),另一方面又使他深切地理解了充满爱心的关怀之于人类的莫大重要,尤其对于孤立无援的人来说更是如此。洪亮吉周围有一些令他一辈子感戴的人,母亲自不待说,其他如尽力赈济其家的舅舅,赠书鼓励他用功学业的外祖母,同情、赏识他才智的塾师,从不遗忘邀请他参加游戏的友善的村童,为他勤学精神所感动而欲嫁女儿于他的乡翁……洪亮吉的自信和勇气,很大程度上来自这些人慷慨的施与。后来,他对下层穷人满怀同情,为他们的贫困和苦难疾声呼吁,对鱼肉百姓的贪官污吏嫉之如仇,皆离不开他早先的经历对他人道精神的熏陶,体现着由早期沉淀的记忆所唤起的推己及人的高尚情操。

  乾隆五十五年(1790),洪亮吉考中进士,授编修,充国史馆纂修,五十七年,任贵州学使,在那里一待就是三年。他跋山涉水,

---

① 《南楼忆旧诗四十首》之十五、之八,第558、557页。

巡视学校,考校、选拔学员,一丝不苟。贵州是穷地方,书籍少,学堂条件差,因经济困难而缺额的生徒多。洪亮吉捐资在衙署后面营构楼阁,供所属生童读书,又献出一部分廉俸,替学生交纳学费。此外,他还自己掏钱从江浙购买儒家典籍、二十二史、《资治通鉴》、《通典》、《通考》、《文选》、《文苑英华》、《玉海》等书,贮于书院,让诸生寻诵博览。这些使当地的莘莘学子感动不已。任满离黔,贵州督抚"密折陈奏声名,以为清廉爱士,数十年所未有"①。赶来送行的诸生络绎不绝。

洪亮吉在贵州期间,湘黔苗民发动了一次较有规模的起义,反抗清朝的民族压迫和剥削,遭到官兵镇压。"我官蛮服谙土风"②,洪亮吉也是拥护朝廷的,然而他熟睹战争的祸害,对统治者层层盘剥,官兵滥杀无辜,也提出了异议,希望朝廷体恤民间疾苦。"杨柳千条巷,夫容百尺楼。可怜兵火后,剩有夜乌愁。"自注:"浦市甫经烧劫,所见尤惨。"③"还怜春夏行军久,倘念西南民力疲。"④"所期仁及物,役不到繁冗。""花苗既输诚,吏勿轻煽动。"⑤尽管他无力影响朝廷决策,也无法左右宦吏和兵马的举动,以上物议则真实地表达了他的一番善意和忧患天下的情怀。或许有人会觉得这些诗语辞气尚不够充足,但是切莫忘了,那毕竟是在人人讳言时局、忌管"闲事"的时代发出的可贵声音。"丰碑百尺亦何有,不若好官碑在口。"⑥洪亮吉上述行事,是对自己信奉的"官经"所作出的最好注释。

可哀叹的是,时代非但没有给洪亮吉兼济天下的机会,反而

---

① 吕培等编《洪北江先生年谱》,《洪北江诗文集》,第25页。
② 《桂大令馥戴花骑象图》,第725页。
③ 《自镇远舟行至常德杂诗》之七,第709页。
④ 《端五日闻官兵捷音》,第699页。
⑤ 《喜代人将至率赋六诗留以志别并贻新学使谈户部祖绶》之二,第706—707页。
⑥ 《题左大令辅葛岭蒿庐图》,第794页。

把他当成了虚开言路的牺牲品,而他正是在没有结果的努力中,显出自己对理想的执着。他晚年写了一组诗曰《古意十篇奉酬范文学棠见赠作》,第七首是萤火虫的赞歌:

> 波流何迢迢,熠燿亦袅袅。经天日月星,明岂藉腐草?所悲微末质,志欲烛昏晓。不畏霜霰零,冲寒出林杪。

诗人歌颂的在野外不畏霜霰,欲用自己微弱的光去照亮漫漫黑夜的萤火虫(熠燿),正是他自己生命精神和毕生追求的写照。

五

洪亮吉在六十四年风风雨雨的生命旅程中,花时间和心血最多的是他自己所钟爱的学术性研究或批评。

他研治《春秋》,著有《春秋三传古义》《左传诂》。文字学方面,擅长谐声,著有《汉魏音》《六书转注录》等。尤好舆地学,"几于成癖"[①],所著《补三国疆域志》《东晋疆域志》《十六国疆域志》等,均考订详赡。时人遇到地理方面疑难,乐于向他求教,尊他为师。他的考订方法不限于排比前人记载的资料,还注重实地查考。如他任贵州学政时,以自己实历所得,著《贵州水道考》,流放新疆伊犁途中,撰写了《与安西州守胡纪谟书》《昆仑山释》《西海释》等专释西域地理的文章,皆能纠正前人记述的疏误。钱大昕评他所以取得舆地学如此的成就,原因是,"少而好游,九州之广,足迹几遍,胸罗全史,加以目验,故能博且精若此"[②]。颇能道出洪亮吉考订的一个特点。

考证而不限于从故纸堆搜寻资料,这是洪亮吉不同于多数乾

[①] 《中州金石记后序》,第347页。
[②] 钱大昕《东晋疆域志序》,《潜研堂集》,上海古籍出版社,1989年,第403页。

嘉学者治学的一个特点,此外,他始终关心社会,注重研究诸多社会现实问题,这同当时脱离社会、轻视思想的学问主义倾向又有显著区别。以《意言》二十篇为例。据《年谱》该著作撰于他四十八岁在贵州任上。它是洪亮吉一部代表作。其中《治平篇》《生计篇》提出,在治平年代,人口日益增加与有限的田地、财物资源将构成矛盾,从而成为影响社会安定的一个重要因素。《祸福篇》《命理篇》《天地篇》《仙人篇》对天命观、鬼神信仰、仙境幻想提出质疑和否定。《丧葬篇》反对奢侈陋俗。《形质篇》则涉及对奸商行为的揭露和抨击:"粉石屑为鹹,削木柹作米。鸭由絮假,调五味而出售;靴以纸充,杂六街而出市。"令人愤慨①。《守令篇》《吏胥篇》检讨当时腐败的吏治,是两篇切中时弊、极有锋芒的檄文。虽然在考据至上的时代,这部以议论见长、带着思想闪光的著作没有受到人们应有重视,其内在的思想和学术价值业已为后人所承认,尤其是其中的人口理论更为现代学者津津乐道。

一个人的学术特色在很大程度上反映出他的学术态度。洪亮吉认为人各有所长,扬其所长,才能各成其就,强求一律,则将限制创造。"何须刻意别灵顽,物物同生宇宙间。各有出奇争胜处,翼填东海擘开山。"②"学术本一途","分路或同到"③。乾嘉时代无论是鼎盛的汉学,抑或是遭受某种挫折的宋学,二派学者都各抱有成见。洪亮吉尚汉学而不唯其考据是从,弃宋学之空谈心性而汲取其恰当的论议和解析。在他看来,做学问的路数本非单一,"标理解""崇传注""善名物""详训诂"皆可提倡,皆可运用,"君看天上星,东西各分布。飞何必噶走,赤亦难消素"④。当时汪

---

① 《意言二十篇·形质篇》,第63页。按:鹹(jiǎn),盐土,可以煮盐。
② 《读史六十四首》之六,第1281页。
③ 《寓兴》之四,第1286页。
④ 《寓兴》之十,第1287页。

中、章学诚因论学不合而交恶,洪亮吉则以为二人"识趣固各臻"①,不选边站队。正是这种宽博的学术襟怀,使他的研究进至较高境界而自具一家之特色。

洪亮吉喜爱文学批评,他认识到批评的重要作用,"说诗能使死者不朽生者传"②,这方面的文字散见于他各个时期的作品中。《北江诗话》则是他晚年的诗话专著。他认为短暂的现实只有升华为艺术,才能永恒久驻:"花红无百日,颜红无百年。只有兹图中,花与人俱妍。"③诗文的生命在于其内在的精神,而不在外加于它的荣誉,创作是为了追求未来,寻索永久,而不是为了满足转瞬即逝的眼前虚荣④。所以萦旋于诗人心灵的应该是"千载之念",而对于"衣履之近"则不妨"茫昧"以处之⑤。他称赏"不求立异不求同"的做人和做学问态度,这同样也是他开展文学批评的原则。他反对文人相轻,对诗坛"竞讲宗派"的风气不满⑥。他将诗文创作归纳为五要素:性、情、气、趣、格,其中"格"的作用是辅助性的,如果"拘拘于格律",终将导致创作趋入"下乘"⑦。他认为优秀的作品都是真性情的自然流露,而且都是个性化的,任何人都不应该以己律人,"我诗直欲写胸臆"⑧,这才是写诗通途。从真情论出发,洪亮吉对清朝有广泛影响的诗论如"神韵说""格调说""肌理说"以及宋诗派的宗风,都作了分析批评,颇为中肯。袁枚"性灵说"对他产生显著影响,他在《答随园前辈书》中自述,袁枚"于亮吉有师友渊源之益"。他的真性情论与"性灵说"有许多相通之

---

① 《有人都者偶占五篇寄友·章进士学诚》,第528页。
② 《法学士式善山寺说诗图》,第552页。
③ 《张忆娘簪花图》,第499页。
④ 见《意言二十篇·好名篇》,第57—58页。
⑤ 见《录杨起文白云楼诗序》,第311页。
⑥ 见《意言二十篇·文采篇》《西溪渔隐诗序》,第61、261—262页。
⑦ 《北江诗话》卷二,第22页。
⑧ 《小除日寓斋卷施阁祭诗作》,第584页。

处,但是两者的差别也不容忽视。首先,洪亮吉强调怀民忧世是性情诗题中应有之义(《偶得五百字酬景方伯安枉赠之作》),较诸袁枚更加突出了诗歌匡世救俗、讽喻时政的作用。其次,他对性灵诗派某些庸俗的情趣和粗率疏陋的流弊多有匡正,如《邵进士葆祺邀集寓斋饯张孝廉即席赋赠》云,诗参"俳谐",则乖离正道。《北江诗话》卷一指出,学白居易、苏轼不当而入"俗""滑"一路,是"近时"诗家一个痼疾。这都是针对该派的缺失而言。他还直截了当地表示对性灵派首领的某些不满,说袁枚失之"太巧"(同上)。又说袁枚、蒋士铨、赵翼等所作"虽各有所长,亦各有流弊",能否流传,流传能否长远,"亦均未可定"(同上卷五)。值得注意的是,洪亮吉对性灵诗派较多肯定是在他早年,晚年增加了对其不足的批评。不故求异同,不尾随宗派,洪亮吉遵奉这种信念,同样适用于他处理与性灵派的关系。

六

除学术研究之外,文学创作是洪亮吉为之倾注毕生心力的又一项重要活动。他自述一生写作"诗文至五千首"[①],今绝大部分存于《洪北江诗文集》。他以诗、骈文最负盛名,词作数量不多,也不乏佳作。

母亲是洪亮吉学诗的启蒙老师,她曾教他吟诵汉魏古诗,让他对月咏唱,训练诗思,"慈母训我穷风谣"(《寄大兴朱编修筠》)。在同时代诗人中,他与黄景仁、张问陶切磋诗艺十分频繁,诗名也相当,人并称"洪黄""洪张"。他受谢灵运、李白、杜甫、韩愈、苏轼的影响比较大,而对晚唐苦吟诗人、江西诗派颇有微词。这大致反映出他喜爱奔逸流畅、雄奇恢宏的风格,不太欣赏刻苦雕镂、硬

---

① 《戒子书》,第1098页。

涩瘦寂的诗歌。

洪亮吉自评所作诗歌"如激湍峻岭,殊少回旋"①。"剑气七分,珠光三分。"(吴嵩梁《石溪舫诗话》卷二)蒋士铨评他"新诗光怪森寒芒,万钧入手能挽强。月斧云斤镂肝肾,出入韩、杜争轩昂"②。张维屏以"真气""奇气"概括洪亮吉诗歌特点(见《听松庐诗话》),都很确切。大致而言,洪亮吉中进士前所作,句多奇警,特别是其中名山胜游之诗;入黔数载,饱览西南奇异风光和苗民风情,诗歌也随之另辟异境,添入新趣;乾嘉之际,多为激烈抨击时弊、振臂呼吁革新的篇章;流放及释归以后,愤绪郁积,奇气喷溢,诗境更进一层,艺术上也是更见精健。

在他笔下,既有直抒胸臆的豪句,"不作章句儒,平生慕奇节"③。"读书只欲究世务,放笔安肯为词章。"④又有感觉独特的婉语,如"秋花如拳挽行客,月露似眼迷归人"⑤。"清辉入掌觉微腻,衣上似复倾银河。"⑥写于贵州的《相见坡》是他描写西南奇山胜景的力作:

> 小相见坡折不休,三起三落时句留。蓝舆正对我来路,迎面不复劳回头。盘盘路向云中辨,七里来寻大相见,石古途危细如线。马头乱拨云濛濛,马上人面犹云中。东西对立峰何陡,天半惊看一招手。马头已西人面东,隐约尚见坡竿红。飞泉拦路复冲出,人面始同坡面隔。下坡十里行转迟,纵不相见还相思。还相思,不相见,我愿天下人,皆如此坡

---

① 《北江诗话》卷一,第7页。
② 蒋士铨《短歌行送洪稚存秀才返毗陵》,《忠雅堂集校笺》,上海古籍出版社,1993年,第1330页。
③ 《偶成》其一,第906页。
④ 《赵大裹王招饮醉后却寄》,第947页。
⑤ 《夜起》,第518页。
⑥ 《十六夜有月》,第554页。

面。东西纵复隔浮云,一日之中时隐见。或云会面数则离,此则仍复分东西。双坡近又判两县,(原注:"大相见坡属施秉。")亦若古者好友百里愁分携。乃知在远仍如迩,我念神交倘如此。刘家塘畔作一诗,火急分贻二三子。

前半篇状大小相见坡两座山盘旋曲折,时深时浅,使旅人犹如置身莫名深幻之境。后半篇由景入情,由自然的相见坡联想到人间的相思情,表现了割舍不断、思念悠长的人类亲情和友爱。

诗人借物喻志的诗篇,写出堂堂正气:"祠前一株柏,屋外太古石。言从天地始,便已挺孤直。"①此石此柏,皆诗人人格的自我图像。他流放以后,这类诗更是屡见于笔端。他讴歌不作"迎客"状的傲石,以及"孤飞上天直"的奇云②,赞美"饱经雨露颜仍黝,不与凡姿竞颜色"、"干老偏能挽风力"的柏树③。《松树塘万松歌》是这类诗之代表作,也是诗人的名篇:

> 千峰万峰同一峰,峰尽削立无蒙茸。千松万松同一松,干悉直上无回容。一峰云青一峰白,青尚笼烟白凝雪。一松梢红一松墨,墨欲成霖赤迎日。无峰无松松必奇,无松无云云必飞。峰势南北松东西,松影向背云高低。有时一峰承一屋,屋下一松仍覆谷。天光云光四时绿,风声泉声一隅足。我疑黄河瀚海地脉通,何以戈壁千里非青葱?不尔地脉贡润合作天山松,松干怪底一一直透星辰宫。好奇狂客忽至此,大笑一呼忘九死。看峰前行马蹄驶,欲到青松尽头止。

在陡峭的山峰和飞动的云势烘托下,棵棵苍松挺拔雄奇,高耸长空,构成一幅宏伟壮丽的西疆画图。带"罪"戍边的洪亮吉不仅从

---

① 《自密县至登封谒嵩高山留山下三日遍游嵩阳书院及少林寺回途访三石阙》之三,第494页。
② 《巨公厓》,第1260页。
③ 《古香斋柏树歌为陈刺史赋》,第1166页。

中饱赏自然美景,更从苍松的雄姿奇态中感受到了世间犹存的浩然正气,士子不可丧失的人格尊严和力量。在诗人眼中,那茫茫然劲松竟是他在天涯遇到的同志和知音。"好奇狂客忽至此,大笑一呼忘九死",在这豪放襟怀中,寓含了诗人多少悲慨,多少怨愤。

洪亮吉是清代中期骈文高手,与袁枚、邵齐焘、刘星炜、孔广森、吴锡麒、曾燠、孙星衍并称八家。在他骈文集《卷施阁文乙集》《更生斋文乙集》,有三类作品写得特别出色。一是思昔怀旧之作,如《过旧居赋并序》《城东酒垆记》,皆以追忆的笔墨重现了自己童年的生活和青年的梦想,眷恋之余,又流露出经历人生坎坷、聚合逝散之后留在心头无限的感慨和怅惘。二是入黔时写的一组描写西南山水岩洞胜景的文章,如《少寨洞赞》《师子厓赞》《黑神河赞》《白水河赞》。每篇仅三四百字,反复运用对偶、夸张、比喻等修辞手段,将自然景貌和世俗风气高度艺术化,写得如诗如画,使人如入黔地,亲睹荒外"奇矙"[①]。三是遣戍伊犁时写的《天山赞》《冰山赞》《冰海赞》等,这些与《少寨洞赞》等虽同为写景之作,但又有两点不同。其一,亦散亦骈,文气开阖舒敛更显自由。其二,借景寓意的倾向突出。如《天山赞》描绘天山之奇和感喟其少为人识,然后写道:"是则天地之奇,山川之秀,宁不待千百载后怀奇负异之士,或因行役而过,或以迁谪而至者,一发其底蕴乎?"以此种心情览山观海,山与海烙上作者个性和情绪的印记又何足为奇。洪亮吉经历流放后,骈文风格趋于苍劲,这一点与"庾信文章老更成"相似,所以他的骈文晚期成就大于早期。可能是背上了学者包袱的缘故,或者是囿于时代风气难于自拔,他的骈文有时也不免有"数典繁碎"之失(吴鼒《卷施阁文乙集题词》)。

晚年,洪亮吉废弃在家,教书、写作,累了赏景,闷了喝酒,生活

[①] 《黑神河赞》:"此则思理所不能及,实荒外之奇矙焉。"第372页。

平静。嘉庆十四年(1809)卒于故乡。他在给人的一封信里写道:

> 顷归田以来,被服粗陋,惟于滋味尚不尽忘。然而霜前斫脍,人效其方;雨后垫巾,世传为法。每至廛市,儿童随之,伺其语言,竞相传播,则亦不知其何意也。自念身历九死,足踏百险,而筋力尚健,神明不衰,徒步之游,尚可百里。又回顾同辈,年齿相若,尚有应童子试者。而仆转忆畴昔,已忝擢上第,回翔禁林,出则握节方州,入则侍经帷幄。虽年未至老,人皆以辈行尊之。且少耽训诂,粗识唫咏。执贽之鹜,盈于轩墀;问奇之酒,充塞庭栋。访竹别墅,多留剧谈;寻花东邻,咸喜过望。虽洒扫应对,教非西河,而磨砻切磋,士半北面。亦何幸哉,亦何幸哉。①

洪亮吉谈到,自己遭流放释归以后,在地方上如何受到童叟尊敬,学问才华如何为人所崇仰,又说自己在宦途取得了相当的成功,而"年齿相若"的同辈至今尚在初级的科举考试中苦苦地受着煎熬,等等(可参考作者《平生游历图序》和《戒子书》二文)。莫以为这是作者自我炫耀的文字。作为一名钦犯,洪亮吉并没有随着皇帝、朝廷对自己的否定而否定自己,他上述自我珍赏、自我评价旨在证明自己的价值,同时也表明了对处置自己的人心中的不满。历史上有许多与洪亮吉遭遇相似的人最终还是屈服于权势,自我评价趋同于朝廷、帝皇对他们的判定,怀疑乃至否定了他们自己,这是多么可悲可哀,相比之下,洪亮吉这一种自视不移的心气就十分难得,十分可贵了。

(《古典文学知识》1998年第3期,
发表时限于篇幅,文字有较多简缩)

---

① 《与崔瘦生书》,第1056—1057页。

作家史实研究的硬功夫
——评陆林《金圣叹史实研究》

近年不断地读到陆林有关金圣叹史实的研究论文,新见迭出,精彩纷呈。这是他承担的一项国家社科基金项目,研究进行过程中他病了,却没有辍笔,而是依然勤奋地耕耘,其艰难程度非常人能够承受。最近,他所著的七十余万字的《金圣叹史实研究》入选国家哲学社会科学成果文库(人民文学出版社2015年版。以下引文凡出自该著者均只标注页码)。这部沉甸甸的著作凝结了作者怎样的心血!我还清晰记得十四年前读到他《生命中的最后一次欢会——金圣叹晚期事迹探微》[①]一文时油然涌起的欣奋之情,该文对鲜为人知的金圣叹因"哭庙案"被害之前一段生活,考证梳理得清清楚楚,行文丝丝入扣,读着它,仿佛是观看由摄像机录下的一幕幕鲜活的镜头,而论文题目点睛恰到好处,更增魅力。从此我记住了陆林的名字,他以后发表的这类文章我基本都读,各篇的质量没有参差感。我确信,写出的论文水平高超而且一直都保持稳定的质量,正是严格而成熟的学者一个显著的标志。

作家(包括批评家)史实研究于文学的整体研究而言具有基础性的意义,这方面我们还需要积累丰富的经验,以改善和提高研究水平。陆林的金圣叹史实研究的出色实验,无论在研究的观念、态度,还是在研究的路径、方法上,都有足为我们琢磨和取鉴之处。以下谈自己对《金圣叹史实研究》的认识,也于这些方面多落笔墨。

---

① 陆林这篇论文发表于《南京师大学报》2000年第6期。

作家史实研究的硬功夫

一

评价一部学术著作,观其解决了多少疑难问题自然是一个标准。从这个方面看,毫无疑问,作者解决的问题越基本、越重要、越多,就越是一部好书。以此来衡量《金圣叹史实研究》一书,它堪称是一部优秀的学术著作。在此书中,陆林对金圣叹生平、交游、著述进行了全面、深入的研究,将这一专题的研究水平提高到一个全新的阶段。该书的主要贡献是:在金圣叹姓名、字号、籍贯问题上得出可靠结论,使过去的分歧意见一旦消弭;发现金圣叹诸多事迹,考订更加精确、详尽,尤其是使他的早年和临终前的生活和形象得到鲜明呈现,弥补了以往研究的不足。悉心收集金圣叹散佚的作品,考辨作年及本事,为深度编订完善的金圣叹诗文集打下基础;对金圣叹与江南文人交游关系的研究具有开创性意义,思路新颖、开阔,考查范围和利用资料两方面都获突破,成绩斐然。总之,作者对金圣叹史实的调查和研究,在目前能够发现的资料范围内,已达到很高的程度。无疑,它是一部代表迄今金圣叹史实研究方面最高水平的著作,恰如为金圣叹建立了一宗翔实可靠的档案。除此之外,如果一部学术著作不但解决了若干具体问题,而且,作者在解决问题过程中体现出的治学观念和态度同时能够给他人开展别的研究、解决别的问题以积极帮助和启示,在研究规范方面能够示人以式,给人借鉴,那它就更是一部好书了。以这个标准讲,《金圣叹史实研究》也称得上是一部优秀的著作。

陆林撰写《金圣叹史实研究》,明显受到陈寅恪《柳如是别传》影响,这是我阅读时首先想到的一点。陈撰《柳如是别传》,很重视考证本事——弄清楚当时事实,也就是他说的解释今典。像柳如是这样的女子,记载其事迹的材料本来就有限,加之种种原因,这些资料又遭到人为掩饰或歪曲,致使求解今典困难重重,而若不在这上面用苦功、获妙解,开展有关研究就寸步难行。《柳如是别传》获得成功的一条重要经验就是作者破解了大量今典。金圣叹被人们认为是一个怪人,遭遇又奇,他评点说部、戏曲名声虽大,在从前正统史家的意识里这又不起眼,很难引起他们关注和记载的兴趣。所以,研究金圣叹史实所遇到资料缺少、记载混杂的情形,与研究柳如是略约相似。若不悉晓金圣叹包括生平在内的史实,又如何全面而深刻地理解他的文学批评和思想呢?而选择做金圣叹史实研究这一课题,又必然无法跳脱面临的上述资料缺乏、淆乱的窘境,除了细心地钩稽、清理,没有省力的捷径。陆林对于释读有关金圣叹的今典下了很大功夫,在详考本事方面将自己的研究功力展现得淋漓尽致。比如通过叶绍袁《续窈闻》提供的"泐庵大师"与钱谦益《天台泐法师灵异记》联系在一起的线索,详细考证了金圣叹早年在叶家扶乩降神的具体活动;又比如通过考辨"醉畊堂"主人、校勘徐增《九诰堂集》本《天下才子必读书序》异文,分别证明周亮工与刊刻《第五才子书》《天下才子必读书》的关系,皆能发覆事实,拨雾见日。像这类具体的史实研究,陆林自己也坦言即是陈寅恪所提倡的解释今典(第13—16页)。陈寅恪考释今典尤其注意"时地人"三者[①],而他对柳如是的研究又并非孤立地进行,总是从她与其周围人群的关系着手加以寻究,辟开天地,铺展幽邃的风光。陆林研究路径也适相仿佛,他窥破"以身世和交游为中心"的史实研究至今依然为金圣叹研究中的薄弱点,同时又是推进金圣叹研究亟须突破的关键所在,于是专攻难关,将金圣叹的"社会关系"、交游网络,包括"亲友"以及"同时代对其有过相关评价的各色人物"(第16页),作为重要内

---

① 陈寅恪先生如何研究柳如是的自述,见《柳如是别传》第一章"缘起",生活·读书·生活三联书店,2001年,第7—10页。本文以下引用此书,仅注书名、页码。

容纳入研究课题,构成全书厚重的一部分。他在这方面发掘出的资料非常丰富,以此为基础得出的结论令人耳目一新。具体而言,他不仅将金圣叹与密切友人之间的关系摸得很清楚,一一详为介绍,还将《沉吟楼诗选》《鱼庭闻贯》《小题才子书》中所涉及的许多有交往的人也分别稽考出来,对前人的研究有许多补充和推进。借助于他这方面的研究,我们非但能够通过金圣叹的朋友圈,近距离地看到他的真实人生和文学活动,而且还能够看到清初江南文人特别是中下层文人广袤的生存实景。除此之外,即以阅读金圣叹的诗歌、书信等作品而言,得了陆林有关研究的帮助,我们顿时感到少了许多障碍,它们一件件似乎变得易于明白了。这些是《金圣叹史实研究》与《柳如是别传》二书大的相似之处。此外,陈寅恪撰《柳如是别传》首先钩稽柳如是姓氏及名字,陆林也是详考金圣叹姓名字号等;甚至陆林在对具体问题作研究后,偶发感怀,慨叹世道风气,与陈寅恪在《柳如是别传》中不时地插入兴感妙语,其相通之处或许也并非是出于偶尔。我们看到,陆林先生对陈寅恪学术的推崇之情不时地流露在《金圣叹史实研究》一书中。故说陆林自觉地追随陈寅恪的著述精神和方法,大概不算是勉强比附吧?

  指出这层意思,是想为阅读《金圣叹史实研究》一书,了解它的学术风格、特点如何形成提供一点帮助,同时,也想借此对陆林个人执着学术、不懈求真的治学精神和态度表示我的敬意,陆林是有名山事业心的学者。这样说,并非是要把《金圣叹史实研究》和《柳如是别传》当作同一类别的著作,实际上两者的著述风貌还是存在着差别的,主要是,陆林的考证更加倾向于客观,他得出一个结论,往往力求获得相应的证据支持,不是以推测说话,而是凭证据本身说话。虽然不能说书中完全没有推测性的想法,比如作者认为戴之俊反清前,为了保证家族血脉延续,让他诸弟改名,他的堂弟,即金圣叹弟子戴之儁也因此易姓名为"吴悦"(见第257—

258页)。尽管这么说也有其道理,毕竟结论本身是推断所得,没有直接的证据。不过这些在全书所占比重低,作者在落笔时对此保持克制。陈寅恪撰《柳如是别传》在传主身上寄寓着某种理想,使用材料有时是并不排除让自己对一种可能事实的想象流溢于笔端的,而有时候又天才地言中了。

二

《金圣叹史实研究》关于"庠姓张"的考证是一个经典性例子。金圣叹"庠姓张"见于一些文献记载,然而"庠姓"一词,今人已经不容易理解其确切的含义,故这一说法除了得到个别学者首肯外,普遍遭到人们质疑,人们往往用各种方式使这种说法淡化乃至归于消解,即使有人首肯"庠姓"的说法,由于对其所以然还道不清楚,具体用在金圣叹身上,也难免与别的结论互相扞格,结果衍生出了金圣叹"原姓张"还是"庠姓张"、"顶金人瑞名就试"还是"顶张人瑞名就试"种种问题长期争论不休,令人眼花缭乱。似乎各种意见都有一些理由和材料的依据,以致读者对何种说法为妥当难以作出判断和选择,甚至连权威的工具书和著作也只好对不同的意见兼收并蓄,即使互相矛盾也只好听之任之。这成了金圣叹史实研究中的一团乱麻。

陆林一是从弄清楚历史事实着手,从史籍中找出大量有关"庠姓"的记载,证明明末清初的文人出于种种原因以庠姓代替本姓应试的现象很多,在其他时期也不乏这样的情形发生,以此肯定关于金圣叹"庠姓张"的记载可信可从。二是从史源学的调查入手,对文献进行复勘,将记载金圣叹"庠姓张"的文献版本做了一番认真、完全的清厘,对论争各方引以为立论依据的史料一一进行复核,结果发现原始文献有的内容经过引用环节以后改变了模样,明明是写着"庠姓张",却被引用成"庠生姓张";明明写着

"顶张人瑞名就试",却又被忽略不顾;还发现,有的材料被引用者按其自己的观点和意愿作了不恰当的标点和解释。经过努力发掘史料、细致校勘和排比资料,陆林不仅弄清楚了"庠姓张"在后人的叙述和研究中如何变成了"原姓张",而且还从史实和文献两方面有力地排除了"原姓张"和"顶金人瑞名就试"这类不合实际的说法,彻底消除了存在于金圣叹姓氏问题上的这一疑团,不但点清牛羊,而且打扫了栏圈。至此,金圣叹研究中长期困扰人们的乱麻已经不复存在。

陆林总结这次研究经验说:"前人在引用史料时,会因为种种原因误读、误书或省略所见文献",所以后来研究者不仅要永远"对前此研究持有怀疑的态度",而且要通过"复盘"前人对原始材料的使用,去发现他们对文献的"独特理解,其学术的创获和疏漏"。他由此强调说,要将"复勘引文、查阅原著"当作学术研究应当遵循的"原则"(第49页)。这个看似至为简单的道理,实在是一条很有益的建议。以这种态度从事研究,确实能够有效发现研究中出现的诸如此类的问题,找到问题的症结,避免旷日持久的、不必要的争论;若研究者人人都能够以此自诫,则又可以防患于未然,从而在源头上减少乃至消除类似失误的发生,其结果自然是使学术受了莫大的益处。

在《金圣叹史实研究》里,通过客观考证得出精确难移的结论的例子很多。不过,我们是不能因为此书实证方面的成就,就将它视为一部单纯考证性的著作。我这样说,绝对没有一点意思以为单纯考证的著作本身学术价值不够高,而需要其他的意义或理论一类的研究使它增值,只是想指出,这样的认识对《金圣叹史实研究》来说是有偏颇的。事实上,陆林在求证文献,弄清金圣叹生平、交游的史实的同时,对一些事实所蕴含的意义也尽量地提示和解释。比如上述关于"庠姓张"的考证,他花了不少笔墨对科举史上何以会产生"庠姓"现象,这种现象何以禁而不止,以及人们对此类行为的看法等等都有叙述或说明,于是在破译"庠姓"一词密码的同时,也揭示出了隐含在其中的科举文化的特殊含义(详见该书第54—58页)。

书中考证和叙述金圣叹为叶小鸾等人举行的扶乩降神活动写得极有才气,也极为精彩,对金圣叹在晚明时期的早年经历和活动作了重要补充。然而陆林并不是以披露这些事实为满足。他在这一章节的第一部分考证扶乩本事,进行现场复原,第二部分则将它当作"研究青年金圣叹思想的重要史料"(第103页),由此去窥探金圣叹的才华性格(即陆林说的"神情",第96页)、政治意识,以及与佛教的关系(其实还有与道教传统的关系)等,并且进而寻究这一经历和经验对金圣叹未来的生活道路和事业(尤其是文学批评)发生了怎样的重要影响。于是,在金圣叹早期的扶乩降神"大师"与未来的文学批评大家两种身份之间,建立起有序的、合理的联系。尽管作者关于王应奎《柳南随笔》"首次"将金圣叹扶乩降神与文学批评联系在一起的说法还可以斟酌,因为王应奎的话更像是分别指出先后发生在金圣叹身上扶乩降神和评解稗官词曲两种情况,未必意谓两者之间存在"因果关系",但是,陆林得"解密"金圣叹为叶绍袁家尤其是为叶小鸾招致亡魂法事之助,从而探究他从事这两项活动的内在联系,论述是酣畅有力的,学界对此已有的研究成果因为平添这样一笔彩墨而更显亮堂。古代文学批评家大多在儒家思想熏染之下成长起来,修辞立诚、气盛言长的种种教诲,培养起他们"儒家型"的文学批评人格和文学批评格调。金圣叹早期这种另类的经历和经验,对于他后来成为一位特异独立的批评家而受世人"极其赞、极其贬"[①],显然是一种富有个人化的成长烙印,是古代批评家研究中的一个有兴味的话题。

---

① 〔清〕徐增《送三耳生见唱经子序》,《九诰堂集》文卷二,康熙抄本。

这里,引用陆林关于如何对作家进行"史实研究"的说明,对我们会有启发的。他说:

> 史实研究重视的是文献与史实的结合,实证与解析的结合,生态与心态的结合;在综合各种史料的基础上,既需考究生卒交游与活动轨迹,也要关注人情冷暖、世态炎凉,以求最大程度地考察古人的生存状态、体悟彼时的世道人心。(第17页)

究其实际,这种"史实研究"是以文献和史实的实证探索为核心的综合性研究,手段很多,范围很广,追求的目标也很远,具有涵容风云翻腾幻变的气象,不是一种褊狭、单一的功夫。在这样的"史实研究"中,研究者的理论素养并没有退场,也没有必要退场,它作为"实证研究的基础"(第17页)依然会在上述的综合研究中发挥作用①。过去,我们从事学术研究长期受到理论重要还是考据重要这一问题的困惑,似乎一定要在二者中作出明确选择,才算是确立了自己的学术价值观念。现在,这种束缚已经减少,不过分别怀有理论优越感或者相反怀有考据优越感的现象依然比较普遍,循此而做得好,从不同的枝头也都能够结出可观的果实。陆林所秉持和践履的以实证探索为核心的综合性研究这一学术理念,与二者都有所不同,这也是《金圣叹史实研究》一书既属于实证研究的硕果,却又不能简单将它归于考证类作品的原因。我

---

① 陆林谈到他的学术理念时说:"在中国古代文学尤其是作家研究的范围内,无论是说学术发展,还是论个人兴趣,史实文献研究都不应该是附庸,也不应该仅仅是基础或前提(或者可以说理论素养是实证研究的基础),而是一门具有强烈独立性、需要专攻的术业,有着自身鲜明的学术规定性。"(《金圣叹史实研究·导言》,第17页)括号内"或者可以说理论素养是实证研究的基础"在文中是作者表示肯定倾向的判断句,意思是说理论素养有助于实证研究,实证研究是在理论素养基础上更高一境的学术行为。然而这句话置于"不应该"之后,"而是"之前,尽管加了括号,在表意上还是略觉得不够明确。

以为这可能也是陆林的课题及结项成书皆以金圣叹史实"研究"而不是以"考证"为名的原因,不知这理解是不是符合陆林的初衷?若我所言大致不差,则他这种学术理念对于我们从事文史研究和古代作家研究,是很值得借鉴的。

三

陆林对治学的规范性要求很高,自律严格。第四章"事迹编年订补"是对此前学者有关金圣叹诗文、行迹系年的辨误和补充,他根据前人所做的有关工作的不同情况,将自己的这一部分研究分为三种体例:(一)对于语有歧义处加以"商订";(二)对于言有疏漏、犹有剩义处加以"补遗";(三)对于二者兼有处加以"订补"。依这种体例,他自己在相关问题上有什么发现或发明,皆一目了然,不溢不遗。不仅研究金圣叹事迹编年是这样,全书研究其他内容也莫不如此。在金圣叹史实探寻中,他对同行已有的成果,无论是出自前辈、同辈还是晚辈,都一概以平等的态度加以关注和检讨,以不知为不安。对事关核心而又缠夹难理的史实,所作每一辨析、每一判断,皆语不虚置,的然有据。由于他是对有关问题做了扎实而深入的研究之后来梳理别人的研究成果,故判断哪些结论站得住,哪些不靠谱,哪些是首次发现发明,哪些是跟风却貌似新见,都能够说到点子上,而不是笼统、草率地判一下谁行谁不行,用疏阔的大话糊弄人。读《金圣叹史实研究》一书,诸如"某人首次披露""某人首次征引""某人首次考证""某人最早指出"等等判断语比比皆是,这些都是研究中见功夫的地方。正是这种较真的态度,使他的金圣叹史实研究既集其大成,更推陈出新。

他充分尊重别人取得的成绩,对别人发现了什么资料、提出了什么看法、解决了什么问题、具有什么学术意义,都予以明白的叙述和肯定。对于别人直接研究金圣叹的成果是采取这样一种态度,就是对待引述一般性的知识也往往如此,比如介绍周庄从元、明、清迄今政区沿革变化,也分别注明参考的书籍(第247页)。在成果归属于谁的问题上,他是丝毫不含糊的。即使对于友人、学生提供的一些帮助,比如谁为自己提供了资料,谁又为自己核实了文献等,也一一予以说明。可能提供帮助的人自己未必在意于所做的这些事情,然而陆林对此却以君子之道处之,如俗话所说的那样"亲兄弟明算账",不肯默默地笑纳。洪业当年撰写《杜诗引得序》,其中的一部分内容是详细地介绍钱谦益、朱鹤龄注杜甫诗歌发生的争论,洪业在文章的一条注中说明,这部分内容大略使用了他的一个学生所写《钱朱注杜争辩考》一文"所检得之史料"[1]。朱自清先生《诗言志辨》一书的《比兴》篇,注明逯钦立有《六义参释》一稿,"本章试测赋比兴的初义,都根据他所搜集的材料,特此致谢"[2]。这种老老实实做学问的态度很宝贵,陆林撰《金圣叹史实研究》正是延续了老一辈学者良好的学风。学术上很少有自我作古、绝无依傍的研究,一般总是前后相续,在不断累积过程中获得发展,所以从事研究即意味以尊重别人的成果为前提,这成为学术研究规范性的重要内容。然而,学术界存在的问题,一是新的研究成果得不到及时反映,二是将别人的成果挟裹在自己的叙述中而不予明确说明,或者虽然有所言及,总是遮遮掩掩,不甚情愿说得充分和到位,这些都是不利于学术发展的。一个研究者能够讲清楚、讲准确别人已经做了什么,而且乐意把它们讲清楚,讲准确,这样才能够明白自己该做什么,能做什么,也只有这样才能够真正认识自己实际做了什么,不夸大,也不减少。没有修辞立诚的品格,很难做到。所以陆林这种做学问的态

---

[1] 见洪业《杜诗引得序》第227条注,洪业等编纂《杜诗引得》卷首,上海古籍出版社,1985年影印原哈佛燕京学社引得编纂处编印本,第49页。
[2] 朱自清《诗言志辨》,凤凰出版社,2008年,第82页。

度并非无关轻重,而是关系着学术规范之大者。

另一方面,对于别人研究中存在的不足或错误之处,陆林也是一一加以指正和商榷,眼光犀利,分析仔细,颇多中肯之见。如他高度肯定陈登原《金圣叹传》在史实的挖掘、考证方面所做出的重要贡献,称他为金圣叹研究"当之无愧的现代第一人",同时又不讳言其引用资料有出入,解读文献不准确,得出的某些结论不可信等"缺陷"(第642—652页)。又如,金圣叹批竣《西厢记》的时间,或云顺治十四年左右,或云顺治十三年二月。陆林指出,第一种说法依据金圣叹一句含义模糊的批语推断,不确切;第二种说法根据转引的有误的材料,也不可信。他根据顺治原刻本《第六才子书西厢记》卷七署"顺治丙申四月初三日辰时阁笔",再考虑到卷八所云"续之四章"的因素,将批竣时间定于顺治十三年四月上中旬之际(第154页),结论稳妥。

古往今来,在思想和学术研究中,有些学者并不关心别人研究的不足或错误,只在意阐述他们自己的观点,论证自己的结论。所谓"惟顾己之所行,……那有许多闲工夫论他人谁是谁不是也"[①]。这固然也是文章的一种写法,然而并非是做学问的通则。其实完全这么做的人并不太多,主要差别是人们对此关注的程度有强有弱,处理的手段有显有隐,毕竟碰撞才能产生真理的火花。陆林对别人所用资料、所下论断的不足或错误不肯迁就,"计较"得很。他一般不满足于仅仅指出某些说法是不当的或错误的,而且还要寻出它们何以不当、何以致讹的原因;不仅要向人们提供正确的知识,而且还要说明在研究中如何避免犯错、少走弯路的教训。总之,想把一切都弄得水落石出、泾渭分明。因此读《金圣叹史实研究》一书,处处都可以感受到在字里行间有锋芒闪烁,然而又是充分说理,态度诚恳的,不是逞强争胜,表现出一个学者单

---

① 〔明〕吕柟《泾野先生四书因问》卷三,明刻本。

纯的书生本色。考证性的学术成果中,全对或全错的情况当然存在,但是更多是对错夹杂,很难一概而论,这充分反映出文史考证求实的艰难和复杂,而这一工作的魅力、对研究者智慧的考验也在于此。陆林遇到这种情况,能够是是而非非,辨别或判断异常细心,态度也公允。这对于处理争论性的学术问题非常要紧,否则,披沙拣金、瑜不掩瑕或将两皆相失。

《金圣叹史实研究》固然是研究金圣叹生平实际等情况的专著,也不妨称它为是一部有关这一专题的研究史著作,二者合为一体,使读者读一部书,能够兼而收到读两部著作的效果。陆林非常关注别人的金圣叹史实研究成果,阅读了大量有关材料,而且舍得花时间对此认真琢磨,作广泛、仔细地比较,在此基础上对别人在这一专题上做了什么研究,有何价值和教训,作出明确的判断。他求证一件金圣叹史实,总是尽可能将有关的研究成果都取来斟酌考量,一一梳理,比如问题是如何被提出,已经解决到何种程度,经过了怎样的曲折,还留下怎样的悬念,纠缠在哪里,结症在何处,等等。这些内容在《金圣叹史实研究》中随处可见,几乎每一个比较重要、悬而未决的问题都包含了作者这类追根刨底的寻究,而他自己的研究则是在此基础上继续加以推进。他在证明一个新结论的同时,将学者们对有关问题作长期研究的过程和重要事实呈现出来,这种做法恰赋予了《金圣叹史实研究》一书以有关专题研究史的重要特色。比如对于"庠姓张"的考证和梳理,他将学术界关于这一问题长期讨论和争议情况的来龙去脉叙述得一清二楚,构成了一个专门问题的研究史。固然《金圣叹史实研究》一书没有研究史一类著作的整体架子,却具有实质的内容,而这才是研究史著作最为重要的。金圣叹研究至今已经有数百年历史,特别是近百年以来他一直受到研究者高度关注,出现了许多成果,史实研究的成果虽然相对少,也有一定积累,对这方面研究情况加以实事求是地总结,采瑜摘瑕,取精舍粗,这对于推进金圣叹史实研究，提高研究有效性是很有必要的。陆林将个案的专题研究与个案专题研究史的研究相结合的写作经验，对于如何开展其他作家的个案研究具有一般化意义。他人今后研究金圣叹史实将从他所做的这一工作中受惠，避免盲目性，少走重复路，也相信他的这一写作经验对人们开展其他作家的个案研究会有裨益。

四

我在读了《金圣叹史实研究》后，对作者处理有的问题时选择的分析角度，介绍金圣叹周边某些人物时花的笔墨，也略觉有些许可议之处。此外，该著许多部分先以论文形式发表，然后整合成为一部著作，而作者研究这一专题前后长达十数年之久，某些内容有所变化，最后成书时，少数地方留下了前后照应不够严密的痕迹。

比如书中关于金圣叹女儿金法筵生年，或曰顺治八年（1651），或曰顺治九年（1652），而据陆林所引《吴江沈氏家谱》所记其卒年、享年推算，宜以生于顺治九年之说为是。作者对金圣叹与佛教的关系显然是重视的，指出"圣叹一家与佛教的渊源甚深"（第64页），并对金圣叹早年的扶乩降神活动作了详尽考论。金圣叹热衷于这样的活动其原因是复杂的，陆林对此活动的解读尽管顾及了金圣叹才情、性格、思想（包括佛教思想），不过主要是围绕扶乩活动对金圣叹后来的文学批评产生的影响来阐述其意义，这自然富有新意，不过扶乩降神活动本身是一种民间宗教活动，宗教的含义更直接也更突出，若能够对此作更加展开和深入的分析，对于人们认识金圣叹与宗教文化之间的关系就更有帮助。金圣叹的交游关系研究是全书的重要内容，拂去障翳，显示真实，其功甚著。然而在书中，对这些与金圣叹有关系的人物究竟介绍到何种程度才比较恰当,与全书研究金圣叹史实的主旨才协调得恰到好处,而无"喧宾夺主之嫌"①,这也是需要稳妥处理的,就目前书中这方面笔墨而言,对有些人物的介绍似可以增加一些约束。

陆林对于现代学者研究金圣叹的史实情况做过详细调查,掌握很丰富的资料,不过也偶有检阅不及的地方。比如在金圣叹扶乩降神问题上,胡适在1935年就已经将钱谦益《天台泐法师灵异记》与叶绍袁《叶天寥自撰年谱》所载"泐公"联系在一起,指出为叶家搞降神活动的这个人是金圣叹。胡适1935年6月4日的日记写道:

> 偶读钱谦益的《初学集》,其卷四三有《天台泐法师灵异记》,忽忆叶天寥年谱中所记"泐公",我当时误认为一个和尚,即是这个附托在金采的乩坛上的"女鬼","吴门饮马里陈氏女,殁堕鬼神道,不昧宿因,以台事示现,而冯于卟以告也。"读书不可不博,又当随时作笔记。即如此记,书角有折叠之处,其角直指"卟所冯者金生采也(即金圣叹)"一句,可见我当时初读时曾注意。日久忘了,读天寥年谱时竟不记起此记了。②

可见在金圣叹研究史上,胡适所做的工作不仅是写了一篇《〈水浒传〉考证》,他对金圣叹的史实也是有所发现的,尽管以上日记中的记载还比较简略,然而,叶绍袁家扶乩降神的"泐公"就是金圣叹这一实质显然已经被他点出来了。由于有胡适的这一发现在先,故"现当代学界似乎无人道及"(第98页)这一判断也就需要重新考虑了。

---

① 陈寅恪《柳如是别传》,第4页。
② 胡适著、曹伯言整理《胡适日记全编》(六),安徽教育出版社,2001年,第482—483页。

陆林说："从事金圣叹这一类人物的史实研究，需要花费相当长的时间和精力进行专门的研究，不是其他研究的顺带所及，亦不能指望一蹴而就，更难以毕其功于一役（研究其他大家，亦无不如此）。"（第15页）这是过来人体会之谈。现在不少人在做研究时，先匆匆在网上搜一下，如果搜到有相关成果的篇名、关键词，往往就放弃不干了。他们更想找一个还没有被别人触动过的人物或作品来进行研究，美其名曰"填补空白"。尽管这对扩大研究的范围、改变和完善研究的整体布局也有其益处，但是过分强调这一点，其结果则会导致铺开有余、深究不足的不良后果。这种情况在明清文学专业的硕、博士学位论文选题中尤为常见，是缺乏沉潜下去、在必要的积极的良性重复研究中推进和提高研究质量的定力和信心的表现。这种浮光掠影的所谓"填补空白"之不利于学术研究的发展，足堪忧虑。若大家能像陆林研究金圣叹那样，以求真创新的精神、综合研究的方法、规范较真的态度，肯花长期专一、狮子搏兔的功夫于一个题目，哪有攻不下的难关？又何须担忧与别人研究对象相重复？陆林研究金圣叹史实取得的经验和业绩，可以为大家所思而汲取之。

（《文艺研究》2015年第12期）

后　　记

　　这是我的第三本明清文学论集，2011年出版的第二本集子曰《明清文学论薮》，缘此本书以续编名之。薮谓聚集，亦谓草。收入书里的文章，是自己平时读明清人集子对某些人物和问题产生兴趣，或觉着有疑义，进而循材料和想法作思考，抒一得之见。各篇文章大都是分别的，不成其为整体，犹如株草丛聚，枝叶散漫，适与"薮"义相近。

　　书里所收的文章，大多在刊物上发表过，也有两篇是用以前的稿子第一次付印。一篇为《辨五种假托之清词话》，是1990年应夏咸淳先生之约而写，他当时执行编辑《中华文学史料》，负责古代文学方面稿子，拙文拟刊载于第二期。然而，该丛刊只出了第一期，第二期没面世就因出版困难停了。夏先生到我家将稿子退回给我，还向我道歉，我其实是很感谢他的。藉此小事，可以想起当年出版面临的难处。另一篇是介绍蒋士铨的文章，题曰《腐草为萤焰亦存》，写于1998年，大致可以归为作家散论。我喜欢读文人别集，藉作者自己的诗歌、文章以了解其生平遭际、精神和性格，略如李贽所说"开卷便见人，便见其人终始之概"（《读书乐》引言）。我写清朝文人的这类文章，第一篇是1986年应陈允吉先生之约，介绍郑板桥。陈先生当时正为上海古籍出版社主编一本《十大文学畸人》，他要求，文章宜突出分析所论述对象的性格、精神和趣味，以此作为该书的特色，他自己执笔的李贺一文，就是深入剖析作者内心世界的佳作。这以后，我又陆续写了介绍吴绮、唐孙华、廖燕、厉鹗、袁枚、钱大昕、洪亮吉、龚自珍等文，发表于

《古典文学知识》。因刊物所登文章长度有限,故发表时我对各文篇幅大都做了很多压缩。介绍蒋士铨的文章完成后,其时压缩文章的兴趣不复再有,就没有投稿。现从这组文章中选出三篇原稿,连同介绍蒋士铨一文收入本书,留下一点当年写作兴趣的痕迹。

对曾经发表过的文章,有些略有补充或改动。修改中,凡涉商榷性的内容只作补充,不作其他更改,补充之处皆以"补注"作提示。其他内容若有显著变化,则在文末说明,若基本属于一般的文字润饰,就不再一一为之作交代了。

友人陈明洁细心审阅了书稿。责编宋文涛辛勤编校,而且为使本书增色,给我提出友善的建议。对此,一并致以诚挚感谢。

邬国平

2021年4月23日校毕于淀浦河畔寓所

图书在版编目(CIP)数据

明清文学论薮续编/邬国平著. —上海：复旦大学出版社,2021.8
ISBN 978-7-309-15679-9

Ⅰ.①明… Ⅱ.①邬… Ⅲ.①中国文学-古典文学研究-明清时代-文集 Ⅳ.①I206.2-53

中国版本图书馆 CIP 数据核字(2021)第 091188 号

明清文学论薮续编
邬国平　著
责任编辑/宋文涛
装帧设计/马晓霞

复旦大学出版社有限公司出版发行
上海市国权路 579 号　邮编：200433
网址：fupnet@fudanpress.com　http://www.fudanpress.com
门市零售：86-21-65102580　团体订购：86-21-65104505
出版部电话：86-21-65642845
江阴金马印刷有限公司

开本 890×1240　1/32　印张 11.125　字数 269 千
2021 年 8 月第 1 版第 1 次印刷

ISBN 978-7-309-15679-9/I・1276
定价：78.00 元

如有印装质量问题,请向复旦大学出版社有限公司出版部调换。
版权所有　侵权必究